U0965583

大鱼

有爱的青春陪伴者

山野千里
·词树·著
江苏凤凰文艺出版社
JIANGSU PHOENIX LITERATURE AND ART PUBLISHING

图书在版编目（CIP）数据

山野千里 / 词树著. -- 南京：江苏凤凰文艺出版社，2023.2
ISBN 978-7-5594-7114-7

Ⅰ.①山… Ⅱ.①词… Ⅲ.①言情小说－中国－当代 Ⅳ.①I247.5

中国版本图书馆CIP数据核字(2022)第154068号

山野千里

词树 著

责任编辑	王昕宁
特约编辑	廖唯佳　雪　人
出版发行	江苏凤凰文艺出版社
	南京市中央路165号，邮编：210009
网　　址	http://www.jswenyi.com
印　　刷	长沙鸿发印务实业有限公司
开　　本	880mm×1230mm 1/32
印　　张	10
字　　数	315千字
版　　次	2023年2月第1版
印　　次	2023年2月第1次印刷
书　　号	ISBN 978-7-5594-7114-7
定　　价	42.80元

目录

CONTENTS

目 录

CONTENTS

第一章 / 早春三月

一个荷尔蒙爆棚的男人

看见山林，孔漫总会稍稍驻足，她能记得起这片绿色对应最深的，应该是2018年的夏日。

彼时是她的地狱，也是她的天堂。

她因为躲避网络暴力遇见了付杨。

在一个很平凡的早春三月，是她山一程，水一程的开始。

…………

2018年，三月。

凌晨五点的冷风刮起来吹动孔漫的衣摆时，她正站在小区门口。

橙黄路灯照射下，呼出一口气立马就结成了白雾，可她好似没察觉到冷，笔直地站着，指尖有星火闪过。

又一阵冷风刮过，烟灰卷落在她脚边的黑色行李箱上，孔漫回过神，动了动僵硬的身体，拉着行李箱拉杆，往前拖了拖。

过了片刻，远远来了一辆轿车在她面前停下。孔漫看了眼车牌号，将烟掐灭，随后推着行李箱到后车厢处。

司机下车过来问她："你好，是手机尾号1234吗？"

"是的。"孔漫颔首。

司机点头，把后车厢打开，提起她的行李箱放进去摆好，拉下后车厢门。

等孔漫进后座坐好，司机才发动车子，驶离小区门口。

车里暖和，孔漫靠在椅背上，仰头闭上了眼睛。手揣进羽绒服口袋里，碰到一把冰凉的折叠刀，她轻轻在刀上敲了敲，忽然就想不起来这刀是什么样子的了。

她倒是想把刀拿出来看看，但一瞬又想到，这估计会把司机吓破胆。

一个女人，凌晨带着一把刀出来，还是披头散发的——不是神经病就是精神病。

想着，孔漫扯了扯嘴角，随后才记起这把刀的由来。

她之前就职于北京《时尚天下杂志》，是国内目前最大的时尚杂志。从菜鸟到主编，孔漫在杂志部奉献了整整六年时间，却因为突如其来的热搜，人精HR委婉表示，上级让她休息一段时间。

孔漫当时怎么想的呢？她直接给那个龟缩在办公室里的上司丢去一份辞呈，随后在一众新老同事晦暗不明的眼光下，收拾好东西，挺着背脊走出公司大厦。

她的自尊心让她做不出死缠烂打。

能怪什么呢？大约也只能怪自己眼瞎，识人不清罢了。

只是没想到事情发酵得厉害。工作没了都还好，随之而来更多的是外出路人不善的眼光和指指点点，妇人们站在小区楼下的指桑骂槐，尤其是家门口随时会放着一些色情联系方式的卡片，还有一夜起来，门口多了一些烟灰烟头等等。

这些隐藏的危机让她在不得已需要外出时会随身带着把刀，没想到离开家的时候她居然忘记把它放下了。

车子驶上立交桥，兜里的手机响起，她捞出来，看了一眼来电显示，是白阿桃的，这才接起来："阿桃。"

"哎，漫漫姐，你上车了没？"

"刚上车，在去机场的路上。"

"好哦，注意安全。我老公这边也出发了，要不是今天我的课调不开，不然就我去接你啦。"

孔漫轻轻笑了一下："没事啊，下午就见面了。"

"漫漫姐……"

"嗯？"

"别难过哦。我们这地儿小，没有那些杂七杂八的，就当来我们这边散心啦。"

孔漫垂下眼，低低"嗯"了一声。

"我们这里可漂亮了！"阿桃欢快的声音从听筒里传来，"我在大云南等着你来呀！”

“好。”她弯了下唇。

挂了电话后，孔漫放下手机捏在手里。这段时间，她拉黑了至少上百通骚扰辱骂的电话，她转头看着车窗外灰蒙蒙亮起的天边，思绪散发着，有股郁郁不得志的压抑和烦闷。

到达首都机场时，天已大亮。

北京的三月依旧是寒风凛冽，雾蒙蒙的天像是一层低气压，压着这个城市的人们都在努力又费力地奔波着。

孔漫下车，迎面刮来一阵大风，带着春寒的刺骨。她捋了一把头发裹紧大衣，在司机的帮忙下拉出行李箱，路过垃圾箱时把折叠刀摸出来，丢了进去。

她拉着行李箱进机场去取机票，顺带办理托运。弄完一切后，她进到候机大厅，走到相应的登机口，插着兜，找了个位置坐下来。

过了会儿，旁边位置上传来两小姑娘的谈话声。

A 女生：“哎，你看你看，旁边……是不是热搜上那个？”

B 女生转头看了一眼孔漫，眼里闪过一丝鄙夷，开口回话：“你直接说小三不就好了。”

孔漫扯了一下嘴角，跷起二郎腿靠着椅背，并没有理会。

这些天来这样的白眼和指桑骂槐，她听过太多了，若是一一去计较，这会儿她早就不在人世间了。

两小姑娘最后收拾东西，远远离开了。

孔漫不动如山，就那样看着她们离开。过了会儿，她捞出手机，点进微博，拇指一滑显示在“发现”页面。

微博热搜第一条一个大红的“沸”——

李影后再发视频，表明与丈夫生活幸福。

她静静地看了会儿，内心毫无波澜。点进“我的主页”，手指慢慢点开原创微博，热度第一条微博是一则声明，下面有近十几万条评论。

她知道不会有什么好的评论，但还是像以往一样，自虐似的点了进去。

“小三永远是小三！”十万赞。

“当三立牌坊！同意的右边点赞！”八万赞。

“不要以为我们莉莉近几年在国外养伤，就什么妖魔鬼怪都想上来咬一口，您这吃相可太难看了！”

她一直往下滑，直到有一条，她停了一下。

“这难道不是那个男人渣，脚踏两只船出轨吗？怎么全在这骂人家女方？”

楼中回复她：“一个巴掌拍不响啊！能跟高层搞在一起不见得多光彩！”

孔漫闭了闭眼，退出微博，再卸载软件。

网络上这些人，拿起键盘就下定论，一锤锤死，让人难以翻身。

他们不看声明，里面明明有写着：在男方表明自己为单身的情况下，才同意交往。

不过无所谓了，她把手机放下，打不起，她还能躲得起。

这些是是非非，激愤辱骂，等过段时间有更爆炸的新闻出来，他们便忘记了，或许都记不起来自己曾经的所作所为，转头又对着其他受害者拿起键盘。

所以，有什么好计较呢。

她等着那个男人翻车的一天。谁让他结了婚又隐婚，还趁着老婆不在身边，装成斯文败类的黄金单身汉，道貌岸然地在外面拈花惹草。

被曝光是迟早的事。

三个小时的飞行时间里，孔漫吃了点早餐，没能睡着，一直睁眼看着窗外。

这些天，她的睡眠格外差，很多时候能眼睁睁到天亮。尽管她说不计较那些，但终归还是受到了一些影响。

九点到达昆明长水机场。

下飞机的瞬间，温暖的阳光扑面而来。孔漫抬头看去，阳光明媚，天空湛蓝，云南的天比北京明净太多了。

她压抑着的心情在这片宽阔万里的湛蓝天空下，渐渐平静下来。

拿到行李箱之后，她去厕所换了身衣服，因为羽绒服似乎已经不适合三月的云南了。

她换了件黑色呢子大衣，摸出口红对着镜子涂唇，顺带化了个简单的妆。

来机场接她的人是白阿桃的丈夫程磊。孔漫在阿桃的朋友圈里见过，所以一出出站口她就看到了。

程磊话不多，除了一开始的问候外，他就没怎么再开过口，稳稳地开着车。

车子穿过这座叫“春城”的城市，路边绿树成荫，树下都是一片一片的小花丛，路两边花坛里，竖立着的自来浇水管“扑哧扑哧”旋转着，密集的水雾洒向四周的植被上，阳光照射下，细小的彩虹偶尔闪现。

一路可见灿烂樱花开满大街，微风吹拂，粉色花瓣飘落，像是下起了粉红花雨，不经意间就有花瓣掉进车窗里。

名不虚传啊，这座城市。

孔漫来了点儿精神，降下窗户，靠在车窗往外看。

车子穿过樱花大道下时，更多的花瓣掉了进来，她拿手在大衣上拢了拢，抓起来再往车外撒去。

程磊开着车，看见她的动作开口介绍：“昆明花多，一花接一花。樱花开了，蓝花楹也快开了。”

孔漫扭头：“蓝花楹？”

程磊：“比樱花好看，蓝紫色的，一开开成片。花开的时候成一片片蓝紫色的花海，特别漂亮。”

孔漫转头看着窗外的樱花，能想象得出蓝花楹开时的盛景。她问：“要什么时候开呢？”

“春末夏初，估计四月末五月初就开了。”

“还得好久，多西镇没有吗？”

“没有，不过我们镇上樱花挺多的。”

“那肯定很漂亮。”

“不过花期早，十二月份就开了，现在凋谢完了。”

孔漫难得不雅地翻了个白眼，程磊打着方向盘笑了。

因为这一聊，两人之间的拘谨和不熟悉消散了，一路上见到新奇有趣的，偶尔还会聊上几句。

从昆明到鹿城，开车用了两个多小时。

过市里的时候，程磊买了些东西。孔漫没有什么要买的，就一直坐在车里，看向车窗外这个和昆明不一样的，少数民族气息味非常浓的城市。

两人肚子都不怎么饿，也就没在市里吃东西，又开始赶路，程磊估计很忙，一路上接了不少的电话。

开了一个小时左右，进入一个小县城，车子停在了一个小饭馆门口。

程磊开口解释：“先在这里吃个饭，再有三个小时左右就到镇上了。”

孔漫点点头，两人下车。

程磊进饭店去点餐，她因为坐车太久，想站起来松松身子，就没有跟着一起进去，反而沿着饭店庭院的水泥地板一直走到墙角，那儿有个垃圾桶，她在旁边站定，靠着墙屈起了腿。

饭店靠近路边，庭院边上立着一块大木板，上面写着三行大而黑的、有点丑的毛笔字：吃饭、住宿、加水。

几个小孩子在路边跑来跑去，追逐着嬉戏打闹，清脆的笑声中，脸颊上是红嘟嘟的高原红。

庭院里杂七杂八停了一些车辆。

孔漫随意靠着墙，被云南早春的太阳晒得浑身泛起懒意，目光放在那些车上挨个看了过去。

蓝色的大拖拉机、破旧的面包车、白色越野皮卡车、黑色皮卡车——到这里她停住目光。

黑色皮卡车旁的护栏上，倚着个一身古铜色皮肤的男人。

孔漫在男人身上定住目光，缓缓眨了眨眼，有些无聊地想着，这人会不会转身？瞧这个挺拔的背影，她倒是挺想看看他长得什么模样。

男人个子很高，目测在一米八五左右，脚上穿着一双黑色特步运动鞋，长腿上是一条黑裤，一边的裤腿卷到膝盖，露出结实有劲、有着浓浓腿毛的小腿，上身是纯白简单的 T 恤。

有点儿不可思议。三月的云南，穿棉衣的、穿衬衫的、穿短袖的，杂七杂八穿什么样衣服的人都有。

他 T 恤两边的短袖也卷到肩膀上，露出结实的胳膊，胳膊上还有着明显的肤色划分。

浓黑的短寸，背脊线条贴着 T 恤，凸显得紧实有力。片刻后，他慢悠悠侧了个身，一手随意搭在栏杆上，脚下偶尔动一下，从护栏外伸过去，踢一踢趴在黑色车底下的人。

男人侧了身之后，孔漫还是看不见他的正脸，不过他的侧脸倒是轮廓分明，下颚骨线条硬朗。

或许是感觉到有人注视着他，男人一瞬间转头看了过来。

两人四目相对。

几秒后，孔漫慢悠悠转开眼，看向前面脏兮兮的小土狗。

付杨正在催郝成功搞快一点，烈日当空，又晒又饿。

他侧了个身靠着栏杆，感觉到有人在看着自己，他转头看去。

或许是日光太烈，他被晒眯了眼，恰好遮住眼底的惊艳。

女人靠墙站着，手腕上戴着一块女士手表，穿着黑色呢子大衣，淡蓝色紧身牛仔裤，裹着笔直细长的腿，脚上是长筒黑靴直达膝盖。

太阳底下，她的脸白得像在发光，褐色的长鬈发披在肩上，流畅的眉毛，秀气的鼻子，红润的嘴唇，小巧的下巴，整个人明艳靓丽又低沉，一种很矛盾的存在。

他看人倒也明目张胆，看完得出结论——是个美人。

视线偏移，撞上女人冷淡的目光，他顿了下，澄澈明亮的眼眸一眨不眨，不闪也不躲地看着她。

半晌后，女人率先转开视线，懒洋洋晒着太阳，一股低沉的性感扑面而来。

付杨看着，忽然就笑了笑。正要转头，突然平地起风，吹得他眼睛一下被灰尘迷住，不过一瞬，眼眶就被激得冒出生理泪水，左眼快速流了一滴泪下来。

嗯？他诧异地抹了一把脸，抬脚踢了踢郝成功露在车外的小腿，催促着：“快点，搞好了没？肚子都饿了。”

“好了好了，来，轮毂接着！”郝成功从车底挪出来一个车轮毂。

付杨直起身子，一手撑着护栏，侧身一步翻跃了过去，在车旁半蹲，伸手接过车轮毂。

重量来到手里，他胳膊上的肌肉线条立马绷紧，肱三头肌鼓起，在阳光反射下透出亮堂的光。

男人提起车轮毂一把举起，手臂上绷着青筋，随后丢到黑色皮卡后车厢里，“哐啷”一声震响。

孔漫远远看着这一幕，目光渐渐定在男人身上，随后微眯了一下眼睛，感兴趣地挑了挑眉。

这股子力量感，真是男人味儿……爆棚。

她在生活中没接触过这样的男人，在这一刻觉得意外顺眼。

但也，仅此而已。

程磊点完菜出来要找孔漫，转过面包车就看到了付杨，他惊喜一笑，走过去给了男人一拳，问："这是要出去外面？"

付杨回："不是，要回里边。"

程磊再次惊喜："这，倒还真巧了！"

"巧什么？"郝成功从车底下爬出来随口问了一声，拍拍身上的灰，去水龙头那儿洗手。

郝成功是个圆润的人，这点可以具体到长相和身形。

程磊笑道："在这儿碰到你们了，你也回里边？"

"我去鹿城。"郝成功说完，又气呼呼地拍了一巴掌黑色皮卡车，"好家伙，这破车半路差点烂掉！"

付杨笑了一下，转身要走，程磊拦住他："哎，二哥，都没吃饭吧？走走，刚点了菜，一起吃咯。"

他约着两人，然后招呼远处靠墙看着他们的人："孔老师！"

"就来。"孔漫起身过去。

这趟来云南也不是来旅游的，毕竟来避难，估计时间会有点长，所以孔漫来是来支教的。

她有教师资格证，白阿桃也已经给她打点好了。而且偏远乡村的师资力量本来就少，所以有大城市的志愿者来支教，当地学校也是热烈欢迎的。

这事程磊一早就知道。

而付杨，他在听到这声"孔老师"的时候愣了愣。

不是陌生人？他慢半拍转向那边，随即收回视线。

郝成功听到声音转过头看见孔漫，眼睛一下亮了。他跨过去搂着程磊肩膀小声嘀咕："这是新老师吗？好看啊，给介绍介绍……欸？老付？"话没说完，就被人提溜着后领子到了冷藏柜面前。

男人下巴点点冷藏柜：“想吃什么再加点。”随后放开郝成功，跟着程磊一起到桌子上坐下，刚好和孔漫面对面。

隔了一会儿，服务员提着一壶茶水和几个塑料杯放到桌上，郝成功加了几个菜过来，顺手给大家把水杯倒满。

程磊电话又响起，他接起说了几句，挂掉之后琢磨着开口：“二哥，你要回里边，能不能顺便带一下孔漫老师，我这边……”他说着指指电话，“市里让回去开会。”

孔漫？付杨脑海里飞快地闪过些什么，垂眸回想，端着水杯转了转，回他：“小问题。”

孔漫坐在旁边根据刚刚听到的能听懂的几个词拼凑着，猜想，估计是要换人带她。

果然——程磊转向她：“孔老师，我这边有急事，今天怕是回去不了，刚好朋友要回去……”

他说着指指付杨，介绍道：“这是付杨，我们镇上林业所的人。他刚好要回去，你跟他一起，到镇上阿桃会去接你的。”

孔漫看向男人，男人顿了下，也抬眼看向她。

这是他们第二次视线相对。孔漫目光坦荡，男人眼眸漆黑，泛着亮光。

在服务员来上菜之前，付杨率先转开了视线。

程磊在旁边继续说：“二哥，这是孔漫老师，阿桃学姐。刚从北京过来，你帮忙照顾一下。”

付杨不说话，但还是点头。

郝成功在旁边遗憾开口：“要是我回去就好了。”浓浓乡音的普通话。

孔漫笑了下，但也仅仅是勾了下唇角，回程磊：“好，你去忙吧。”

桌面上的菜也上得差不多了，程磊招呼着大家动筷。

吃饭间隙，孔漫发现一个小趣事，关于那个叫付杨的。他吃饭的时候，一抿嘴，嘴角上边，鼻子侧下角一点会出现一个窝窝。似酒窝，也像梨窝，但都不是，因为位置不一样。

她观察了一下，说话的时候没有，笑的时候也没有，唯独在吃饭的时候就会出现。

或许是偶尔看他明显了点，男人有些迟疑地摸摸自己的脸。在他看过来之前，孔漫安静地低下头吃饭，不再看他。

吃过饭，程磊从他车里把孔漫的行李箱提出来，放到付杨车后座座位上。

付杨的车是那辆白色越野皮卡车。

孔漫站在旁边看过去，车后座杂七杂八放了些东西。橙色的消防衣，黄绿色的荧光马甲，还有一顶安全帽，座位底下放着一个篮球和一罐灭火器。

付杨跟郝成功交代完事情，从旁边的小卖部抱了一提矿泉水过来，将座位上的东西推到一边，把水放了上去。

他上车，把车倒出去停在路边，从驾驶位看过来，孔漫跟程磊招呼了一声，过去拉开副驾驶的车门，坐上去后关门。

程磊和郝成功走到路边看着他们，越野皮卡开了出去。

出了县城，路两边有很多土地。上面有大棚也有撑着大棚的支架，地上是绿油油的叶子，中间偶尔会出现一点红。

孔漫看了几眼，按下车窗，趴在车窗边沿放空着思绪。

蓝天蓝得纯粹，白云似是触手可及，风轻轻吹着，发丝飞扬，但四周空寂，丝丝缕缕低落又压抑的氛围在狭小的空间里蔓延。

付杨看了一眼孔漫，嘴唇动了动，找不到开口的话。

他看了一眼窗外，随即转了一把方向盘，把车开到路边，问她：“孔老师要不要去摘草莓？”

孔漫回神，扭头看他，下巴点了点外面：“那是草莓？”

付杨“嗯”了一声，把车停好，打开车门：“走吧。”

孔漫在座位上坐了片刻，打开车门下车。

侧面有一条从地边连接到路边的小路，路口立着一个大木牌写着：草莓——四十二元一公斤。

付杨走在前面，速度不是很快，孔漫看了几眼跟上去，路头有间简易的棚子，台上放着些红筐，旁边有一台秤，老板娘坐在椅子上看着手机。

付杨屈指敲了敲木板，“咚咚”两声，开口：“老板，摘草莓。”顺带拿了个红筐给孔漫。

老板娘听见声音，暂停手机，站起身用手指比画了一圈，说着方言：“从这块往下都是我家呢，你们随便摘噶！”

付杨口里应了声“好”，带着孔漫从当前这一块草莓地走了进去。

看着红彤彤的草莓藏在绿叶间，孔漫终于来了点兴趣，摞起衣服下摆蹲下去，摘了一颗又大又红、形状还好看的草莓到手里，口里不禁分泌出一点口水，刚要放嘴里，她突然想起什么，抬头看身旁的男人。

付杨愣了一下，说：“可以吃的。”说着，他指了指旁边，“好多人都是边吃边摘的。”

孔漫看了他一眼，倒没想到他能理解她的意思。她转头看过去，确实有好几个人漫步在草莓地间，都是边摘边吃。

她也就不讲究了，把草莓放到嘴里，不过瞬间脸就皱了一下，她微眯了下眼，等那阵酸劲过去，咽下果肉后仰头看付杨，说：“有点儿酸。”

酸？付杨在旁边蹲了下来，伸手摘了一颗不怎么大，形状也不怎么好看但红得很深的草莓，递给她：“尝尝这个。”

“甜吗？”孔漫问。

付杨没答，只是递着草莓更近一点。

孔漫接过，半信半疑地放到嘴里，居然很甜。她按照付杨摘给自己的样子去摘，边摘边吃，一块地挑挑拣拣摘完，自己也吃饱了，她才开始往筐子里放。

付杨跟在她身后，偶尔也摘一些放到她筐里。

摘满一筐，两人去地头结账，是付杨出的钱，顺带把筐也给买走了。

往下走的时候，孔漫看到棚子下面有一个棕色的大水桶，里面的水都漫出来了，皮管里还有筷子大的水在流着。

她捏了捏指尖，有些黏糊糊的，便走过去洗手。

等她上车时，男人戴上了一副墨镜，车里已经放起音乐，是*I Am You*。

I am tied by truth like an anchor
Anchored to a bottomless sea
I am floating freely in the heavens
Held in by your heart's gravity
All because of love

……

La di da di da da……

车子启动，缓缓开入大道。

孔漫坐了会儿，闭上眼睛，靠在椅背上，不知不觉中竟在音乐里慢慢睡了过去，是这么久以来睡得最沉的一次。

付杨透过墨镜见她靠着椅背睡着了，便把音乐音量调低，稳稳开着车。

时间慢慢流走，白色越野皮卡也从平地转入山道。

孔漫是在一阵阵翻天覆地的反胃中和脑袋炸裂中醒来的，她捂着嘴，眉头皱得紧紧的。

付杨一看，立马把车开到路边停下。

孔漫捂着嘴下车，快步走到路边蹲下，吐了个天昏地暗。

付杨在后面把车停好，拿了两瓶矿泉水过来，在孔漫缓过来的时候递给她。

她拿半瓶水漱了口，又把剩下半瓶全喝了，才终于缓过这一阵。她站起来换了个有树荫的地方蹲下，无精打采地撑着脑袋抬眼看向远方，眼前是连绵起伏的青山，一座又一座的，望不到头。

看了会儿，山风阵阵拂过，凉意袭来，她正要转头，眼前递过来一把草莓，还滴着水。

耳边传来男人低低的嗓音："吃点草莓垫垫肚子，不然一会儿更难受。"

孔漫接过，看了他一眼。男人侧开脸，甩了甩手里的水往旁边走。

她低头看眼草莓，捏起一颗吃着，酸酸甜甜的味儿缓解了晕车带来的不适。她边吃边往下看，这一看有点惊住了，她指着下面的路，艰难地问："这……难不成是一会儿要走的路？"

付杨坐在她旁边的石头上，闻声看了一眼，回道："是啊，这里山路十八弯。"

这里的路都是盘山公路，公路的这一侧靠山，另一侧是悬崖，往下看去，陡峭的山崖看得眼晕。

难怪……孔漫挑了挑眉头，暗暗决定以后再也不要来受这个罪了。

吃完草莓，喝完水，休息得差不多了，两人便起身上路。

剩下的路孔漫不敢再睡了，睁着眼睛看着四周。

皮卡车渐渐往山脚下开，山越来越高，一道弯转过一道弯，慢慢地，两侧都是岩石陡立的悬崖峭壁，崖顶高耸入云。

她趴在车窗上抬头看去，脖子仰酸了才看到蓝天。

这么高的山，就……离谱。

孔漫问："为什么要往山脚开，多西镇在山脚吗？"

付杨回："不是，要去下面过江，过了江还得往上走，镇子在半山腰。"

孔漫便没有再问。但是越往下，她感觉自己耳鸣得越厉害，嗡嗡地快要听不清声音，不得不伸手去揉耳朵。

付杨看见了忙阻止她："你打个哈欠就行了。这是受高原气压影响，不碍事的。"

孔漫用手捂着嘴，打了个哈欠，耳鸣果然减轻了，又连续打了几个，渐渐地她也就适应了。

她看向开车的男人，没话找话："你们这是高原？"

"嗯，是的。"

"哪个高原？青……不对，云贵高原吧？"

"对的，云贵高原。"

"那，会有高反吗？"

付杨扭头看了一下孔漫，见她看着自己，又转回视线，说："不是特别严重，因人而异。"

孔漫也转回头："那我刚刚……"

"那不是高反，来这儿很少有高反的，除了个别体质特殊的人。"

"身娇体软，老弱病残？"

付杨无言，这话他还真没法回答。

孔漫瞥了他一眼，若有所思。

交谈多了，她发现这个男人的普通话还挺标准，偶尔还带点北方口音，像山东那一带的，但他好像是云南本地人。

但这男人吧，似乎有点小矛盾：明明刚开始看见，谁也不认识谁的时候，他还光明正大地看她，视线对上都不带眨的。可认识之后反而不自在起来了，目光对上就立马移开，还蛮腼腆的。

车子到了江底，江水翻滚奔腾，远远看去成碧绿色的波光。江边两岸种植了很多甘蔗和木瓜，牛羊成群，沿着江边、山脚在走着。

转过一个弯，江底大桥立在眼前，桥那头的悬崖上挂着几个特大红字：哀牢山国家自然保护区欢迎您！

哀牢山？孔漫回想了一下，没听说过。

过了桥，车子又开始往山上走，一个弯又一个弯绕着，拐过一个山道后，越野皮卡却缓缓停在路边，随后打起双闪。

孔漫疑惑时，男人已经摘掉墨镜下车了。她摸不清楚状况，只能稳稳地坐在车里。

付杨站在路边观察了一眼下方的山洼，确定那里确实有火烟冒起来。他立马转身拉开后座车门，一把捞出橙色消防衣套上，几步跨到路下，顺着土坡往下滑。

孔漫愣了，什么情况？

她打开车门下车，快步到路边，开口喊：“喂！你干什么去？”

付杨已经滑到下方，听到声音才恍然想起他还带了个人回来。抬头见到女人站在路边，他快速折了一把身边的树枝，回话：“山洼里起火了，你待在车里，我去扑一下火。”

还不待孔漫回话，男人已经大步跑到更远的地方去了，手里抓着一把绿树枝。

孔漫眯着眼，看向他到的地方，才看清一缕缕黑烟升腾起来，而且旁边似乎还有个佝偻着身子的影子。

她站在路边，无聊地踢了踢脚下的石子。

那边山洼里，黑烟股股升起，付杨用树枝扑着地面上刚起的火焰，一把一把快速挥舞着砸上去。

庆幸火不是特别大，是刚刚才点燃起来的，但也大意不得。

他双手都拿着树枝，飞速抡着，噼里啪啦与时间争分夺秒。

“这头这头，又着了！”旁边点火的老头站在下方又惊慌地吼道。

黑烟渐渐蔓延在山洼上空，山洼四周的荒山野岭上还蹦跶着几只黑山羊。

这片山离江近，这会儿已经不在日照范围内，整个山洼是片背阴山，越发显得黑烟像是一只张牙舞爪的怪兽，而背后——公路上方，是漫山遍野的枯木干草。

孔漫看着下方越来越大的黑烟，脑海里开始了拉锯战。

几秒后，她一转身，脱了大衣丢在副驾驶，打开后座，拉出座位底下的灭火器，随后一把推上车门，“砰”一声震响。

抱着灭火器，孔漫从刚刚男人下去的地方，小心谨慎地下去。

这片山洼的土是红色沙土，岩石还不少，全部埋在土里。

她刚一脚踩下去，土质立马疏松，哗啦啦流下去，带着她一屁股杵在地上，从尾椎骨上传来的钝痛让孔漫忍不住爆了粗口。

她坐在红色沙土里，把灭火器丢在旁边，撑着地缓了一下，等那股疼过了，才慢慢爬起来，抱起灭火器，吐了口气，忍着疼痛直奔起火的地方。

付杨还在全神贯注地扑火，眼看着火焰一点点被扑灭，他盯着那片快速抡着树枝，慢慢地只剩下黑烟，他心里松了一口气，放下蔫巴巴的树枝，正要进去查看。

却突然，“噗”的一声，白色粉末漫天盖地扑下。

付杨被搞得蒙住了。

白花花的粉末反面扑过来，三人呛了一脸。

付杨赶紧过去接下女人手里那已经灭了火，却还在乱喷的灭火器。

孔漫被抢走灭火器，倒也不慌，待粉末消散后，她才转头看男人：“灭了吗？”

付杨点头，把灭火器拴好。

孔漫满头都是干粉，她随意扑了扑，目光笔直地射向同样是满头干粉和满脸烟灰的男人，质问：“这么简单的事儿，你一开始费什么劲儿呢？”

付杨抹了一把汗，动了动嘴皮子想说话，但看着她那冷冷的表情，配上灰扑扑的脸蛋，他想要科普的话都卡住了，只说：“一时心急，没想那么多。”

那倒不是，只是干粉灭火器不适用于小面积山火，最快速的办法是用水，如果没有水，用树枝扑打是最有效的。

转身之前他又看了她一眼，这股烟火气倒让她更接地气，也……更生动了。

付杨在地上捡了根木棍，扒拉着烧成灰的地皮，进入刚刚起火的地方，一点一点巡查着。

山火是不可能无缘无故起来的。

孔漫看了一眼钻进烧枯了的丛林中的男人，眼睛一转，看向旁边佝偻着背的老人家。

老人家穿着发旧的衣服，也是满头满脸灰扑扑的，被黑烟熏过的手指不安地搓来搓去，一张皱巴巴的脸上满是后怕。

面对这样的老人家，她一瞬间说不出什么重话来，只郁闷地叹了口气，抹了一把头发，抓下来一把灰。

孔漫更烦闷了，拍打了几下，她站到旁边抱着胳膊等付杨。

付杨检查完，确认山火确实被扑灭，林间没有火星，地上也没有火炭之后，他才从林子里钻出来，一抬头就看到站在草木之间的孔漫。

脱了大衣后的她更显得纤细，黑色针织衫凸显出好身材，长腿笔直，个子也很高。

他的目光在她身前停留了一秒，便立马弹开，有些不自在地抹了一把脸。本来就灰扑扑的脸，抹了一把黑灰之后，倒显得漆黑的大眼睛骨碌碌转来转去。

孔漫抿紧唇，整个人越发冷漠压抑。

付杨察觉出来了，想说点什么又无话可说，最终还是没去触她的霉头，反而是走向老人家。

交涉了一番，老人家从口袋里摸出打火机递给付杨，随后弓着背，走到旁边，那儿放着一个红色食品口袋，他提了起来，走过来递给付杨。

付杨没接。

老人家开口叽里呱啦一通方言，然后看向这边。

孔漫拧眉，灰扑扑花猫脸一样的男人也转过头看了她一眼，转头用方言跟老人家说着些什么。

付杨和老人家交涉完，又普及了一些森林火灾的危害，这才提起空了的灭火器往前走，到了孔漫面前，要说什么，想到她也是好心帮忙，又忍住了。

孔漫直直盯着他，也不随男人的脚步动一下，就那样抱着胳膊看着。

付杨走了几步，又退回来，拿手抠了一下脑门，看着她，目光不自然要往下滑，又立马撇开，说：“回去了。”

孔漫还是不动，付杨犹豫着：“那……谢谢？”

要不是他尾调上扬，她还真以为他在真诚道谢。孔漫深吸了一口气，决定自己大人有大量，不和这榆木疙瘩一般计较。

她迈开大步，一下子扯到刚刚摔的地方，疼得脸变了下形。

付杨在孔漫走了几步时就发现她走路姿势有点儿不对劲，眼睛瞟到挺翘的臀部上一片土的印迹，立即转开视线，耳朵尖尖莫名红了起来。

付杨想，他知道为什么了。

走到摔跤的地方，孔漫看着那笔直的坡，苦大仇深地皱起眉头，这是什么破地儿？

她试着抬起一脚，踩上去，踏了踏，没感觉到脚底有疏松感，这才试着要往上爬。手摸索着上前方的岩石，打算借力，却一把抓住一截带着温热的紧实胳膊。

这男人不知道什么时候跑到上方去了，这会儿正在坡上头。孔漫抓住他以后，付杨另一只手也伸过来，她以为要双手拉，于是递上去。

哪知道双方都会错意，付杨以为她要让自己抱她上去，愣了愣，忍住不自在和一瞬间的脸红心跳，一把捞起她的细腰，紧实的臂肌贴着女人的腰，胳膊使力将她带了上去。

在路边站稳时，孔漫还是蒙的，但也一瞬就发现，他们挨在一起的距离过于近了。她甚至能闻到男人身上一股烟火味中，透出点淡淡的爱马仕大地男士淡香水的味道。

付杨似乎也不自在，后退了几步站稳，把灭火器丢在皮卡车后车厢里。

孔漫走开，到副驾驶拿出大衣，摸进口袋掏出纸巾，抽了几张后，将剩下的递给男人。

付杨愣愣接过，低低道了声谢。他把消防衣脱去，随后抽出纸巾抹了一把脸，随意擦了擦，就上车坐好，孔漫也上了车。

车子重新上路，爬了一截坡，拐了几个弯之后，在路边缓缓停下。

孔漫愣住了——不是吧？又来？

付杨下车后在路边蹲下，不知弄啥，过会儿他站起来趴在驾驶室车窗上，轻声喊：“孔老师，下来洗把脸。”

看着他潮湿的脸，孔漫静了几秒后下车走到他那边看过去。路边有根黑色的皮管，中间有道接口，现在是断开的，水正从里面流出来。

孔漫在水管边蹲下，伸手接水洗起了脸。

付杨也在她旁边蹲下来，将水管抬高一点，方便她接水洗脸。

灰尘粉末洗去，孔漫白皙细致的脸蛋露出来，在一方天地衬托下，越发白软晃人。

如她给人的感觉一样，她五官是明艳的，性格大抵是，冷淡的。

洗完脸，孔漫又沾湿纸巾，对着车窗擦了擦头发，弄得差不多了，付杨把水管接好。

孔漫上车，他发动车子。

不知道绕了几个弯，爬了几座山崖，终于在转了一个弯之后，能看到远方有农家房子立在半山腰。

那青色瓦片房上，袅袅炊烟升起。

这大山里的人家，是几户聚居在一处，周围围绕着的是一片片的山地，偶尔也有几户单家独村。

公路路边上，时不时会遇到成群结队的黑山羊和黄牛在慢悠悠地走着，身后则跟着放羊人。

孔漫猜想，离镇应该是不远了。

她猜得不错，不到二十多分钟车子就进镇了。

镇上街道冷冷清清，几乎没什么人，路两旁的商店半开着门，店内不见人影，小猫小狗追逐着当街乱跑。

付杨直接把车开到了镇小学的教师宿舍楼底下。

白阿桃早在楼底下等着了，孔漫一下车就被她抱住："漫漫姐！好久不见了！"随后嗅了嗅，奇怪道，"咦？怎么有股火烟味儿？"

付杨在车旁摸了摸鼻尖，孔漫笑着："一会儿跟你细说。"她抱了抱白阿桃，拉开一点，调侃道，"黑了不少。"

白阿桃摇了摇头："唉，云南就是这样的，十个来九个黑。等你待一段时间也会黑的。"

孔漫挑眉笑了笑。见到白阿桃后，她的心情明显好转很多。

付杨看了几眼，转身到后面把行李箱和草莓一起拿了下来。

白阿桃过去拉过行李箱，接过草莓，顺口说："谢啦二哥，改天请你吃饭。"

他随意地摆摆手，上了车，说：“走了。”

白阿桃挥挥手：“路上小心。”

孔漫也跟着挥挥手。

付杨点点头，目光从孔漫脸上一滑而过，车子开了出去。

第二章　/四月的雨

孔老师，你怎么这么可爱啊

因为程磊是多西镇镇人大代表，在镇政府办公。白阿桃之前也一直是和丈夫一起住在镇政府宿舍里。

这次孔漫过来，白阿桃怕她一个人不适应，特意申请了一间双人教师宿舍，搬过来跟她一起住。

宿舍在三楼，两人合力把行李箱搬了上去，到了门口，阿桃掏出钥匙开了门进去。

是一间两室一厅一卫的房子，厨房在客厅的窗边，不怎么大，三四十平方米的样子，刚好够两个女生住。

晚间歇息的时候，阿桃拉着孔漫一起睡，问了一下白天的事，又说了一晚上的悄悄话。

孔漫这段时间睡眠不是很好，阿桃自己把自己讲睡着了，她都还没睡着。

思绪放空着，她莫名就想起刚见阿桃的时候。

这姑娘是五年前，她刚毕业那会儿遇见的。那时导师想让她继续读研，但孔漫自己不想读，一穷二白的，入社会养活自己才是王道。

而当时的阿桃正处在困难期，天灾人祸中，又急又气，昏倒在回学校给导师报告完事情后下楼梯的孔漫面前。

孔漫把人送到校医务室里，校医挂好营养液，对她说，这姑娘是长期营养不良，导致血糖过低，加上情绪大起大落才会一时晕倒。

她当时听完怎么想的忘了，只记得自己后来去食堂提了饭食回来给营养不良的瘦弱女生，还安慰了她一阵。

随后忍不住好奇打听了一下情况，也就是那一好奇让她动了恻隐之心。

那时的阿桃也才刚上大学，家里就传来噩耗：父亲患上尿毒症晚期，需要大笔手术医疗费，母亲因为着急父亲，在赶去市医院的路上出了车祸。

弟弟从高中退学照顾父母，却不让她回去。但是家里需要一笔又一笔的高额手术医疗费，使得原本就不富裕的农村家庭，困难得快揭不开锅。

这也导致了阿桃的生活费、学费全都断了来源。她自己在北京也尝试过很多办法，大学生贷款、贫困生资助申请等等，但都被各种原因给打回来。

尤其是贫困生补助，仅仅是因为她高中假期时打工把钱攒起来，买了一台两千多的笔记本电脑……就因为她有一台笔记本电脑就被拒了。

她也有出去做各种兼职。但是在北京这个卧虎藏龙的大城市里，由于能力不足，她能挣到的钱也是杯水车薪。

当时的阿桃绝望到让人窒息。是那种拼命努力，却遭遇到社会不公平的绝望。

当时孔漫是怎么想的呢？或许是想起自己当初考上大学，却连上大学的费用都没有时的绝望了吧，于是她对这瘦弱姑娘有了长这么大的第一次善心。

她给了阿桃一张卡，里面是她存了三万的工资，让阿桃把大学读完。

阿桃的父亲最终没能撑过 2013 年的秋天便离开了，母亲在车祸事故之后脚上也留下了暗疾。

但这姑娘也是争气。大二下学期开始她就没再怎么动卡里的钱，大四上学期开始已经往卡里一小笔一小笔的存钱了。

毕业后白阿桃没有留在北京，而是回到这里的乡镇来教书，年前刚刚结了婚。

两人一直保持着联系。孔漫作为之前《时尚天下杂志》的主编，跟娱乐圈也有交际，不是多出圈但也小有名气。

她这事刚在网上爆出来时，阿桃就担心她，一天一个电话，恨不得飞去北京看她。情况越来越糟糕时，阿桃提出请她来云南散散心，避一避风头，等风头过了再回北京。

孔漫孤身一人在北京，这么多年下来，朋友要说不多，也有一大堆，但出了事后人人都避之不及，只有阿桃会担心她。

她也不想困在北京，一天压抑着一天地过，于是答应了。

第二天是星期天。

阿桃带着孔漫去街道上买东西。昨天来的时候还是冷冷清清的，这会儿倒是很热闹。阿桃解释，家离得远一些的学生们都是在今天返校。

镇上的街道是平铺的水泥地板，街边撑起一把把大遮阳伞，下面是各种小摊，米线凉粉、衣服鞋子、学生用品等。

多西镇虽然地处云南边陲，交通不怎么发达，但也不像电视上演得那么夸张的贫穷落后。

孔漫早上有看到阿桃放在客厅的《多西镇扶贫宣传手册》。大致明白了这是因为国家近几年在大力推进农村扶贫政策，搞家电下乡活动、新品种农作物种植，在现有核桃的基础上引进大量的薄壳核桃，和新品种水果玫瑰葡萄、有机芒果等等，使得小镇经济发展迅速。

星期一到学校报到后，孔漫也见到了多西镇中心小学，这里并不像电视电影里说的那样——偏远地区盖不起学校。

多西镇直属于鹿城市管辖。这里有幼儿园、小学、初中，虽然没有高中，高中在鹿城市里。

这里的学校该有的设施都有：一座五层高的教学楼，两栋四层高的男女生宿舍楼，还有一栋三层高的教师宿舍楼，宽大的运动场地，宽敞的食堂，还有篮球场，有乒乓球桌。

而且小学依山傍水，学校背后就是青山，左侧是清澈的河流，风景如画。

乡下人民朴实，民风淳朴，生活节奏也慢。孔漫用了一个星期，也就慢慢适应过来了，她挺喜欢这里的。

白阿桃是五年级一班二班的班主任。五年级有三个班，但只有一个数学老师，平时课业重，有点忙不过来。孔漫来了之后通过考核，就接任了五年级一班的数学教学任务。

自从毕业后，孔漫基本就没有再接触过教学工作了。上课时她用的教学方法还和早前上学出去实习时的一样——讲题精简，直指重点。

对待学生要求严厉，始终严肃着一张脸，该罚的毫不手软，当然，该奖励的也不吝啬。

这导致五年级一班的学生越来越害怕她，私底下不知给她起了多少外号。

四月中旬的一个星期六早晨，学生放假。

孔漫走进办公室，到自己的办公桌处坐下来收拾东西。

旁边的办公桌是白阿桃的，此时她桌前站着一个男孩子。

孔漫有点印象，是五年级一班一个比较调皮的男生，好像叫付亚鹏。

而此时的付亚鹏正在和阿桃据理力争，他强调："表姑姑，换一个老师去吧！要是你去家访，那我幼小的心灵将会受到严重打击的！"

阿桃哼了一声："叫我姑奶奶也没用，谁让你这次月考成绩倒退那么多。"

"没说不能去家访，只是能不能换个老师哦。"

"哟，你还不乐意我去你家了？好好好，你说你想要哪个老师去你家？"

付亚鹏扭扭捏捏，在办公室随意看着："都行啊，只要不是表姑姑就行。"最后定在一个方向，说起普通话，"要不让孔老师去？"

孔漫在旁边挑起眉头。

阿桃也看向孔漫，试探地问道："漫漫姐？"

孔漫想了想问阿桃："你这次要家访的学生多吗？"

阿桃点头，伸手比画出一个八字，说："有八个呢！"

孔漫沉吟着："那还挺多的。行吧，他这儿我去。"

付亚鹏在听见孔漫答应后眼睛一亮，转身在别人看不见的地方，握着小拳头，胜利似的举了举，小脸闪过一丝得意。

烈日当空，万里无云。

在一个路口和开面包车的叔叔告别之后，付亚鹏指着一条羊肠小道对孔漫说："老师，我们之后都要靠走路上去啦，去我家都是这样的路哦！"

孔漫抬了抬头顶的帽檐，往小道上看去，弯弯曲曲不见得多好走。但她也不在意，心里想着屁大点孩子都能走，自己肯定能行，说："走吧。"于是两人便上路了。

出发之前孔漫回宿舍换了一身轻松的运动装，给脸和脖子涂了厚厚一层防晒霜，路过多西镇小型超市时，还进去提了些东西，比如矿泉水。

往上爬山的路上，付亚鹏一直在叨叨唠唠："老师，其实我家特别特别穷的，家里房子只有一间，下雨了会漏雨，风吹了会漏风。"

孔漫回："嗯，所以你要努力读书，将来就会有出息，就盖得起大房子了。"

付亚鹏噎了一下，还是继续卖惨：“我家在深山老林里，家里要地没地要田没田，全靠我爹一个人进山打猎供我上学。”

孔漫皱起眉头，这年头还有靠打猎维生的吗？这怎么听都有种历史感。

但她没有打断，因为现在的她开始力不从心了，往山上走的路越来越费力。

十几分钟后，付亚鹏在讲些什么孔漫已经听不清楚了，这路走得艰难，她累极了，脸颊两侧的汗水就没停过。

爬上一个小山坡又转了一个弯以后，视野终于开阔起来，脚下的山坡是一片荒野，山风一阵阵吹来，吹走身上的热气。

付亚鹏看了眼孔漫，开口问：“老师，要不休息一下吧？”

孔漫一屁股坐了下去，也不管地上是什么，她太累了，还好坐下的地方有一层干树叶，估计是哪位放牛羊的人之前在这休息过。

现在是春季，山野间还是枯草干木居多，也偶尔会有几棵发芽较早的嫩绿的树出现在视野里。

他们坐的地方上面刚好有一棵发芽比较多的绿树，能遮挡一片火辣的阳光。

付亚鹏也在旁边坐下：“老师，你这体质不行啊，这才走了没多远。”

孔漫拿下帽子扇风，从塑料袋里拿出矿泉水，一瓶递给付亚鹏，一瓶自己喝，喝了半瓶，她才问：“你家还有多远？”

付亚鹏握着水，手指指向更远的山头，说：“喏，那能看到一点白色铁架的那座山就是。”

孔漫看去，一开始看不清，只能看到近前的几座高山，她再往那几座山后看去，隐隐约约冒出一点和青山不一样的颜色。

这……这么远？她看向小同学。

付亚鹏肯定地点点头。

孔漫蒙了，指着前面的高山问：“也就是说，我们得爬过前面这几座大山？”

小脑袋瓜子再次点了点，她瞬间有点哭笑不得，这是接了个什么活？活受罪吧。

两人一路走走停停，中途还停下来把手里提着的面包全给解决掉，提着太费力了。

在转上一条还算宽阔的小道上时，孔漫手里的矿泉水也喝没了，她一脸绝望，这么晒的天，没水了简直能要人命。她不得不再次问这个问了好几次的问题："你家到底还有多远？"

付亚鹏抬起手上的电子表看了看，回答："还要走两个多小时呢，老师坚持一下。"

"可是老师已经没水了。"孔漫把空瓶拿给他看。

"没事的，这里小溪啊山泉啊都特别多，渴不到的。"

付亚鹏说完还真带着孔漫顺着小道走到一个山沟处，那里有棵特别高的大树，树根连接土壤有一个洞，里面流出不怎么大但是很清澈的水。

还有人拿原地的沙土围了围，插上一根竹筒，从竹筒里流了一股水落到下层更大的一个围好的小水潭里，这处水源使得这周围的草和树都比其他地方更绿更茂密。

"这……能喝吗？"孔漫哑然看着这处景象。

"当然能的，我每次都是来这里喝水的。"付亚鹏走过去蹲在小水潭边。

孔漫也在旁边蹲下，拿矿泉水瓶子接了一瓶山水，她抬起瓶子凑近了看，瓶子里干干净净，果然像是能喝的样子。

孔漫还在观察的时候，付亚鹏已经接了半瓶，拿起来就痛痛快快喝了，她瞅了一眼小屁孩，也跟着喝起来了。

还别说，这水真够凉爽，也好喝，就跟喝矿泉水一样。

喝够水，也灌满水，孔漫说什么都要休息一下，他们便在离水潭不远的树下坐了下来。

云南的天气就这点好，不管多么晒，一到阴凉的地方瞬间就凉下来了。

歇息够了又要起来赶路。

时间慢慢流逝，两人不知道走了多久，爬了多少山，汗流了干，干了又流。孔漫的脚已经没有痛觉了，她呼吸越发困难，胸腔里像是破败的风箱在"嗬嗬嗬"的发声，这可比当初跑八百米还累。

付亚鹏看见孔漫脸色苍白地跟在他后面，看着像是要晕倒的时候就后悔了。

虽然他有点记恨一个星期前，因为没做数学作业被这个老师罚站在走廊上，搞得自己在同学面前丢大脸了，但现在看着这个北京来的老师受到这样惩罚，他内心的恨意早就消失，反而觉得过意不去。

可是没办法，这路都走了三分之二了，往回走还更受罪，他只好硬着头皮带着老师往山上走。

他主动走过去拉住孔漫的手，诚恳道歉："老师，对不起啊，再坚持一下，马上就到了。"

孔漫已经没力气说话了。虽然疑惑这孩子为什么要道歉，但这一刻她的脑子已经短路，想不到什么了，她随意地摆摆手，表示不在意，只想赶紧到达他家。

似乎是走了很久很久了，天空慢腾腾飘来了几朵乌云，遮住了火辣的太阳。

"老师，到了。"

孔漫觉得，这一声到了简直是天籁。走了那么久，终于到了。

她喘了口气，抹着汗看向前方，一瞬间愣了，慢慢地不敢相信眼前所看到的一切。

她脑海里立马弹出一个画面：一阵伤感的背景音乐响起，一小间孤零零破败的石头房立在眼前，呼啦啦吹来一阵风，卷起几片落叶……简直一模一样。

孔漫瞬间泄气，小腿颤抖的一软，整个身体不受控制往下倒，太累了。

可她以为的跌落在地的场景并没有发生，一双有力的大手从后面托起她。

鼻尖传来了一点类似爱马仕大地男士淡香水味儿，里面夹杂着男性荷尔蒙和一些汗水的味道。好像什么时候，她在什么地方闻到过。

不过即使那双大手托着她，孔漫还是不受控制往下滑，腿像灌了铅一样，根本不像是自己的。

身后的男人也被带得往下沉了一点，又托住，她的手下垂，碰到男人有力精干的手臂，她抓在他手背上，硬邦邦的一股力量感支撑着她，但也仅仅只是支撑着，她还是起不来。

男人就这样手无足措抱了会儿，只好开口道："孔老师，得罪了。"嗓音低低沉沉，很是好听。

原来还真是熟人啊！孔漫想着。

随后，她身子一轻，被人抱了起来。

付亚鹏在看到男人的一瞬间，眼睛"噌"地亮起，左眼使劲眨了眨，有点犹豫地喊道："阿爹！"

付杨神经一跳。

孔漫更是惊呆了——哇哦，都有这么大孩子了？

在孔漫要开口前，付杨沉着嗓音开口了："爹什么爹！我是你叔！"

孔漫瞬间看向叔侄俩，付亚鹏绝望地垂头。

付杨也有些不自在，一把将孔漫抱起转身进哨所。路过付亚鹏时，眼神不善地警告道："等会儿收拾你！"

付亚鹏夹紧两股，整个人还是有点蒙的。他可以肯定，他刚刚使的眼色小叔肯定是看到了，为什么叔侄两人配合那么多年了，这次他叔怎么就不配合他了呢？

孔漫被人轻飘飘抱了起来，一颗心随着他的动作也飘了起来。

那人抱着她似乎很轻松，她也从来没被人这样抱过。

时间好像慢了，她身体上的疼痛也飘远了。脑子晕晕乎乎，有股浑浑噩噩不知当下的幻觉。

付杨抱着人进了哨所，把她放在简易的床上。

孔漫回神，撑着床看他。

付杨转开目光，在她面前干站了几秒，才反应过来似的，转身给她倒了碗水放在旁边的木墩上。

孔漫视线跟着他转了片刻也就不看他了，缓了会儿，她抬头打量着屋子。

石屋小而简陋破旧，屋内杂七杂八什么都有，床、木桌、木墩子，放着几个碗的木架子，还有一个煤炉。

她有点不确定地问道："这……不会真是你家吧？"

听到这话，付杨就知道是怎么回事了，他看了孔漫一眼，想起之前她的脾气，决定先下手为强。

他没回答，而是转开视线，看向从外面挪着脚步进来的侄子，一只手指着墙角点了点，说："很好玩是吧？过去站好！"

付亚鹏瘪着嘴乖乖地站好，孔漫也看过去。

付杨走了几步，拍拍他小脑袋："难怪昨晚打电话问我在哪儿……"

"小兔崽子长本事了，嗯？"

小朋友乖乖站着挨训。

付杨：“跟老师道歉。”

这回付亚鹏很积极，大喊：“我道过了，半路的时候就道过了！”不过他还是再道一次，“老师对不起！”鞠了个躬。

付杨瞅他：“哦？知道错了？”

小朋友点点头，认错态度很好，站得板板正正的。

孔漫这下终于明白，她被这小屁孩给耍了，她看向小屁孩，付亚鹏犹豫了一下，颤颤巍巍地把书包举起来，顶在头上。

她转向付杨，问：“那这里是？”

付杨放下手回道：“这是我们林业所在哀牢山的第一个哨岗，筚拔山哨岗。”

孔漫皱了下眉，颇为郁闷又有点气结：“既然这里不是付亚鹏的家，那我该走了。”

付杨没说话，走出去站在门口，看了会儿远方，才转过头跟她说：“孔老师，你怕是暂时走不了了。”

孔漫歪了下头，疑惑地看着他。男人站直身子，飘移了一下目光，再转头看向天空，说：“快要下雨了。”

这雨说下还真就下了，一开始还是太阳雨，渐渐地，天空乌云密布，小雨变成了大雨。

孔漫拿起手机一看时间，两点半，而且没有网络，信号显示处只有一个大写的“E”，玩不了手机，雨也不知道要什么时候才会停。

她卷了卷袖子，看向角落里顶着书包罚站的小屁孩，莫名解气。

付亚鹏瞪大眼睛，悄悄往后退了一步，紧紧贴着石墙。

付杨在下小雨的时候顶着一顶棕色的蓑衣跑了出去，现在雨大了，他才回来，手里拿着一个换下来的监控，进屋后把监控放在了屋里的大木板桌上。

石屋安静，屋外雨滴淅淅沥沥，偶尔有一两滴雨溅在窗户石块上。

空气里，一股雨水入土的大自然的味道飘了起来。

男人站了会儿，看了孔漫一眼，嘴唇动了动又闭上，他挠挠胳膊，抓得“嚓嚓”闷响，男人皮糙肉厚，倒也不觉得疼。

“小叔。”

付杨看过去，从角落里拿了块木板出来放到床上，再拉了个木桩子出来，招了招手让他过来写作业，付亚鹏乖乖照做。

下着雨，石屋昏暗，写字费力。付杨走到门口拉了一下灯线开关，屋内瞬间亮起来。

孔漫被突然而来的光线刺了下眼，她眯了眯，诧异地瞟向付杨：这深山老林里还有电？

付杨愣了一下解释道："这是太阳能电灯。这里日照时间长，光能可以很好地利用起来，不过也就只能照明用用。"

孔漫颔首。因为门口站着付杨，她便转头从另一面的墙壁上开窗但却没玻璃的窗户看出去。

屋外下着大雨，山林被笼罩其中，雾蒙蒙的看不清楚。

"你们肚子饿不饿？"付杨走了进来。

付亚鹏和孔漫都摇头，小同学回答他叔："我们路上吃了好多面包，一点不饿。"

付杨点头，在大桌子前坐下，过了会儿把笔记本电脑打开，开始拷贝换下来的监控的录像。

"老师……"付亚鹏抓耳挠腮地抠着练习册。

孔漫看了过去，是她布置的数学作业，她看向小学生，瞅着他眼睛。

付亚鹏对对手指，小手移过来揪着孔漫袖口，小声撒娇："老师……对不起，要不……你打我？"

孔漫伸手，小屁孩死死闭上眼睛，她笑了一下，一根手指弹在他脑门上。

付亚鹏睁眼，小手摸摸额头，笑眯眯地看着她。

孔漫敲了敲木板，又指了指作业。小朋友拿起笔等待着，她侧身指点起来。

付杨在拷贝的间隙转头看去就是这样温馨的一幕，他脑子里不受控制地往后想了很多，又立马打住。

他挠挠后脑勺，也是在这一刻，他才就着昏暗的灯光细看对面教做作业的人。片刻，喉咙突然有点发痒，心脏也像是被挠了一道，他立马收回视线。

付亚鹏做作业的时候，孔漫教得也耐心，一遍两遍地重复着，又举例子演示，直等他懂了才放笔。

付亚鹏写完作业，扭扭捏捏地跟孔漫打着商量："老师啊，回学校之后你能不能就这样教我们啊？”

孔漫若有所思地看着他。

他有点害羞：“我们有点笨呢，不像大城市的孩子那么聪明。老师教得很好，可我们好多都跟不上，有点听不懂。”

孔漫恍然大悟地点点头，继而沉思自己的教学方式。

小朋友还在打着商量：“就像刚刚老师教我那样，我就能听懂了，我能听懂，班里的大部分同学也能听懂的。”

孔漫有些愧疚地摸摸孩子的脑袋：“对不起啊，这是老师的错，老师没考虑周到，回学校了我就改。”

付亚鹏支支吾吾半天，脸憋得通红，他没想到孔老师居然会道歉。他瞬间觉得自己是个坏孩子，为了报复，居然带老师爬了这么远的山。

“老师我也错了，骗你爬了这么多山。”他低着头抠着手指。

孔漫笑笑：“没事，老师也有错。还有其他作业不会的吗？”

付亚鹏连忙翻包：“有的有的。”

他们做完作业的时候，付杨才出声：“孔老师，辛苦了。”

孔漫舔了下唇，摇头。

付杨看见，站起来把她碗里的水倒了，又重新倒上一碗温热的递给她，说：“这里有洗洁精洗碗，干净的。”

“你以为我嫌碗脏？”她问。

付杨沉默了，没回答。

孔漫一把接过白碗，端起来几口喝了，喝完水才感觉到脚底疼痛起来。

看着她微微皱起的眉头，付杨接过碗，轻声问：“是不是脚疼？”

“你怎么知道？”孔漫抬眼看向男人。

付杨又转开了视线，默了会儿才开口：“山路走多了都会这样。”

“可是……我不疼啊！”小孩子的声音在旁边响起。

付杨咳了一声，转头瞪了侄子一眼。

孔漫瞅着他尴尬地抓抓头皮又抠抠裤腿，忽而就弯了下唇。

雨一直下到下午五点多，断断续续不停歇。

五点左右，雨小了一些，信号也恢复了，付杨顶着蓑衣又出去了一趟，这一趟去得有点久。

孔漫渐渐待不住了，这雨不停，她要怎么回去？

电话响起，是阿桃打来的，问她家访的情况，她如实回答了，把阿桃气得不行，直呼回学校了要让小兔崽子掉层皮。

孔漫问她，现在这种情况要怎么回去？

阿桃说没多大事，只要二哥在，让她放心，二哥会想办法送她回去的。

看着雨幕，孔漫轻轻叹了口气，她感觉不管是阿桃还是程磊，对付杨都有莫名的信任。

挂了电话，付杨也回来了，怀里抱着一塑料袋的绿色嫩芽。

小同学跳了过去，高高兴兴地问道："叔，今晚吃野菜啊？"

付杨"嗯"了一声，放下野菜，把煤炉搬出来放在门口，从门外掀起一块油皮纸，下面堆着几块蜂窝煤，他拿了一块进来把煤炉给燃了起来。

随后他拿起塑料袋里的野菜递给付亚鹏，小朋友接过提着出去外面，他拿出两口黑色铜锣锅也跟着出去。

孔漫瞄了一眼，看到角落里有把大黑伞，她踮着脚过去拿起来到门口撑开。

叔侄俩都在石屋左侧，冒着小雨蹲着，那里有根皮管从远处树林里拉下来，搭在一根木丫叉上，水管里水流源源不断。

濛濛细雨里，空气都变得新鲜起来，雨中山林寂静，一方天地都是湿漉漉的。

孔漫一瘸一拐地走到他们身后撑起伞。

付杨洗着锅抬头看了一眼，轻声说："你脚疼，别动来动去，就坐着好了。"

孔漫摇了摇头，他也就没说什么，提着锅进去煮米，剩下她和认真洗野菜的付亚鹏，洗好菜两人回到石屋。

小朋友搬了个木墩到煤炉旁边，殷勤道："老师，来这里坐。"

孔漫在木墩上坐下，小朋友也在旁边坐下。

煤炉上，煮饭的锅已经"噗噗"蒸滚着锅盖。

过了会儿，等锅帽没动静了，男人把锅提在旁边，拿起另一口锅，里面已经放好水，还有一块腊肉，一起放到煤炉上炖着。

他将洗干净的野菜芽分了一些出来，用热水烫了一道，漂洗后倒上酱油、盐巴、山花椒和豆酱腌菜翻拌着，拌好后放在一边。

小朋友跃跃欲试想拿手去抓，男人一筷子打过去，敲在手背上，小朋友委屈兮兮缩回来，撇着嘴。

煤炉上的锅沸腾了几道后，付杨捞出腊肉放在碗里，又分了一部分野菜进去就着腊肉汤煮着，等沸腾后就提了下来。

他将锅盖翻下来，放在煤炉上背朝底部烧着，当炒锅用。

倒油，放干辣椒，再放野菜，翻滚炒了一圈，撒上盐巴味精，铲出来放到大碗里。

外面天色渐黑，煤炉的橙黄色火光照着男人专注的麦色脸庞。

孔漫在煤炉这头抱着膝盖，看了眼小朋友，目光渐渐转向男人麻利的动作。

煤炉的火光照着，男人蹲在那头做着饭。

军绿色迷彩短袖，胳膊上古铜色肌肉鼓着，脖间的喉结和青筋在转头之间清晰可见。

那一提锅，一翻炒之间，他手臂上的一根根青筋绷了起来——浑身上下满满的力量感。

难怪白天抱她毫不费力。

在这样简易的环境里，她居然在这个男人身上看见了一种原始的美感，她的食指蠢蠢欲动，想摸在那一股股青筋上，看它是软的还是像男人精干的胳膊肘一样硬实。

付杨知道孔漫在盯着自己看。他表面不在意，其实内心还是有一丢丢紧张的，一个不注意，菜刀落下去，腊肉就切大了一块，肥瘦之间泛着油光。

孔漫视线终于转到肉上，稍稍皱眉。

他回神，忙补救了一下，把腊肉肥瘦分开切成薄片，一半凉拌，一半没放调料，简单的山间晚饭就做好了。

吃饭的时候，孔漫多吃了一碗。这饭意外好吃，野菜三种做法，三种美味，腊肉也好吃，汤也好喝。

她长这么大，第一次真正意义上的吃到了“野味”，感觉到了一股人间烟火的味道。

三人把一锣锅饭全给吃得干干净净的。

饭后，付杨拿着锅接了一锅水回来烧着，又出去了一趟，回来还是拿着一把绿芽。

他从床底拖出一个铁盆，把绿芽放在里面，然后坐下来等水烧开。

三人围着煤炉坐着，一时间没话说，只有火焰在燃烧着。

小朋友东瞅瞅西看看，识趣地闭上嘴巴。

最后还是付杨先开的口。他把手机拿出来扒拉了一会儿，才打开微信，跟她搭话：“孔老师，我们加个微信，以后小鹏有什么事你直接跟我说就好，不用跑那么远。”

孔漫打开微信扫了他，网络转了好久最后显示加载失败。

付杨的也一样。他愣了一下，捏紧手机，才想起现在处于什么地方。

孔漫锁了屏幕，开口：“13×××××××××，电话号码也就是微信号。”

付杨怔了一下。

孔漫看过去，男人舔舔唇：“能再重复一遍吗？”

她又说了一遍。

“好的。”他存在手机里。

孔漫问：“你是付亚鹏的监护人吗？”

付杨回道：“不是。只是我哥嫂他们常年在外打工，小鹏的事情就是我一直在管着。这次不好意思了，让你受这么大的罪，回头我再收拾他。”

旁边小朋友一缩肩膀，可怜兮兮地看着他叔。

孔漫摇头，说：“那倒不用，知错能改还是好孩子，他刚刚道过歉了。”

小朋友使劲点头，表示自己知错了。

付杨轻轻地笑了，说：“今晚可能回不去了。”

孔漫看向门外，天已经黑了，山风呼啸着，这破天气，她认了，问：“那怎么办？”

付杨用木棍扒了扒炉子，回她：“只能在这里将就一晚了，明天是大晴天，一早就可以下山。”

孔漫看他一眼，他就知道明天会是晴天？

半晌后她也不纠结了，转头看看屋子，问出白天就憋在心里的问题：“你们是怎么把这么多东西拉上山的？这上山也没见有公路。”

付杨看着她，这回终于不转移视线了，他漆黑的眸光被橘黄色的煤炉火焰照耀着，隐有暖意。

他回道："这石屋以前是山神庙，老一辈人盖的。村民嫌太远，就把山神接到山脚去了。我们林业所要在哀牢山保护区内建几个哨岗，筚拔山这里就征用了这石屋子。"

"至于这些东西。"他看了屋内一圈，继续说，"上山有小道可以骑摩托车上来。所里的人来一次就带点东西来，渐渐地，东西就多了。"

原来是这样。孔漫颔首表示明白了。

天黑的时候雨就停了。

付亚鹏扒着他叔："叔，我要拉粑粑！"

付杨拿了手电带着付亚鹏出门，出门前停了一下，看着付亚鹏往前走去，他转身对孔漫说："孔老师要是也需要方便的话，这荒山野岭也不讲究，哪哪儿都可以。"他指了一下大木桌，"桌上有手电，我们晚一点才会回来。"

孔漫点头，付杨便转身跟上付亚鹏。

等一大一小消失在黑夜里，她慢慢地走过去，在大木桌上拿了手电也往外走去。

这男人虽然有点榆木疙瘩似的木愣愣的，但也不得不说他确实细心周到。

孔漫方便好回来，叔侄两人还没回来。

她看着面前的石屋，想起它前身是山神庙，顿时不想一个人待在里面，于是就站在门口打着手电，打算等他们回来了再进去。

山风呼呼吹着，有点冷，风吹过树叶带起一片的簌簌声。

孔漫摸了摸胳膊，抱胸等着，转眼看到前方草丛亮起一点荧光，她倏然僵直身子，甚至连手电都不敢照过去，怕看到更恐怖的东西。

她是个唯物主义者。但是随着风吹叶响，背靠山神庙，那点飘在半空的亮光，在这漆黑的深山中也太恐怖了些。

她想起大学时一个室友爱看的恐怖片，里面出现过一个词，叫：鬼火。

似乎是过了很久，身后终于传来叔侄俩的声音，孔漫动了动僵硬的身子，脚底传来的刺痛让她镇定了一点。

“孔老师？怎么不进去？”

孔漫扭头看他们，镇定地用下巴点点左前方，开口说：“有鬼。”

叔侄俩动作齐齐一顿，看向孔漫，再顺着她下巴点的地方看去。一点荧光飞了起来，转了个圈，在一上一下地飞着。

付杨半握拳在唇边咳了一声，笑意憋在嘴角。

付亚鹏最先憋不住，笑开了：“哈哈哈，老师，那是火亮虫（萤火虫）。”

他跑过去一够，就把萤火虫抓在手里往回走，到孔漫面前把手放开，萤火虫一溜烟飞走了。

孔漫的脸唰地就烧了个通红，想解释什么，却半天说不出话来，有种想找个地洞钻进去的冲动。

好在小朋友不耐冷，笑完就跑石屋里去了，只留下两个大人在外面。

孔漫木着脸，直愣愣转身，也打算进去。

男人突然低头，像打通任督二脉似的与她视线对上，笑意映在眸里，低低开口说：“孔老师，你怎么这么可爱啊。”

孔漫刚刚降温的脸再一次爆红。

她严肃着脸，目光射向他。

男人却已经转身，嘴含着笑，率先进入石屋了。

刚刚的孔老师，和平时冷冷清清的她不一样，真的就——特别可爱，他没忍住。

等孔漫在外冷静了一些进来，铁盆里已经倒上开水了，开水把嫩芽烫开，水的颜色也开始发绿。

付杨见她盯着水看，解释了一下：“这是蒿子水。你白天走了一天路，泡一泡可以缓解脚疼。”

孔漫摸摸脸，脸上黏糊糊的：“我想先洗个脸。”

“好。”

付杨带着她往外走，到皮管那儿蹲下，从草丛里扒拉出一块肥皂放在皮管旁边的石头上，说：“热水刚刚倒完了，你用冷水将就一下。”

孔漫不介意用热水还是冷水，她看着那块肥皂，起先不用，但脸上的汗啊防晒霜之类的用水根本洗不掉，最终没办法，还是抹了一点。

洗完回到石屋，付杨翻了翻侄子的书包，找出一袋儿童面霜递给她："抹一点吧，不然脸受不了。"

孔漫接过，挤了点在手里，将脸薄薄地涂了个大概，就还给了小朋友。

付亚鹏接过，自己给自己涂得香喷喷的。

付杨收拾好书包，过来把水挪给孔漫。

她坐在木墩上脱了鞋袜，把脚放进盆里，一股艾蒿的味道扑面而来，脚底生疼，她抬起脚看了一眼，起了好些水泡。

付杨在旁边也看到了，他在孔漫身边蹲下，手伸过去，停了一下又缩回来，指指她的脚，轻声说："明天回去去卫生院把水泡挑破，上点药。"

孔漫"嗯"了一声，又继续泡着蒿子水。

付杨看了几眼，抓抓头皮，起身去收拾床铺。他将大桌子上的东西放到角落里，把木板拆下来放在地上，又从床上扒拉了一个垫子和一床被子下来，拿起衣服团了团当枕头。

整好地上的，他又把床上的整理好，把木板门拉回来插上插销，拿白天付亚鹏写字的木板将窗户给挡上。

孔漫泡好脚，脚刚踮着踩在自己鞋面上，水就被付亚鹏移过去，脱掉鞋袜就要泡进去。

她连忙阻止："哎，不行，你重新倒一盆水。"

小朋友不在意，脚往水里晃了晃就伸出来搭在盆边："洗好了。"

孔漫一时无语。

付杨过来把侄子抱到地上的床铺里，对孔漫说："孔老师，你睡床上。"

孔漫看了眼，倒也没和他们争什么，"嗯"了一声，脚踩着鞋子挪到床边。

山间黑夜无限延长，屋里漆黑，屋外是呼啦啦的风声。

孔漫慢慢地翻了个身，她发现现在的她接受事物的底线已经大到无边了。身下的垫子不厚，木板很硬，脑袋下枕着自己的外套，被子里有付杨身上的味道，她不适应地往下拉了拉。

黑暗中——

"小叔，脚好凉，给暖暖！"

"小叔有点冷，你抱着我。"

“小叔——”

“闭嘴！”

“噢……”

孔漫暗自撇撇嘴，伸了伸脚，触碰到冷空气又赶紧缩回来。就这样在半睡半醒之中，天不知不觉地就亮了。

清晨的阳光从山头洒落，雨后山间云雾缭绕，鸟儿在树林里飞来飞去，叽叽喳喳好不热闹。

三人起床后什么也没吃，洗把脸就打算下山了。

哨岗斜后方下面有一个很高的铁架子，起初孔漫没注意，等付杨弄摩托车的时候才注意到。

铁架中间是很高的水泥柱子，像城市里的路灯杆一样，最顶端是四个面向四方的高清摄像头，摄像头上面是黑色太阳能电池板。

这些摄像头像是山里的守护神一样，默默地记录着这里的一年四季。

付杨骑着摩托车，中间夹着小朋友，后面是孔漫。

他们顺着并不是很宽阔的小道往山下走。

付杨骑车很稳，即使是很颠簸的山路，也依旧是稳稳当当的，起码孔漫在摩托车上并没有感觉到很害怕。

微风不燥，山林景色一幕幕变化着。

转了很多弯后，终于到了与大路交叉的路口，付杨停稳摩托车，后面两人依次下车。

他将摩托车推到路边靠着山停好，随后把旁边的墨绿色油布掀起，露出里面白色越野皮卡车来。

付杨上车把车倒好停在路边，付亚鹏和孔漫上车，关好门，车子开了出去。

从上车到回到教师宿舍楼下，用了不到一个小时。

原本付杨是想把孔漫送去卫生院的，但她要先回宿舍洗漱，于是就送到了教师宿舍楼下。

孔漫回了宿舍洗了个澡，吃了点阿桃做好的早饭，终于感觉自己活过来了。

她也没去卫生院，在宿舍里阿桃拿针帮她挑破了脚上的泡，擦了些碘伏。

擦完药，她进了房间，躺在床上正打算睡一觉时，付杨的好友申请就发了过来，孔漫点了同意。

付杨的微信名就是他的名字，头像是一座青山，朋友圈里零零散散的是一些山里的所见所闻。

孔漫放下手机，在床上滚了一圈，拿起被子蒙头一盖就睡了过去。

第三章 / 匆匆再遇

你是不是喜欢她

回学校后，孔漫重新整理了教学方式和方法，慢慢地去适应学生们的接受程度。有付亚鹏带头，学生们也渐渐地开始和孔漫互动交流。

他们偶尔会问一些学习之外的问题。比如北京是什么样的？故宫是不是像课本上一样？老师在北京有没有见过大明星啊之类的。

时间悄悄地就过去好几个星期。

五月中旬的时候，五年级的品德老师结婚了，她给学校的所有老师都发了请帖，包括孔漫。

品德老师姓张，是本地女孩子，个子有点矮，她的结婚对象是镇上初中的一个老师。

婚礼在农村举行，那天刚好是星期五，上午下了场大雨，到中午停了，太阳也是若隐若现的。于是大部分老师都是打算等下午的课上完了再去，时间也来得及。

孔漫是跟着白阿桃一起去的，程磊开的车。

她第一次去看南方的农村婚礼，还是有点期待的。

新娘家在山顶，他们到的时候酒席上已经很热闹了，小孩子跑来跑去摔着小鞭炮。

这边的农村婚礼热闹又喜庆。院子里的顶棚是用一根根带着竹叶的竹子搭好的青棚，地上铺着厚厚的绿松叶，四周挂着红色的彩带和新婚的气球。

此时第三批吃饭的人已经在院子里落座，桌上摆满了丰盛的酒菜，喇叭轰轰响起，抬着饭菜的相帮人员进进出出，围着桌子的人开始动筷。

没吃饭的人则热热闹闹地围在外边，嗑着瓜子聊着天。

孔漫和白阿桃给完礼钱，到一边站着。

阿桃四处看了眼，说：“漫漫姐，我们是下一批吃饭，这趟赶不上了。”

孔漫摇头：“没事。”

“这天有点冷啊，早知道多带件衣服了。”阿桃抱怨着搓搓手臂。

孔漫有点不解，这都五月中旬了，为什么还能感受到冷。

阿桃被冷得说话都抖了：“上午不是下过雨了嘛。这边都这样的，雨下过之后吹的风会有点冷，再说这是山顶，温差就更大了。”

一阵风吹来，孔漫都经不住，也搓了搓手臂，阿桃凑过去抱着孔漫胳膊，两人挨在一起。

一阵热闹声后，新娘新郎出来发糖递烟，据说这是这边的习俗，后面跟着伴娘和伴郎，分别都提着糖果和香烟。

阿桃笑着感叹：“嘿，第一次看见二哥穿西装呢！不是我说，他都快成我们这边伴郎专业户了，哈哈。”

孔漫看到了，那男人穿西装比新郎穿得都好看，毕竟身高摆在那里。

付杨同样也看到外面站着的她们了，等新郎递好烟回新房歇着的时候，他又出来一趟，这次只有孔漫一个人站在外面。

浅蓝色阔腿牛仔裤搭配低跟小皮鞋，上身是白底红点的港风衬衫，褐色长鬈发松散地披在肩头，整个人气质清冷，唇红齿白，俏生生地立在人群中，周围的人都在悄悄地打量着她。

付杨穿过人群走到她面前，轻声问：“穿这么少不冷吗？”

孔漫点头，说：“来的时候没注意。”

付杨也猜到了，说：“你跟我来一下。”

孔漫看了一眼阿桃走的方向，再看一眼走出几步的付杨，迈步跟了上去。

付杨带着她走了几米远，到皮卡车边，他打开车门，从里面拿出一件黑色皮夹克递给她：“你先穿着，不要冷感冒了。”

傍晚山顶的风确实很冷，孔漫挑了挑眉接过，刚要穿又看到上面的吊牌。

付杨也看到了，他拿过来，手拉起吊牌绳往两边一扯，手背青筋鼓起，那吊牌绳子在他手里“砰”一声断开。

她看着眼皮一跳，他把皮夹克递给她。

孔漫穿上，衣服有点大，下摆都遮住臀部了，但确实暖和了不少。

付杨看她穿好，又带她往回走，边走边说：“一会儿吃饭的时候多吃点，这边会劝饭，到时候小心一点。”

孔漫好奇：“什么叫劝饭？”

付杨：“就是你刚吃完，有人趁你不注意的时候往你碗里又舀满。”

孔漫瞥他一眼：“这儿的习俗……”

付杨挠挠鼻根：“不过没事，他们不认识你估计不会。”

孔漫点头，那就好，不然她会不习惯。付杨正要开口说话，路口摔鞭炮的付亚鹏像颗小炮弹一样冲过来，抱着他大腿，喊：“叔，我的糖！”

两人停住脚步，小朋友这才看见孔漫，又喊了一声：“孔老师好！”

孔漫点点头，摸摸他脑袋，小朋友不好意思地站稳。

付杨从口袋里掏出糖果递给付亚鹏，他一把接过又跑了。

两人继续往前走。过了几秒，男人突然伸手。

孔漫愣了一下，看向他掌心，上面放着几颗喜糖。

她看了一眼付杨，男人也正看着她，见她看自己，他垂眸看手里的糖，轻轻地抿唇笑了一下，伸了伸手，意思是让她接糖。

孔漫无奈一笑：“我又不是小孩子。”

他看她一眼：“谁说大人就不能吃糖了，拿着吧。”

孔漫戒糖很久了，看了会儿，才拿起一颗，晃了晃。

付杨也不强求，把剩下的放进口袋里，带着她往前走去，回到原来的位置后，付杨就进去新房那边帮忙了。

孔漫看着他走远的背影，沉稳有力像深山一样，温和又润物细无声。

山顶微风吹过，有人抱起手臂搓了搓，直叹冷死了。而此刻的孔漫，身体裹在皮夹克里，周身都暖和了。

等阿桃穿着一件外套，再捧着一件外套来的时候，孔漫已经彻底暖和了。

阿桃愣愣地看着，咂咂嘴最后又把衣服给送了回去。

两人吃好饭立马就撤，阿桃显然是知道自己家乡习俗的。

但她们吃好了，程磊那边却被人拉着吹牛，席都没法入，她们站在外边又冷，这里也不是白阿桃住的村里，熟人不多，最后阿桃带着孔漫去了她表姨家等程磊。

阿桃表姨家在这个村村口，院前还有高高的竹林，院内正房是瓦片的老房子，右手边盖起了一栋两层的楼房，贴着瓷砖，在农村里来说这装修得已经很漂亮了，左手边也建了两层的楼，但是还没装修。

阿桃刚进院子就喊了一声，院内有条大白狗，在她们刚进来的时候站起来汪了一声，等阿桃出声了它摇着尾巴走过来，阿桃摸了摸它。

右侧楼房里应了一声，阿桃拉着孔漫进去。

跨过门槛，里面是一个客厅，装饰温馨，墙壁上挂着液晶大电视，下面是裸色电视架，电视旁有两丛富贵竹插在陶瓷花瓶里，电视前是玻璃茶几，米色布沙发，沙发后面墙上还有块占满墙的大镜子，还有落地窗，淡紫色窗帘被扎起，窗边有棵绿色盆栽。

“呀，妈你也来啦。”阿桃惊喜地跳过去，搂住沙发上坐着的一个中年妇女。

阿桃妈妈拍拍她的头笑着应了一声，转头看到孔漫，颤颤巍巍地站起来，说着带浓浓乡音的普通话：“这是小漫吧？”

孔漫过去扶住阿桃妈妈，回：“是的，阿姨。”还好她来了也有一个半月了，大致都能听懂。

阿桃妈妈拉着孔漫在沙发上坐下，摸摸她的手，盯着她看：“真漂亮，我们小漫啊，人美心善。”

孔漫不好意思地笑了。

阿桃妈妈肤色黑黑的，脸上皱纹很多，头发一半黑一半银，背有点躬着，手上的皮肤很粗糙，但很温暖。

这算得上是两人第一次见面，虽然以前阿桃妈妈就在阿桃手机里见过孔漫的照片，但第一次见到她本人还是很激动，一直拉着孔漫磕磕绊绊地说话，直到另一个妇人进来。

“表姨！”

阿桃把她妈不会弄的电热炉给打开放在沙发前，见到进来的人喊了一声。

“哎！坐吧，我来弄。”

阿桃表姨是个有点圆润的妇人，笑起来也很温柔，比阿桃妈妈要显年轻，但其实她还是阿桃妈妈的表姐。

几人在沙发上落座，阿桃妈妈给阿桃表姨介绍孔漫，包括当初她们家最难的时候，阿桃差点读不起大学，是孔漫资助她的事都一点不漏说出来。

虽然这事儿周围的亲戚都知道，但这次见到孔漫，阿桃妈妈还是忍不住再说了一遍。

“好孩子，好孩子啊。”表姨从阿桃妈妈手里接过孔漫的手，她的普通话又要比阿桃妈妈的更流畅一些。

她在四五年前是知道有这么回事儿的，看着孔漫通身的气质，她忍不住打听情况：“你来我们这边这支教，你父母同意吗？”

孔漫摇头：“我没有父母，从小就是在孤儿院长大的。”

“啊……这，苦命的孩子哦。”说着她又摸摸孔漫的手，感到有点凉，移去电热炉旁边暖着。

表姨：“那你来这里还习惯吗？这乡下环境差得很嘞。”

孔漫：“还行的，我记得小时候也是在农村，劈柴，烧火煮饭，喂牲口什么的我都做过。后来去孤儿院了也是什么都干，我去哪儿都能适应，来这儿也能适应。”

表姨听得眼眶湿润，拍拍她的手说不出话，这是个心肠很柔软的妇人。

“那后来呢？漫漫姐，我都没听你提起过呢。”阿桃在旁边杵着下巴看着孔漫。

后来啊，孔漫回忆了一下。

后来家里养不起了，就把她放孤儿院了。那时候家里有五六个孩子，只有她一个女孩，所以她就被送走了，那里的孤儿院一开始也不叫孤儿院，一开始只有敬老院。

她在敬老院生活了四五年。吃老人剩下的饭菜，穿的也是老人们不穿了她自己拿针线扎起来的旧衣服。说不上多苦，年纪小也不记那么多。

后来读学前班还是敬老院一人凑一点送她去读的，再后来上一年级的时候，她遇到了一个从北京来的老太太，老太太资助她上学，但不领养她。

于是敬老院的人商量着把她送往北京的孤儿院。小小的她跟着敬老院的院长一路坐绿皮火车，坐了几天几夜才到达北京，从此她便在北京的福利院住了下来，名字也是后来改的。

她上学时偶尔会去老太太家陪着，老太太脾气特别不好，住在北京富人区的四合院里，一个人孤孤单单，逢年过节也会叫来孔漫，两人相伴直到孔漫高中毕业考上大学。

老人家是在孔漫开学前一周去世的，走得特别突然，什么都没留下。老太太生前的律师按照老太太之前的吩咐，她去世后所有财产立马捐给慈善基金会。那律师也是死板，无论孔漫怎么求都没用，临近开学，她要办什么都来不及了。

那时候的她难过又悲伤，努力考上的大学就在眼前，却因为学费要与其失之交臂，是无力，也是绝望。

老太太走后，大学学费和生活费的压力，差点压垮当时只有十八岁的她。

即将眼睁睁错过时，有人给她资助了学费，但她也要付出回报，这是她一直埋藏在心底深处无能为力又不愿提起的事。

她只说是贷了助学贷款和拿奖学金把大学读完的，虽然大学最后两年确实如此。

孔漫讲完之后，客厅里静静的，阿桃在旁边抱紧孔漫，泪眼婆娑，想开口却说不出话来。

阿桃表姨听完更是暗自抹了把眼泪，这是个命苦的孩子。

阿桃妈妈握紧孔漫的手拍了拍，一时说不出话，她以为孔漫家境很好，所以当初才会资助阿桃。原来不是，这孩子比任何人过得都苦。

她们那晚一直待到九点左右，程磊才打来电话说可以回去了。

阿桃拉着孔漫出去，阿桃妈妈要在这住一晚，第二天和阿桃弟弟一起回去。

临走时，表姨还一直叮嘱阿桃，有时间多带孔漫来家里玩。

去到新娘家外时，程磊和付杨站在路口说话，看到她们过来，两人止了话题，程磊说他去开车，于是走了。

剩下三人站着，半晌，阿桃问："二哥，你咋不进去？外头怪冷的。"

付杨回："一会儿就进去。"

车子开过来，阿桃坐进副驾驶，孔漫坐进后座，关好门。

付杨绕到驾驶室跟程磊说："路上开小心点，要注意安全，千万别大意。"

程磊笑了："你不说我都晓得，我老婆在车上呢，可不得小心点。"

付杨笑笑，眼睛往后一瞥，跟孔漫的视线对上，这才慢悠悠地退到路边。

车子离开，直到尾灯消失，他才进去。

六月的云南，雨水开始渐渐地多了起来，偶尔暴雨，偶尔细雨，温度也是忽高忽低的。

雨水一多就容易发生山体滑坡、泥石流等事故。

上旬刚开始的一个星期天上午，雨雾连天，一夜的暴雨下到凌晨四五点才停。

天气原因，孔漫难得睡个懒觉也被打断了，阿桃拉着她起来参与接学生的任务。

昨夜的暴雨导致好几个地方的路都大大小小出现了问题，出于安全考虑，每一个村委会都安排了老师去接学生。

阿桃和孔漫去的是多西镇上段的某一条路接学生。那条路中段上方发生了山体滑坡，路断了，来上学的学生陆陆续续堵在另一头。

接了任务，阿桃在校外的小卖部借了两辆面包车，她们一人一辆开着去接人。

孔漫当初考驾照学的是手动挡，会开面包车，就是天气原因，两人也不敢开快，开得谨慎小心。

她们开着面包车到的时候，远远就看到滑坡把路堵断的位置上，有一辆大型挖掘机正在疏通。

等到近前停了车，孔漫才看清开挖机的人是付杨，她有点诧异地挑挑眉头，挺意外。

孔漫下了车，阿桃在旁边打电话，她过去就听到：“好的，二哥，我们不着急。”说完把电话挂了。

“怎么样了？”

“没事，暂时没有学生受很严重的伤，只有几个擦伤，都堵在那头呢。”

孔漫点点头，抬眼看向挖掘机。

男人没看她们，他在专心致志地疏通道路，挖机的铲斗在他的操控下起起落落，道路上的堆积土就被疏通了大半。

都说专心做事的男人最有魅力，这话孔漫再一次体会到了。

一阵山风忽而吹过，她搓了搓胳膊，有点冷，阿桃带她回到面包车里等着。

孔漫还在看付杨，问阿桃：“你们这儿的林业所要会开挖掘机才能进吗？”

阿桃顺着孔漫视线看了付杨一眼：“那倒不是，那是二哥自己的挖机。”

孔漫转头看阿桃："嗯？"

阿桃说："二哥虽然是林业所的人，但那点工资哪够啊。再说之前他在山东读书学的也是这块，虽然没读多久。"

孔漫琢磨几秒："山东蓝翔？"

两人脑海里不约而同蹦出那句经典的广告词：挖掘机技术哪家强，中国山东找蓝翔！

"噗哈哈哈！当然不是。"阿桃笑得趴在方向盘上。

孔漫自己也被逗笑了。

阿桃继续说："其实挺遗憾的，二哥当初在山东济南读的大学，还是路桥专业的，不过他大二的时候去当了兵。我们一直以为他当完兵之后会回去继续读书，然后留在大城市发展呢。哪知道他当完兵就跑回来镇上修路，后来慢慢地才组了个工程小队。"

孔漫奇怪："他为什么不继续读了？"

阿桃叹息："我们也不知道啊！"

孔漫："确实……是挺遗憾的。"

"我们镇上这些路，百分之八九十都是他们队修的。"阿桃说着指了指脚下的路，又指向远处山上几条蜿蜒曲折，通往各个村落的路。

孔漫看去，这会儿她是由衷地佩服付杨。都说要致富先修路，道路是一个地方的致富支架，而他几乎撑起了这个镇大半的支架。

等了半个小时左右，道路疏通，学生陆陆续续过来，有几个擦伤有点严重，阿桃把他们先拉了回去。

孔漫则再等一等后面的同学，最后两个学生过来坐上车跟她说："孔老师，后面没同学啦。"

"确定吗？"

"嗯哪，我们俩是最后的啦。"

"好。"孔漫刚要发车，付杨就过来了。

他敲敲车窗，对孔漫说："孔老师到旁边坐。"然后又转头对副驾驶上的学生用方言说，"小朋友到后面去坐，这里让孔老师坐，我送你们回学校。孔老师开车不安全。"

那个学生乖乖爬到后面去和同学挤在一起。

孔漫有些疑惑。

付杨解释："雨天路滑，不放心你开车。"

孔漫保证："没事，我开得了，开慢点就行了，保证把学生们安安全全送到学校。"

他无奈，轻轻叹息一声："我是不放心你啊。"

天色氤氲，远处是青绿色的山川，男人站在车外，黑色冲锋衣外套加白色T恤，一身简简单单，踏实又稳定，目光温暖又坚持。

孔漫跟他对视几秒，败下阵来，下车换到副驾驶上。

付杨上车，发车开了出去，不过几十米，车子就熄火了，打了几次都没打着。

两人面面相觑。最终还是付杨把他的皮卡车开过来，几人挪了地方。

孔漫坐在副驾驶，手上还抱着个一年级的女学生。

车子先开去卫生院，车里的一个学生腿上有擦伤，是雨天路滑走路时摔倒擦到的。

车停好，两个男同学扶着那个同学进了卫生院，孔漫也下车进去跟里面的医生交涉，等学生去包扎，她才在卫生院的椅子上坐下来等着。

手伸进口袋时感觉一阵刺痛，她拿出来一看，手背不知道什么时候蹭伤了一块，有血丝凝固在表面。

她正怔怔地盯着自己的手看，旁边突然坐下来一个人，她的那只手就被一只大手拉了过去。

男人拿着沾了碘伏的棉签轻轻擦着她的手背，感觉到手里的手因为伤口被碰触到而刺激得缩了一下，他立马放轻动作："还疼吗？"

孔漫摇头又点了下头："有点。"

他想了想，低头轻轻吹着手背，边快速涂抹碘伏。

一阵轻温热的风吹在手背上，火辣辣的刺痛似乎真的有减少。

那阵风从指尖直达心间，孔漫感受到从心脏开始涌上来阵阵暖意，她的目光渐渐移到男人专注的脸庞上。

好像之前都没细看过这个男人的脸：麦色脸庞上，剑眉，内双的眼睛，眼窝有点深，高挺的鼻梁，薄薄的嘴唇，加上寸头，整个人是一种硬朗周正的帅。

或许第一眼并不出彩，但越相处，这种正的味道越浓，像浓酒又像深山，吸引人去品尝去深入。

“阿杨，你纱布都没拿……急什么啊……”清脆的女声在看到眼前的场景时戛然而止，又继续接上。

孔漫抬头看去，女人穿着白大褂，清瘦的身形，脸上化着淡淡精致的妆，手里拿着纱布，原本高兴的笑脸慢慢变成客套的微笑：“要不我来包扎吧。”

“不用，把纱布给我吧。”

谢婉清缓慢递过去，付杨伸手接过纱布：“谢谢。”

“她这个擦伤不大，不用包纱布，贴个创可贴就行。”

“没事，预防感染。”付杨头也不抬，拿纱布给孔漫包扎。

谢婉清有点挂不住微笑，看着付杨如此着急小心地对待别的女人，她心里特别不是滋味。

她看向女人，一身暗灰色风衣，里面是白色衬衫，没有化妆，但五官冷艳漂亮，随意披散的鬈发平添一股性感。

“那我去看看学生吧。”

付杨“嗯”了一声，没看她，那女人也低着头。

她狼狈地走开，走廊里有学生站在治疗室门口看着里面，她路过他们，进了办公室，在办公桌前坐下待了会儿，打开保温杯却喝不下水。她看着走廊里的学生，犹豫了半晌，把水杯放下，站起来到门口又停下。

你有什么资格去打听别人呢？

可是……她握了握手走出去，在一个学生旁站定。

小朋友抬头看她，奇怪地问：“咋了呀？”

谢婉清蹲下，问他：“小朋友，外面是你们的老师吗？”

学生点头。谢婉清继续问：“怎么之前都没见过，是刚来的？”

学生回：“孔老师是两个月前从北京来的呢，教我们数学呢。”

“她姓孔啊，这个姓好听，一听就是教师。”

“对啊对啊，孔老师的名字更好听，叫孔漫。她还有我偶像逍遥哥哥的合影跟亲笔签名，老师说等回了北京就寄给我。”学生笑得期盼极了。

“真好。”谢婉清摸摸他的脑袋站起来。

她走进办公室，在办公桌前缓缓坐下，双手撑着下巴，脑袋放空地想着，北京来的……北京啊，离这儿十万八千里呢。

这一天到最后，谢婉清什么也没干成。她在办公室枯坐了一下午，什么都想，又好像什么都没想，晚间睡觉时，又平白无故眼睁睁到了三四点才睡去。

第二天她休息，睡到自然醒，吃了个午饭，打扫了下房间，洗洗衣服就到了下午。

其实她一点都不喜欢这样的生活，不喜欢没有娱乐的乡下，但她就是甘愿待在这里。

没办法，谁让她就是一个不撞南墙不回头的固执人。

傍晚她拿起手机刷微博。虽然乡下物质条件差，但网络还是流畅的，她也是一名冲浪小达人，刷着刷着，她偶然在热搜榜看到一个明星的名字，忽然就想起昨天学生的那句话：和逍遥哥哥合影，那就是娱乐圈……

鬼使神差地，她的手不听使唤地尝试着输入“孔漫”两个字，下面跳出来一大堆词条，她愣在原地。

当然这是后话。

学生包扎好，孔漫也包扎好，付杨又把他们送去小学。

车行至半路，孔漫思绪总停在刚刚男人为她包扎伤口的场景里。明明是不大的小擦伤，却也被认真对待，消毒、包扎。他过于认真的神色，让她一时恍惚。

这一刻，她好像突然就明白了这个男人朴实的外表下，似乎有颗赤诚的心。

抱着女学生，她没受伤的手伸进口袋里，本意想摸手机的，却碰到一根圆管。她摸了摸顶部的 logo，拿出手机，手伸出来时口红也被带了出来，掉进座椅跟车门之间的缝隙里。

她诧异了一下，低头看了看，若有所思。

孔漫回学校之后跟阿桃说了面包车熄火的事，阿桃又出去跟小卖部解释，找人去修车。

当天回到宿舍，洗完澡出来站在衣柜前翻衣服时，孔漫又看到了付杨那件黑色皮夹克，当初一直没机会还他。

她想，或许很快就有机会了。

当天晚上她做了一个好梦，梦里她有了个家。这让她之后一个星期心情都很温和。

山体滑坡之后的第四天，星期三下午。

一辆白色越野皮卡车快速飞驰在山间的道路上，半个小时不到就停在了卫生院门口。

付杨和白小东架着郝成功从车上下来直奔卫生院，郝成功的腿被石块压到，医生正在治疗。

白小东进去陪着，付杨在治疗室门口坐下，他抓抓头皮，略带了点点烦躁。

“阿杨，会没事的。”谢婉清站在他旁边安慰道。

付杨面色紧绷：“我晓得的。”

谢婉清看着他的脸庞，又轻声提醒：“你们这份工作危险性这么高，你平时也要多注意安全。”

“嗯，晓得。”

里面郝成功上了夹板，换到病床上，他也跟着换位置，坐到病房外的椅子上。

谢婉清站在旁边看了看病房，进办公室倒了杯水端过来，放在付杨旁边的座椅上，顺带着在旁边坐下：“阿杨，喝点水。”

“不用这样麻烦。”

她摇摇头，不说话。

医生给郝成功挂好点滴，在旁边叮嘱注意事项，谢婉清跟着他一起看向里面，突然问了一句：“你是不是喜欢她？”

付杨诧异，看向她。

谢婉清保持着笑容，眼里干涩，提醒道：“前几天一起来医院……”

付杨挑挑眉，承认：“是啊。”

“但是……她是北京的，以后还是要回去北京。”

他没说话，整个走廊安静下来。

谢婉清着急道：“你不怕她是玩你吗？到时候拍拍屁股走人了，你怎么办？”

付杨仰头靠墙说：“那我也乐意，就怕人家瞧不上。”

谢婉清鼻尖一酸：“阿杨……你别这样。”

沉默了会儿，她还是忍不住开口问：“你说你喜欢她，但是你了解她吗？知道她是什么样的人吗？见过她干的事了吗？”

确实是都不了解，但在他心里，孔漫是个很好很善良的人，这一点他在四五年前就可以断定，只不过是没必要和别人去说。

谢婉清安心一点：“是吧，所以你不要再喜欢了。”

付杨立即就说：“那可不行，这又不是能控制得住的。”

谢婉清忽然就眼眶酸涩。是啊，这怎么能控制得住，不然她也不会十年来辗转反侧了。

“你都不了解她就说喜欢。阿杨，你的喜欢未免太过肤浅。”

“你看我。”付杨不乐意了，看向谢婉清，手指着自己。

谢婉清愣愣地看着他，不明白他要干什么。

付杨点点自己：“我就一俗气的男人，俗得不行那种。”说着他想了想，觉得说得也对，于是又说，“所以当初看到她第一眼我就看上了，我就是肤浅。”

说完，付杨又转回去靠着墙沉默，谢婉清也渐渐沉默下来。

似乎过了很久，病房里郝成功已经在和小东嘻嘻哈哈说笑，付杨抓抓头皮：“哎，不是我说，老同学，你咋了？咋感觉怪怪的？”

谢婉清摇摇头：“没事。”顿了下，她又问：“阿杨，那你知道她为什么会来云南吗？”

付杨摇头说：“不知道，或许来支教打发一下时间，又或者来找阿桃玩的。”

谢婉清：“并不是的。”

“哦？”付杨再次诧异地看向谢婉清，这说得好像她知道什么似的。

谢婉清张了张嘴，又闭上，她从口袋里捞出手机打开微博，输入“孔漫”，把查到的东西递到付杨手上，问道：“阿杨，如果你喜欢的人被万人辱骂呢？”

付杨看了一眼，满屏的谩骂。

他眉头紧紧皱起，感觉透不过气，心脏像被紧紧抓住又在撕扯，他不敢再看，移开目光。

他盯着谢婉清，烦躁地说：“她不是那样的人。”顿了一下又说，“即使是，那我也会义无反顾地喜欢。”说完他站起来和郝成功他们打了声招呼，留下小东照顾，就离开了卫生院。

驱车到小学，又转到教师宿舍楼下，付杨靠着椅背，打开手机，下载微博。

等下载好他又注册进去，搜索孔漫。她的微博头像很美，就是她本人，黑发白皮红唇，冷冷地注视着镜头。

但是“孔漫”这个话题下面却是翻天覆地的辱骂，甚至连她的祖宗十八代都想给扒出来。

付杨顺着扒图账号看去。很遗憾的是他们想扒，但没能扒出来，因为孔漫是孤儿。

于是这些自以为是的网民又有了一个攻击她的词：没爹没妈没教养。

狗屁！付杨心里暗骂一声。

她的教养胜过在场辱骂的任何一个网民，付杨一口气举报了一大堆。

他倒是想跟那些人对战一番，但是这件事是三月份发生的，现在已经过去三个月了，热度早已消散。

可她名字下的话题里，网暴的文字却还留着，那些文字字字诛心。

他咬紧牙帮子，冒火得快喘不过气，恨不得立即把网络那头骂她的人一个个暴打一通，再丢到深山老林去。

而这所有的网暴，都来自于一个过气女明星的一条微博。

【@李莉莉：我和我的丈夫@时尚天下-谈辉 于六年前结婚，婚后生活一直很幸福。请@孔漫 女士爱惜自己，不要再来打扰，谢谢。】

这位女星早年参与了一些影视剧，主角配角都有，也确实得过一次影后的头衔。说起她，付杨能记得起来几个角色名，但是印象不会很深。只是听说后来她在拍戏中受了很严重的伤，又引出并发症，所以才一直在国外治疗调养。

至于她什么时候结了婚，粉丝也是一概不知。因为隐瞒得太好，连狗仔都没能挖出来。要不是这次的事件，恐怕大众都还认为她是单身。

这条微博一出来，连续炸了好几天热搜。

偏偏这位过气影后又紧接着发了好几条她和她老公一起生活的视频、文字、照片。

这才会引来那么多的键盘侠。粉丝维护自家艺人；黑子趁乱兴风作浪；营销号瞎编乱造；路人唾弃指责；不明所以的人跟风辱骂……所有的一切都让受害者来承担。

他们拿起键盘，站在不知名的高点，对不认识的人进行一通自以为高高在上的批评，但语言却是粗俗而又肮脏。似乎是被批评的人已经不配活在这个世上，也似乎是只有永远离开这个世界，他们才会高抬贵手。

也有人说孔漫被李莉莉当成了重回娱乐圈的踏板，也确实是，过气影后借着这次热搜重新出现在大众眼前，让很多人知道，她要回归娱乐圈了。

可是，凭什么？

一个人要成功要出人头地，理应去努力去奋斗。凭什么要踩在别人身上？

付杨冷冷地注视着手中的手机，面无表情地滑过一条又一条的辱骂。

手机也似乎要变成一把双刃利剑，把他的手心手背划得血肉模糊。

当这一切撕开放在眼前，他很难过也很心疼：心疼她是孤身一人，心疼她被这些键盘侠暴力辱骂，心疼她不言不语扛下这一切。

那一个个暴力文字，辱的是她，却也加倍疼在他心上。远在天边的网络暴力切切实实发生在他身边，他的感受是如此鲜明，这些恶毒的施暴者，正在他喜欢的人身上恶意地施暴。

外面的世界怎么了？他抬起头看向蓝天，可是蓝天安安静静，没能给他答案。

他才恍觉，这是多西镇的蓝天。现在，她来到这里了。

这片山川，不能让她失望。

他退回去搜索页面，重新搜索孔漫，点进主页关注，把声明看了，点个赞，又往下翻。

孔漫的微博大部分是转发官博和参加一些活动的现场图。

时尚集团在圈内地位高，而《时尚天下杂志》大都做的也是时尚专访以及明星采访。

几乎每次时尚集团举办的活动，孔漫都会盛装出席。

付杨把微博翻了几百条，只要是出现孔漫照片的微博，他全部点了赞。

然后开始第一次在网络上留言，鼓励的，夸奖的，每点赞一次，就留言一句，还是不带重复的来。骂人他估计是骂不过，但夸人还是能的，特别夸的对象还是她。

评论由一开始的赞美，到最后的今天干了什么，随后他又发现还可以转发带评论，于是慢慢改为转赞评一条龙，笨拙得像初次追星一样。

他拇指碰了碰屏幕，上面是孔漫一张面部放大的照片，就是她头像那张。

她似乎从来没有笑过，所有照片都是冷冷地，静静地注视镜头。

他捏紧手却发现无能为力。此时此刻，他痛恨自己只是一个平凡又平庸的人，什么都为她做不了。

六月中旬的一个星期，六年级的毕业生要提前考试，全校放假。

因为放假，整个小学安安静静的。当然，除了六年级三个班所在的四楼。

阿桃被分配监考，孔漫没事，就打算先去街道一趟。

她挺想吃这儿的凉粉了。来这里之后有一天阿桃带了些回来，味道特别好，她挺喜欢吃的，后来阿桃还带她去买过。

卖凉粉的地方在镇中心的街道边，是一家很小的早餐店，老板娘站在摊前问：“你好，买点什么？”

孔漫问：“还有凉粉吗？”

“有呢。要哪种？米制和豌豆的都有。”

“豌豆的，两个人吃的份。”

“好嘞！”

卖凉粉的老板娘洗洗手，拉开盖凉粉的纱布，手起刀落切了一大块下来，问：“这些够不够咯？”

孔漫反应了一下，看了看分量：“……够了。”

“要在这里吃呢，还是带回克（去）？”

“带回去吧。调料都各自装一份。”

“好嘞！一共十八块钱。”

孔漫拿出手机对着二维码扫码，正好扫上的时候，突然熄了屏。

她愣了一下才反应过来这是没电关机了，她搜搜身上的口袋，也没带纸币，她有点尴尬地看向老板娘。

老板娘在旁边看着也愣了一下，再看一眼孔漫，把手里打包好的凉粉递给她，说：“也没多少钱，拿去吃，好吃的话下回再来就是咯。”

孔漫接过，挺不好意思道：“那……那我赊着吧，明天来还。”

“不用这种客气……也行也行。”

老板娘本来还说不用，因为她记起这是上回跟白老师一起来的老师了，这么漂亮有气质，想不记住都难，但看着孔漫挺坚定地要来还钱，想想她也就改口了。

孔漫一笑，提起凉粉：“谢谢您，老板娘。”

老板娘摆摆手，笑着：“不用客气，好吃再来啊。”

孔漫笑着点点头，提着凉粉往宿舍走。

远处，白色皮卡车安安静静停着，车窗半开。

付杨坐在车里靠着椅背，一手搭在车窗上，一手捏着圆管口红，看着在早餐店前买凉粉的女人。

她似乎有点能适应这里了，两个人一个方言，一个普通话，交流得还挺好。

即将西下的橙黄色日光照耀着整个镇子，暖光把女人笼罩在里面，似乎给了她很多温暖，以至于她走在路上时嘴角还挂着微笑。

她笑起来好看极了，应该常笑的，他想着。

付杨一直看着孔漫身影消失在街上了，然后下车。

他来到早餐店前，拿出手机扫码，问老板娘：“孃孃，刚刚孔老师那份是多少钱？”

老板娘愣了一下，回道：“十八块啊。不是，付二你干啥？”

付杨低头输数字：“没啥，钱付过去了，明天孔老师来你就说是白老师付过了。”

老板娘搞不懂他们在搞些什么，索性一摆手：“晓得了晓得了。”

孔漫提着凉粉慢悠悠地回到宿舍，把凉粉放在料理台上，拿出砧板，拿着菜刀比画半天也搞不来，最后不得不放下，等着阿桃回来弄。

她们的宿舍朝西，每当夕阳西下的时候，屋子里就会布满阳光。

夕阳正好，她换了身居家的衣服，看了会儿夕阳，又捧了本书窝在沙发上。

手机震了一下，孔漫没理，隔了片刻，她想拿的时候一通电话打来。

她看着名字，怔了一会儿接起：“喂。”

电话里静了一下：“孔老师，我是付杨。”

“我知道。”

“你现在忙吗？”

“不忙，怎么了？”

“就是……那什么，你口红掉我车里了，你要是不忙，我现在给你送过去？”

孔漫勾唇，声音懒懒散散：“好啊，我在宿舍呢，多久到？”

“不远，几分钟就到了。”

“好。”

电话挂断，孔漫在书上夹了书签，把书放回卧室，拿起镜子看了看自己，抓了把头发扎起来，到窗户前的洗菜池洗了下手，抬眼往下一看，愣了。

那个说几分钟后过来的男人此时正站在宿舍楼下。

白色越野皮卡车停在旁边，看起来不像刚过来的样子。

孔漫擦擦手下楼。

付杨是正对着楼梯口的，一看到人，他就直直站好，看着她下来。

心里想着这人是会逆生长吗？扎起的高马尾，一身简单米色连衣裙，裙子勾勒出曼妙身材，打眼看去就像在校大学生一样。

但就是这样的身躯，扛起了一网络的暴力。他想走上去抱紧她，但现实却只能稳稳站着，他心脏涩涩的，很是不得劲。

孔漫直走到付杨面前，他还是没动作，没法，她只好自己要，她伸手在他面前摊开。

付杨愣了一下，抿起唇笑了，把手里捏着的口红递到她伸在面前的白生生的手心上。

指尖擦过她的掌心，柔软的触感直抵心脏，倒反而让他像个十七八岁的半大小伙一般心脏乱跳。

他捏紧指尖，揣进兜里，食指和拇指轻轻揉捻着，记着这份悸动。

孔漫看着他脸庞上再次泛起的窝窝，心想，这就奇怪了。她开口：“谢了啊。”

付杨看着她摇头说：“没什么的。”

“对了，你的外套……”

“不着急的。”

孔漫愣了：“嗯？”

付杨揪了下短袖，说：“天气热了，外套穿不到，先放你那儿吧。”

“而且。”他又说，“你穿那外套好看。”

孔漫耳尖莫名烫了下，没法接这话又无话可说，于是转身要上楼。

付杨出声喊住她：“孔老师，等一下。”

她停下转身，看着付杨走到车旁，打开车门，从里面提出一兜东西。

他提着食品口袋递给她，说：“这是一些野生蜂蜜和水果，你拿回去尝尝。”

孔漫看了一眼接过，有点重量：“谢谢啊。”

“不客气的。”他回。

孔漫指指楼上：“那……我上去了？”

付杨温柔笑着：“嗯。”

两人对视着，安静了几秒，夕阳西下的日光里，目光交融在一起又立马弹开。

孔漫转身上楼，轻轻地呼出一口气。刚刚她似乎差点沉溺在男人温柔的目光里了。

这人好像任督二脉突然就打通了似的，现在跟她视线对上，居然不像一开始那样立马移开。

孔漫进了屋，把东西放在桌上，走到洗菜池边往下看，白色越野皮卡车倒了车往街上开去。

七点左右的时候阿桃回来了，躺在沙发上直呼太累。

孔漫笑着指指料理台，阿桃瞥了一眼，有气无力：“啥？”

“凉粉。”

“咦？你去买了？”阿桃扑腾一下，“我正好也想吃凉粉了，咱俩心有灵犀！”

她一股气爬起来，拿出大一点的钵碗，再拿起凉粉划了一刀，一半拿手上开始一刀一刀划起来，凉粉一块一块成长方条掉进碗里。

孔漫拿起调料一点一点地放进去，最后凉拌好，阿桃又切了根黄瓜进去。

这就是她们的晚饭了。平时两人吃饭，经常是一碗米饭，一盘炒菜一碗汤，又或者是一碗面一碗炒饭之类的，做起来简单方便还快。

吃过饭，阿桃终于看到桌上的东西。

她擦擦手走过去扒拉开来，两大罐野生蜂蜜，一兜玫瑰葡萄，这是去年镇里最新试种的，还有早桃和火把梨。看着这些东西，她惊讶道：“这哪儿来的？街上应该还没有卖的吧！”

孔漫站在旁边慢悠悠地说：“嗯……付杨带来的。”

“谁？二哥？”阿桃诧异。

孔漫点头，阿桃八卦上身：“哇哦，我就说呢！”

她想了想，问：“上个月你穿的那件黑色皮夹克是不是也是二哥给你披的？”

孔漫还是点头，阿桃凑近，再问：“欸，漫漫姐，二哥是不是喜欢你啊？”

孔漫想了想这段时间以来的，从一开始的相遇到如今种种，最后她说：“或许吧，我也不知道。”

阿桃越想越觉得付杨绝对是喜欢孔漫的，她笑了：“哇，二哥肯定是喜欢你的，他这眼光高啊！”说着竖起大拇指，随后坏笑着顶顶孔漫的肩膀，“我说漫漫姐，要不跟我做亲戚呗。”

孔漫笑了笑：“你可别打趣我了，吃的教训还不够吗？”

阿桃也想到了之前的事，她靠在孔漫肩头：“但是漫漫姐，二哥和那个渣男不一样的。二哥的人品，我能拍着胸脯跟你保证。”

“我相信你也是能感觉得出来的。”

孔漫摸摸阿桃的脑袋：“再说吧。”

阿桃张了张嘴又闭上，她知道孔漫心里会有数的。

六年级毕业生考试完了之后，阿桃终于松了一口气。

下午的时候老师们也不拦六年级的学生了，要干什么都随他们，只要不是太过分。

傍晚吃过饭，阿桃就拉着孔漫去镇政府，说是去那边的运动场上打羽毛球运动一下。

孔漫回想，自己确实有好几年没有活动过了，点头同意。

下午的多西镇还在太阳照射范围内，考虑到一会要去打羽毛球，运动量大，会热，孔漫上身就穿了件黑色高腰短袖，配上灰色束脚运动裤，脚踩黑色运动鞋，又绑了个丸子头，一身清爽。

多西镇镇政府离小学不是很远，走几步路就到了。

镇政府的运动场也不是很大，容纳了三个场地：篮球场、一台乒乓球桌，一个网球场。周围还用绿色的网丝围着，位于公路上方。

她们到的时候，篮球场上正进行着一场火热的比赛，都是一些成年男人在追着球在跑来跑去。

果然，男人对篮球的喜爱是不分年龄的。

路口有两辆车在交叉让行中，孔漫和阿桃就停在绿色的网丝外斜对着篮球场。

阿桃突然感叹一句："啊，我老公打篮球真帅！"

孔漫往篮球场看去，正打算看看程磊有多帅，能让步入婚姻的女人还如此花痴，结果视线一转，就看到球场边上卷着黑背心下摆擦着汗迎面走来，露出麦色结实腹肌的男人。

她一愣，看了一眼男人的脸，克制了下视线，最终还是没忍住盯着看了起来。

长腿裹在灰色宽松的短裤里，露出有着浓密腿毛的结实有劲的小腿，上半身肌肉紧实，汗渍在古铜色胸腹肌肉上面泛着蜜色的光，腹部线条流畅，随着走动偶有凹陷。她的视线不受控制地往下滑了一把，又转回来，脑海里回放着刚刚的画面，灰色裤腰卡在人鱼线上，欲露不露，足够勾人。

孔漫挑眉，视线重新定在男人精干结实的身体上，目光里不可控制地带了些遐想。在脑海里废料四起时，她被拉着往前走，终于从那不可描述的思绪中回过神。

阿桃欣赏完自个老公的帅，拉着孔漫去镇政府宿舍，她还没换衣服呢。

孔漫被拉着走了几步，缓过神，又忍不住转身最后看了一眼球场。

男人已经放下擦汗的衣摆，双手叉腰站着，看向正在罚球的队友。

她这才跟着阿桃去他们在政府的宿舍。

程磊也是多西镇的，他家离镇不远，两公里路左右，和阿桃是同镇不同村，也算是青梅竹马。他比阿桃大三岁，两人一起读的小学、初中、高中，后来大学时天南地北分开过四年，好在最后有情人终成眷属。

他们结婚时两家人合计合计，最终在鹿城市买了房，婚后又买了车，两人各自努力奋斗，日子过得平凡却也幸福。

孔漫当初就是被激昏了头，才生出找个男人成家的念头，不然也不会一时大意被骗了一场。

等她们走了，付杨才把卷起的下摆放下，抹了一把汗，看着两个女人的背影，尤其是扎起头发，露着腰线的女人，再看了一眼满场的男人，咬了咬腮帮子。

有股郁闷憋在心口，还不能说。

阿桃换好衣服，拿上羽毛球拍，两人到打网球的场地上打了起来。

太阳落山，天气凉爽起来，两人你来我往，痛痛快快地打了一场。

把球拍丢给在旁边眼巴巴看着的几个小朋友，她们到篮球场边上的台阶坐下喝水休息。

刚歇了不过片刻，篮球场上突然有人跌倒，她们看过去，阿桃立马爬起来赶过去扶程磊。

程磊腿上擦伤了一块，有人要送他去卫生院，被他阻止了，说："你们继续打吧，家里有跌打损伤的药，让我老婆回去帮我就行。"

阿桃看了几眼也回："没多大事的，回去涂点药就行了。"

周围的人点点头，让他们先走。

阿桃扶着程磊往外走，路过孔漫时，说："漫漫姐，一会儿你先回，我……"

孔漫打断："没事，你带程磊先回去吧，我一会儿就回去。"

阿桃："好。"

阿桃他们走后，孔漫坐了一会儿，主要是等着拿羽毛球拍。

旁边打篮球的男人们也陆续散场，她侧头看了一眼，没发现付杨身影，轻轻皱了下眉，又看向网球场。

过了会儿，付杨提着外套和袋子来到她旁边台阶上坐下。

孔漫看着他，问："你怎么不走？"

付杨反问："等下送你回去？"

她转回头"嗯"了一声，倒也没拒绝。

付杨咧嘴一笑，拧开一瓶酸奶递给她，等她喝着，又从旁边的食品口袋里拿出一个纸袋包着的烤饵块递给她。

孔漫握着酸奶，看向他手里的纸袋，有一截白色的饼露出来。她抬头看了他一眼，男人微笑着安静地看她，眸光在晚风中透着暖意。

她把酸奶放在旁边，接过饼。饼里裹着烤肠和满满的蔬菜，还有酱，她咬了一口，酱香味、烤肠味和大米烤熟的香味从舌尖传来。

她吃完一口，又咬了一口才问："这是什么？"

付杨看她吃得香，心里也开心，回她："烧饵块。"

孔漫一口气吃完整整一个，旁边人又递过来第二个。

她愣了一下，脸颊莫名发热，伸手接过，怔怔地吃了一半，肚子已经很饱了，剩下半个怎么都吃不下了。

“饱了？”付杨轻声问。

“嗯，这……怎么办？”她指指手里半个饼问。

付杨吞了吞喉咙：“要不，我来解决？”

孔漫看向他再看向饵块，挑了下眉，忽而明媚一笑，递了过去。

青山衬托下的笑颜猝不及防撞进男人心尖，整颗心脏一颤，付杨艰难回过神，舔了下唇，伸手接过，把纸袋缩下去，露出咬了一半的饵块，上面还有女人小小的牙印。他心跳得厉害，低头咬上，那一瞬间他耳朵红了，身体阵阵发热。

孔漫的视线一直在他身上，致使他有股隐秘的快乐。他不好意思看她，几大口吃完，拿起矿泉水吨吨吨灌了一整瓶。

晚风吹过，凉爽透彻。感受着男人在身边的强烈气息，孔漫后仰，双手撑着地弯起唇角，看向远处朦胧的青山，黄昏里的夏风穿山而过，莫名有股惬意的舒畅。

几个小朋友玩嗨了，直到篮球场大灯亮起，才把羽毛球拍和羽毛球拿过来还她。

孔漫接过，站起来去捡地上的球拍套，把球拍和羽毛球套进去。

付杨就坐在后面，一手倚着膝盖，一手撑着地看向孔漫那边。

视线飘了一会儿，就着昏黄的灯光，他这才敢盯着她看，看她弯腰时露出来白皙的细腰，和侧身时起伏有致的曲线，他浑身烧着，想起刚刚，又咽了咽口水，半晌后，才艰难地转开视线。

回去时天已经彻底黑了，路灯亮起。

孔漫看着，突然笑了笑，说：“我刚打算来这边时都设想好这边的样子了，什么泥巴路，伙食不好，住宿条件差等等。哪知道来了才发现，这边发展还是可以的。”

付杨跟在旁边看了眼路灯，回她：“这都是过年那段时间才装上的，去年还没有。”

“唔……那也不错，慢慢地就发展起来了。”

“是啊，近几年扶贫政策好，乡下生活也慢慢有改善了。”

两人步子都很慢，孔漫跟在男人旁边慢悠悠走着，听他讲乡下的发展。

到达宿舍楼下，孔漫转身跟他道别：“那……再见了，你也早点回去。”

付杨点头，漆黑的眼眸里神色莫辨，轻声说：“早点休息。”

孔漫转身上台阶，男人眼里的小情绪她看出来了，她想着，却一脚踢在台阶上，反作用力下，她不受控制地往后倒。

她惊恐地想叫出声，下一秒一双有力的胳膊搂住她的腰，一把将她抱了下来。

力道没控制好，孔漫一脑袋扎进男人怀里，脸颊贴上温热紧实的胸膛，熟悉的气息从胸膛里散发出来。

什么时候，付杨身上的味道，她竟然已经熟悉了？

“没事吧？”付杨拉开孔漫，握着她肩膀将她转了半圈查看，愣了一下，又转回来，随后像想起来什么赶紧放手，指尖贴着裤缝，悄悄捻了捻。

孔漫慢悠悠抬起头看他。

他还在担心她，怕哪里磕到了，视线直直看着她全身，往上移的目光猝不及防和她撞上，他木讷地看了几秒，又转开，抓抓胳膊，“嚓嚓”闷声中，他叮嘱道：“小心点。”

孔漫“嗯”了声，简直尴尬到丢脸，她没再说什么，转身上楼，进宿舍把灯打开。过了会儿，去洗菜池洗手顺带往下看。

男人已经走了几步，像是感觉到有人看他，他转头准确地看向三楼孔漫宿舍的位置，然后抬起手大幅度挥了挥，才转身走了。

孔漫低头洗着手，好心情地弯起唇角。

晚间夏风徐徐吹过窗户，带来丝丝凉意，她靠在窗台边闭起眼睛，任由微风拂过眼皮。

快九点左右，阿桃发来消息，说要照顾伤者，晚上不回来了，让她把门锁好。

孔漫点了个表情包回：大家都懂得。

阿桃回了个害羞逃跑的表情包。

孔漫笑笑，她的到来倒是难为这对小夫妻了。

睡前她锁了门，回房休息。

六年级毕业过后就迎来全校的期末考试，阿桃和孔漫忙得脚不沾地。

七月第三天，学生全部离校，七月第十天，老师也开始放假。

因为要放假，同年级的老师就约着要一起去吃饭，大家都同意了，阿桃更是积极找饭店，孔漫也就跟着了。

饭店是一家驴肉汤馆，在镇东边，走路十几分钟左右就到了。

他们到的时候饭店热闹得不行。

孔漫坐在包厢里了才知道旁边是付杨他们工程队的白小东和伤残人员郝成功，还有几个林业所里的朋友也在里面，他们正在庆贺刚刚挖通一条新路。

大家打着招呼，发现全都是熟人，于是就让老板把中间的挡板撤了。

席间除了汤锅炒菜，白酒一桶一桶上，啤酒也是一箱一箱的上，连葡萄酒居然也是一桶一桶地来。

这里的计量单位真得换成桶了。

付杨那边的人喝起酒来就像在喝水，不是用杯子，而是直接用碗，大海碗的那种。

当然，这边的老师除了孔漫，也都厉害得不行。

看着眼前的热闹，孔漫终于相信了那句话：云贵川不相信酒醉。

她喝着汤，驴肉汤味浓好喝，据说驴肉养颜，她又多吃了几块，不参与他们的拼酒活动。

正喝着呢，抬眼看到阿桃搂着一个黑娃子在拼酒，差点一口汤喷出来，忙咽下去，又被呛到。

咳着咳着转过头就看到付杨坐在旁边，手边放着一个高脚杯，里面还剩一半葡萄酒，而他正撑着脑袋看着自己。

孔漫脸烧个通红，不知道是咳的还是怎么。

付杨拿起茶壶，把她酒杯拿过来倒了酒，又冲了一下杯子才给里面倒满茶水，然后递给她。

孔漫接过，水是温的，一口喝掉。

付杨看她缓过来了，这才把手边的高脚杯移到她面前：“尝尝看，这是乡下农家自酿的葡萄酒，可能比不上你以前喝的，但也尝个鲜。”

她瞅了几眼，接过来，端起抿了一口。入口涩涩的，确实比不上以前在北京喝的，但她也好久没喝酒了，慢慢地，半杯就喝完了。

喝完葡萄酒有点不过瘾，看着他手里的酒杯，孔漫舔舔唇说道：“你那个也给我来点。”

付杨轻声劝着：“这是农家自酿的二锅头，烈得很，怕你喝不习惯。”

她摇头，坚持要喝。

付杨没办法，看了她几眼，站起来出去一趟，回来时手里拿了一个很小的酒杯，给她倒了半杯。

孔漫边小口喝着烈酒，边看着眼前热闹的场景。再一转眼，阿桃倒在黑娃子身上，像是醉了的样子，她一皱眉，想起身，付杨拉住她，解释：“那是她弟弟，没事的。”

“她弟？亲的？”

“嗯，白小东，亲的。”

孔漫想起当初阿桃嘴里那个从高中退学去照顾父母的男孩子。

原来是这个样子，黑黑的，脸圆圆的，细看跟阿桃有三分之一像。又想起这是付杨的工程队，她问：“他在你们工程队吗？”

付杨回：“是啊，我们队里年纪最小的，刚二十岁。”

“干什么的？”孔漫问。

男人撑着脑袋，眼睛看着她一眨不眨：“嗯？哦，也是开挖机。”

孔漫点头，斜瞅了他一眼：“也不错，有一技之长。”

付杨坐正身体，抓了抓胳膊，转了个话题：“他们家今年盖新房子了，你知道吗？”

孔漫端着小酒杯，摇了摇：“听阿桃提起过，但还没去过她家。”

付杨给酒杯添了酒，抬眼看向她。

孔漫摇摇头不要，她感觉自己脑子已经有点木了。

“阿桃娘家新盖了一栋两层的楼房，三分之二的钱是小东出的。”

孔漫看向阿桃旁边的黑娃，有点意外：“可以啊，挺厉害的啊。”

“他们姐弟俩自小就很努力。”

孔漫喝完杯子里的酒，点头认同。

这顿饭吃到最后，三分之二的人都趴下了，程磊来接的阿桃和小东。

阿桃临走前看孔漫还清醒，又把孔漫交给付杨，拜托他帮她把孔漫送回去，没等孔漫反应过来，就脚底生风跑了。

孔漫无语，她又没醉，有啥好送的？

出了饭店的门，月光洒在大地上，乡镇的夜晚安安静静，偶有蛙叫会响起一两声。

两人慢慢地走在路上，孔漫脑子虽然还是木木的，但也足够清醒。

路过一栋楼时，付杨突然开口：“我先去处理点事再送你回去好吗？”

“嗯？”孔漫有点反应不过来。

付杨低头与她视线对齐，指了指路边那栋两层的楼：“我们工程队在里面办公……”

他看着眼前歪着头迷茫地看着自己的她，心里酥了一下，认输：“算了，还是先送你回去。”

孔漫却慢悠悠转身走向那栋楼：“走吧，刚好我去上个厕所。”

付杨回过神，抓了把胳膊笑了笑。

孔漫已经走进楼房的阴影里了，他立马快步上前，在她踩到阶梯的时候扶住她，然后拉着她上台阶在卷帘门前站好。他拿出钥匙蹲下开锁，把卷帘门拉起再把玻璃门上的锁也打开，进去一把按下开关开了灯，随后转身要去拉孔漫，没想到她自己在身后跟着进来了。

于是他把卷帘门拉下来，夜晚关着可以预防蚊虫。

给她指了洗手间后，付杨就到自己那张桌子前坐下，打开电脑接收邮件。最近工程队在做江边四级公路的投标，他得抓紧时间。

过了会儿，孔漫出来了，他站起来给她倒了杯水，拉了把椅子让她坐着。

他们办公的地方虽然是一整个大厅，但其实乱七八糟的。

几张桌子拼凑在一起，搭上几台电脑就成了简易的办公地点，更大的空间放了些杂七杂八的工具，靠墙甚至还放着一个挖机铲斗，一点不讲究。

孔漫坐了一会儿，付杨还在电脑面前，她有点无聊，便站起身走过去。

刚走了几步，离付杨不远的时候，她脚下被电线一绊，脑袋一晃，短促地“啊”了一声，整个人往前俯冲过去。

电光石火的一刹那，付杨滑了一下椅子往前一接，孔漫就扑进男人怀里。

她蒙了一下，一手按着付杨胸膛，一手按着他的大腿稳住身子，侧头看去，地上杂七杂八的插排和电线，她无奈："你们这电线……找个夹子固定一下吧。"

她说完侧过头，被眼前上下滑动的喉结吸引了视线。

"好，明天就弄。"低沉的声音在深夜里尤为突出。

孔漫稍稍撑起来一点，腰侧碰到他护着自己的手臂，她掀起眼皮盯着眼前的薄唇看了几秒，缓缓想到这样的唇很适合接吻，含上去一定会很软。

她慢慢上前，越来越近，眼前的身子也没有动弹。于是她轻轻地贴了上去，眼角余光中，男人胳膊上的肌肉线条突然绷起，手心胸膛里的跳动也快速起来。

她闭上眼，亲上他下嘴唇，果然很软，随后她睁眼上移，盯着男人漆黑的眸子。

视线和她对上，付杨呼吸一滞。从她亲上来那一刻起，他就没敢动弹半分，即使脑海里已经噼里啪啦放起烟火，心脏和大脑热烈地叫嚣着，他也没敢动。

他怕这是个幻影，怕一动就碎，但亲上的那一个瞬间，酥麻从下嘴唇弥漫开来，蔓延到整个身体。他的呼吸有一瞬间是静止的，在心脏憋疼的瞬间才慢慢放缓呼吸。

他用很强的理智跟睁开眼看他的人对视。

她的眼睛很美，是漂亮的双眼皮，带着媚意的双眸定定地注视着自己，他似被蛊惑了一般，伸手摸上她的脸。

他说不清为什么要摸她的脸，他也知道自己的手很粗糙，但他情难自禁。他没敢用力，她的皮肤那样细嫩，他怕一用力，就会伤到她。

怕孔漫一直躬着身受不了，付杨另一只手圈上她的腰往下压，让她坐在自己腿上。

她没有反对，乖乖坐在他腿上，这给了他很大勇气。

他希望她一直是明艳的，即使在多西镇这个与她格格不入的地方，他希望她只是来旅游来当志愿者，而不是被迫来的。

她受了多少伤害他不得而知，也无能为力，但从见她的第一眼起，他就想对她好。

在这块贫瘠的土地上，他遇见她的每一次都想把最好的给她。那样，即使以后她离开了，日后想起云南，想起多西镇，想起哀牢山，都是美好的。

他对她的喜欢，他也不想多说。成年人都明白，没有结果的事情一般不要去做。

他能无声关怀，也能默默注视，直到她彻底离开云南的那一天。

但他受不了她给予的每一点回应，就像现在的他没办法克制自己。

他慢慢贴近，给了足够时间让她避让，因为他也怕这是酒乱人心，深夜放纵。

可贴上她唇角的瞬间，理智被剪断。他一手抚着她的脸，一手圈着她的腰往自己怀里压，吻也渐渐急促起来。

孔漫被按在付杨腿上，他收着她的腰，让她不得不仰头去迎接他的吻，她慢慢闭上眼，胳膊圈上他的脖子，配合着他。

付杨的吻是温柔的，一如他这个人一样，温润细无声。但他的吻也是强硬的，他会用很大的力来亲她，他每亲一次，她就软一分，不得不抱紧他来稳住自己别滑下去。

她的配合也使得他大胆起来。两人之前都喝了点酒，农家酿的酒用的都是真材实料的粮食，酒香浓郁，于是吻中都带了浓浓的酒味，尤其是葡萄酒的甜味。

他似乎想从她口里再尝尝酒味，所以每次被亲的时候，她都麻到要透不上来气，但又会在下一秒被温柔地安抚过去。

随着时间流逝，她能感觉到自己抱着的脖颈上冒出细密的汗，他的呼吸开始带着喘息，带着压抑，但也带着属于他的温柔。

孔漫抱着他的手改为撑着他的肩膀，稍稍往后撤离。

男人又要追过来，她伸出一只手按住他的脸，看着男人迷离又茫然的眼睛，她忍不住低头亲亲他，抬起头时弯了唇角，下巴点点电脑。

在这个无声寂静的夜晚，两人谁都没说话，但一个眼神一个动作就能明白对方的意思。

付杨把头埋在孔漫脖间清醒了一会儿，抱着她把椅子滑了过去，移到电脑面前。

孔漫便趴在他身上，找了个舒服的姿势，无声地打了个哈欠，闭上眼睛。

付杨处理完招标的事，低头一看，怀里的人睡得正香。

他摸摸她的头发，再摸摸脸颊，低下头亲了亲她的发丝，手穿过她的小腿臂弯，把人“公主抱”抱起来。

孔漫在付杨抱起她的时候就醒了，看着移动的大厅，又看向男人硬朗的下颚线，她靠着他胸膛，一股安心弥漫上心头，她没有出声，静静地享受这一刻。

付杨抱着她从后门走出，拐了个弯上楼，穿过长廊到最里面的房间门口停下，因为抱着孔漫，他一瞬间不晓得该怎么办。

孔漫开口："放我下来吧。"

付杨愣了一下，把她放下。因为不知道她是要回去宿舍还是愿意歇在这里，所以一时间整个楼道都安安静静的。

"你不开门吗？"她靠着门框问。

付杨摸摸鼻子，捞出钥匙把门打开，按下墙壁上的开关，整个室内灯光大亮。

孔漫进去才发现里面是个客厅，黑色皮沙发，玻璃茶几，液晶电视都有，甚至电视旁还有两丛一左一右的富贵竹插在瓷花瓶里，只是已经枯黄了。

客厅也有点乱，门口鞋子杂七杂八，沙发上也有衣服，茶几上摆着吃过的米线盒子、泡面桶，塑料凳子丢得到处都是。

孔漫看向旁边人，挑挑眉头。

付杨尴尬地抓了把头，走到左侧打开门，把里面的灯也打开，说："你今晚睡我这里。"

孔漫伸头看了一眼，问："那你呢？"

"旁边还有好多房间，有睡的地方的。"

她点点头进去，刚进门有一个独立的卫生间，还算干净。

室内不大，但也比外面干净多了，一张一米八左右的木床，靠洗手间的墙壁上有一个木制衣柜，床头一个柜子，再就没有其他了。

付杨走过去把窗帘拉上，回头看她："你洗洗睡吧，我在旁边。"

孔漫"嗯"了声，转去洗手间洗脸。

付杨看她去洗手间了，忙整理了一遍床铺，把不穿的衣服一股脑塞到衣柜里，又将垃圾打包带出去，回来一看不怎么乱了才放心。

等孔漫出来，跟她说了声晚安他就出去了。

孔漫拿纸巾把脸上的水吸干，脱了鞋，找出付杨的拖鞋穿着去洗手间洗脚，洗好脚坐在床上等脚晾干。

她瞄了眼床头柜，矿泉水、卷纸，还有把小梳子和平躺着的一瓶大宝。

感觉到脸有点紧绷，她把大宝拿过来，挤了点在手背，往脸上薄薄地涂了一层。

又看了一圈，按了一下床头的开关，室内一暗，她猜对了。

躺下的时候整个床都是付杨身上的味道。这床比山头那儿的可好太多了，床垫是软的，被褥是灰色云朵四件套的。她蹭蹭枕头，一股洗衣粉的味道，付杨这人，是个爱干净的人。

她把薄被子盖在身上，满足地睡去。

云南的夏天，夜晚也是要盖被子的呢。

第二天清晨，街道上有车经过，楼下有行人谈话的声音。

孔漫慢慢睁眼，在床上躺了几分钟才起来。她穿上付杨的拖鞋走到窗边，把窗帘拉开，视线瞬间被窗外的青山吸引。

她慢慢推开窗户，清风徐徐刮来，带着清晨的凉爽，她看着前方，感受到了开门见山的美。

对面青色山川的半山腰有一户人家，是真正的单家独村。房子旁有几棵高大的绿树，周围是开垦好的土地，有一条白色的山路蜿蜒曲折地从下面公路上叉上去。

她眯眼细细看过去，似乎能看到地外有黄牛在伸长脖子去咬地里的庄稼，看了会儿，她哑然失笑。

门没锁，付杨进门就看到晨光中女人靠着窗户嘴角带笑的样子。他看着，不自觉也跟着带了笑，轻声问："看什么呢？过来吃点早餐。"

孔漫转头看着付杨，直把他看得尴尬起来才过去，擦肩而过的瞬间，看到男人抬起手又放下，她慢悠悠停下，仰头再盯着他看。

付杨摸摸鼻尖，笑着递给她一套酒店用的简易洗漱用品，轻轻推着她往洗手间走去："去洗把脸清醒一下，别一直盯着我看。"

孔漫洗漱出来，客厅已经被收拾干净了，地板上还能看到拖把拖过的水渍。就说这人爱干净。

茶几上放着两个大碗，里面是做好的米线，色泽还不赖。付杨坐在旁边，手里拿着筷子等她。

孔漫坐在沙发上端起碗，先喝了口汤，味道也不错，她问：“你自己做的？”

付杨回：“没有，早餐店里提来的。”

还以为是他做的呢，毕竟当初在山顶上，他做的饭她可是还记着呢。

吃完早餐，孔漫要回去宿舍，换了鞋子下楼，大厅安安静静，还没有人来，估计是昨晚喝多了现在都还睡着。

到了街道上，孔漫才发现今天的街道有点热闹。

才早上十点多，就已经人来人往了。街道两边支棱起各式的摊子，卖米线、凉粉、衣服、下地工具、种子农药、鸡鸭鹅等等。

孔漫瞅了几眼问：“这是……集市吗？”

付杨走在旁边，帮她挡着些人：“今天镇上赶集，算集市吧。”

“你们这赶集，有什么讲究吗？又或者是什么特定的日子？”

“每个月农历初五、十五、二十五，就是赶集日。”

“那还挺不错，我还以为一个月也就一次。”

“要买点什么吗？”付杨问。

孔漫看着街道摊子摇头：“暂时还没有。”

这个镇子虽然偏远，但还算可以，起码快递通着，有邮政、顺丰、中通几家，网上购物也仅仅只是时间上拖长了一点而已，还算便利。

付杨把孔漫送回宿舍就走了，他还有事要忙，孔漫也要整理下学期的课件。

一直到日落西山，两人之间无半点联系，手机安安静静。

云南的夏天，白天时间长，通常七点半快到八点了天才黑，日头西下，正是一天中气候最凉爽的时候。

“咚咚咚！”宿舍门被敲响，孔漫在卧室里放下笔起身去开门。

她这一天也没备多少课，刷刷手机，炒了个午饭，眯了一会儿，又动动笔就到下午了。

其实说来她是不喜欢与人交际的，只是之前的工作身不由己，来多西镇支教算是她大半生中最悠闲的生活了，她也喜欢这样的日子，有事干，但不紧不慢。

门打开，门口站着的是付杨，手里提着东西。

孔漫侧了身让他进来。

看着他手里的东西，她问：“拿的什么？”

付杨："吃饭没？"

两人同时开口，付杨把东西放到屋里的桌上，转身看孔漫，让她先回答。

她关了门走进来回道："没呢。"

付杨一笑："我就猜到。"他说着把塑料袋里的东西打开让她看，"刚去饭店里带了点儿熟食。"

他刚打开袋子口孔漫就闻到香味了，肚子也"咕噜"一声，她抬手再翻其他几个袋子，没有米饭，全是菜，抬头看他。

付杨也意识到了："居然把饭给忘了。"

"你也没吃？"孔漫转身拿起电饭煲内胆，往里面舀米。

付杨看着她的身影："没呢，想来跟你一起吃。"说着他走过去，接过她手里的内胆，打开水龙头接水，淘米。

孔漫放手，靠在洗菜池边看着男人的动作。

或许是来这之前洗过澡，他的头发还是湿的，灰色T恤下的身躯因为接水稍稍弯曲，整个背脊被凸显出来，宽阔，有力。

孔漫靠在料理台边环胸看着，手指点在唇上，她想贴上去靠一靠，看看什么感受。

她也是行动派，在他把电插好，按钮按下去的时候，她的手就环过他的腰靠了上去。

紧实的背脊，还带着温热，熟悉的气息传来，很安稳也很安心，孔漫闭上眼睛静静靠着。

付杨身体一僵。从今早到刚刚，她一直是冷静的，对于昨晚没有反应似的，就像酒醒了事也过去了。

倒弄得他不知所措，酸甜苦辣各种情绪揉成一团，最后是长长叹气。想着不找她，她怕是会彻底忘记，他多少也有点不甘心，于是厚着脸皮上门来了。

这会儿心终于落地。他转身，手搂过她的腰把人抱在怀里，两人一时没有说话，就静静靠在料理台边上。

天色渐晚，直到室内灰蒙蒙的看不清了，孔漫才放开男人转身开灯。

付杨跟着她，走过去在沙发上坐下。

到门口开了灯，她也过来在旁边坐下，屋内只有这一条长沙发，付杨坐的是沙发中间，孔漫坐下的时候就跟他隔得很近，说是贴着也不为过。

房间安静，只有电饭煲“噗噗”的声音，过了片刻，孔漫身子一歪，朝侧边靠了过去。

付杨忙一搂，把人抱住。这会儿是被她这些时不时要靠近的小动作可爱到不行，他抿嘴乐了乐，低下脑袋和她贴上，用鼻子蹭了蹭她的脸，闻到女人身上的软香，他便忍不住亲了亲她的脸蛋，随后移过去贴上她的唇。

半晌，付杨抱着她，下巴垫在她脑袋上，累了一天，这一刻是最舒畅的时候，他闭着眼享受着。

哪知道突然间，胸膛上隔着衣服就摸上了一只柔软的手，还在游移着摸来摸去。

他受不了刺激，一把按住，孔漫仰头看着他，慢悠悠地开口，语气指责道：“有这么小气？摸都不给摸了？”

付杨垂眸无奈，这哪是小气不小气，而是……这么摸，他受不住的。

她又往上坐了坐，搂着他脖颈，在他耳边勾着音调：“给摸一下，嗯？”

付杨浑身一酥，手贴上的瞬间，他一手捧住她脑袋，又狠狠亲了下去。

男人一身紧实的肌肉，但不像那种健身房专门练出来的六块腹肌那样。他身上是早年当兵时练下了一身好底子，和这些年来在外奔波，上山下山，搬东西抗重物，外加热爱运动，不刻意锻炼的肌肉，浑身都硬硬的，从胸膛到腹部，肌肉起伏，线条完美。

“哒”一声，电饭煲响声的时候，两人才分开，抱着彼此缓了会儿，便开始吃饭。

吃完晚饭，付杨拿着钥匙说带她去乡下兜兜风，孔漫同意了。

七月的云南晚间是凉爽的，车子行驶在山间的公路上，夜晚的风微微吹拂，凉意阵阵。

他们沿着多西镇一直往上走，到了山顶，车子停在路边，付杨打开手机电筒带着孔漫走到路边的亭子里。

说是亭子，其实也只是打了一块水泥地板，边上有着四根木头柱子，没有顶棚。这里是多西镇相对高一点的观景台，周围都用栏杆围了起来，左侧有个很大的石碑。

付杨看她盯着石碑看，把灯光照了上去。石碑上写着：哀牢山国家自然保护区。

孔漫问："哀牢山到底是哪座山？怎么走哪儿都看见？"

付杨拉着她靠到最前方的栏杆上，手机电筒从左前方一直照到右前方，指给她看，他解释着："我们地处哀牢山山脚，前面这些所有的山都是哀牢山的一部分，哀牢山是横断山脉和云贵高原的分界线，主峰在腹地原始森林内。"

孔漫往前看去，除了半山腰亮成一片的多西镇，和上方璀璨的星空外，四周都是漆黑的，她也看不清楚付杨指的那些山，只有微风在轻轻地吹着。

她抬头仰望着夜空，喃喃自语："我们……是来看星星的吗？"

付杨"嘘"了一声，把手电筒关了，也没说话，和她一起靠在栏杆上等待着。

过了一会儿，栏杆下面的山野里开始亮起一点一点的萤火，几分钟后，远方四周都偶尔亮了起来，没有电视上演的那么夸张，但在黑夜里确实很漂亮，像是打着小灯笼一样一闪一闪的。

夜空的繁星和大地上的萤火虫，孔漫一时竟分不清哪个更璀璨了，她没见过这种自然现象，新奇地左看右看，偶尔一只萤火虫还会打着小灯笼从她眼前飞过。

付杨侧头看向她，嘴角挂了丝笑意，突然问："四月的时候，在筚拔山上，你为什么会认为这是鬼？"

孔漫愣了一下，手肘往侧边轻轻一拐："闭嘴吧你。"

付杨没忍住笑了，整个胸膛都在震，引得孔漫转身面向他。

他回想了一下说："你那时候真的好可爱啊。我后来常常在想，你不是大城市来的吗？怎么还会相信鬼神？"

孔漫也想起自己当初干的蠢事，她反驳："那还不是你先说的山神庙，害我想歪了。"

付杨边笑边回："是是是，都赖我。"

他靠近，轻声问她："看过月出吗？"

孔漫想了一下，摇头："日出看过，月出……好像还没看过。"

付杨微微笑着，说："一会儿就可以看了，马上要出来了。"

确实是，东边的山头开始亮起，天空上渐渐亮了起来，月白色的天空，偶尔还飘过几朵云彩。

付杨离开亭子，到路边不知在弄些什么，天黑着也看不清楚。

一会儿，他搬了个木疙瘩回来往地上一放，还讲究地拿了张报纸垫上，他坐下之后拉住她的手，拍了拍自己的大腿，笑着仰头看她。

孔漫垂眸看了眼，视线跟他对上，几秒后嘴角弯起，在男人结实温热的大腿上坐下。

她调整了下姿势，付杨伸手圈着她，她便侧身靠在他胸膛上，转头看向东方的山头。

山头冒出来一点亮白，像个好奇的孩子，它一点一点升出来，整个多西镇上方一下子亮了起来。

时间一分一秒过去，月亮由一开始的半月，慢慢滑出，直至最后整个满月跳出山头，莹白亮光洒满大地。

山野里响起了几声细长的鸟鸣，偶尔夹杂着青蛙叫声。

孔漫抬头看着夜空，依稀分辨得出好几颗显著的星星，她又看向满月，细看月亮其实并不怎么圆，有一边的边缘是虚的，有点不规则。

她疑惑着，付杨跟她解释："十五的月亮十六圆，明天晚上就又圆又亮了。"

孔漫问："你怎么什么都知道？"

付杨笑："我也有不知道的啊，这些都是乡下常见的。"

她好奇："那你有什么不知道的？"

付杨没答，俯身凑过去，干燥的嘴唇贴了贴她的唇面。

孔漫稍稍仰头，盯着男人看了片刻，抬手搂住他的脖颈拉低他脑袋，迎接他的亲吻。

风是微微的凉，月光银白照亮大地，给山间添上了一层温柔色彩。

晚上他们回到教师宿舍楼下的时候已经快十点了，三楼的宿舍里亮着灯。

付杨就没有送她上去，在楼下告别。

孔漫进了宿舍，阿桃在里面贴着面膜，看到她回来，笑得不怀好意："我看见了哦，二哥送你回来的！"

孔漫笑了："那又怎样？"

阿桃调侃：“哦哟哟，那你们这是……”

孔漫没有立即回答，她坐下来看着在敷面膜的阿桃，很认真地说：“就是你看到的那样。”

阿桃按着面膜笑，意思就是……不对，看刚刚漫漫姐的态度，并不像是她想的那样，那么……

孔漫看她理解了，问她：“你会怪我吗？”

阿桃愣了愣，说：“不会。”

孔漫往沙发上靠：“我也希望你不要怪我。在多西镇这段时间，我喜欢他，自然是会真心对待他的。”

阿桃点点头没有再问。感情里的事，谁也说不清楚。她转了个话题：“明天我打算回家一趟，要不要一起？”

“哪里？”

“我娘家。”

孔漫笑了，回道：“可以啊。”

第二天一大早，阿桃开着车带着孔漫回了娘家。

阿桃的娘家在多西镇的下段，开车要一个小时左右。

她说小时候来镇上读书，要走至少四五个小时。那时候没有交通工具，全靠两条腿翻山越岭，小腿上的肌肉全是那时候练下的。

阿桃妈妈平时一个人在家，养了两头猪，几十只鸡鸭鹅，院子里的老房子被推翻盖成两层的新房子。

她们回到家时，阿桃妈妈正在厨房里炒着菜。

阿桃带着孔漫刚跨进家门，院子里的大白鹅就拉直了脖子“嘎嘎嘎”地直奔两人。

孔漫之前在短视频上偶然看到过农村三大恶霸，第一霸就是大白鹅，所以第一反应就是拉着阿桃往大门外退。

阿桃倒是不怕，大白鹅一过来，她立马弯腰，一手掐住它的脖子就把它提溜了起来，然后随手一丢。

大白鹅扑棱着翅膀东倒西歪地站稳，“嘎嘎嘎”叫了几声，昂着脖子走了。

也是个欺软怕硬的主，看得孔漫直佩服。

她在阿桃家待了三天。这三天里，阿桃带着孔漫在山上田间四处游走，新鲜的桃李瓜果尝了个遍。

这个季节正是玉米、水稻生长的大好时节，无论到哪儿都是绿油油的一片，田野间景色大好。

在这几天里她和付杨的联系也是少得可怜，也就是晚间付杨会发来消息问一下，孔漫回一下，白天估计他在忙，她也就没有特意去联系他。

第四天的时候，当阿桃知道弟弟在旁边的村里修好路要回多西镇，而且刚好开着他那辆面包车，就打电话给他，让他绕回来，把孔漫捎上带回多西镇。

那一天刚好也是付杨工程队最大的合伙人杨天树回来镇上。

晚上的时候大家伙就约着一起吃烧烤，吃烧烤的地方就在工程队小楼旁边。

是郝成功的叔叔家开的，一楼是烧烤铺子。

多西镇的烧烤是一桌一桌自己动手烤的，一个空心的矮桌，空心的地方是用来放炭火的，火炭上面是烧烤架。

烧烤铺子往下走还有一层，是新开的 KTV，多西镇唯一一家。

小东这头，新开的路是上午结的尾，中午还绕回自己家一趟，被老娘拉着说了半天的话，下午才出的家门，把孔漫送去教师宿舍楼之后才赶到烧烤店，时间上相对来说就晚了很多。

他刚进去就被队里的老四李楼拉着，调侃道：“哟，不是上午就能回来的吗？怎么搞到现在才来？”

小东在烧烤桌子前坐下，说：“回家了一趟，又把孔老师送回小学，就来得晚了。”说着他端起面前的酒碗，“来晚了，自罚一杯。”说完大口干了。

杨天树搂着自个的媳妇大笑：“你还不是最晚的，老五今天刚和婆娘领证回来，还在路上。”

小东稀奇：“这速度够快啊！”

他们在这边聊着天。

付杨自从听到小东说把孔漫送回来之后就一直盯着手机看，可惜手机安安静静，半晌没有新消息。

郝成功一瘸一拐端着盘新鲜鸡爪子出来放到桌子上，问小东：“你说你刚刚送孔老师回来？”

小东：“是啊。”

几人围坐在烧烤桌前。郝成功坐下来开始吹牛：“欸，你们见过孔老师吗？”

小东：“之前香樟路修好吃饭的时候见过。”

郝成功问其他人：“你们呢？”

付杨拿筷子夹了块五花肉，瞥了他一眼。

郝成功立马改口：“老付除外，其他人呢？”

其余人都摇头，香樟路是小东和郝成功负责的，郝成功就是在那条路快挖通的时候给弄瘸了，通路的庆功宴他们都没去，所以都还没见过。

李楼说：“不过听说小学确实来了个又有气质又漂亮的女老师，难不成就是你说的孔老师？”

小东：“就是她。”

郝成功：“咱孔老师，我第一眼见她，就觉得看见了天仙一样，两个字——漂亮！”

付杨看着郝成功微微眯了眯眼。

咱？谁和你咱了。

不过他没开口多说，听着郝成功花式夸孔漫，他自己心里也乐呵，就拿着筷子慢慢翻着架子上的烤肉。

杨天树媳妇：“哪里的人？”

小东：“北京的，和我姐一个学校毕业的。”

李楼：“北京S大？牛啊，怪不得一来就是任课老师。”

郝成功插话：“我跟你们讲，孔老师当初来这里，见的第一眼就是我跟老付，我们还一起吃过饭。怎么样？有缘吧？”

付杨筷子停了停，听了一耳朵，又留意了一下手机，还是没有消息。他抓抓胳膊，拿起手机，过会儿又放下。

杨天树：“有缘就约出来一起吃烧烤啊，我瞧瞧是何方神仙。”

郝成功抓抓头发，尴尬了：“这……我没有联系方式啊！”

大家伙“嘁”了一声。

郝成功转向小东：“你刚刚怎么不把孔老师带到这里？”

小东翻了个白眼："我又不知道你们想见她，也不提前跟我讲。"

郝成功："那要不你现在去接？"

小东震惊："你有毛病哦？"

郝成功："实在不行，要不你跟你姐要一下孔老师的电话？"

小东立马摇头："不要，你要要，你找我姐去。"

看来要让大家看看孔老师的想法是实现不了了，郝成功无奈："没事，没有孔老师，我约咱们卫生院的谢医生。"

他翻出电话打了过去，响了几声之后被接起："喂？"

郝成功咳了一声："谢医生，约你出来吃烧烤啊，赏个脸呗？"

"都有谁？"

"我们一整个队都在。"

"……好，一会儿就来。"

"好嘞，在老地方啊！"

"好的。"

郝成功挂了电话，昂着脑袋，不无得意："看吧，爷的魅力还在。"

大伙又"嘁"了一声，都笑了。

喝了一轮酒之后，老五王常山带着新领证的媳妇姗姗来迟。大家纷纷送上祝福。

杨天树媳妇是付杨的表姐，大姑家亲表姐，她感叹了一下，然后就催起付杨："老二啊，你这都老大不小了，怎么还不找个媳妇啊？"

付杨没说话，端起酒杯喝着酒。

表姐："要不，我给你介绍个？"

这是谢婉清一进烧烤店就听到的第一句话，她按下心跳，走过去跟大家打招呼。

大家都是镇上的，路建的工程又随时容易受伤，所以大家跟谢婉清也是很熟悉，而且这也不是第一次约了。

谢婉清走到付杨旁边，本来想在他身边的位置上坐下，但是付杨一手撑在一条凳子上，一个人占着两个位置。

无奈，她只能在郝成功那边坐下，还好正对着付杨，她也算满意。

付杨回表姐的话：“不用。”

王常山拉着媳妇的手秀给付杨看：“老付啊，赶紧找个得了，现在在场的就你年纪大还光棍一个了，找个知冷知热的不好吗？”

表姐：“对啊对啊，不行，我得给你介绍个！”

付杨被催得头大：“真不用，我有媳妇，”

谢婉清愣住，大伙不信。

付杨拿起手机，翻出一张照片递给表姐：“喏，这就是我媳妇。”

表姐接过一看，气得捶了杨天树一拳。

杨天树被打蒙了。

表姐：“你看看，他这是癞蛤蟆想吃天鹅肉啊，拿明星来糊弄人呢！”

杨天树接过手机一看，乐了。

照片是一个很漂亮的女人化着很美艳的妆，穿着黑色性感的晚礼服，端着高脚杯站在华丽装饰下人来人往的盛会里。

这一看就是大城市里那些明星、白领啊，哪是他们这个层次的人能接触得到的。

旁边的伙伴们也争先恐后地过来抢着看，看完纷纷“嘁”了一声，比之前“嘁”郝成功的还要大。

一个二个都不相信付杨说的，认为他在吹牛。

手机最后递到谢婉清手上。她看着孔漫化着精致妆容的照片，一瞬间说不出话来，但她是信付杨说的。

付杨跟谢婉清拿过手机，拿到后看了大家一眼，低头拨了个电话出去。

大家看着付杨手机，都慢慢静下来，心里想的都一样：不会吧，老付不会真能把照片上的女人带过来吧?

几秒后电话被接通：“喂？”

众人：还真有这么一个人？！

付杨拿着手机走到外面：“你回来了？”

“嗯。”

“现在忙不忙？”

孔漫擦了擦头发：“不忙。”

他站着抓抓头皮，说：“那……要不来吃点夜宵。”

孔漫看了眼时间：“现在才几点啊。”

“嗯。”付杨说，“那出来吃点东西？”

听着他这意思，孔漫扬了扬眉，声音变懒：“好啊。”

付杨立即说：“那我现在过去接你。”

“嗯。”

付杨挂了电话进去，一把抓起桌子上的钥匙，其他人看见，“哦哟”一声。

郝成功问：“老付你要干什么去？”

付杨看着郝成功，隐有得意地笑着：“接我媳妇去。”

郝成功目瞪口呆，老付哪儿来的媳妇？他刚刚不过是拉着小东去后厨杀了只鸡而已。

这中间发生了什么？

谢婉清呆在原地，握紧筷子，愣愣看着他。

付杨开着车到教师宿舍楼下。他没有上去催孔漫，下了车静静等着。

楼下车声响起时，孔漫就知道付杨到了。她摸了摸自己半干的鬈发，换了身酒红色吊带长裙，踩上细跟黑凉鞋，看了看自己脸色，又拿起口红涂好抿了一下，再对着镜子照了照，才抓着钥匙和手机，关了灯开门下楼。

付杨没等多久，楼道内就响起鞋跟踩在地面的声音，“哒、哒、哒”，楼道间灯光亮起，他站起身来盯着楼梯口。

孔漫出现的那一瞬间他就愣住了。

他把刚刚看的那张照片存手机里很久了，每次想孔漫的时候就拿出来看看，但没想到现实中这个样子的孔漫比照片上性感漂亮多了。

摇曳多姿，风情万种——这说的就是她吧，真的好漂亮。

等人到身边，他闻到她一身香气，沐浴露的、洗发水的还有她身上特有的香味。

他在这阵迷人的香气中飘飘然地拉开副驾驶的门，等她坐上去了，他才关门绕到驾驶室。

上了车后，他并没有急着开车，而是看向副驾驶上整理发尾的孔漫，轻声问：

“这几天开心吗？”

孔漫笑了笑：“挺开心的，第一次去乡下。”

付杨“嗯”了一声，又问：“刚刚在干什么呢？”

孔漫看向他，手指撩起胸前的发丝，一卷一卷的，她回：“刚刚啊，洗澡呢。”

“嗯。”

孔漫奇怪了，问：“怎么了？”说着上半身往前凑了过去，视线从男人眼睛一路顺着五官巡视下来。

“没什么。”付杨回着，忍不住也往她那边靠过去，最终克制地在红唇上贴了贴。

孔漫没动，双眼带着笑意看他。

某人耳尖通红，抓抓脖颈退回去，把车开了出去。

车子到达烧烤铺子，付杨把车停好，下车时，从后座拿了件衣服出来，等孔漫下车了，他拿着衣服披在她肩头。

孔漫疑惑地看向付杨，他给她拢了拢衣服，睁眼瞎说：“晚上蚊虫多，披着能挡一些。”

孔漫垂眸看了眼身上的黑色冲锋衣，把手伸进袖子里，衣服有点大，披在她身上成最大号的外套了。

衣服上也是付杨身上那种，爱马仕大地男士淡香水里夹杂着一点点男人汗水的味道，一点儿都不难闻，甚至还有股安全感。

付杨手伸下去拉住袖子里柔软的手，带着她往前走。

烧烤铺子外面，谢婉清站着不动。

付杨带着孔漫路过她，招呼了一声：“站这儿干什么？进去呗。”

谢婉清看着付杨，摇了摇头回：“你们进去吧，我突然想起卫生院还有事。”

“大晚上的有啥事？明天再弄得了。”

“比较急，今天得做完，我……先走了。”谢婉清说完，不等付杨回话就转身离开。

付杨在后面开口问：“要不让成功或者小东送一下你？”

“不用了，几步路就到了。”

“注意安全。”

“嗯。”

付杨叮嘱完老同学拉着孔漫继续走。

孔漫抽了抽手，看向站在台阶上的男人，忽然说：“她喜欢你。”

付杨握紧手心的手，“啊”了一下，说：“不可能的吧，认识十多年了，感觉都能当兄弟了。”

她看着男人反问：“十多年？”

“对啊，她是我高中同学，鹿城市的，去年调来乡下……”说着，付杨也感觉有点不对劲。

孔漫挑眉：“那你说，平白无故地，她为什么要调到这里来？”

付杨整了个不自在，摇了摇她的手：“那我以后少跟她打交道。”

孔漫笑了笑，说：“那倒不用。走吧。”

付杨带着孔漫进到里面的烧烤架子前，郝成功和小东立马顿在原地，震惊地看着付杨。

孔漫看着他俩点点头，算是打招呼了。

杨天树没见过孔漫，也不认识，但看着是付杨带进来的，就笑呵呵地打招呼道：“来来来，坐。”

付杨带着孔漫在刚刚他坐的位置上坐下去，大家都安静地看着。

实在是这人美得像郝成功说的一样，像天仙，他们还真没见过这么真实漂亮的人。

等孔漫坐下去了，杨天树越看越眼熟，问付杨：“哎，老付你媳——”

付杨打断杨天树的话回道：“这是孔老师。”

杨天树擦擦手跟孔漫握手：“啊，原来是孔老师，久仰大名啊，久仰大名。”

孔漫轻握了一下缩回手，回道：“客气了。”

付杨一手拿着筷子夹了些烤肉到孔漫面前的碗里，又给她拿了瓶饮料，等她手放下去后，不动声色地在桌下握住她的手揉了揉。

表姐在旁边一个劲地打量孔漫，满意中又带点害怕，害怕这孔老师是来了这里，因为环境特殊产生寂寞了，跟她家表弟玩玩而已，但她又不好说什么，只能把担忧藏在心里。

烧烤架前的郝成功仍旧不敢相信地看着挨着付杨坐的孔漫。

半晌后，他摸了摸自个的脸庞，喃喃自语：“想当初我们班班长还说我像慕容云海呢，孔老师怎么能找老付不找我呢？”

小东再一次翻白眼，忍不住怼他：“那是你们班长眼瞎，也不瞅瞅你这横向长的身材和脸蛋子，你牛死了！”

郝成功委屈，怎么还人身攻击呢？一点都不友爱！

这顿烧烤一直吃到十点多，孔漫也吃了不少。

乡下的肉质鲜美有嚼劲，没有那么多那种饲料添加的味道，也没有乱七八糟的调料，而且都是炭火一点一点烤出来的，外焦里嫩，入味极浓，味道很好。

中间大家也喝了不少酒，在乡下自然也是农家自酿的白酒。

孔漫吃东西慢，都是细嚼慢咽，其他人早已吃饱喝足转了场地，付杨在她旁边慢慢烤着食物，陪她细嚼慢咽。

等他们吃完烧烤时，郝成功已经把 KTV 都暖好场了。

乡下的 KTV 没有城市里那么豪华，这唯一一家 KTV 也才三个包厢，但设备还算齐全，一个大包被郝成功包了，另外还有两个小包，也都有人，包厢里灯光闪烁刺眼得很，酒水只有一箱一箱的易拉罐啤酒，但水果还算丰富。

付杨带着孔漫进去，在门口沙发的角落里坐下，包厢里几大麦霸在撕心裂肺地唱着情歌。

他们前面桌子上刚好是一盘芒果，嫩黄色胖胖的，整整齐齐地摆着。

孔漫拿了一个在手里把玩。

付杨看她拿芒果，在桌子上找了一圈没发现刀子，于是起身出门。

小东刚好进门，问：“二哥干啥去？”

“去找把水果刀。”

小东让路，孔漫见小东进来，招呼了一声：“小东过来下。”

小东跳过去坐在孔漫旁边：“孔老师咋啦？”

孔漫说：“跟你姐一样叫我就行。”

小东从善如流改口：“好的，漫漫姐。”

孔漫问他：“你们镇上连 KTV 都有，那网吧有吗？”

“有的，在加油站过去一点点，不过才四台电脑，而且网卡得很。”

“那电影院呢？”

“这倒没有，要看电影还得去市里。”

孔漫点点头表示明白了。

片刻后，付杨推门进来，手里拿着一把水果刀和一个白瓷盘子。

他一进来，小东就走人，跑过去点歌去了。

付杨在孔漫旁边坐下，把盘子放在桌上，拿过她手里的芒果，在芒果顶端划了个十字架，顺着果皮一直划到底部，又侧过来划了两刀，拿刀尖翘了翘，里面黄灿灿的果肉露出后，他放下刀，用手顺着划开的纹路把芒果皮剥了下去，露出一整个果肉，他把果带皮放在盘子上立着，又拿起刀，在果肉上划了几刀，将果核取了出来，果肉则分成几瓣倒了下去，躺在果皮上。

付杨连剥了两个放盘子上，一眼看去就像两朵橙黄色的荷花瓣儿一样。

他端起盘子递给孔漫，又在果肉上插了几根牙签。

孔漫接过，看得稀奇：“我还没见过这样剥芒果呢。以前吃芒果，都是已经全部弄好的果肉。”

包厢声音特别大，付杨没听清，侧过头靠近她，问：“你说什么？”

孔漫靠到他身上，嘴巴贴着他耳朵，说：“你好厉害！”

付杨愣了愣，不知想到什么地方去了，耳朵忽地就红了。

孔漫忍不住一笑。

付杨看着近在咫尺的笑脸，被她撩得情不自禁，要凑过去亲她。

那边小东点好了一首歌，一手拿麦，另一手把麦丢给付杨，付杨余光看见，一愣忙接住。

歌曲响起：“镜中影花乱舞风，谁不怜惜情浓，春去秋来四季倥偬……”

付杨不想唱，要把麦丢给小东。

孔漫拦住，贴着他耳朵继续说：“唱吧，唱一首给我听听。”

他看了她一眼，见她眼里带着笑意，要丢的手停住，试了试麦，看着大屏幕歌词，跟着节奏唱了起来：“浮各一朝转眼无踪，留不住又何必苦苦争锋，红尘来呀来……”

男人嗓音低沉带着磁性，音调很正，五音也很全，整首歌唱下来一点不带停顿，流畅又好听。

孔漫捧着芒果听着，用牙签插起一瓣，尝了一口，口感细腻，汁水甘甜。

等男人唱完把麦丢给其他人，并嘱咐不要再给他，然后转过来时，她插起一瓣芒果喂给他。

付杨愣了一瞬，咬住，口里立时布满清甜的芒果汁，他莫名觉得这比以往任何一次吃的都甜。

孔漫放下盘子，拿起芒果和水果刀，她记得芒果还有另一种剥法，她在中间划了一刀，翘了下没翘开。

旁边的人笑了下，伸手接过，加了点劲从果核一侧划了下去，分成两瓣。

他拿起带核那瓣把核去了，横着划了几刀，又竖着划了几刀，一瓣芒果就像网格一样分布在果皮上，像果冻布丁一样好看。

付杨递给孔漫，孔漫接过咬了一口，甜滋滋地眯起眼睛。

他看着，情不自禁低下头，嗅到了芒果的清香，正打算亲一口的时候，一罐啤酒塞进两人手里。

付杨和孔漫都愣了，抬头看着眼前的郝成功。

郝成功跷着腿，说："哎呀，难得这么久了再见到孔老师，喝一口呗？"

孔漫摇了摇手里的啤酒，跟郝成功干了。

那一口后，包厢里的人像是约好一样，郝成功完了，杨天树也过来，一个接一个的，喝完一圈，孔漫脑子开始发木，眼前也有点眩晕。

毕竟吃烧烤的时候喝的是白酒，现在又喝了很多啤酒，混杂在一起难免会有点醉。

付杨也喝了很多，到后面的都是他帮孔漫喝了。但他酒量强，还不至于醉，看她有点醉意了，他便带着她先走。

回到办公二楼住的地方，他把孔漫放在床上，出了门去客厅倒了杯水进来递给她，轻声问："喝点水？"

孔漫后仰，双手撑在床上，抬头看着他。

她白皙的脖颈修长，锁骨曲线迷人，肩头一边的冲锋衣滑了下去挂在胳膊上，鬈发披散在身后，有几缕掉落在身前，勾着起伏的曲线。

这让看着她的人呼吸乱了几分，喉咙上下滚动。

孔漫伸腿，细跟凉鞋的跟勾上他的小腿，把人往前带了带。

付杨不受控制地走了几步贴到床边和她挨着，高跟鞋的尖锐划过小腿皮肤，带来异样的畅感。

他把水杯放在床头柜上，俯身撑在她两边，一手抬起将冲锋衣两边的领子扒下，他们对视着，谁都没说话，但一举一动间都带了魅惑和撩拨。

男人低头亲吻她白皙的肩头，她仰着头，呼吸重了几分。

月亮跳出山头，银白色的光从窗户溜了进来，照着床上难舍难分的两人。

付杨却突然停了下来，额间汗珠滚落，孔漫睁眼，疑惑地看向他。

付杨起身拿被子把她裹住，匆匆套上裤子，他说："有东西没拿，我去外面找找。"说完不等孔漫反应，他脚一跨出去了。

孔漫平躺着顺了顺呼吸，抬眼看向窗外，莹白的蓝天中缓缓飘过几片云朵。

静静平息下来，后知后觉的醉意和困意袭来，她睁了睁眼，想等付杨回来，却抵不过眼皮子越来越重。

等付杨回到房间，房间里安安静静，他走过去一看，床上的人已经闭着眼睡熟了过去。

他低头，伸手轻轻碰了碰孔漫脸颊，轻声喊她："孔老师？"

床上的人没有任何反应。几秒后，他无奈地笑笑，低头亲了亲她。

他站起来把窗帘拉上，脱掉衣裤上床，躺在孔漫身边，拉好被子盖住两人，胳膊伸过去轻轻抱着她，心里想着以后该怎么叫她。

孔漫？生疏了。

阿漫，漫漫……

想着，困意慢慢降临。

第四章 / 山花烂漫

有人看窗外雨，有人爱身边人

次日清晨，孔漫醒来时付杨已经不在房间里了。

她起身，衣服已经被叠好放在床头，她愣了一下，好心情地扬了扬眉。

把衣服穿好，冲锋衣也穿上，她去了洗手间，里面放了一套一次性的洗漱用品，她拿起来，洗漱完毕后打开门出去。

客厅里，付杨穿着一身军绿色迷彩服蹲在茶几面前的地上，周围分布着红色横幅，黄色的旗帜，还有几个蓝底白字的牌子。

她走过去看了眼问："这是干什么呢？"

付杨仰头看她："你醒了？饿不饿？"

孔漫摇摇头，付杨整理着手上的警示牌回道："今天要去巡山挂牌，我先整理好，一会儿方便。"

孔漫细看了眼那些东西，黄色旗帜上用红色字体竖排写着：森林是我家，防火靠大家。森林防火，人人有责。

红色横幅上是白色字体：星星之火，可以燎原。山火无情，牢记在心。

蓝色牌子不大，五六十厘米左右的长方形，警示语是：进入林区，防火第一。

三块牌子下角均有三竖行小字：鹿城市森林消防指挥部，哀牢山国家自然保护区，火警电话：12119。

另外的警示牌上也有其他关于森林防火的警示语。

孔漫这才想起来付杨是多西镇林业所的工作人员，她眼睛转了转，心里有了想法。

上午九点左右，多西镇林业所内。

“小平跟夏军他们昨天克（去）巡的是竹黄领跟龟板山，你看剩下呢（的）你要克（去）哪座山？”多西镇林业所所长永林在电脑上点了点，移给付杨看。

付杨看过去，永林所长又说：“我今天去白芨山，要是时间还来得及就转一趟苍术岭。”

付杨提醒：“那边都靠近无量山了，永叔你要小心。”

“莫得事（没事）！”永林所长摆摆手。他在这片山林保护区转了十几年了，哪里危不危险，他最清楚不过，他自己就是这片保护区的活地图。

付杨看了几眼，考虑了一下说：“那我就去细辛山跟筚拔山。”

“好。”永林所长在这两座山后面打上付杨的名字，又说，“今天巡不完也不要勉强，明天再巡也一样。”

“好。”付杨整理着工具回道。

永林所长看了看剩下几座山，按林业所现在的人员来预测，估计个把星期就能巡完了。

他又给付杨叮嘱了细辛山跟筚拔山要重点巡查的地点后，侧头看向付杨身后的孔漫，再次小心叮嘱：“阿杨啊，你带好孔老师。她有什么不懂的你要详细跟她讲，巡不完的明天去也一样。”

“晓得了，永叔。”付杨点头，把桌上要用到的工具放进麻布口袋里，提着往外走。

付杨：“永叔，我们走了。”

永林所长点点头看着他们离开。

永林所长之所以会这样说，还是源于早晨时，孔漫说想跟着付杨去看看他作为林业人的工作内容，付杨起先不同意，翻山越岭、跋山涉水是真的很累，他怕她吃不消。

孔漫干脆就说她可以帮忙写一些关于林业保护、森林防火的稿子递给《天下访谈杂志》去宣传。

《天下访谈杂志》是时尚集团旗下另一个独立出来的老牌传媒杂志，主打社会现实类访谈、金融专访，国民影响力仅次于全国日报。

付杨有点心动了，他知道她之前在那里任职过，肯定有渠道。他拿不定主意，于是就带着孔漫来见所长，由所长来决定。

他们出了林业所，孔漫回去换了身宽松的衣服，做好防晒工作后，到镇上餐馆吃了早饭，付杨买了水和水果放到车上，又买了顶草帽递给孔漫。

两人上车，皮卡车开了出去，离开小镇。

根据刚刚商量好的，付杨这一天要去两座山。现在先去细辛山，中午回来吃午饭，然后去筚拔山。

细辛山在多西镇上段二十多公里处的一个路口拐下去。

付杨把车停在路边，先让孔漫将身上的烟、火都放在车上，这个是不能带进山的。

孔漫摸出打火机和香烟放好，付杨也把身上的烟和打火机放在车上。

然后他下车背上黑色登山包，里面放着细钉子、小铁锤、钢丝、老虎钳和蓝色警示牌，他锁好车门，带着孔漫往山下走，孔漫走了两步接过他手里轻的那兜旗帜，旗子都是布，不算重，他拎了拎，递给她提着。

他们走得不快，付杨偶尔还问问她累不累。

往下走的是一条半米宽的崎岖山路，走了半个小时左右。在一个拐弯处，付杨带着孔漫插进山里，钻到树林中，他手里拿着老式砍柴刀在前面开着路。

还好细辛山松木居多，低矮的木林较少，倒也方便进山。只是松树多，地上的干松叶也比较多，人踩上面容易滑倒，付杨干脆把手里提着的东西扎起，背在另一边肩膀上，空出一只手拉着她。

半路遇见松果，孔漫多看了几眼，付杨便捡了个松果给她。

孔漫接着，看了一眼四周："你们这儿松树很多啊。"

付杨看她一眼，伸手将她头顶的松叶拿掉，笑着回："对啊，哀牢山保护区内松树占了百分之六十左右。"

"怎么没松子？"她低头看。

"这不是松子树，这里的松树是青松，一年四季都是绿的。"

"秋冬也是绿的？"

"绿的，也叫常青树。"

有这片青松覆盖着，在山脚江流的衬托下，哀牢山就是真正的绿水青山了。

走了没多久，他们到了一棵高大的松树前，树干上绑着一面褪了色的旗帜，上面的字掉得差不多了，旗帜下面是蓝色铁牌子，上面写着：火源不入山，森林才平安——细辛山小中路段。

付杨走上前，放下背着的登山包，脚踩着树干爬上去坐在树杈上，把上面的旧旗帜扯下，丢到地上。

孔漫翻着手里的麻布袋子，问他：“要哪一块？”

付杨回：“黄色的就行。”

孔漫从里面找出一面黄色旗帜，上面写着：森林是我家，防火靠大家。森林防火，人人有责。

她拿起来递给付杨，发现他爬得有点高，她根本够不到。

付杨指了指前方说：“你去那儿拿根干树枝，把旗子缠在上面递给我。”

孔漫看了一眼，走过去拿起干树枝，把旗子缠上去递给树上的人。

付杨接过，把新的旗帜四角挂上之前的铁丝上，拿手使劲拧了拧挂好。

付杨换旗帜的时候，孔漫原本是在旁边看着的，忽然闻到一股好闻的味道，她凑过去挨近那棵大松树，闻了闻，好像付杨身上的味道。

付杨换好顺着树干滑下，然后跳下来拍了拍身上，问她：“干什么呢？”

孔漫指了指松树：“你身上的味道。”

付杨愣了下，抬起胳膊闻了闻，看向松树，树干上流下来一溜松树油，成淡黄透明的液晶，像琥珀一样挂在树上。

他拿手沾了一点在指尖上，问：“松油味？”

孔漫凑近闻，确定道：“是的，就是这个味道，我之前还以为你喷了香水。”

付杨笑了：“我一大老粗，喷什么香水啊，估计是整天在山里跑，沾上松油了。”

孔漫也跟着笑了，原来这就是大家常说的松木味。她伸手也想拿指尖去抹，付杨拉住她的手，说：“不要碰，松油不好洗，沾手上会发黑。”

孔漫缩回手点点头。

付杨收拾好东西，给她递了一瓶水，自己也喝了半瓶，眼睛一瞥，把盖子盖上，在松树跟前蹲下，扒拉了一下，把干松叶扒开。

孔漫凑过去：“怎么了？”

付杨指了指松叶底下土地上一层白色像霜一样的东西，说：“这就是菌，再下一场大雨就长出来了。”

孔漫疑惑：“菌？蘑菇吗？”

付杨摇头：“是……也不是吧。菌是野生菌，蘑菇是可以人工种植，而野生菌种植不了，属于大自然回馈给人类的珍宝。”

孔漫琢磨了一下：“那……这算是山珍海味里的山珍吗？”

付杨点头，把松叶盖好：“算是，以前吃过野生菌吗？”

“蘑菇吃过很多，野生菌没有，听说会中毒。”

付杨笑了，抬头看她：“我吃了二十几年了也没中毒过。这菌子有没毒的和有毒的，颜色越鲜艳的越有毒。等雨水过后菌子出了摘给你尝尝看。”

“可不能摘有毒的给我。”

付杨背上登山包站起来，拉过她的手往前走，边走边说：“我怎么舍得。”

孔漫一笑，跟在他身后，继续在山里走动。

山林间绿树成荫，松木散发着阵阵清香，山风吹拂着，凉爽沁透，不热也不晒。

孔漫边走边问：“你都不要导航就能找得到？”

“这山里 GPS 不管用，再说这些山，跑了几年也算熟悉了。”

“你进林业所多久了？”

“也就……”付杨算了算，“七年吧。”

“那也挺久了。”

“我这还行吧。要说林业所里，永叔他们一家时间最长。”

“不会是好几十年了吧？”

付杨想了一下回道：“快一百年了，从永叔的爷爷开始就是最早的守山人，到永叔爸爸是守林人，再到现在的永叔是林业人。他们一辈子的时间都用来守护这片山林了。”

孔漫无法想象，这漫长的时代变化里，在这深山中，还有人为这万里山林默默守护着。

外人不知，世人不问，风雨飘摇里几代人初心始终不变。

“林业人，很辛苦吧？”

“还行，我们还好，家就在保护区内。有的地方的林业人是别的省份过去的，一去就是好几十年。最好的年纪都留在了保护区，往往是顾得了山林，顾不了家庭。”

孔漫竖了个大拇指：“了不起，你们都是山林守护英雄。”

付杨被夸得不好意思，挠了挠头："没有没有。我们也都只是一个平凡人，就是在其位谋其事而已，每个职业都有自己的职责。就像军人的职责是坚守好自己的岗位，林业人的职责是守好一片山林。"

他走了几步，看到脚边的淡紫色花朵，弯腰摘了一捧递给她。

孔漫接过，花朵细小，一簇一簇的，她问："这是什么花？"

"野鸢尾。"付杨回。

"好看。"

"山里各种野花都很多，这种最好看。"

孔漫捧着野鸢尾凑近闻了闻，有一缕淡淡的香味儿，她拨了拨花瓣，笑了，这山花也很漂亮。

付杨看着她笑，自己也跟着笑了，喜欢就好。

走了几步，孔漫又指了指一棵大树下一小片黄色小碎花问："那是什么花？"

付杨看过去，回道："柴胡。"

"这就是柴胡啊。"孔漫走过去细看，"中药里的柴胡吗？"

"对的。清热解表，退烧祛寒。"

孔漫伸了下手又缩回来问他："我想采几朵可以吗？"

"可以啊。"付杨走过去，帮她摘了几枝，又多走了几步，摘了几枝细小的紫花地丁，薅了一枝白色菊花一样的野蒿花，折了一片碧绿的乌蕨，拿过她手里的花，全部放在一起，整理了一下，又递给她。

孔漫欣喜地接过，两人继续往山里走。

付杨走在树木繁多的一侧，挡着树木杂草，被一个拇指大小的绿色果实打中胳膊，他瞧了眼，侧过身拦了一把树枝，让孔漫过去。

孔漫走过那丛树林，盯着那些绿色小果看，又问："这又是什么野果？"

付杨摘了几个，走到她身边摊开手心说："橄榄。"

孔漫捏起一个看："这是橄榄吗？怎么跟之前看过的不太一样。"

"这是云滇橄榄，并不是做橄榄油的那种橄榄。"

"那……可以吃吗？"

"现在还不行，还没熟呢。"

"熟了什么味道？甜不甜？"

付杨笑得神秘："等熟了摘些给你尝尝。"

看他表情，孔漫直觉告诉她这种橄榄味道应该不会太甜。她将橄榄放在他手心，抱着花往前走去，偶尔将花举起，对比着山林里露出的蓝天，玩了会儿又觉得这举动过于傻了，放下来，转头找付杨。

他跟在后面，看着她的笑脸满心欢喜，这一刻，她在他守护着的山川草木中回头看他。

多想送朵玫瑰给你，可惜镇上没有。

只能折一片山花给你，愿你开心。

一上午的时间，两人走完细辛山上段到中段，下段孔漫实在没力气了。

付杨就没让她往下走，先在路中段树下歇着等，他自己在下段的路旁和岔路口都挂上警示牌和横幅，又去重要巡查地点查看了一番，没有什么问题，就立马往回赶。

往回走是往上爬山。路中段孔漫还能在付杨的拉动下走上去，到了上段就已经耗尽全部力气，爬都爬不动了。

路旁的树下，他们站着歇了会儿。

看着孔漫大汗淋漓、脸蛋热得红红的样子，付杨心疼，抬手碰了碰她的脸颊，却忽然笑出了声。

撑在他有力的胳膊上，孔漫歇了几口气，睨了他一眼。

付杨掏了掏兜，没掏出东西，索性卷起 T 恤下摆，用里层给她擦了擦汗。

歇了半晌后，他将身上的东西拿给她背的背，挎的挎，在孔漫发蒙的时候，他弯腰一把搂过她背起来，慢慢往上走。

孔漫趴在他宽阔的背脊上，慢慢缓过神，脑袋垂下去搭在他肩膀上，伸手搂着他。

她感觉挺不好意思的，逞强要来的是她，最后拖后腿的也是她。

付杨倒是开心。往常巡山，要么就是自己一个人，要么就是和所里的伙伴，都是一帮大老爷们，除了巡山就是巡山，又累又枯燥还乏味。

这次她陪着他，说说话，给她解解惑，时间过得非常快。关键是，和她一起，好像不管干什么事都会很开心。

停停走走也爬了一个小时左右，两人大汗淋漓，终于回到公路上。

付杨放下孔漫，将她身上的东西放到后座，抽出两瓶矿泉水，递给她一瓶。

在路边树荫下坐下，让山风吹干身上的热气，孔漫接过水喝着，付杨在旁边扒拉了一下食品袋，问她：“饿不饿？”

孔漫点头：“饿。”

他拿了一个桃子用矿泉水洗了洗递给她，说：“先垫一下肚子，歇凉一些就回去。”

孔漫接过，咬了一口，拿起手机一看，已经一点半了。

回去的路上，孔漫注意到路边隔了一段路就会有森林防火警示牌，翻了一个岭也有，转了一个弯还有。路面的警示牌很大，一两米左右，横幅也很长，牌上的标语各不相同，而且没有重复，唯一不变的就是下角的小字和报警电话。

回到镇上已经是两点左右了。

付杨带着孔漫到一家餐馆，让休息的老板又做了午饭给他们。

吃完饭，付杨要送孔漫回教师宿舍，她不同意。

付杨无奈一笑：“筚拔山今天是巡不完了，明天再去。而且……你得好好休息一下了。”

孔漫瞧他：“小看我？”虽然，上午确实是拖后腿了……

付杨笑着看向她：“不是，是我一会儿还有事要去忙。”

“你不会趁着我休息偷偷跑去巡山吧？”

他摇头：“那倒不会。”

孔漫这才点头。付杨把她送回宿舍，让她好好休息一下，临走前还要了她们宿舍的钥匙，说傍晚过来找她。

孔漫回宿舍之后立马洗了个澡，换上睡裙，躺床上瘫着不动，爬山真的很耗费体力。

迷迷糊糊睡了一会儿，小腿就开始疼痛发酸。不是特别疼，就一阵一阵的酸感，躺了半晌，她也睡不着了，拿过手机一看，才眯了一个小时左右。

她起床捶了捶小腿，闲着没事把笔记本电脑打开，翻了翻抽屉拿出眼镜戴上，酝酿了片刻，开始打字。

现在这也不是借口了，真正跟付杨巡了一趟山，明白了林业人的不容易，她是真心地想把稿子写好。

下午六点左右，孔漫还在搜索相关资料，房门钥匙孔一阵轻响，门打开了，她头伸出去看。

付杨换了身平时穿的衣服，提了一兜东西进来，拔了钥匙又用脚把门给轻轻带上。

他关好门进来，一转头就看见她穿着娃娃领的睡裙坐在里间卧室床上，抱着电脑看着自己，他诧异："没休息吗？"然后把东西放在桌上走进来看她。

孔漫指了指电脑，又指了指自己的小腿，说："腿酸痛得睡不着，就起来写点东西。"

付杨在她床边坐下，一手拿过她的小腿问道："是不是感觉一阵一阵地发酸？"

孔漫点头，付杨拿手给她顺着腿弯筋和小腿肌肉轻轻按摩着。

左腿一瞬间就麻了，但是很舒服，舒服到脚尖都酸酸麻麻的，孔漫把笔记本放床头桌上，一双腿伸过去递给他。

付杨抱住，忍不住发笑："要是今天下午再去竿拔山，你这腿估计要不成了。"

手掌上的腿也是白到发光的那种，皮肤细腻。付杨拿手臂和她的腿比了比，一黑一白，一糙一细，色彩和质感都很明显，他收回手给她按着。

按到脚背，脚背上青筋若隐若现，脚趾头小小的、嫩嫩的、白生生的，极其好看，他按摩着腿，手却忍不住滑下去摸了一把嫩白的脚趾，心尖酥麻。

孔漫瞧着笑了一下，轻轻踢了一脚男人的手："干什么？耍流氓啊？"

付杨也笑，是抿嘴不好意思的笑，这一笑那两个窝窝又出现了。

她看得直惊奇，靠过去拿指尖戳了戳："你知道你这儿有两个窝窝吗？"

付杨点头："嗯，我妈说是饭窝。"

孔漫诧异地挑了挑眉，不是酒窝不是梨窝，饭窝这说法合理。

给她按摩得差不多了，付杨出去洗了把手，把口袋里的东西都打开。

他又提了现成的饭菜过来，将饭菜摆上桌，他朝着卧室喊："吃饭了。"

孔漫一直靠着床头看着男人的动作，懒洋洋地回答："不想出去。"

付杨于是进来，低眸问："不饿？"

仰头看他，孔漫回："饿。"

没什么好说的了。付杨抠了下额头笑了一声，俯身弯腰，手穿过孔漫的膝盖弯，一把将她公主抱抱了起来。

孔漫笑着伸手搂过他脖颈，她最喜欢他抱她了。

到外面沙发上将孔漫放下，把茶几移近，付杨坐在孔漫旁边，他们慢慢吃起晚饭。

吃完晚饭，付杨烧了壶开水，拿了她们平时洗脚用的盆，丢了两包药包进去，又倒上开水。

孔漫趴在沙发上，问："那是什么东西？"

"缓解酸痛的药包，多半是艾蒿和桃树皮一类的东西。"他将药水移到她脚边，"一会儿你试试，等不是那么烫了你再泡。"

孔漫"嗯"了声，付杨把客厅收拾好，在她旁边坐下。

客厅的沙发上是没有靠枕的，孔漫就斜靠在男人身上。

他搂着她，有一搭没一搭地聊着话，等药水不是那么烫了，孔漫把脚伸进去。

付杨突然弯腰捞起孔漫的一只脚，看了看，这次比上次好很多了，没有再起水泡。

"适应能力挺强的。"他说。

孔漫一头问号地看着他。

付杨把她的脚放到药水里："没有再起水泡了。"

她屈起腿也看了眼自己的脚底。确实是，虽然酸痛，但没有起水泡了。

旁边忽然伸过来一只古铜色大手，将她滑到大腿根的裙摆拉下去盖在膝盖下。孔漫抬眼看向男人，他转头看向别处，耳朵尖和脖颈肉眼可见地黑红起来。

她轻轻弯唇，无声地笑了一下，心情大好，趴在他身上，拿手戳了戳他的耳垂。

付杨无奈，捏住她作乱的手，握在手心里就没放开。

那药水果然管用，泡好之后脚真的不怎么疼了。

付杨把孔漫抱回卧室，在卧室陪了她一会儿，回答了一些林业相关的问题，等她打哈欠了，他才起身打算离开，只是刚起身，手却被拉住。

"怎么了？"他问。

孔漫拉着他坐下，手臂缠上他的脖颈，挂在他身上，褐色鬈发在她身后轻晃着，她轻声说：“留下吧。”

付杨呼吸重了几分，手环抱着她的腰，垂头看她，见她眼里有着困意，凑过去亲亲她的额头，将她放倒在床上，拉来薄被给她盖好，低声说：“那我去洗个脚。”

“好。”孔漫放开手。

付杨出去锁了外面的门，去洗手间洗了把脸，又洗了个脚，把客厅的灯关了才回来。

难得今晚的她还没睡着。他把卧室门关上，在床外侧坐了下去。

孔漫往床里挪了挪，付杨将灯关了，躺上床。

两人都静静躺着，过了一会儿，孔漫移了过来碰到男人的手臂。

付杨手一圈，把她圈在怀里抱着，低声哄着她：“睡吧。”

孔漫趴在付杨怀里，迷迷糊糊“嗯”了一声，渐渐睡过去。

过了片刻，他低头：“孔漫？”

好半晌后，她软绵绵地“嗯”了一声。

付杨心里软得一塌糊涂，亲着她脸蛋，搂紧她低声自语：“别离开了好不好……”

第二天，他们起了个大早。

付杨先回去收拾了一些东西再过来接她。

一大早起来就神清气爽，孔漫心情好，带上相机。她发现了，每一次在付杨身边，她睡眠都特别好，就像他这个人给人的感觉一样——安心。

以至于这一整天，她的心情都很好。

开了一个多小时的车到达白果坡岔路口，也就是上次停摩托车的地方。

这次也是一样的。付杨把车停在靠山一侧，将旁边的绿油布掀起，露出下面的摩托车来。

孔漫和他合力，卷起绿油布铺到皮卡车上盖好。

付杨拿过车后座的油瓶，给摩托车上满油，又把拿来的东西一一绑在摩托车后座上。

看着他绑上的夏凉被，孔漫问：“你拿凉被干什么？”

付杨绑好后座，骑上车踢起支架，回她：“今天晚上估计得在筚拔山歇一晚。”

“为什么？”孔漫奇怪。

他把车倒好，示意她上车：“下午有雨。”

孔漫爬上车，在付杨身后坐好，他递了个头盔给孔漫，孔漫接过，把草帽拿下挂在手臂上，乖乖戴好头盔，搂紧付杨的腰，又问他：“你怎么知道今天下午会下雨？”

付杨发动摩托车，往小路上骑，回她：“看了天气预报。”

她还以为是看风或者是看云呢，毕竟他上次不就是看了天空后才告诉她要下雨的吗。

半晌没听到她的声音，付杨问：“怎么了？”

孔漫问：“那你上回是怎么知道下午会有雨的？”

“上回那是看风向，东南风把黑云都吹过来了，肯定是要下雨的。”

“那今天怎么就看天气预报呢？”

付杨好笑：“有更方便的当然看更方便的咯。”

好吧。

往蜿蜒曲折的小道上骑了很久。

孔漫抱着付杨的腰，下巴垫在他背上，轻轻闭上眼睛，微风徐徐刮过来，带着山林草木气息，温柔也宁和。

付杨在一个拐弯的地方停了车，他将车停在拐弯最外边，随后带着孔漫从一条不是很明显的小路上走了上去。小路杂草丛生，这路应该是山间小动物踏出来的。

走了几步，付杨站在稍高的路上，转身伸手。孔漫站着歇了会儿，把手递给他，他一把握住，往上拉的同时，另一只手勾住她的腰，一把搂了上来。

这倒让孔漫想起刚来这里的时候，那时候灭完山火，他也是这样一把将她抱上去的。

筚拔山和细辛山植被不一样。细辛山百分之九十都是松林，而筚拔山则是常绿叶矮曲林，藤木居多，漫山遍野都是些低矮的常绿阔叶林和灌木林。

孔漫手被他拉着，跟着走了一段路，发现他不像昨天那样带着巡山的挂牌，奇怪问：“我们这是要去干什么？”

付杨转头看她，笑起来：“带你去看一个好地方。”

孔漫瞅他一眼，搞得这么神秘？

顺着那条像是山间动物走出来的小路走了一刻钟左右，孔漫听到“哗啦啦”的流水声，空气里湿润度明显比外面要更强。

穿过一棵茂密的藤木后，一座小型瀑布出现在眼前。

小瀑布不是很高，五六米的样子，白色水流从一座岩崖顶上倾泻而下，在下方冲击出一个天然的水池，水流在小池里转了一圈，形成小溪再流向下方的绿色水潭里，四周水雾密集。

孔漫跟在付杨后面，缓缓在小溪边站定。

迎面而来的水雾洒在脸上，使得这深山夏日也凉爽起来。

岩石高崖两旁是茂密的树林，而那苔藓丛生的墨青色岩崖顶上，水流出现的流口有一棵弯曲的青树，青树攀附在岩崖上，远远看去就是一座小型的高山流水，漂亮至极。

溪水清澈见底，有细小的鱼苗和蝌蚪来回穿梭，彩色的石头淹没在水中。溪流两岸绿树成荫，鸟儿叽叽喳喳地在树枝上飞来飞去，小松鼠在树叶间探头探脑地观察着来人。

付杨手里不知什么时候有了朵粉色小花，他看她看着眼前的风景，便悄悄地插在她扎起来的头发上。

孔漫回神：“你往我头上插了什么？”

付杨抬手一指——丛林密布，山花闪现，林间藤蔓上的粉色花瓣在溪流中漂流远去。

她摸摸发间的小花，唇角弯起。

付杨站在她旁边，颇有点自豪：“怎么样？还可以吧？纯天然的。”

孔漫点头，眼睛看着四周：“很漂亮。”

“这可是我的秘密天地呢。”

“嗯？”

“心情不好的时候来这里一待，就什么烦心事都没了。”

孔漫轻叹：“真好啊。”

山林间的水声、鸟鸣声、风声混合在一起，成大自然的天籁，而这山水之间的种种确实能治愈人心。

孔漫拿起相机拍了几张，可惜相机拍不出来视觉看到的效果。

她顺着溪流小心走着，边走边拍，相机镜头里突然出现几个白色的东西。

孔漫移开相机，往前方的土坡看去。像蘑菇，但是银白色中带了点灰，几把伞一样立在那里。

她在旁边蹲下，出声问："这是什么？"

付杨闻声走过来一看，惊讶："这是鸡枞，出得真早。"

孔漫仰头："什么？"

付杨在她旁边蹲下，伸手去拔鸡枞，解释："这也是野生菌中的一种，而且还是好吃的一种。"

孔漫："长得真奇怪，颜色也奇怪。"

"奇怪是奇怪了些，晚上做给你尝尝。"

孔漫转头看他，眼里露出期待，她还记着上次的美味。

付杨笑了下，将手里粉色的山花别在她头发的另一侧。

露出头的鸡枞总共有四朵，还有两朵小的藏在土里，也被他拿棍子翘了出来。

孔漫无语："你就不能留着等它长大吗？"

"这山里太远了也没人会来，留着动物也不吃，白白浪费，还不如趁早给我们尝个鲜。"

孔漫无言以对。

付杨拿了根细藤条把几朵鸡枞串在一起，提起来："今晚有口福了。

拿了鸡枞，这里虽然有水，但付杨没洗，说根上的泥土可以保留新鲜。

他们在附近转了一圈后往回走，走了一半付杨把东西拿给孔漫，他从旁边爬上去。

孔漫提着东西，看向进了林间的男人，不明所以，大声问："你干什么去？"

付杨走到一棵带刺的树前停住，边摘边回："摘点调料。"

孔漫一头问号。

等了一会儿，付杨回来了，他用衣服下摆兜着一兜绿叶和细小的绿色果子，到了她面前展开给她看。

孔漫拿起那一把绿色东西，不确定地问道：“这是……花椒？”

“对的，野花椒。”

“花椒不是红黑红黑的吗？”

“花椒熟了确实是红黑色的，但是绿色的也可以用，也有麻味。”

孔漫点头，又拿起绿色的叶子：“那这个呢？”

“野花椒芽，虽然现在的芽没有春天的时候嫩，但还是能煮汤喝的。”

孔漫不得不叹服，这大约就是靠山吃山了吧，她拿起相机拍了一张。

付杨把花椒拢了拢，让她拿张纸巾把野花椒包裹好，塞口袋里。

随后拿过她手里的东西，他们继续往回走，越走孔漫越疑惑：“来的时候好像走的不是这条路吧？”

付杨笑了：“这都走了快三分之二了才发现？”

“还真的不是吗？”

“不是，这条路在刚刚走的那条上方。”

原来不是走错路。视线一转，一朵白色的花傲然立在山野间，孔漫问：“是百合吗？”

付杨点头：“对，野百合。要不要吃？吃的话我去挖。”

“这还可以吃？”

“可以啊，百合的根是药呢，黑紫色的，像洋葱一样包在一起，能润肺安神，你们女生吃最适合了。”

付杨说着又指了一下百合旁边的一片藤蔓林，说：“那片是何首乌，也是根部入药，安神养血补肾，还可以预防脱发和白发。”

孔漫一愣：“你是不是学过中医？”

付杨也愣了：“没有啊。”

孔漫：“那你怎么懂这么多？”

他挠挠脑袋，不好意思一笑：“不过是山野间跑多了，对各种植物都有了解而已，不过也不知道是不是对的。”

孔漫笑着瞅他一眼，对于他的“凡尔赛”发言不置言论。她端起相机对着百合，调整聚焦，拍了几张照片，最后也没让他去挖根。

舍不得啊，这么漂亮的花朵，就该立在这山野之间，而不是枯死在花瓶里。

往回走时，孔漫突发奇想，问道：“你们这里有很凶狠的动物吗？像老虎狮子那种？”

付杨回：“老虎有的，孟加拉虎，国家一级保护动物，在腹地内的原始森林里，还没见过。狮子没有。”

他拉着孔漫跨过一条小水沟，继续说：“比较凶狠的在这哀牢山里，估计就是大狗熊了。”

“大狗熊？黑熊吗？”

“对的，国家二级保护动物。干旱的时候还出来祸害过农家牲口，最后给弄到动物园去了。”

“那还有什么？”孔漫想了想，想起云南的孔雀舞，又问，“那孔雀呢？”

“有的，孔雀是绿孔雀，国家一级保护动物。”

“猴子呢？”

“有好几种，有金丝猴、叶猴和蜂猴，都是国家一级保护动物。”

说到猴子，付杨就无奈：“每年秋季丰收的时候，山脚江边的农家山地里就会迎来一大群猴子来糟蹋粮食，打又打不得，撵又撵不走，别提多无奈了。”

“那山脚的百姓不得恨透它们了？”

“可不是，恨得牙痒痒呢。它们就生活在沿江一带，顺着江流活动，每年都来，要是一不小心打了，还得坐牢。”

孔漫侧头看他，有些不懂。

付杨解释：“都是濒危动物和国家一级保护动物，伤害它们是违法的。”

孔漫说：“这样也好。这些动物受国家保护，就能长久地繁殖生存下去了。”

付杨点头：“是啊。保护区内还有鬣羚羊、蛇雕、孔雀雉、小灵猫等一些濒危物种和易危物种。”

孔漫看向山林，好半晌才说：“在外面没听说过哀牢山，但这里物种资源好丰富呢。”

付杨笑了笑，跟着看向山野远方。

所以他们才想着要是能把这些都宣传出去了，是不是就能少一些猎杀，多一些保护，还大自然一份安宁。

回到停摩托车的地方，付杨把鸡枞串挂在车把上，带着她继续往山上骑。

他们都是顺着山道骑一段路，把车停道边进去巡山，巡完回来又骑着往上走。

不过这次再进山，就是挂牌巡山了，边挂边往上走，边走边查看林间树木生长情况，两人走了好久，到了一个坡顶上，视野开阔起来。

远方的山林，山脚的小瀑布，更远的公路像一条白色的细线盘山而绕。

坡顶上，一棵很高的水泥电杆立在上面，顶端是四个面向四方的摄像头，摄像头上是黑色太阳能电池板。这样的电杆，孔漫上次来荜拔山时，在哨岗那儿就看到过。她还以为只是哨岗那边有，没想到这里也遇到了。

电杆上有抓钉一耙一耙安在上面，形成简易的梯子，付杨就是踩着那些抓钉爬上去的，而且没有任何防护措施。

他把原本摄像头上的储存卡拿下来，换了新的上去，再往下爬。

孔漫站在下方看得心惊胆战，不得不提醒道：“小心点，抓牢了，慢慢下来。”

付杨边往下爬边回：“没事，爬了千百回了。”

就是爬了那么多回才担心。

回到地面上，两人坐在草地上喝水歇息。

孔漫抬头看了眼摄像头：“这种带储存卡的是不是很不方便？为什么不远程传输呢？”

“你把手机拿出来。”

孔漫拿出手机：“怎么了？”

“你看看这里的信号。”

她看向信号显示处，一个大写的“E”，没信号。

付杨笑了笑：“没信号，传不了。”

孔漫拍他一巴掌：“麻烦，还让我拿手机。”

付杨蒙了一下：“那……拿我的手机？”

看着男人呆呆憨憨的样子，她没忍住，转头笑了。

看着她笑，他也跟着轻轻笑了。笑着靠过去了一些，又转向远方，手往后一撑，慢悠悠地解释：“我们镇上只有一个基站，三家通讯运营商共用。就在镇上方，那天晚上带你看月亮的亭子旁边，它的覆盖范围只到周围的村委会，像这种深山老林自然就没信号了。”

孔漫把手机放回口袋：“那细辛山怎么没有摄像头？”

“细辛山过去还有一个村委会。再说细辛山离公路不远，任何突发状况，人为就可以发现，自然不用。”

孔漫说：“那这也太麻烦了，储存卡也存不了多少。”

“是麻烦，只能多跑几次了，不过……”他说着，脸上突然扬起自信来，“所里已经申请下来了，明后两年要在多西镇建三座基站，中国联通的基站要建在保护区内。”

他向往着：“到时候我们就可以远程监控了。每座山都可以安装摄像头，而且用的还不是 GPS，而是我们国家自主研发的定位系统。”

孔漫迟疑：“是北斗卫星吧？”

付杨看向她，笑着点头：“到时候无人机、远程监控一用起来，护林工作就轻松很多了。”

高科技确实能给很多工作提供便利，也能大范围地减轻政府的人力物力财力。

到十二点的时候，筚拔山也才巡了一半左右，孔漫肚子却饿了。

付杨找了个有水有石头的山涧边，扯了几把绿叶铺在略平的巨石面上，然后将带来的紫米饭团、凉菜、水果和饮料一一放在上面，又搬了块平滑的青石板过来，把外套脱下来团了团垫在上面，让孔漫过来坐。

他蹲在旁边，翻了会儿袋子拿出两盒自热米饭，到溪水边上，往大米里倒入矿泉水，又舀上溪水放在底层做加热。

孔漫乖乖坐在石头上托腮等着。

这顿午饭是在大自然的风林鸟语和山川草木中吃完的，于孔漫来说，又是一番新鲜体验。

吃过午饭，歇了半个小时左右，将所有垃圾收拾好，放袋子里提着，两人又起身继续往上巡。

途中要是遇到一些奇异的植被，付杨还会停下来给孔漫讲解。

在山里走动间，两人遇到了一朵鸡枞、几簇鲜红有毒的野生菌，也遇到几根碧绿中带点蓝的孔雀翎、上白下灰的刺猬的刺、一缕蛇蜕下的斑点麻花皮，撞见了一只逃跑的灰兔子。

路过茂盛的藤树下，一条挂在绿叶间的竹叶青缩下来，差点碰到孔漫脸上，她魂都吓没了，好在付杨飞速伸手一把将她捞回来，抱在怀里后退几步。

竹叶青也被吓到了，“嗖”一下消失在树林间。

心跳得飞快，孔漫紧紧抱住付杨的腰，被吓的。

付杨侧头看了眼藤木，搂着她，轻轻地上下抚了抚背，安慰道：“没事了没事了，没毒的。”

过了半晌，她还是趴在他怀里不起来。付杨没再说话，只是把手里东西丢在地上，双手搂着她，将她抱紧。

等孔漫平静下来后，已经过去许久了。

付杨细细观察了一下她的脸色：“要不还是回去算了。”

孔漫摇头：“不用，继续巡吧。”

男人没动，她推了推他的胳膊，催道：“走啊。”

付杨拉紧她的手，这才继续巡山。快到山顶时，他在枯草丛中看见了一窝青色的野鸡蛋，比鸡蛋还大，有六个，他朝孔漫指了指。

孔漫有点惊讶，打了下他胳膊，问：“就这么放在这里，不会被别的动物吃掉吗？”

他一手提着山里的东西，另一手拉过她，带着往前走，笑着回：“没事。”

孔漫：“那野鸡会发现自己少了个蛋吗？”

付杨摇头：“不会，除非被吃得一个不剩，只留一个窝给它。不过即使那样，说不定它都还没发现少了什么，该下蛋还是下蛋。”

“你怎么知道？”

“小时候看见过。”

孔漫看向男人扬着笑容的脸庞，问他：“你小时候一定过得丰富多彩吧？”

付杨点头：“那当然。小时候皮得像猴子一样，上山爬树捅鸟窝，下河摸鱼捉泥鳅，都干过。”

孔漫是羡慕的，一个完整又美好的童年。

他也问她：“那你小时候呢？”

孔漫摇摇头：“记不太清了。”

付杨突然想起营销号扒她的时候有提到说她是孤儿，还以此来攻击她。他愣了愣，心脏骤停了一下，握紧她的手，都怪自己嘴快，问些不该问的。

最后还剩三分之一的时候，付杨说不巡了，带着她往山边小道那头走。

等骑上摩托车往山上走的时候，孔漫才问：“怎么就不巡了？”

“快要下雨了。”

“你怎么知道的？”

“你往东边的天空上看。”

孔漫看过去，一大片乌云笼罩在东边的山头，她伸手感受了一下，有风从东边吹来，带着湿润。

付杨说：“这风从东边过来，会把乌云带过来，到时候这边也要下雨了，我们得在下雨前到达哨岗。”

孔漫收回手，搂紧他的腰，但到达哨岗的时候雨还没有来到，乌云已经来到了。

付杨将摩托车用油皮盖好，让她先在外面等着，他开门进去，把窗户那边的木板拿下通风，又收拾了一下屋里才让她进来。

孔漫进来就发现了，哨岗不仅外面的屋顶换上了新的瓦片，屋内的地板也被人在以前的泥土地上钉上了一层木板。窗户下面还放了一把竹编的宽椅，有点像单人沙发，但又不像。或许是铺了木地板的原因，整个屋内比以前明亮了不少。

付杨出去一趟，提着些东西进来。他带了很多，除了那床蓝灰色的夏凉被之外，还有两个不锈钢大碗，筷子也带了，大宝面霜、洗面奶、毛巾等等杂七杂八都有。

看得孔漫直咋舌，男人细心起来，半点不比女人差。

趁着大雨还没来，付杨提着鸡枞和野花椒，还拿了个之前有人放在哨岗的土豆到皮管那儿清洗，孔漫跟了过去。

皮管口没有水龙头，里面的水一直在流淌着，不分昼夜，无论春秋。

孔漫蹲在旁边，看着他清洗：“你们这水一直这样流着，不是浪费水资源了吗？”

付杨清洗好几朵鸡枞递给她，回道：“那你猜这水从哪儿来？”

孔漫迟疑着：“山……里？”

“对啊，就是山里。”他笑着看她，手指了指水流的方向，“现在这水也是流向山里去，哪儿来的浪费？”

孔漫心道，好有道理。

她接过洗好的鸡枞，付杨看了一眼，回哨岗拿了个不锈钢大碗出来，教她一点一点把鸡枞撕成条状放碗里，看她会了，他才搓洗起土豆来。

处理好鸡枞，孔漫摸了摸脸，回哨岗拿了洗面霜出来，等付杨弄好了，蹲在皮管旁洗了个脸。

几乎是他们刚弄好这些，后脚大雨就倾盆而下。

雨很大，下了很长时间后，才慢慢转为细雨，但细雨一直下，不见停歇，山间渐渐地也开始起了云雾。

付杨把煤炉子点燃，冒着细雨出去淘米，接好水后跑回来，提着锅放到炉子上。

孔漫搬了木墩坐在旁边看男人弄晚饭。瞧着橙黄的火焰，她忽然想到什么，问：“不是说火源不进山吗？怎么你们这儿还有明火，这不是相互矛盾吗？”

付杨将打火机拿给她，打火机上贴着一个序号106，下面是一行小字：多西镇林业所。

付杨说：“每个哨岗的打火机要带进来都得申请，贴序号的打火机都不得离开哨岗。”

孔漫拿起打火机翻看了一圈，明白了。

两人有一搭没一搭地说着话。

付杨用两种做法把鸡枞给解决了：一种是用野花椒爆炒，炒完撒上用砍柴刀切碎的野花椒芽；另一种是和土豆一起煮汤。

这一次的晚饭孔漫依旧吃得很多，不少于两碗。

爆炒出来的鸡枞格外好吃，山椒的香味和野生菌混合在一起，是她从来没有吃过的美味，饭后她还喝了一大碗汤。

她真的是眼睁睁看着自己肚子鼓起来的，来云南之后，这下得胖十多斤了吧？真是愁人。

吃过晚饭，外面还在下着细雨。

孔漫跟在付杨身边，和他一起蹲在屋檐下接着雨水洗碗。

不过付杨没让她洗，他洗干净了递给她，孔漫只需要负责把碗筷盆锅拿进屋，收拾放好。

全部弄完后，付杨烧了一锅热水倒铁盆里，让孔漫洗洗脸洗洗脚。

但她只洗了脸，把水让给付杨后，又起身到屋檐下脱了鞋袜，也开始像当初的小朋友一样，拿脚去屋檐下流下来的雨水上晃一晃，又换另外一只脚。

付杨看着她的孩子气，无奈失笑。

洗完脚，孔漫踩着鞋面的一半，趿拉着进去到宽椅边，将付杨拿来的夏凉被铺上去一半，留一半在外边。铺好后，她拖着椅子靠近窗户，盘腿坐了上去。

再来两个靠枕就完美了，她想。

过了一会儿，付杨擦擦脸过来，将蚊香点燃往床底下放好。他起身看了她一眼，又转出去洗脚，洗完脚进来，把门关好，插销插上。

然后他才来到孔漫身边，将她整个抱了起来。在孔漫还发蒙的时候，自己坐了上去，又把她放到自己身前，拢了拢夏凉被盖在她身上，将她圈在怀里。

孔漫懒洋洋地靠在他怀里，两人一起看向窗外。

此时天色未晚，蒙蒙细雨又转为阵雨纷飞。

屋外深山藏在雨里，山间云雾一丝一缕围绕着山川草木，绿林被掩盖在其中。

雨间雾里的青山就像是遮了轻纱的仕女一般若隐若现，雨点“嘀嗒嘀嗒”打在瓦片上，洒在树叶上，落在山川里，偶尔还会伴随着一声声夏惊雷，种种自然声乐交相汇聚形成一片祥和的盛夏天籁。

晚间的山风拂林而过，吹起树叶带落一片片雨滴，也吹走几缕云雾，可窥得远方青山一角。忽有山间鸟儿长鸣了一声，层层远去，又回荡在山谷中。

这景倒让孔漫想起一句诗——云雾环山，倦鸟长鸣。

空间似乎空旷起来，她只听得见耳边回荡着淅淅沥沥的雨声，和那回荡山谷的鸟鸣。

也只感受到身后硬朗温热的体温，是现世安稳的宁和。

她只能用温柔与幸福来形容这时光，这是秀美山川之下的包容与治愈，城市的喧闹嘈杂、人间的悲欢离合、生活的压迫痛苦、生存的钩心斗角……都在这一刻通通远离。

这是大自然给予人类心灵的洗涤，孔漫在这一刻才真正感受到了。

她将手放到腹部搂着自己的温热干燥的大手上，又钻进他手心里，大手温和地握紧她的。

她稍稍往后仰头，整个人缩进付杨怀里，嗅着他身上那淡淡的松木香，闭上眼睛。

时间好像慢了，雨声被拉长，她似乎能听见万物在雨中蓬勃生长，而那不知名的种子，也在这深山里破壳抽芽。

这治愈人心的一刻是身后的男人带给她的，也是她此生未曾见过的风景。

大自然的风声、雨声，还有身边的人都在治愈着她，这世间怎么可以有这样安静温柔又治愈的男人呢……

孔漫握紧他温热的大手，付杨回握，将她的手完全包在手心。

看了眼远处山林，他低头贴着她侧边，在风雨声里静静地看了她半晌，才轻声问她："喜欢雨天吗？"

孔漫闭着眼，声音懒洋洋地回他："嗯……不喜欢雨天，但是喜欢听下雨的声音，尤其是现在。"

她说着，缓缓睁开眼，看向云雾缭绕的深山绿林："还喜欢看这样下雨的景，很美。"

付杨看向怀里的人。此刻的她，整个人身上有着一股好像是远离人世的清醒与洒脱，但是在他怀里又是温柔内敛。

他想，她一定是个不喜欢复杂多变，而是喜欢简单安静，热爱生活的人。

这一刻，他好爱她啊。

深山，阵雨。

有人看窗外雨，有人爱身边人。

看着孔漫的侧脸，付杨没控制住自己，心悸的同时低头亲上她。

她的洒脱他不会去打扰，但他也想牢牢实实地把她留在身边。

尽管这个想法过于异想天开。

这山林始终不是她的归处，只是他的。

孔漫仰着头跟他接吻，风声、雨声通通被隔离在外，他们眼中只有彼此，而他的吻一如这深山雨夜般温热，如雨后嫩芽一样赤诚。

屋内温度似乎在节节攀升，热烈的气息扑面而来，带着浓浓的荷尔蒙，她也跟着动了情。

衣服一件件滑落在椅子上。

屋外，山间再一次迎来暴雨，雨滴噼里啪啦降落，打在瓦片上，洒在树叶上。

风声雨声惊雷声，遮住了一切声音。

…………

过了很长时间后，暴雨渐歇，转为濛濛细雨，山间云雾缭绕。

付杨抱着怀里的人，给她盖好凉被。

孔漫脸上还带着红晕，挣了挣。

付杨嗓音有些喑哑，问她："怎么了？"

"热。"她轻哼。

"乖，刚下过雨山间温差大，而且出过汗，怕你感冒。"

孔漫闭着眼挠了挠脖子，很不舒服。

付杨摸了摸她脖间，低声问她："哪儿不舒服？"

"想洗澡……"

付杨想了想，伸手拿过枕头边上的手机，一看时间十二点多，不是太晚，于是打算起来烧水。

孔漫拉着他："你去哪儿？"

给她掖了掖被角，他回："你先睡着，我给你烧点热水擦擦身子。"

孔漫摇头，拉着他不让下床。现在这个时候，她宁愿自己难受着，也不想他离开她哪怕半步。

付杨没办法起来，只好抱着她轻轻拍了拍，哄她睡觉。

临要睡着前，孔漫叮嘱他："明早一定要起来烧水。"

付杨笑："好好好，睡吧睡吧。"

孔漫蹭了蹭男人的胸膛，搂紧他睡了。

怀里人睡着了，付杨倒反而睡不着了，想起孔漫睡前不舒服的样子，他轻轻拉开她，起来穿好衣服裤子，收拾了一下椅子和床铺，将衣服叠好放在床头，然后拿了大的那口锅，把铁盆也带着，出去外面皮管那儿仔仔细细用洗洁精清洗了一遍，接上水端着回来。

就着昏暗的灯光，他把煤炉点燃了，将锅放上去烧着水。

拿起铁盆，他翻了翻孔漫裤子，把自己的也拎上，拿着手电筒又出去一趟，蹲在皮管旁边认真清洗起来。

他是分开洗的，洗完孔漫的再洗自己的，洗完拿回来就晾在窗边的竹椅上。

因为来来回回往外走，头发被细雨淋湿了一片，他坐在煤炉前烤着火，等着水沸腾。

半个小时后，水开了。他倒入那半盆凉水里，兑成热水，把毛巾放进去泡热，拧干拿着去给孔漫擦身子。

或许是真的太累了，不管付杨怎么折腾，床上的人依旧睡得死死的，半点被打扰的样子都没有。

他笑了笑，俯身留恋地亲了亲她。给她擦完，他自己倒是累出一身汗，干脆脱了衣服裤子，就着剩下的水也洗了一道。

全部收拾完，一看时间快三点了，窗外的雨也早就停了，只剩云雾在翻滚。

付杨爬上床，把孔漫抱在怀里，她反倒醒来了，睡眼惺忪地问他："干什么去了？"

他低头亲了亲她额头，哄她说："上个厕所。"

孔漫挣扎着起来："我也想去。"

他坐起来拉过她的衣服，一件一件递给她，她穿上，下床穿好鞋，眼巴巴地看着男人。

付杨好笑，披了件外套，带着她往外走。

到了外面走了一小段路，深山安静漆黑，山间草木上的雨水打湿了鞋面，付杨便不再多走，停下脚步，让她在这儿解决。

孔漫犹豫半晌，把他给赶走了。

解决完生理需求，她喊了一声，付杨打开手电筒走过来接她。

看了看他刚刚过来的位置，孔漫捋了捋头发，有点尴尬，他倒是毫无尴尬的神色，过来拉着她回去。

路过皮管洗了一下手，这时孔漫才后知后觉地感受到自己身上的干燥清爽。

嗯？她摸了摸脖间，真的没有一点汗渍黏腻的感觉。

进了屋子，付杨把手电递给她，转身关门，插上插销。

孔漫手电一照，就看到竹椅子背上挂着的两条湿裤子，她立马转移手电，脸也腾地烧红了起来。

付杨没注意到，锁好门，两人到床上躺下，付杨撑着身子给她盖好被子。

孔漫凑过去伸手抱紧他，靠在他胸前，声音低低地说："谢谢了啊。"

付杨低头，把她脸庞抬起，黑暗中看不清彼此，他缩下来一点，贴着她侧脸也轻声回她："不要跟我道谢。不管我做什么，都不要跟我说谢谢，晓得吗？"

"嗯。"孔漫靠着他，身体紧紧贴在他身上，忽然就想，以后要是哪个姑娘嫁给了他，该多幸福啊。

温柔，体贴，能撑起一方天空，永远顶天立地，永远治愈人心。

她闭眼，隐去眼眶里的酸涩，这深夜，倒使人脆弱了。

付杨轻拍拍她，低声哄她睡觉："睡吧。"

孔漫软软地"嗯"了一声，付杨低头亲亲她额头，也闭眼睡去。

屋外万籁俱寂，云雾盘山而绕，山林归于宁静，大地陷入沉睡。

满山烟雨入梦来。睡吧，我的爱人。

清晨，雨后青山被云雾笼罩着，山林恍然一新。

孔漫是被一阵阵鸟鸣声给吵醒的。那鸟儿拉长了嗓子，比阿桃家的大公鸡还能叫，扰人清梦。

她醒来后发现付杨还没醒，这倒是她第一次见他睡着的样子。

他搂着她，一边脑袋埋进衣服里呼呼大睡，半点没被吵醒的样子。

孔漫看着他，指尖碰上他的额头。这人肤色虽然深，但皮肤确实细腻。

付杨迷迷糊糊地醒了，拿下作乱的手握在手里，眼睛半睁半闭："怎么起这么早？"

孔漫趴在他身上："你不觉得吵吗？"

付杨细细听了会儿，笑得懒洋洋的，说："这是在求欢呢。"

她撑起来一点，盯着他看，哼了一声反驳："哪有。"

付杨回："我说外面那个。"

孔漫一头栽进他怀里。

付杨笑了笑，抱紧她压在自己身上，垂头埋进带着发香的长头发里，眼皮耷拉着昏昏欲睡。昨晚四点多了他才睡着，现在依旧睁不开眼睛。

孔漫仅有和他一起睡的三次里，前两次他都是早早醒来，忙来忙去的，她哪里见过他这般懒洋洋的样子，心一瞬间就软了。她也闭上眼，陪着他一起再睡个懒觉。

山风从窗户吹了进来，夹杂着雨后的凉气和草木的清新。

付杨睡了一个小时左右的回笼觉就醒来了，他醒来一动，孔漫也就醒了。

他抱着孔漫还有点动情，孔漫拍了他一巴掌，男人委委屈屈地搂着她躺了一会儿才起来。

孔漫穿好衣服，拿着洗面奶到外面皮管处洗脸。

今日天气甚好，太阳还没出，但天空已经一碧如洗。

她出去时，小松鼠从皮管处跳开，一溜烟跳进山林深处。山间两侧，两波鸟儿在对鸣，你叫来我叫去，叽叽喳喳地回荡在山谷。

雨后空气清新，深吸一口都是大自然的味道。

孔漫在这片山林中，伸伸懒腰，扭扭脖子，深呼吸几口，蹲下去洗漱。

付杨烧了一锅开水把泡面煮了，等孔漫洗漱完回来差不多已经煮好了，他将面给她分一半到碗里后，也出去洗漱，洗完回来他就着锅吃了起来。

吃完简单的早餐，付杨拿了顶棕色的蓑衣。

孔漫盯着蓑衣看了几眼，问："这是拿什么编起来的？有什么用？我看你拿了它好几次了。"

付杨回："是乡下的自制雨衣，用棕树上的棕榈皮编成的，可以防雨也可以垫坐。"

孔漫："那现在是要去哪儿？"

付杨穿起蓑衣："带你去山顶腾云驾雾去。"

孔漫眼睛一亮："等等，我把相机也带上。"

她转身把大木桌上放着的相机挎起来，跟着付杨从哨岗左侧的山爬了上去。

哨岗不是在这座山的最顶端，筚拔山顶还在上面。

爬了几步，孔漫拉住付杨，让他拉着自己，又问他："在这哀牢山，你们一共有多少个哨岗？"

"我们多西镇这边只有三个。筚拔山这里靠最外边更方便点，另外一个在苍术岭，靠近无量山那边。还有一个在腹地内，是比较危险的一个，那边随时会有狗熊出没。”

孔漫好奇：“每个哨岗都和这里的一样吗？”

“不是，腹地内那个哨岗不能过夜。苍术岭那个稍微简陋一点，主要是隔公路太远了，带东西需要人为，很费力的。这里就相对方便一些，碰到巡山太晚回不去时大家一般都是来这里的哨岗过夜，相对安全一些。”

孔漫点点头，脚却被石块绊了一下，踉踉跄跄差点跌倒。

付杨扶住她，握拳抵在嘴边笑了一会儿。

她伸手打付杨的胳膊，付杨笑完脱下蓑衣让她背着，蹲下来把她背起，继续往上爬。

爬了一段路，他的脖颈上出现一层汗渍，孔漫拿纸巾给他擦了擦，说：“放我下来吧，你累了。”

付杨脚步不停，跨过一丛草，回她：“小看我——”

他咳了一声说：“小看你男人了。”

孔漫被逗笑了，趴在他背上，一口咬上他肩膀，问：“这打哪儿学来的？”

付杨往上颠了颠背上的人：“你可别咬，这荒山野岭怕你受不住。”

孔漫又笑，她勾着嗓音低声说：“是吗……那你来啊，我可不怕。”

付杨顿时沉默了。

孔漫扑在他背上闷声笑开。这男人着实可爱，有颗不安分想撩她的心，却没有撩人的嘴。

付杨停了一下，被打败了，忍无可忍地轻拍了一下她臀部，不再调侃了，他说不赢她。

拐了一个弯之后，孔漫就被眼前的云雾震惊到了，真是一山隔两色，几里不同天。

付杨凭着记忆在云雾中谨慎行走，来到了山顶平坦处，他放下孔漫，拿过她身上的蓑衣。

孔漫走了几步，感觉自己像是置身仙境。周围的山川都被云雾覆盖，崇山峻岭之间，云雾汇聚成一条白龙，蜿蜒曲折地盘绕着座座青山。

一片云雾从山坡下飘上来，她伸手，云雾从她指尖穿过，她深吸一口湿润的空气，像是把这些云也吸进了肺里，转眼又看到前方一片云雾擦着地面飘了过来，她玩心大起，走了几步，一脚踩在云雾上，云雾被短暂冲撞开，又汇合在一起飘向山顶。

这是什么神仙地方！

男人站在旁边，眼睛注视着她，脸上挂着温柔的笑。看她闹了一会儿，他走过去拉住她的手，往东边山坡上走去。

他们走到山崖口，往远方眺望，视野开阔，微风吹拂着，连绵起伏的群山被白雾掩盖，形成一片棉花白的云海，云海翻滚着，偶尔一片还会腾空而起。东方尽头，橙红色光晕冲破云雾，一轮红日缓缓升起，给云海镀了一层漂亮的色彩。

孔漫抬起相机拍了几张，顺带把站在云间背着蓑衣的男人也照了进去。

忽然，“啾——”的一声长鸣穿破云霄，一只雄鹰从云海里破云而出，展翅高飞，它盘旋着飞得很高很高，快要冲破天际，却又在下一秒垂直下落，俯冲进云海里。

它来来回回穿梭在这片山野云海中，翱翔在蓝天里，滑过火红的朝阳，又畅游在云海里。

它是那么自由，又是那么孤傲。

看着远方，孔漫轻声说：“如果有来生，我一定要做一只雄鹰。我要翱翔万里，自由自在。”

付杨看着她，朝阳的晨光打在她脸上，她眼中带着向往，他回：“那我就做万里的山崖。”

孔漫回头：“为什么？”

“山崖是雄鹰的归巢。”

孔漫笑了，重新看向远方。付杨走到她身后，手穿过她腰间扣在她腹前，拥抱着她。

朝阳高升，云雾渐渐升起，最终环绕在群山之巅，连绵起伏的青山显露出来，山间草木葱茏，迎风而立。

付杨把蓑衣铺在地上，拥着她坐在上面，他们就坐在山崖口，微风带着凉意从山口吹过。

云雾退去后露出下方的巨大山谷，谷底隐约可见一条细小碧绿的河流在缓缓流淌着，青绿色的山川草木中，一大片色彩缤纷、五颜六色的山花遍布在山坡上，山风拂过，层层叠叠的花浪摇曳着，绚丽多彩。

孔漫被满山的山花惊艳，看了半晌才问："这是什么花？不会又是野鸢尾吧？"

付杨摇头："不是，是格桑花。"

"我还以为格桑花只有西藏才有。"

"格桑花只开在高原上，海拔越高开得越多。青藏高原，云南西北也就是香格里拉那边开得更旺盛。"

"而且，"付杨说，"'格桑'在藏语里是'幸福'的意思，格桑花也叫幸福花。不过在高原上，其实只要生命力顽强，又不晓得名字的野花都统称为格桑花。"

孔漫听着愣了一下，问："你是藏族？"

付杨摇头："不是啊。"

"那你是彝族？"

"也不是。"付杨好笑，"我是汉族。本来小时候跟我妈，户口上是彝族，后来要上学了，为了方便，我爸又给我改成了跟他一样的汉族。"

"那后来呢？"

"后来上了学才晓得少数民族的待遇是真好，我一样没赶上。"他无奈地耸耸肩。

孔漫被逗笑了，趴在他怀里，转头看向山谷："真好看。"说着举起相机，拍了几张照片。

脚下山崖边上的绿树里，一阵"啾啾啾"的鸟鸣声响起，还夹杂着几声细弱的回应。

孔漫转着相机移到绿树上，放大再放大，然后就看到了藏在绿叶间的灰棕色鸟窝，拇指大的鸟蛋里，几只粉嫩的雏鸟破壳而出，颤颤巍巍趴在鸟窝里，闭着眼睛，叫声细弱地四处寻找妈妈。鸟妈妈站在旁边的树枝上，昂着脖子在叫唤。

孔漫惊喜，立马把相机移给付杨，让他看。

付杨接过相机，看了几眼，笑着拍了几张，又转移相机对着山崖间晨光里的她照了几张。

孔漫发现他在照她，转过头，大大方方地笑，山风吹起，撩动她的发丝，美得勾人摄魂。

他着了迷，给她拍了很多张，最后递给她，又说："回去了把照片传给我。"

孔漫查看照片，闻言看向他，调侃道："如果我不呢？"

听见这话，他看了她一眼，拿出手机点开相册，翻出几张给她看："那也没关系，反正我也有。"

孔漫看着照片上盛装打扮的自己，一瞬间像是被定格了一样，笑容慢慢落下来，艰难地问："你，都知道了啊。"

"嗯，早就知道了。"

孔漫抿了抿唇，好像不知道该说些什么。

付杨放下手机，把她的相机也放在一边，拥抱着她说："受委屈了，那段时间。"他又说，"抱一抱你，把那时候的补上。"

孔漫使劲眨眼，眨去酸涩，靠在他怀里问他："你信我吗？"

"当然信，我晓得你不是那样的人。"

"为什么？"她不信，"哪有平白无故的信任。"

"嗯……怎么说呢。"付杨挠了挠头皮，回忆了一下，"我很早以前就听说过'孔漫'，是在表姑，也就是阿桃妈妈嘴里听说的。"

孔漫直起身子看向他。

付杨屈指刮了一下她的鼻尖，低头看她："你还不是平白无故就对毫不相干又不认识的人伸出援手。那时候我就晓得，'孔漫'是一个心地善良的好姑娘。"

他说着笑了："哪里想到，这个好姑娘不仅心地善良，还超级漂亮。"他搂着她晃了晃，脸上不无得意，"我真是三生有幸啊。"

孔漫仰起头，看向蓝天，别低头啊，泪水会掉。

外人的恶语伤人，她从来不惧，即使那些恶意像刀剑一样插来，她也能冷静从容地竖起盾牌，但身边人的一句暖语，反倒会让她泪水决堤。

她就是这样一个人。外表坚强，刀枪不入，其实内心深处最柔软不过了。

来不及消化他几句话带来的情感冲击，孔漫往后仰头，将湿热倒回眼眶，抵着男人的胸膛。

付杨低头，轻轻亲了一口她的下巴，又移回来印在柔软的唇上。

山间月出，云海日升，山川河流，夏花绚烂。

祖国壮丽山河的美景，他借花献佛，摘一片送给她，就是希望她一如现在，感受这世间的种种美好。

他希望她远离所有悲伤，远离所有暴力。

他希望世间的所有美好都来到她眼前。

山风吹动，云卷云舒。人就像是云雾一般漂浮游离在尘世间，永远不会知道自己将归于何方。

孔漫伸手，远方山巅的云雾、曦光、雄鹰，一一穿过指间。

这一瞬间，她似乎看见了很多很多。

是新生，是希望，是温暖，是纯粹的快乐。

她再一次被治愈了。

这山川啊，一次又一次地治愈着她。

第五章　/风花雪月

愿这个姑娘永远留在我身边

太阳高升，云雾散去，他们在山顶待到十一点多才回到哨岗。

付杨搜罗搜罗，找到一把面条，就着从山上摘回来的山毛野菜，也煮出一锅香喷喷的野菜面。

吃完午饭，付杨给哨岗后方的摄像头换了一下储存卡，收拾好东西后，两人从哨岗往下走，把昨天没巡完的上半截给巡了。

回到白果坡的时候已经是下午两点左右了，他们把绿油布掀下来盖在摩托车上。

付杨将东西丢到皮卡车后车厢里，上车把车给倒出来，开到岔路口停下，等孔漫上了车，他从后座抽出两瓶矿泉水，递给她一瓶。

孔漫喝完水，转头见男人静静看着自己，她挑眉盖好盖子，问："这样看着我做什么？"

付杨没答，伸手握住她的手，垂眸看着，一白一黑两道肤色交融在一起，就像昨晚的他们，也像是在梦境里一样，他从来没想过他们能走到这一步。

孔漫便也没说话，随他握着，懒洋洋地靠在椅背上。

白色皮卡车安静地停在山间，夏风徐徐地从车窗外吹了进来，带走车内的热气。

半晌后，他抬眸看她，孔漫神色疑惑。

他伸手碰了碰她脖颈，有印迹在皮肤上。

孔漫瞬间明白怎么一回事，她抬手拍了他胳膊一巴掌，男人皮糙肉厚不觉得疼，反倒是拍的人手心震麻了。

他抿嘴笑，拉住她的手给她揉了揉，随后握在手心把玩，不舍得放开。

孔漫笑了一声，没再说什么。

过了半个钟头，车子开了出去，行驶在山间公路上。

孔漫在路上睡了一觉，醒来时刚好进镇。

付杨问她："饿不饿？要不要去吃点东西再回去？"

孔漫摇头："直接送我回去吧。"

看了她几眼，付杨将车开到教师宿舍楼下，送她上楼。

等付杨离开后，孔漫把手机充上电，又拿着睡衣进卫生间痛痛快快洗了个澡。再出来时，桌上的手机在响，拿起来一看，是阿桃打来的。

阿桃怕孔漫一个人待在宿舍无聊，她在娘家又还没有忙完，就想着要不还是把她给接回去。

孔漫笑着跟她说这两天自己都跟着付杨去巡山了，受益匪浅，让她不用担心自己。

阿桃一愣，她倒是忘了她二哥了，一咂嘴也就放心了。

孔漫挂了电话，看见桌上之前离开时放下的烟和打火机，突然想起这段时间她在山里竟然一支烟都没碰，而现在即使看见了，她也没有想要抽的念头了。

吹干头发，贴了个面膜，孔漫坐在床上翻看照片，翻完又打开笔记本电脑，将这两天在山上的所见所闻记录下来。

打完字，她渐渐地困了起来，保存好文档，去卫生间洗了把脸，就爬上床迷迷糊糊睡去。再醒来时，是被手机给吵醒的，外面天已经黑了。

她拿过手机，是付杨打来的，接了："喂？"

"睡觉了？"

"嗯……"

"还没醒吗？"

孔漫睁了一下眼："醒了，刚醒。"

付杨笑了一下，低声问她："饿不饿？"

"饿。"她说完挣扎着起来，"你不用再带东西过来了，宿舍里还有，我随便弄点就好了。"

付杨："我这边煮了过桥米线，你要不要过来吃点？"

孔漫一愣："啊？"

付杨弯唇，往楼下走：“我过去接你。”

电话挂断，孔漫懒洋洋地起身把睡衣脱了，在衣柜里找了一圈，提起黑色V领连衣裙套上，刚走到洗手间门口，楼下就传来车停的声音。

不一会儿，外面的门被敲响，孔漫湿着脸去开门。

付杨也换了身衣服，似乎还理了头发。

他进来，把门关上，孔漫转身要进卫生间继续洗脸，他突然一把抱起她举了起来。

孔漫吓了一跳，低头撑在他肩膀上，鬈发散落下来，一缕一缕地扫在他脸上，她垂头瞅着他：“怎么了？”

付杨没答，把脸埋进她身前，深深吸了口气才放下她。

孔漫再度疑惑地看了他几眼，进了卫生间洗漱。

付杨挠挠头，在沙发上坐下，眼睛看着洗手间门口露出一半的人影身上。他不会告诉她，才离开半天，他就已经很想她了。

孔漫洗好出来，到自己房间做补水保湿工作。付杨也跟着进来，在她身后的床上坐下，视线不离人家，走哪跟哪。

她拢了拢头发，淡淡的打了层底妆，涂点口红，拿了钥匙就站起来，看见他还坐在床上，走过去踢踢他大长腿：“走了。”

付杨拉住她的手，带着她往自己身前走了几步，圈着她的腰打着商量：“要不收拾点东西带过去……”

孔漫觉得自己有点听不懂。

付杨仰头看着她，舔舔嘴唇说：“去我那边住，好不好？”

孔漫闻言低头，凑近。

他咽了咽喉咙，也看着她，有点忐忑。

她凑近了在他唇面上贴了贴，突然笑了，说：“看把你紧张的。”说完直起身要走，付杨却带着她倒在床上，一翻身，把她压在身下，低头吻她。

孔漫平躺着，鬈发散落在床铺上，看着他笑，明媚动人。

付杨放缓动作，贴着她温柔亲吻，她也伸手抱着身上男人的背脊，闭眼迎合他。

一个吻亲得缠绵悱恻，天雷勾地火之际，孔漫肚子“咕噜咕噜”叫了起来。

付杨停下，靠在她身上喘息，伸手揉了揉她肚子，无奈失笑。

缓了会儿，孔漫起来，拉好裙子，到衣柜收拾了几套衣服，两双鞋子，又把桌面上的水乳和化妆品一起收进袋子里，看了一眼，把笔记本电脑也带上。然后转身看付杨，他起身把床铺好，关好窗户，接过她手里的东西，到客厅把窗户也关了，锁好门，两人下楼。

到了小楼那边，小楼安安静静。付杨带着孔漫上去，递给她几把钥匙，随后带她到房间放好东西，又带着她去到厨房里。

小楼的厨房就在二楼楼梯口右侧，空间很大。

灶台那边有道拉缩门，隔成两个空间，一个是厨房，一个是餐厅。餐厅里靠墙放了一个大冰箱，中央一张很大的圆桌，七八把椅子围绕着。

付杨打开灯，让孔漫在椅子上坐着，他拿出冰箱里的水米线到厨房，去之前水已经烧好了，他直接打火，等水沸腾就把米线放下去，过了一道水把火关了起锅，将米线倒到凉水里泡着。

转身要拿汤时，他被站在身后的孔漫吓了一愣："怎么进来了？里面油烟大，到外面等着。"

孔漫摇头，站在旁边看他。付杨赶不走她，也只能随她了。

他拿过郝成功买来的过桥米线的调料包，把料炒了，刚一下锅——

"咳咳咳……"孔漫被呛到了，咳着跑出厨房。

付杨吓了一霎，把汤煮着，赶紧出去看她。

她还在咳着，他去冰箱拿了瓶水给她，站到她身后轻轻拍拍背："没事吧？"

孔漫喝了口水，摇头。

付杨给她捋了捋额前的头发，低下头亲了亲，放开她进去厨房，最后把一锅过桥米线端出来时，孔漫还在咳，只不过是偶尔一声那种。

付杨放下碗筷，找了瓶酸奶让她缓缓。

孔漫喝完酸奶，端着碗犹豫："会不会很辣？"

"不辣的，只是闻着呛鼻子，你尝尝看，辣的话弄点别的。"

孔漫尝了一口，是酸酸辣辣的香味，在她能接受的范围内，她点头："可以吃的。"

付杨放心了，他知道北方人吃不了辣。之前在山东读书的时候他就见识到了，有的人一点儿辣都接受不了。

吃完晚饭，把厨房收拾好，两人回房间收拾东西，付杨将衣柜空出一半给她挂衣服。

孔漫挂着衣服才想起来她没拿睡衣，付杨说没事，可以先穿他的，T 恤衬衫都有，随便她穿。

她边挂衣服边问："旁边那些房间都是你们工程队的宿舍吗？"

付杨在床上坐下，回："是的。"

"那他们也是一直住这儿？"

"那倒不是。这里除了小东家有点远，其他人家里都挺近的，一般没事不住这里，都回家住。"

"你们这儿是租的还是买的？"

"地皮是我买的，房子是老杨盖的。老杨就是上次一起吃烧烤跟你握手那个。"

"他也是你们工程队的？"

"对啊。当初我一口气把挖机和装载机买了，剩下压路机还差点资金，是老杨出的钱，甚至后来的资金运转都是他出的。那时候我年轻，没考虑那么多，全是老杨在帮衬。他是我人生中的一大贵人。"

孔漫在他身边坐下看着他，他瞬间有了想倾诉的欲望。

这么多年过来，他没和任何人讲过，甚至连抱怨也没有，他只知道埋头苦干，其实也是全都憋在了心里。

孔漫看着他："讲讲吧，我想听。"

付杨拉过她的手靠着床头，回忆了一下这些年。

一开始在部队学了很多，包括开挖机的技术都是在部队里学来的，他还考了证。退伍之后就不想继续读书了，现在想来还是后悔的。

他回到镇上，被安排进了林业所。而那时候镇上仅有的几个工程队都是外省人来干的，抠着多西镇的钱，干着不尽如人意的活，但表面工作做得极好，钱拿完人就跑了，路也就成了烂尾路，父老乡亲们怨声载道，但毫无办法。

他赌着一口气，拿退伍的钱贷了第一台挖机，一个人在镇上忙得昏天黑地，毫无章法，盲目地四处筹钱贷款搞挖机、装载机和压路机，搞到最后一分钱挣不到还差着贷款。

老杨就是那时候来到多西镇的。他不是镇上的人，他是鹿城人，家里开着几家酒店宾馆，是他把酒店开到多西镇上来，让多西镇有了第一家酒店。

老杨遇到当时破败潦倒的他，二话没说就帮了他，一步一步带着他往前走，直到后面郝成功从省外打工回来加入，到后来的老四老五还有小东，他们慢慢形成一个工程队，开始包揽了多西镇大大小小的所有路建项目，才有了今天。

孔漫不会安慰人，只好坐过去拍拍他肩膀说：“谁年轻时不得吃点儿苦，熬过去了这日子也就苦尽甘来了。”

付杨看向她，心想可不是嘛。

他推推她：“去洗漱吧。”

孔漫下床，突然想起：“我拖鞋没拿……”

付杨把脚下的踢给她：“不嫌弃的话穿我的。”

“那你呢？”

“外面有一双凉鞋，可以当拖鞋穿。”

孔漫进了洗手间又喊：“我忘记带牙膏牙刷了。”

付杨好笑，站起来去客厅取了一副新的牙刷递给她，这次不是一次性那种了。他揉了一把她的头发，笑着问：“干脆一次性说完吧，还忘了哪些？”

孔漫想了一圈，摇头，暂时没有了。

等她洗漱完出来，付杨已经把窗帘拉好了，看她出来，他进去洗澡。

孔漫将水乳拿出来，坐在床上涂涂抹抹。没有睡衣，她只能把身上的裙子当睡衣穿。

男人洗澡很快，几分钟就洗好出来了。上身没穿，露着古铜色结实的胸膛，水滴滑落，滑过漂亮结实的腹肌。他下面只穿了条宽松的灰色大短裤，松松垮垮地挂在腰间，要掉不掉的，裤腰边人鱼线明显，腰侧还露出一截青灰色内裤的边角。

孔漫拍脸的手停下，侧过脸盯着看起来。

付杨耳朵都红了，还装作面不改色，他镇定地爬上床，躺在她身后，看她保养皮肤。

今晚的男人倒是懂得借着这副好身材诱惑人了，瞧瞧，当下的他可真性感啊。

剩下的精华液也不涂了，孔漫撑着身子趴在他身上，低头亲他。

付杨伸手按灭灯光，搂着她滚进床单里。

小楼前面的公路上有拖拉机“嗒嗒”行驶而过。

孔漫迷迷糊糊翻了个身，清晨时被付杨拉着折腾了一顿，现在正是好睡的时候，可偏偏不得安生，他又来叫她起床了。

孔漫卷着被子蒙着头，不理他。

付杨把被子拿下，手伸进被窝里，搂着她的背让她坐起来。

孔漫干脆往后掉着头，手下垂，闭上眼睛瘫着，鬈发如瀑布一般垂在身后。

付杨无奈，笑得宠溺。他另一只手按着被子裹着她防止走光，看着她耍无赖的样子，心里只觉得可爱至极，心痒难耐，他低头，亲吻她修长白皙的天鹅颈，偶尔在不会暴露出来的地方啃上一个牙印。

“付杨！”

“嗯？”

“你知不知道扰人清梦是很烦人的。”孔漫睁眼，瞪了他一眼。

付杨笑了，早晨的阳光从窗户洒落，照在他笑起来的大白牙上。

看着他的笑颜，孔漫一瞬间就不生气了，她伸手压低他的脑袋，闭眼仰头，付杨低头迎上她的唇。

两人在晨光中温存了会儿，孔漫便起床穿衣服。

付杨今天要去看看达依村委会那条新路。达依村是多西镇最偏远的一个山村，村子旁之前有座高山阻断了从上阳县到多西镇的交通，前段时间他们刚获得政府批准把那座山打通，连接山外的景鹿线公路，所以现在进多西镇的路又多了一条，以后无论从哪个方向都能进来这里。

只是那段刚挖好路建基础的山路，因为前夜大雨又发生了滑坡，但队里的人都有路要修，所以付杨就干脆自己过去看看。

他还想让孔漫陪着他去。不然也不会大清早把她叫起来。

两人在饭店吃了点早饭。

付杨还特意买了一些方便携带的凉菜和多西镇特有的酱，以及饮料和水果，还拿保温饭盒在饭店装了满满一盒米饭。

收拾好两人的午餐，他提着一兜的东西，带着孔漫往车走去。

达依村没有筚拔山远，付杨开车快，四十多分钟就到了。

车子下了柏油公路，开上一条刚打好的水泥路，水泥路两边还有一些木板和盖水泥用的蛇皮袋。

付杨跟她说："这就是达依村新通的路。"

紧接着，他又说："扶紧了。"

孔漫还没反应回来，越野车一个大颠儿，她的头差点撞上车顶，还好安全带系着把她拉回来了。她拉紧车窗上面的扶手，往窗外看去。

现在的路是一条新挖出来的土路，车轮子下面不过五厘米左右就是悬崖边，悬崖下面是垂直陡峭的岩壁，是那种丢一块石头下去就能直达崖底的垂直和陡峭，隐约还能看见崖底的江水。

孔漫一个冷颤缩回头，稳着声音："你开小心点！"

付杨笑了一下："好。"他开慢了一些。

开了片刻，拐了一个弯，出现一座大山，中间被劈开了，断成两座，从断开的口子看过去，孔漫隐约能看到对面不远处的青灰色柏油公路。

而山的这边，离断口一百米左右的位置，的确有一堆从路上方滑下来的泥土阻断了刚挖出来的山路。

拐弯处靠边停了一辆橙色大型挖机和一辆巨大滚轮的压路机。

付杨把车开过去停在了压路机旁边，和孔漫说了一声，打开车门下车，走了几步到挖机旁，一脚踩上挖机履带，打开挖机驾驶室的门钻了进去。

孔漫坐在车里看着，挖机铲斗转向她这边，动臂起落挥动了一下铲子，像是在跟她打招呼。她没忍住，笑了一下，也抬起手挥了挥。

于是挖机又转了方向，履带往山路前方滚动，带着挖机前去堆土那儿，铲起铲落，把堆土一铲一铲往路下清理。

今日天气不算太好，天空中布满白云，太阳出一会儿藏一会儿，山风倒还算凉爽。

孔漫看着付杨干活也不觉得枯燥，她坐到驾驶室上，趴在方向盘上看着他。

十一点的时候山路上的堆土已经清理三分之二了，还剩最后一些。付杨怕孔漫饿了，先停了挖机，回到车上，把带来的食物一一提出来。

他来的时候带了一块蓝红条相间的油皮布，就是方便吃饭用的。

他拿着东西，带着孔漫来到刚刚停挖机的拐弯高地上，这里相对要平坦一些。他铺开油皮布摊在地上，把保温盒、凉菜、水果、饮料一一放上去，又搬了块干净平滑的石头放在孔漫旁边，让她坐着，他自己则随意蹲在她旁边。

他们在这简易的用餐环境里，就着远处的山川，吃起了饭来。

吃过午饭，付杨又回去继续工作。

孔漫蹲在路边，看着脚下一串黑蚂蚁一个接一个的来来回回搬着白色的小点儿在奔跑。

她跟着蚂蚁走，最终走到边上的一个小土窝，见到了蚂蚁穴，蚂蚁穴周围的土也是一粒一粒围起来的，密密麻麻的蚂蚁在穴口转来转去，她一瞬间犯了密集恐惧症，站起来转身就走。

天空忽然间暗沉下来，孔漫抬头看，又伸手感受了一下，有风带着湿润吹来。快要下雨了吧，她想着，回到车上。

不过一刻钟，雨真的降了。

好在付杨那边也清理整顿好了，挖机在往这边移动，最后停回原来的位置上。

孔漫看了一会儿，雨有点大，她打电话给付杨说，想去挖机上坐坐。

付杨虽然诧异，但也同意了，让她顶着放在后座的外套过来。

孔漫挂了电话，也没顶外套，打开车门下车，跑进雨里，跑到挖机下，学着他上挖机的样子，脚踩上履带。

付杨已经把门打开，人在门口等着了。等孔漫过来，在她脚踩上履带时，他让她把手递给自己，一把拉住她带了上来，再把挖机门关上。

看着她湿了的头发和脸庞，付杨无奈地笑笑，挖机驾驶室狭小，座位只有一个，他便抱着她坐在位置上，给她把头发和脸擦干。

看了她片刻，他转头看向窗外的雨雾。雨水把山川遮掩，将挖机的铲斗和履带冲洗得干干净净。

孔漫的鞋进了点雨水，她脱了鞋，脚搭在挖机门上。

付杨转头看了几眼，要拿手去碰的时候，她突然开口问："现在这个时候，这儿会来人吗？"

"不会。平时都不会有人来，更何况现在下着大雨了。"他碰了碰她的脚背，发现有点凉，把她团了团抱着，让她脚贴着自己大腿。

孔漫坐稳后，伸手捧着他的脸，盯着他的眼睛，忽然凑过来亲他。

付杨一愣，一瞬间耳朵爆红。

孔漫手又移过来，捏着他的耳垂，付杨抓住使乱的手攥在手心，呼吸也乱了。他最扛不住的就是她的亲吻和主动，她一亲他，他就什么都从了。

暴雨降在山野间，拍打着挖机门窗，密集的雨滴盖住了挖机内的春色和声音，树木舒展着枝头，花草飘扬着叶瓣，共同沐浴在这盛夏雨露中。

暴雨下了两个小时左右才停。

乌云散去，太阳冒出，火辣辣地照着大地，隔江相望的两座山峰之间出现了一道绚丽的彩虹。

在山间土路上又待了半刻钟左右，两人回到白色越野皮卡车上，终于上路了。

回到小楼，孔漫先去洗了个澡，付杨在楼下处理了一会儿事情后上楼，转身去了厨房。

小楼里除了他们还没人回来，付杨打开冰箱看了看，思考是自己动手，还是出去外面吃。他出了厨房，在房间等了一会儿，孔漫湿着头发出来了。

她一出来也不着急吹头发，而是往脸上扑水，那发尖儿上的水都淹湿了她大半衣服。

付杨看得无奈，怕她感冒，干脆拿了吹风机插上电，站到她身后给她吹了起来。

因为是第一次弄，付杨时不时还被嫌弃，但孔漫也没让他住手。吹干头发，他问她出去吃还是在家自己做，孔漫选了后者。

也不是说出去吃不卫生什么的，这里的饭馆都是乡下人自己开的，山里人朴实，饭菜也弄得干净，但孔漫就是想吃付杨做的。

付杨笑着牵着她的手往厨房走去。

小东刚好提着一兜野生菌跳了上来，瞅见他俩手拉手，自己倒先不好意思地红了脸，整个人黑红黑红的。

厨房里，付杨在灶台前煮饭，孔漫和小东坐在饭桌上处理着野生菌，他们要把野生菌根部带土的根用小刀削去，再把沾在菌子上面的杂物“捡”走，这在云南统称为“捡菌子”。

每拿起来一朵，小东就给她普及一下野生菌种类。

“捡”着“捡”着，孔漫拿起黑漆漆的一朵野生菌问他：“这个叫什么？这么黑确定可以吃吗？”

小东笑：“这个叫火炭菌，就是这么黑的。”

“噢。”孔漫点头，又拿起一朵青白色圆圆的胖嘟嘟的野生菌，“那这个呢？”

“这个叫青头菌。”

孔漫摸了一下菌帽，笑了，说：“倒挺符合的。”她放下青头菌问小东，“野生菌里，你觉得哪种最好吃？”

小东想了一下：“第一好吃的是牛肝菌。”他说着翻了一下，没看见，倒是看见一朵羊肝菌，于是拿起来形容了一下，“牛肝菌和这个差不多，只不过它菌帽表面是一层粉红色的，菌杆是黄色的。”又说，“漫漫姐，你拿手掐一下看。”

孔漫在菌帽上掐了一缺，缺口一瞬间变为藏青色，后又转为黑色，看得她直惊奇。

小东解释：“这类菌子都是这样的，只不过羊肝菌没有牛肝菌贵，也没有牛肝菌好吃。”

孔漫接过羊肝菌，仔细观察：“这是什么化学反应？确定没毒吗？”

小东挠挠头，也不知道是什么化学反应，只能确定是没毒的，大伙儿都吃了好几年了。

孔漫放下羊肝菌，小东继续说：“第二好吃的是马牙菌，学名叫干巴菌，这里没有，等有的时候拿点给你尝尝，贼香。第三好吃的就是鸡枞了。”

说到这个，孔漫扬眉，笑着接话：“鸡枞我吃过，确实好吃。”

小东笑了，继续“捡”野生菌，然后拿着去厨房清洗。

晚上吃饭时吃的自然就是小东带回来的野生菌，用多西镇特有的朝天辣椒和姜片蒜瓣爆炒，味道极佳。而且还是和鸡枞不一样的味道，各有各的美味。

吃完晚饭，小东开着他那辆面包车出去了，说是去上网。他俩也出去了一趟，去的是镇上的综合超市。

孔漫是饭后才发现自己生理期到了，去超市回来后整个人就懒洋洋的，腰酸着哪儿也不想去，一直窝在床上。

付杨洗了个澡出来，到客厅把热水壶灌满，找了找没有红糖，倒是有冰糖，于是一起拿着回来，把自己的大茶杯洗干净，放了一些冰糖进去，又倒上开水泡着，随后上床把孔漫抱进怀里，大手放在她腹部上焐着。

他靠着床头打开手机，翻了一会儿，调出一个短视频，带她一起看。

孔漫舒适地躺在男人怀里，看向手机。一开始她还以为是用手机看电影，看了一会儿才发现是个女孩子拍自己农村生活的视频。

视频很唯美，山里田野的景色被拍得很好看，有隐居山林的清雅。女孩也很美，而且还是个手艺齐全的能人，什么都会。

他调出的是女孩制作豌豆凉粉的那一段，因为他记得她挺喜欢吃他们这儿的凉粉。

看了片刻，孔漫有点诧异："你怎么会关注这样的博主？"

"嗯？"他不解，这样的博主怎么了？

"按理来说，你们这些男人关注的要么就是那些跳来跳去的美女，要么就是篮球、游戏之类的。"

付杨笑了下："那都是闲得没事干。"又解释，"这是有一天我突然在朋友圈里刷到，看了一下，感觉这女孩了不起，枯燥又劳累的农村生活硬是被她过得诗情画意，后来我就在短视频号上关注了。"

"主要是因为她对农村生活乐观和积极。偶尔看看，也可以调整我在这片大山里对生活的态度。"

孔漫慢悠悠地点点头，看完一整个视频，终于明白凉粉是怎么来的。她感兴趣地说："等阿桃回来，我也按她这个吃法弄弄看。"

付杨笑："为什么要等阿桃回来，明天去买点回来，在这里弄也一样。"

孔漫一想也对。他们又继续看了好几个博主的视频，孔漫突然感叹："挺羡慕那女孩子的。"

"嗯？"付杨看她。

"有个庄园忙碌着，也有亲人陪伴在身边。就感觉……很温馨也很幸福。"

付杨揉了揉她腹部，调侃："那我努力努力，以后把我家山头挖平，建一座这样的庄园给你，再栽几棵柚子树、几棵桃树，要是喜欢再给你种上一园子的月季。”

孔漫心尖刺了一瞬，把酸涩藏在心底。她笑着，装作不在意地调侃回去：“哟，山大王啊。”

付杨顿了一下，也笑着摸摸她头顶，在她看不见的地方，眸色暗淡了下去。

最后一则视频看完，给手机充电，关上灯，两人在这深夜静静相拥着。

孔漫难得想到，这样美好的日子，当真是过一天少一天啊。

人生在世，不称意的事十之八九，她能做好的大约也就是珍惜当下。这样，日后若是想起，也不会留遗憾。

因为曾经，她在这片大山深处，是留下过真心的。

到了第二天，付杨没来得及陪孔漫试凉粉的新吃法，他就要去巡山了。

这次他要和夏军还有小平他们一起去更远、更靠近哀牢山主峰的腹地去巡。

孔漫也想一起去，付杨拒绝了。那里面的危险系数太大，随时都有可能遇见狗熊或是巨蟒。

孔漫一听，也就没执意跟去，她不想拖他们后腿。

付杨又换上了那身军绿色迷彩服，继续收拾着东西，往登山包里塞了些面包和水。

孔漫看着有点难受，问他：“你们到时候就吃这个？”

他边收拾边回：“是啊，里面不能带火，那儿的哨岗也没有可以吃的东西，带面包方便。”

“面包吃完了怎么办？”

“饿着呗，有野果就吃点，实在不行了就赶紧回来。”

“那水喝完了呢？”

“山里有山泉，只是需要注意蚂蟥和水蛭，还是能喝的。”

孔漫想起那时候付亚鹏带着她喝的山泉，但一想到里面可能有这些寄生虫，她立马难受，心理上的生理上的都有。

林业人是真的很不容易，护林这份工作的辛苦，外人也很难想象。他们随时会遇到危险，却独自咽下所有的辛苦。他们把自己活成一片山林，一棵大树，用一双臂膀撑起这片保护区的半边天，很难让人不敬佩。

付杨走后，孔漫在房间里窝了一早上，中午才把凉粉买回来，又买了葱和香菜，一个人在厨房里边看视频边跟着捣鼓，捣鼓半天，一尝味道，脸都垮了。

郝成功和小东进厨房觅食的时候就看到孔漫皱着脸的样子。

他俩走近，郝成功看了看视频，再看看她制作出来的成品，憋不住大笑不止。

孔漫面无表情地看着郝成功，郝成功咳了几声止住笑："啊，我不笑了，这个我来整。"

孔漫让开位置，郝成功走过来，洗洗手拿过凉粉在手里一条一条地划起来。

小东看了看凉粉的量，跟他们商量："中午就吃凉粉吗？还是要吃点饭？"

郝成功边弄凉粉边回："你们昨天不是吃菌子了，还剩没剩？我今年还没尝过鲜呢。"

孔漫打开冰箱，回他："还剩一大碗。"拿出来递给小东。

小东接过，端着去厨房弄了。

这一天的午饭，小东和孔漫吃的就是凉粉，郝成功吃的米饭。

中途的时候老四上来一趟，看见他们吃凉粉，叫了孔漫一声"孔老师"，也跟着分了一小碗凉粉。他吃过午饭了，就是看他们吃凉粉，有点馋了。

吃过午饭，他们几个又出去忙事情去了。

孔漫一个人待在小楼里，见客厅有罗汉果，还有白菊花，她将两样东西掺和在一起，烧了壶开水倒入透明的玻璃水壶里，拿着去了小院里。

小楼是靠路边建的，前面是公路，也是街道，后面就面向青山。院边靠围栏有棵青树，树下有一个石圆桌，还有几把竹制的椅子。

她将茶壶和水杯放下，又上去把相机、笔记本搬下来。

靠在椅背上，眼镜放在笔记本电脑旁边，她没着急写东西，而是倒了杯刚泡的果茶喝了一口，再眺望远方的青山，山风吹来，凉爽至极。

抬头看到楼顶上挂着的衣服，她才想起来付杨跟她说过，楼顶有洗衣机还有晾衣服的地方。衣服旁边是一个巨大的太阳能热水器，银白色的，还有一个铁的圆柱大桶。

她回想了一下，很久没见过这种旧式的太阳能了，但在多西镇倒是很常见。

晚间吃饭的时候，除了付杨和老杨，工程队里一大帮子人都回来了，老四老五还把自己的媳妇带着。大伙儿人手提着一兜东西，有的是新鲜的野生菌，有的是乡下的肉，有的是地里的瓜果。

几个男人在客厅里研究机械，小东带着孔漫照样窝在餐厅椅子上“捡”菌子。

两个妇人一开始还不好意思和孔漫说话，进了厨房就往灶台钻，后来考虑到孔漫，老五媳妇出来问她口味。

孔漫站起来笑着说只要不是太辣都能接受，说完跟她们一起进了厨房。

三人一问一答，也渐渐熟悉起来。

李楼媳妇年长一些，叫兰梅，性子也温柔。老五王常山媳妇叫李小梨，还年轻，比孔漫小了六岁左右，正是什么都好奇的时候，但不管她问什么说什么，孔漫都能接上。兰梅听得频频转头，内心直叹这姑娘的眼界宽广。

孔漫在厨房里其实什么也不会做，兰梅就让她帮忙洗洗水果。

她们带来的水果很多，光梨子就有好几个品种的：火把梨、雪梨、冬梨。李子也有红绿两种，还有大颗的杨梅、黄心西瓜、玫瑰葡萄、芒果、黄桃、石榴一大堆。

孔漫仅仅是洗水果都觉得忙不过来。她想不通云南怎么这么多水果，而且大部分还是兰梅她们从家里带来的，在镇上买的只有玫瑰葡萄。

忙活了一下午，晚饭做得很丰富。爆炒野生菌、爆炒驴肉干巴、爆炒腊肉、水煮牛肉片、腊肉南瓜汤、回锅肉、黄焖鸡、凉拌树花木耳、凉拌折耳根、清炒芭蕉花等等。

郝成功不知道跑哪儿弄来几瓶葡萄酒，又找来高脚杯，一人倒了一杯放在桌上。

孔漫被他的弄法搞笑了。

一大帮子人入桌，八个人刚刚好。他们都照顾着孔漫，一晚上聊天几乎都是用普通话。

这似乎也都达成常识，只要孔漫在的地方，他们说话自然的就会变成普通话，方便她能听懂，也能偶尔插话。

尽管，他们的普通话不那么标准。

孔漫心里温暖，为他们这不着痕迹的关照。

付杨去巡山的第二天，阿桃从她娘家回来了。

孔漫没回宿舍，因为阿桃回来多西镇要从小楼前面经过，所以阿桃干脆在小楼前停车进来找她。

那时候孔漫正站在楼顶洗衣服。不仅仅洗她自己的，她把付杨走之前换下来的衣服也洗了，还有床单被套也都换下来洗了一遍。

阿桃上来，扶着栏杆笑她：“漫漫姐，你变贤惠了啊。”

孔漫穿着拖鞋，也靠过去，哼笑：“那是当然。”风吹过她的裙摆，带起她的笑容。

阿桃看着她满身温柔，是真希望她能留在这里。

这片土地，虽然没有北京那么繁华美丽，但是自认识孔漫这么多年，她从来没有见过孔漫有这样舒心的时候。

孔漫被这片土地或者这里的人感染着，也温柔了起来。

阿桃想起孔漫刚来多西镇的时候，压抑的，暗沉的，全都掩盖在她那张没有表情的面孔下。

白天安然无恙，一到夜里的时候她就会沉默地坐在窗边，睡不着。

阿桃突然问：“漫漫姐，你现在还失眠吗？”

孔漫摇了摇头：“好久没有了。”

阿桃笑了，这样真好。

但是她也知道自己这个想法不现实，孔漫一个人在北京单枪匹马闯了这么多年，什么都有了。虽然现在事业受阻，但也不妨碍她以后回去再闯一番天地出来，毕竟她的人脉关系都在。

她始终是该生活在大城市里的，这乡下啊，不适合她。

阿桃还没吃午饭，孔漫带着她下去到厨房，让她自己看着弄。阿桃随便炒了个炒饭，把几样菜随便炒炒，孔漫被香味诱惑，又跟着吃了一碗。

饭后她跟着阿桃回了一趟宿舍，在宿舍里说说话，讨论讨论课题就到了下午。

知道小东这段时间在镇上，傍晚的时候阿桃打电话给他，让他带饭菜过来。半个小时后，小东提着现成的饭菜来到宿舍，吃完饭就走了。

那晚孔漫没回小楼，和阿桃一起住宿舍里。两人有说不完的悄悄话，一直聊到半夜。

付杨巡山第三天，阿桃又要回婆家那边，她约孔漫一起去。

孔漫拒绝了，她让阿桃送她到小楼里。

阿桃送过去陪了她半天，看她写的宣传稿子，立马赞成，还帮着把自己知道的关于哀牢山的一些事告诉了孔漫。

孔漫戴上眼镜，删删减减，写完让阿桃又过目一遍。

吃过午饭，阿桃就走了。

孔漫上楼将昨天洗好的衣服收回来放到衣柜里，把床单铺好。

傍晚的时候付杨回来了，这趟巡山他去了三天。

回来时脸上有一道细细的划口，手上也有几道划口，有干涸了的血渍，鞋上全是泥土，已经湿透了。

他一回来就钻进洗手间，痛痛快快洗了个澡。洗完澡出来，郝成功和小东也把饭菜弄好，等他们过来吃饭。

另外两人去别的地方修路没回来。其实郝成功和小东也要修路，只是这几天怕孔漫一个人待着无聊，担心她不会弄饭菜，所以下午基本都是早早回来。

吃完晚饭，小东负责洗碗。

孔漫拿了棉签和碘伏还有创可贴，把付杨按在沙发上，帮他处理脸上和手上的伤口。

裤脚一卷起来，腿上也是一些划痕，小腿上还青紫了一片。

她的手顿了一下，问他："有喷雾剂吗？"

付杨抬脚看了一眼，没怎么在意，说："没事，过几天就好了。"

郝成功进客厅，听到这话，在电视机下面的抽屉里找了一下，拿出一瓶云南白药递给孔漫，他则坐在付杨旁边，一边羡慕，一边用方言把这两天的工作说了一下。

郝成功说完，付杨又交代了几件事后他就走了，顺带把小东也拉走了。

孔漫蹲在付杨腿边，把创可贴贴在他腿上，又拿云南白药喷了一下小腿上青紫的那片，随后手上带了点劲按下去。

结实的小腿颤了一下往后移了半步，又停着不动了，孔漫继续按，边按边问："你们这次去有遇见狗熊吗？"

付杨低头看她，眼里有着疲惫也有温柔，回："没遇到，倒是听到它吼了，隔得没多远，我们安装完设备就立马避开了。”

“也没遇到什么危险吧？”

“没……”

孔漫抬头看他，眼里全是认真。

他顿了下，改口：“在锁阳山给怀孕动物移了个窝，遇到了一条眼镜蛇，小平差点被咬。后来在房峰顶遇到了只黄鼠狼，被它放了一个屁，熏得我们那天都没吃晚饭。晚上在山箐里喝水，我手背上还吸上了条蚂蟥……”

孔漫掰着他的手背看，那里有一道被草叶划开的口子，上面肿起了一个青紫色的包，她拿着碘伏又擦了一遍：“那蚂蟥有没有毒？要不要去卫生院？”

付杨摇头：“没事。没什么毒，就像蚊子咬人一样。”

孔漫抓着他那只手臂，发现他胳膊上有一片癞子，她又问：“这是怎么了？过敏吗？”

付杨看了眼，想挠又忍住了，回她：“不是过敏，是碰到山里的一种树了，叫七癞树。人或动物一碰到它的叶子，立马会起一片癞子，又痒又红。”

“那要涂什么药？”

“不用，过两天就好了。”

她还在认真看着他。

付杨抬手揉揉她的脑袋，心间被她的关心温暖着，轻声说：“实在要用药也麻烦。得把刺果树烧了，用那烟熏七次，这癞子就会消下去了。”

他说着笑起来，给她讲他之前看到一个好笑的事：“那时候巡山碰到一只小羊犊子，眼睁睁看着它啃了一片那叶子，之后就一直在地上摩擦，走几步就去地上摩擦，叫得可凄惨了。”

孔漫问：“还有这样神奇的树？”

“有啊，山里还有一种最毒的树叫‘见血封喉’，人和动物有伤口是千万不能接近的。”

孔漫诧异：“否则就真的会死？”

付杨点头：“真的，听说以前在那树旁还死过人。不过也不奇怪，山里各种少见植物繁多，大多带着自己的保护色，有散发瘴气，有枝叶剧毒，也有好材药草。”

“好吧。”孔漫点头。

这深山里，不仅动物会伤人，连植物也会。大山和大海一样，表面风平浪静，其实包容万象，暗藏危机。

给付杨涂好药，她便拉着他去睡觉了，他眼里的红血丝，她在他回来的时候就看到了，估计这三天在深山里都没有休息好。

两人相拥着，一夜好眠。

付杨睡了一觉起来，已经是中午十二点多了，身边自然是没有孔漫的。

他起床洗漱，换了身衣服出门，找了一圈，一个人也没有。

正打算打电话给孔漫的时候，外面有面包车停下来，小东和孔漫从面包车上下来。

他在院子里等着，等他们走近了，才看到小东手里小心地捏着一棵带刺的藤。

孔漫把草帽放在石桌上，见他醒了，打了声招呼让他过来，问他：“你说的那什么刺果，是不是这个？”

付杨点头，孔漫就笑：“还好把小东带上了，不然我都不知道。”

小东把刺藤放在地上，跟他俩招呼一声就走了。

将藤带回来了之后，要怎么弄只能看付杨的了，反正她也不会。

付杨看着那刺藤，再看看孔漫被晒得通红的脸，心里软得一塌糊涂。他走过去抱住她，给她擦擦额角的汗，一时间竟然说不出什么话。

孔漫抱了他一下，又推开他，让他赶紧弄。

付杨便摸出打火机，让她拿了张纸巾出来放到刺藤下面，点燃纸巾，刺藤也慢慢被带着烧起。烟雾起来了，他伸手去上面熏，来回熏了七次，就打水来浇灭。

等他一熏完，孔漫就拉着他胳膊看。付杨好笑，说要等会儿，哪有那么快。

弄完这些，他上去简单做了点午饭，两人吃过之后付杨带着她去了林业所。

在林业所，孔漫遇到了付杨口中的小平和夏军。

小平看着和小东一般大，但比小东大一岁。是隔壁镇上的人，也是个被晒得黑黑的，方脸的，容易脸红的人。

夏军比他们大点，是乡西镇本地人，结了婚有家庭的人看着就更稳重，性子也温和。

他们见到孔漫后，都跟着叫了声“孔老师”。

孔漫跟他们点点头打过招呼。

他们这趟巡完山，多西镇林业所这边的夏季巡山工作就完成了，接下来可以短暂休息一段时间，为即将到来的秋季防火养精蓄锐。

付杨回来后的隔天，孔漫发现郝成功不见了，一问才知道他出去帮老杨了。

杨天树在玉溪竞标下来一条路，他那边人手不够，打算让镇上的人出去帮忙。郝成功这边的路小东一个人也能完成，于是他就出去帮老杨了。

这天晚上，他们折腾了很久，半夜要睡时，付杨突然说：“明天带你出去玩。”

孔漫闭着眼：“去哪儿？”

付杨：“去玉溪。”

孔漫睁了下眼，有点儿开心：“好啊。”

付杨便笑了：“要明天中午才出发。”他隔着被子拍拍她的背，哄她睡觉，“睡吧。”

孔漫闭眼，抱着他睡去。

次日起来，她回宿舍收拾了几件衣服，又带了套旅行护肤品回来等着。

上午付杨有事，到中午的时候才回来，两人吃过午饭，买了点水果就出发了。

车子行驶在盘山公路上，孔漫将车窗打开，趴在窗上，看着一路的山川河流，山风吹过，吹起她的发丝，也带来了山间野桂花的清香。

车里放着音乐：“在夜深人静的时候想起他，送的那些花，还说过一些撕心裂肺的情话……”

转身，孔漫拿起手机听歌识曲，歌名跳了出来，是《你一定要幸福啊》，歌手简弘亦翻唱何洁的。

她点了收藏，放下手机，在音乐声中睡了过去。

皮卡车在一个县城的饭馆门前停下，付杨喊她：“起来吃饭了。”

她迷迷糊糊睁眼，摸出手机，一看时间，下午五点多，确实到吃饭时间了。

坐在饭馆里，孔漫发现很多人身上都穿着民族服装，她问付杨：“他们穿的是哪个民族的服饰？”

付杨看了一眼，回她：“是彝族的。”随后他愣了一下，拿出手机一看，已经是八月五日了，农历也就是六月二十四，这一个月过得真的是太快了。

他放下手机笑了一下，孔漫便看他，用眼神询问：笑什么？

付杨回她：“今天是个好日子，先带你去彝州转一圈再去玉溪。”

孔漫疑惑：“什么好日子？”

付杨用下巴比了比周围的人，说：“彝族火把节，挺隆重的，和汉族的新春一样，今晚会很热闹。”

孔漫笑了，说：“那我岂不是过了一个彝族的年？”

付杨点头回道：“是的。”

这就让人很期待了，新年她都不怎么过，更别提少数民族的节日了。

吃了饭两人上车，付杨在高速上叉了个口，转为去彝州。

时间上也快，一个小时左右他们就进入彝州了。

今天的彝州格外的热闹。大街上张灯结彩，人们都穿起了民族服装，偶尔有那么一两个穿着便服。

付杨把车开到彝人古镇。他估计对这里挺熟的，绕七绕八找到一个车位，停了下来。

孔漫让他把车后座的衣服撑起来给她挡着车窗，她在车上换上一身酒红色长裙，和这节日也搭配，然后又摸出气垫和口红，简单地化了个妆。

对着镜子涂好口红，她抿了抿，嘟了一下唇看了一眼，男人突然凑过来一口亲上。

刚化好的口红就这样被亲去，甚至男人嘴巴周围也沾了一层。

孔漫一巴掌打在他胳膊上，瞪了他一眼，看着他的样子又忍不住笑了，边笑边拿纸巾给他擦了擦，又把自己嘴巴擦干净，重新上妆。

在车上弄好一切，两人下车锁好车门，付杨牵着她穿过一排排旧式的屋舍，在一阵阵香浓的桂花味里，来到热闹的古镇街道上。

街道很宽，但也架不住火把节人来人往，顿时就显得拥挤起来。

古镇上的游客很多，各式服装都有，有的游客还穿着汉服，但穿着彝族服饰的更多。

付杨护着她，在拥挤的人群里一步一步前行。

孔漫一边慢走，一边看着周围的小摊贩，各种推着彝族特色的小饰品、耳环、项链，看得人目不暇接。

走到一半，付杨看到有奶茶摊，他买了大杯温热的红豆奶茶递给孔漫，又买了古镇特有的手撕牛肉，让她边走边吃。

挪到古镇中心时，天已经黑了。广场上有一圈穿着彝族服饰的男男女女，围着一个高大的纹着彩云的红色大火盆，火盆里火焰熊熊燃烧着，广场周边消防车停了一大排。

这是彝族特有的祭火大典，政府也不会强制取消，只是加强防控。

广场上放起彝族的歌曲，曲风雄厚浓烈，节奏感十足，震撼人心。

随着音乐响起，天空中烟花齐齐绽放，围着火盆的彝族男女开始跳起舞来，有的人身前还带着琴弦，边跳边弹。

孔漫看着眼前这一幕，被节日的气息感染，整个人也跟着节奏轻轻晃动着。

广场上热闹非凡，人们兴高采烈地交谈着。

而那围着跳舞的圈子里，越来越多的人加入了进去。一圈不够，又扩开一圈，还不够，第三圈第四圈围了起来。

孔漫右手突然被一个女孩子抓住，带着她随着圈子跳动，孔漫一蒙，才发现第五圈已经扩到她身边来了。

女孩子带着她往右边移动，孔漫有点儿慌了，刚要转头去找付杨，他就握住了她的左手，跟在她身后慢慢走动着。

孔漫安心了。但是看着前前后后的人都在随着歌曲跳动，她又不会这儿的舞蹈，拉着付杨就想要退出来。

付杨倒反而拥着她跟着圈子走，边走边低头在她耳边说："不会也没事，跟着走一圈就行了。"

孔漫看了一眼付杨，他单手拥着她，另一只手插在裤兜里。他的左边是一个白领女生，穿着西装，脸上化着精致的妆，也在慢悠悠地跟着圈子走动。见有人看她，她对着孔漫笑了一下，转头看向火把方向。

孔漫转头，也跟着付杨一样随着圈子走动。

倒是拉她那个女孩子看着他们俩这样，不好意思再拉着孔漫了，于是放手，一手拉着右边的人，一手甩着跳了半圈后气喘吁吁地停下，也跟着走了起来。

两人跟着跳舞的圈子围着火盆走了一圈。

彝族是个热情又崇火的民族。一圈走下来，总有几个年轻小伙想来拉孔漫跳舞，但都被付杨给挡了下来。

孔漫笑眯眯地看着眼前发生的一幕，看着男人的脸越来越垮。

没等走完一圈，他就拉着孔漫走了，说还是回去吧。孔漫也不反对，挽着他的胳膊随他。

出去的时候付杨没带她去古镇街道上挤了，而是拉着她从一侧巷子里穿了过去。

巷子里的屋舍是老式的，有木制的也有翻修过的，但都很复古。旁边有条小河静静流淌着，河边垂柳倒挂，迎风飘扬。

走了一段路，古镇街道上的热闹被远远甩去，巷子里安安静静。

男人忽然停下，拉着她的手往身前带了几步，双手一抱，搂住细腰，低头轻轻啄她额头。

木屋下挂着暗黄灯笼，昏暗的灯光照着他轮廓分明的下颚线，孔漫抬手环住男人的腰，靠在他温热结实的胸膛上。

四周静谧，晚风带着节日的余韵缓缓吹过，付杨手机突然响起，他的铃声是手机自带的，声音还挺大。

两人分开，付杨单手搂着她，摸出手机接起，用方言回了几句。

听多了方言，孔漫能听懂的就是在外面，不回去了。

付杨挂了之后，看着她暗自猜测的样子，笑着主动说了："是我妈打给我的，问我怎么不回去吃饭。"

"我说我在外面忙，就不回去了。"

孔漫有点儿疑惑："平常也没打给你让你回去啊。"

付杨回她："我妈是彝族，这些年来一到这天，我爹都会空下来专门给我妈过一下节。我和我哥嫂要是在家，也会特意赶回去陪她一起过。今年倒是赶巧了，我们都不在家，估计就小鹏和我爹一起陪她过了。"

孔漫有那么一点点惊讶："听说有的少数民族不和汉族通婚？"

付杨："也不是全部都不通，相互尊重吧。就像我爹妈，我爹会给我妈过火把节，我妈也会陪我们过春节。"

孔漫点点头，理解了："倒也是，相互尊重。"

过了一座小桥，前边有人在唱歌，而且有点小热闹。两人走过去，是一个拼酒的店铺，木制的阁楼下，一面旗帜挂在上面，写着祝酒词。

阁楼大厅内摆了两排桌子，后面摆了一堆酒坛，就是古装电视剧里的那种酒坛子。

孔漫来了兴趣，拉着付杨进去看。酒坛子里都是各种各样的酒：桂花酒、杨梅酒、青梅酒、米酒、高粱酒、青稞酒、二锅头等等。

大厅里那两排桌子，里面那一排站着一些穿着彝族服饰的姑娘和小伙，靠外面的桌子上则坐着一些游客。

每一轮拼酒，游客各自选择彝族对手，指定一类酒开始拼。

时间为一首歌唱完，喝赢彝族的对手，那么此次酒费免了；要是喝不过，当然得按价格和喝的斤数来掏钱。

他们刚在桌边站定，付杨给孔漫讲完规则，那边就有三个游客点了对手开始拼酒。

彝族小伙把他们指定的酒水端上桌面，另一个抱了一沓碗出来，在桌面上一溜儿摆好，开始倒酒。倒完酒，两排桌子边上站了两个彝族姑娘，她们清了清嗓子开始唱起彝族特色祝酒歌：

“（彝语）苏木地伟我，曲波各拉苏……

“（汉语）远方的贵宾，四方的朋友……”

歌曲一停，游客两输一赢，赢的那名游客也只是快了一秒放下酒碗，喝得脸红脖子粗。

一室的人哄堂大笑，闹着让输了的游客付钱。那游客也豪爽，大手一挥结了账。付完钱后，彝族姑娘特意给他们一人打了一碗米酒，又唱了一首轻快的彝族歌曲祝福他们。

孔漫看着有点蠢蠢欲动。付杨看出来了，没让她参与拼酒，倒是找了个彝族姑娘，用方言跟她说了些什么，然后指指孔漫。

那姑娘笑着点头，付杨又过来带着孔漫去点酒。

她看了一眼，问他：“哪种酒好喝？”

付杨一时为难了，烈酒不能让她喝，果酒他还真不知道哪个好喝一点。

看了他一眼，孔漫最后还是选了桂花酒，因为桂花很香。

付杨提着一坛桂花酒，那个彝族女孩带着他们上了阁楼。

楼上是一排卡座，左手边空着正对下面大厅。其他卡座上还坐着一些人，有彝族姑娘给他们唱歌，也有安安静静观赏的。

彝族女孩把酒碗放在桌上，开始倒酒，付杨带着孔漫入座。

过了一会儿又上来一个彝族姑娘。孔漫看了一眼，认出来是刚刚唱歌的一个，她们倒好酒在对面入座。

一开始上来的那个彝族姑娘笑着看向孔漫，用不是太标准的普通话跟她解释了一下，楼上不是拼酒的，属于大家边唱边喝，图个开心。

两个姑娘端起酒碗，付杨把孔漫的酒碗端起来递给她，他自己也端起来，四人碰了一碗。

她才喝了一口，桂花香和酒香溢满口腔，正细细品尝着呢，旁边三人就一口气全喝完了，“砰”地放下碗，她蒙了。

付杨笑着伸手环上她的背拍了拍，让她慢慢喝。

她才又端着碗慢慢品了一口。

对面两个姑娘倒上酒，清了清嗓子，你一句我一句地唱了起来。

就这样，在两个彝族姑娘的花式山歌里，一坛桂花酒被孔漫慢慢喝完。

那坛酒至少得两斤左右。喝完肚子涨涨的，趁着付杨去结账，孔漫去上了个厕所。

走出拼酒的阁楼时，孔漫心情不错，头虽然有点小晕，但还好。

付杨怕她醉了，便一直搂着她，两人在巷子里慢悠悠地穿梭着。

路过一个摔酒碗的摊子时，孔漫又走不动了。这些年来，她很少有时间可以出去旅游放松，唯一一次还是去的日本，但因为没有朋友，她的旅程是孤单的。

这次来云南，本意来避难，却有意外收获。在这里，有人陪着，风景大好，节日隆重，倒是让她好好地放松了一趟。

两人在摔酒碗的摊子前站定。摔酒碗就是摊子上放了一排酒坛，还放了一摞碗在旁边，酒水和刚刚酒楼里的差不多，每一碗酒对应的价格也不一样。喝完后就把碗摔进摊子里的小围墙，小围墙里已经有了好多碎碗，这是当代年轻人的一种减压方式。

摊主也是个彝族男人，看到他们来，用方言把规则说了。

彝州的方言孔漫有点听不太明白，付杨给她翻译了一遍：“所有果酒，一碗十五块，清酒二十一碗。这里的‘碎’代表的是同音‘岁’，摔碗一碎，是‘碎碎平安，岁岁如愿’的意思。”

旁边有几个人也在摔酒碗。一个女孩被另外一个女孩拉着，她一口喝完，把酒碗摔进去，在碎声中哭着大喊：“六碎，愿 XXX 坟头长草！”

旁边的女孩拉着她：“么么，老天，活消这种死克活来呢，你争口气葛行（老天，不要这样死去活来的，你要争口气）。”

孔漫看了一眼，又转头看向付杨，眼睛亮汪汪的。付杨又笑又无奈，她难得会露出这样小女孩一般的娇俏来，他便只好随她。

哪知道她一点，就要最烈的高粱酒。付杨不同意，她就抱着他胳膊生硬地摇了摇，还拉他的脑袋，仰头去亲他。

付杨被她亲得心间一片一片软了下来，耳朵都热红了，最终妥协。

孔漫立即丢下他，跟老板要了三碗烈酒。

付杨笑着摇头叹息，暗道自己是工具人，心甘情愿结账。

孔漫端起一碗，老板用不太标准的普通话跟她说：“你尽管许愿呢，上头有菩萨会保佑你们的。”

孔漫顺着他指的方向看去，摊子的房梁上确实供着一尊菩萨。

她端起碗一口气喝了，辛辣顺着嗓子流了下去，一瞬间激出一身热汗。她也学那个姑娘一样，使力把碗摔进去——“喀嚓”一声中，她也说：“一碎，愿……愿……”

卡壳了，一瞬间想不起来了，孔漫转头看付杨：“我没什么要许的，你来许。”

付杨走过去，看着她，又转头看向菩萨，开口说：“一碎，愿平安喜乐，得偿所愿。”

最好是所有带有恶意的暴力全部消除。

孔漫点点头，笑起来，接过老板的第二碗酒，一口喝完，摔进去后，催促着他赶紧许愿，自己则踉跄了一步。

付杨扶住她，把她抱进怀里，看了她一眼，又看着菩萨，说出第二个愿望：“二碎，愿热爱有盼，无病无灾。”

孔漫趴在他怀里，跟着说：“对。要有热爱，有期盼，生活才有奔头。”

随后她接过老板手中最后一碗酒，一口气喝光，付杨拦都来不及拦，只能抱着她，无奈地摇头失笑。

孔漫没力气摔碗了，她现在晕得站不住了。

付杨只好接过孔漫的碗，往里面摔去，碎声过后，孔漫催他赶紧许愿。

他注视着菩萨，没有开口，半晌垂眸看向怀里人。

她的脸上布上一层红晕，眼睛雪亮地看着他，要听第三个愿望。

他笑了笑，拥着她往外走。

孔漫着急："还……还没说第三个愿望呢！"

付杨："我也一时想不起来了，以后想起来再向菩萨许愿。"

孔漫瘪瘪嘴："……好吧。"

她走了几步，走不动了，付杨便蹲下来背起她，顺着巷子往停车处走去。

至于第三个愿望，哪能让她听见呢。他从来不信鬼神，他只信自己，但是这一刻，他想祈求一次。

菩萨，希望你能听到，这第三碎，愿这个姑娘永远留在我身边。

我保证，我会加倍努力，让她吃好穿暖，无忧无虑。

我只有这一个愿望，望保佑。

付杨将孔漫扶上车，拿外套给她盖着。

孔漫睁眼看见是他，便迷迷糊糊睡去。

他把车开了出去，等上了高速，将车里歌曲换成轻柔的纯音乐。他一路开着车，偶尔转头看一眼副驾驶上熟睡的人。

到达玉溪老杨订的酒店时，已经是夜里十一点左右了，偏偏老杨和郝成功还有另外两个朋友还在酒店下面的烧烤摊上喝酒聊天。

付杨停好车后，孔漫揉着眼睛也醒了。

他伸手给她顺了顺头发，轻声问："肚子饿不饿？"

揉了揉肚子，孔漫点头："有点。"

他笑着从后座拉过外套给她穿上，这才拉着她到烧烤摊上坐下。

老杨和郝成功挺诧异的，不是说中午就出发了吗，怎么这都大晚上了才到？

付杨给孔漫夹了些菜和肉，笑着解释："今天不是火把节嘛，带着孔老师去彝州转了一圈。"

另外几人一愣，回想了一下也笑了。他们整日忙来忙去的，都快忘了今天是火把节了。

尤其是郝成功，他是个彝族人，但又像一个假的，因为他一句彝语都不会说。他哈哈一笑："好歹我也是个彝族，得过一下！"说完他站起来又去点烧烤点酒。

烧烤和酒水陆续端上桌。郝成功闹腾着大家又一起喝了很多酒，孔漫也跟着喝了些。

付杨本来是不让的，但是抵不过她自己硬要喝，这一喝，她又醉了。

不得已，他只能先带着她上去。老杨摆摆手，让他快去快回，他们还有好多事要商讨。

付杨半抱着人，先去前台开好房间，再带着她上楼。还好喝醉酒的她没有酒疯，就是静静靠着他，眼睛闭着，随他摆布，乖乖巧巧。

拿门卡刷开房间门后，他扶着她进去，把卡插入卡槽，房间灯亮起，他用脚带上房间门。

这会儿她倒是有点清醒了，定定地看着他。

付杨好笑，点点她鼻尖调侃："怎么了，不认识了？"

孔漫慢悠悠地摇头，抱着他的腰，整个人贴了上去，仰着头去亲他。

付杨一手环住她的腰抱着她，低头亲她，另一只手贴着她后脑，把人压在门上。

室内温度上升，孔漫越来越热，她把身上的外套脱去，又把手伸进他的衣服里，要去脱他的衣服。

付杨按住她的手，想到老杨他们还在下面等他，只能先拉开他们之间的距离。

他擦了擦她的唇角，低声轻哄："乖，你醉了，要好好睡觉了。"

孔漫愣了，试着再要贴上去。

付杨握着她的腰拉住她，无奈喊她："孔漫。"

她看了他一眼，媚眼如丝，手指卷起脸侧的发丝，男人呼吸一下热烈起来，狠狠吐了口气，捧着她的脸说："以后我不在身边，不准喝酒了，晓得吗？"

孔漫接二连三地被拒绝，一撩头发往后甩去，哼了一声："老娘今儿不伺候了！"京腔都出来了。

她一扭腰，转身往洗手间走去。

付杨抹了一把脸，笑了一声，看着她腰肢一扭一扭地进了洗手间，这才走过去把地上的衣服拿起来拍了拍挂在房间的衣架上，然后撑着腿在床上坐了下来。

不一会儿女人出来了，看也不看坐在床边的男人一眼，径直往床边走去，坐在床上，脚一踢，把拖鞋踢到一边，上床，掀被子，躺下，盖好，闭眼，一气呵成。

付杨一直在旁边看着她的一系列动作，无声地乐着。

等她睡下去了，他挪过去躺在她旁边，伸手隔着被子拍着她的背，无声地哄她睡觉。

孔漫还生着气，她闭着眼，手伸出来，抓着他的手要丢开。

付杨反而握住她的手，一指一节与她十指相扣，在她耳边低声开口："睡吧……睡吧，等你睡着了我再走。"

孔漫"唰"地睁开眼，盯着他，不想说话，用眼神表达：还想去哪儿?

付杨低头笑了，凑过去亲她一口。

孔漫斜了他一眼，他立马乖乖开口："老杨要交代我和成功一些事情，就在下面，结束了就上来陪你。"

孔漫鼻腔里哼出一声，又闭眼。

付杨笑着轻轻地拍着她的背，低声哄她睡觉。

看着她睡着了，付杨亲了亲她额头，给她掖好被子，站起来拿过房卡打开门出去了。

老杨他们还在下面，只是玉溪的那两个朋友已经走了，就只剩老杨和郝成功在慢悠悠喝着。

付杨过去坐了下来，郝成功调侃："老付啊，你这时间够短啊！"

"滚！"付杨丢了个花生过去，刚好砸在郝成功脑袋上。

"哈哈哈哈哈哈！"老杨不给面子地大笑。

付杨也笑了，郝成功不服气，也要砸回去，花生都拿起来了，老杨笑够了忙阻止。

三人围着新出炉的烧烤开始谈起正事，无非也就是玉溪这边的工程还得需要人手。

付杨想了一下，让小东结尾后也出来帮忙。

其实老杨的本意是让付杨出来的，但是他身兼两职，根本离不开多西镇。

老杨失望，又提起机械也得加一台了。付杨没意见，确实得再加一台大型挖机。

三人合计一下，付杨还能再出个三十多万的资金，剩下的就得老杨这边出了，老杨也没意见。

事情谈妥后，老杨试图说服付杨。

他拍拍付杨的肩膀，说："阿杨啊，你就没有为以后考虑过吗？打算一直待在山里不成？你要是这样想……"

他说着指了指楼上，又问："那你考虑过孔老师没？你第一次跟我讲她就说这是你媳妇。那你有想过她能跟着你一辈子也待在山里吗？她是城里人啊，可不比我们山里人哦！"

付杨抓了把头发，低声说："这些我都晓得的。"

"那你什么打算？"

付杨又不说话了。他现在也很为难，那片保护区他都守了六七年了，责任感太重，要他突然离开太难。

但是他也舍不得让孔漫一直跟着他待在山里，就像老杨说的，她是城里人。

再说，她指不定什么时候就走了呢，离开山里，离开云南，回到北京，回到她原来的道路上。

他吐出一口气，慢慢说："再说吧。"

老杨叹气，也不再劝他了，都不是小孩子了。

烧烤散了，三人回酒店，上楼的时候老杨咂咂嘴说："我迟早把酒店开来玉溪！"

郝成功跳起来，"加我一个，加我一个。虽然我没有多少钱，但跟着大佬有汤喝！"

老杨笑："不怕赔得只剩裤衩？"又问，"阿杨嘞？"

付杨也点头。

老杨就笑："做生意有赚有赔，赔了可就穷光蛋一个了。"

"还年轻，总是要闯一闯的。"付杨说。

郝成功愤愤不平地说："老子打工打怕了，还是得自己搞点名堂。"

老杨笑了，一人捶了一下："有志气！"

到了房间大伙儿就各自散了。

付杨刷开房门进去，把卡插好，又调了下灯光，走过去看了一眼孔漫。

她睡得正香。

付杨将手里的矿泉水放在她旁边的柜子上，转身去洗澡。

洗完澡后在卫生间把头发吹干才出来，刚上床，旁边的人就嘀嘀咕咕地在说着些什么。

他侧身搂过她，拍了拍低声问："怎么了？"

本来不指望她回答的，倒不想她闭着眼回了："水……渴……"

付杨撑起身子，越过她把水拿来拧开，将她搂起来哄道："水来了，来喝水。"

孔漫还是不睁眼，靠在他怀里，感觉到唇边有东西，张口。

付杨抬高瓶子，水流进她口里，她喝了大半瓶才摇头。

放下矿泉水，拧紧放好。他掀开被子躺进去，刚躺下，身上就贴了一具柔软温热的身体。他无声地笑笑，侧身搂紧，拍拍她的背。

孔漫第二天睡到快十一点左右，被从没拉好的窗帘缝隙里射进来的阳光照醒，一股刺痛从脑海里炸裂开来。

她半起身，揉着脑袋，环视了一圈室内，没有看见付杨。

坐在床上缓了会儿，下床的时候看见床头柜上有一杯泡着柠檬片的水，她伸手摸了摸，杯身还是温热的，没有凉。她没有立即喝，而是先进洗手间洗了个澡，把头发吹干才出来，大脑的痛感瞬间减轻了不少。

在电视柜面上看见了自己的旅行水乳，她拿起来细细保养了一番，弄完后到床头拿起那杯柠檬水一口喝了，才发现是柠檬蜂蜜水，酸中带着一点甜味。

枕边放了一个手提袋子，粉色的。她伸手提了起来，打开一看，是一件白色棉纺的广袖长裙，左侧腰边秀了几朵细小的山茶花，淡中带艳，符合少数民族的风格。

换好白色长裙，她化了个极简单的妆容，刚拿起手机打算出门去找付杨，他就开门进来了，看到醒了的她还惊讶了下："起了？头痛不？"

"还行，不是太痛。"

付杨点头，走过来摸了摸她的额头，把带来的早餐放在床头柜上，起身把窗帘拉开，阳光铺满一室。

他又转回来翻开早餐，孔漫坐过去，拿起他递过来的勺子。

他带来的早餐是豆浆、粥和油条，两人吃了起来。

付杨边吃边问：“今天想去哪儿玩？”问完考虑到她一北方人估计对这边好玩的地方不知道多少，于是提议，“要不要去抚仙湖？”

孔漫把油条撕成几截，放进豆浆里泡着，脑海里过了一圈云南的名胜景点，问：“你们这边是不是有个，嗯……洱海的湖？”

付杨愣了一下，点头，“有的。”

孔漫一拍手决定了：“那就去洱海吧！”

付杨怔了怔，脑海快速过了一圈从玉溪到大理的几条路程以及行程时间，最后点头说好。

孔漫开开心心吃完早餐，把东西提下去放到车上。

付杨跟老杨打完电话上车，要开车前，他问她：“要不要买点什么吃的零食带着？”

孔漫摇头，“不用。”

付杨戴上墨镜，说：“路程有点远，得四个小时左右，确定不买点儿带着？”

孔漫听闻，不可思议：“这么远？”

付杨转头看她，笑了：“早知道你要去大理，昨晚就在彝州歇下了。”

孔漫蒙了一下，终于弄明白，他们现在地处玉溪，而洱海在大理。

她犹豫着：“要不不去了吧，就去你说的那个什么湖，在玉溪这儿吧？”

付杨把车开出去，回她：“没事儿，我这边也没什么事，你想去就带你去。”

“真的不会耽误你吗？”

十字路口红灯亮起，付杨停车，笑着摸了摸她的手：“我说不会就是不会。”

孔漫看着戴墨镜的男人，咬了下唇，把所有情绪吞进肚子里，手伸过去跟他十指紧扣，无声地扬起嘴角。

他就是这样，明明很朴实，却又很轻易就打动了她。

车子开出玉溪，行驶了一个多小时再次进入彝州。

路过一家超市的时候，付杨在路口的超市门口停车，带着孔漫去买了一大兜零食带着，又买了些水果。

要出来的时候看见她脚底踩着的细跟高跟凉鞋，他眼皮一跳，带着她走了一段路钻进一家鞋店，转了一圈，挑了一双软底的带有一朵鸡蛋花的透明拖鞋带上。

上了车，孔漫把高跟鞋脱下，换上舒服的拖鞋，降下车窗。

付杨发动车，皮卡车开了出去。

车子过了彝州的收费口，往高速公路上驶去。

两个小时的车程虽然有点长，但车里放着音乐，孔漫吃着零食，偶尔喂开车的司机一口，再看看车窗外风景，也不觉得无聊。

车子转过一个弯，远处青绿色山头上竖起一架纯白色的风车，再转一个弯，眼前的每一座山头上都有一架风车，白色风车的扇叶一圈又一圈地转动着，远远看去，就像小孩子手里玩的一样。

孔漫趴在车窗上远眺，问他："为什么多西镇山头没有这样的风车？"

付杨看了一眼，回："估计人家电力集团看不上我们那地儿。"

孔漫猜测："这是风能发电？转一圈能发多少电？"

付杨摇头："不晓得。"

孔漫摸出手机，对准风车拍照。

付杨将车速降下来，方便她拍照，拍了几张，她惊呼："呀！有个帅哥！"

下一刻，车子"呼"一声，加速行驶过去。

孔漫难得开怀大笑，转头看向付杨。

男人侧着脸，黑色墨镜遮住他大半脸庞，只露出了高挺的鼻梁和抿起来的薄唇。

孔漫笑着，手伸过去握着他的大手，指尖穿过指缝，十指紧扣，她软软地开口："逗你的，人家有女朋友陪着呢，我一开始看见的是漂亮的女孩子。"

她又调侃："女孩子都不让我看？山西陈醋啊你！"

付杨无奈地握了一下她的手指，让她放开，他要开车。

孔漫放开，嘀咕："真小气。"

付杨"啧"了一声，明明是她先惹的，倒反过来怪他。他伸手给了她一个脑壳蹦，说她：“赖皮鬼。”

孔漫捂着额头瞪他一眼，转过头，不知怎么地又笑了起来。

付杨顿了一下，也忍不住跟着弯起唇角，转头看她一眼。

高速上的风从窗口吹了进来，扬起她的发丝，侧脸带笑，俏皮又温和，美得不像话。

车里音乐放着：“如今走过这世间，万般流连，翻过岁月不同侧脸，猝不及防闯入你的笑颜，我曾难自拔于世界之大，也沉溺于其中梦话……”

这一刻他也沉溺于她在身边的笑颜。

如果这是一个梦话，他希望不醒。

车子下了高速，进入大理州地界，付杨放慢车速。

大理和鹿城和彝州是不一样的民族文化。这里是白族自治州，路上能偶遇不少穿着白族服饰的女孩子们。

他们在一个十字路口停下，行人道上，一个导游抬着一面旗子走在前面，嘴里喊着些什么，后面跟着一大帮子游客。

孔漫看着他们的背影，问：“这附近是有什么旅游胜地吗？”

付杨瞥了一眼说：“大理古城。”

孔漫看了看天色还不是太晚，转头看向付杨，带了点儿娇音：“想去。”

付杨一笑，方向盘一转，拐了过去，先在古城外找了个停车场把车停好，就带着她七拐八弯绕去古城入口。

孔漫发现他对这些地方是真熟，不管是昨晚的古镇还是现在的古城。

古城入口是一道古老的城墙，城门口上是一座古式两层阁楼，上面挂着些灯笼，还挂着一个牌匾，上面刻着龙飞凤舞的两个大字：大理。

入口处摆了许多地摊，多数为给游客编彩辫的，少数是鲜花圈。

孔漫看着新奇，在一个编彩辫的白发老太太前面蹲下，老太太看着有客人，把彩绳摆好，叽里呱啦说了一大串。

孔漫发蒙，一点儿都听不懂，倒是付杨站在旁边翻译：“老奶奶说想要几缕，要什么颜色自己挑。”

老太太在旁边竖了个大拇指。

孔漫看了一圈，挑了股黄色的，又挑了紫色、银色，最后还挑了股绿色的。

老太太接过，让孔漫坐在小马扎上，她灵活的手指挑起孔漫头顶的几缕头发开始编，编着编着，她嘴巴低喃，吟唱着古老的祝福歌曲，编好后还拿了一面老式的大红色圆镜子让孔漫照照看。

孔漫看了一眼，表示满意，付杨递过去五十块，老人家拿着要找零，他用方言说了一句什么，拉着孔漫走了。

要进城门前，孔漫抬起手机自拍了一张，和城门合了个影。

进了古城后，眼前就是复古风格了，就连商店也都是仿古的，大街小巷百分之六十左右是穿着汉服和少数民族服装的人。

古城里葫芦丝的乐声悠扬着，像是误入了某个国度。

孔漫边走边看，头上突然被压了一下，有东西落了下来。她抬手摸了一下，蹭掉几朵花瓣下来，抬起手机屏幕照了照，头上顶着一个花圈，鲜花细小漂亮。

她转头看向旁边人，笑了一下："好俗气。"

付杨双手插兜，慢悠悠地跟着她，闻言看了一眼："没有啊，花仙子一样，好看。"

孔漫要拿的手停住，就这样戴着傻兮兮的花圈顺着古城街道往里面走。

走了一段路，付杨又提了杯大杯的奶茶递给孔漫，孔漫接过，插入吸管喝了起来。

路过一个乐器店，门口坐着一个穿着白色连衣裙、戴着藏饰的女孩，腿中间夹着手鼓，在哼着歌轻轻敲打着，旁边的音响里放出她的歌声和鼓点："背起背包，跨过高山，闭上双眼，感受春天，虽然我还没有遇见你，但我一定会爱上你……"

她唱歌很好听，轻快的音乐配上鼓点显得俏皮灵动，周围渐渐围起一圈人驻足欣赏。

孔漫听了会儿，拉着付杨进到店里。

刚刚女孩敲手鼓激起了她很大兴趣，店家见人进来，问他们要看些什么，孔漫说手鼓。

店家带着她到一个架子边。那一排都是手鼓，大大小小都有，旁边还有一个座位，是试手鼓用的，店家介绍好就退到收银台去了，不打扰客人的挑选。

孔漫把奶茶递给付杨，抱了一个小一点的手鼓到座位上坐下，把手鼓放好，用腿固定住，试着敲了一下，“咚”一声响起，她停了一下，又连续拍了几拍，“咚咚咚咚”声不绝于耳。

拍打完了，她试着像刚刚的女孩子一样，边哼边拍。

但拍着拍着，脸就垮了，她果然是没有音乐细胞的人。

她仰头看向站在旁边的人，付杨在捂着脸，肩膀一抖一抖地笑个不停。

这就过分了啊。

她瞪着他，哼笑一声说：“有本事你来。”

付杨笑够了，把她拉起来，把奶茶递给她，然后在她之前的位置上坐下，将手鼓固定住，看向她：“想听什么？”

还真会？孔漫吸了口奶茶，就让他唱刚刚那女孩子唱的那首，谢春花的《我一定会爱上你》。

付杨哼了几声，调整音调，手上轻快地拍打了一下手鼓，随后半握着拳扬起手，四根手指一一敲击在鼓面上，响起一串接连的清脆鼓点声，随后他低沉的嗓音唱起：“背起背包，跨过高山，闭上双眼，感受春天，还好我已经遇见你，而我已经爱上你……”

孔漫慢慢放下奶茶，看着轻拍手鼓，低声哼唱的男人。

旁边看乐器的顾客也纷纷停下脚步，看向这边。

这杯奶茶怕不是奶茶，是蜂蜜吧？不然怎么会这么甜？他居然还改了词。

孔漫抱着胳膊靠在货架上，安静地注视着他，心间被不知名的情绪塞满。

这样的付杨，让她移不开目光。

他唱歌是真的好听，在那一次的 KTV 里她就发现了。

长得周正，唱歌好听还会手鼓，就真的……很难不让人心动。

看旁边俩小姑娘激动捂嘴，偷偷录视频的样子她就可以肯定。

付杨哼着歌曲，转头看了旁边人一眼，和孔漫直直的视线对上，忽而弯唇一笑。

心跳在一瞬间加快。

孔漫缓缓碰了碰自己发烫的脸。

听完一曲，他们就出商店了。

虽然付杨唱得很好听，虽然手鼓声也很好听，但是他都没买。

而过了个瘾，知道自己没有那个天赋的孔漫更是再也不碰。

两人沿着古城街道漫步游走，逛到一半，又爬上五华楼，他们趴在五华楼二层楼阁的围墙上，下午的风有点儿大，呼啦啦的。

孔漫看了一圈大理城，看到远处的三座白塔，看到了大街小巷，看到了更远处的湖面，蓝天白云，显得左侧的青山巍然屹立。

吹着风，孔漫捋了捋头发，问："那是什么山？"

"苍山。"付杨看了眼，回道。

孔漫点点头，又问："我刚刚听有人说大理是'风花雪月'之城，是什么意思？"

付杨背靠着城墙，随意屈着一条腿搭着回话："大理是我们云南的浪漫之城。'风花雪月'是四个地方的四片景色，下关终年大风吹起上关花香十里，苍山顶上皑皑白雪照映着洱海夜间月亮倒影。"

他说完看向她，眼神温柔，又低声说："风花雪月，是大理的浪漫与赤诚。"

孔漫便仰头看着苍山，说："好浪漫哦。"

付杨笑着注视她，慢悠悠说："所以在我们这边，大理是陪爱人来的。一生一定要来一次，来享受风花雪月的浪漫。"

孔漫也看向他，几秒后朝他移步过去。

付杨手一伸，把她圈到怀里，低头亲了她一口，不料亲了满嘴花瓣。

孔漫笑着捻掉他嘴边的花瓣。

付杨也笑，拥着她，看向远处的水平面，说："明天去游洱海，下午带你去洱源泡温泉。"

"你安排就是。"孔漫靠着他，心情甚好，她看向青翠的苍山，又问，"要不要去爬苍山？"

付杨摇头："苍山就不爬了，这个季节雪都化完了，没啥好看的。等有时间带你去丽江爬玉龙雪山，那座山才叫绝。山顶的白雪终年不化，山脚绿树成荫，一山两色，很好看的。"

"玉龙雪山？"孔漫疑惑了一下，问，"你喜欢雪？"

“嗯。我们那儿的冬天很少下雪，下了也是立马就化了。我第一次见有膝盖高的大雪还是十九岁在济南的时候。”

他抿唇笑得不好意思：“那时候我就是个乡巴佬，稀奇得不得了。”

孔漫也笑了。在她看来雪不是什么特别稀奇的，北方年年下，她已经见怪不怪了，但是这个南方男人居然会很喜欢。

从五华楼下去，走了没多远，古城就到头了，他们又转回来往外走。

出了古城，付杨带着孔漫找了家餐馆把晚饭给吃了。

吃完晚饭，他开着车到洱海东，找了一家客栈入住。

客栈自带小院，他们开房间的时候，有一部分游客在庭院里烤着大理特色的饵块。

孔漫闻着香味多看了几眼，跟着付杨把东西提到房间。

房间很漂亮，偏仿古风，木制为主。

孔漫走过去把窗户打开，放眼看去，风景大好。

这家客栈面向洱海，背靠苍山，傍晚的微风从海面吹过，带着水润气息穿透整个房间。

孔漫倒在大床上，躺了会儿，扑腾了两下又起来。她还想下去看看他们在小院子烤的东西呢。

她起来进洗手间卸妆又冲洗，洗完出来涂好水乳，又拿出化妆品细细地化了个妆。

在她化着妆的间隙，付杨也去洗了把脸，洗完出来就躺在床上等她化完。但直到他迷迷糊糊都快睡着了，孔漫才化好，随后过来拉他起来。

付杨不是很想起来，拉着孔漫往下，孔漫没反应过来，被他拉倒，扑在他身上。

这倒方便他亲她了。

付杨头刚扬起来，孔漫立马一把按住，她刚化好的妆呢。

她气得笑了声，扑腾两下，不得不开口了：“起来啊，我想去看看他们烤的是什么，好香的。”

付杨抱着她平息了一下，人也清醒了，拉着她站起来，给她整理好裙子和外套，这才拉着她下楼。

这会儿天已经黑了，楼下张灯结彩，很是热闹。

他们俩走到一个空着的烤桌前入座。

老板娘端了一个托盘过来放在桌上，里面放着一盘饵块，两瓶王老吉，还有一盘酱料和一盘猫哆哩。然后再给他们的烤桌里加好木炭，点燃，拿了块干净的网丝搭在木炭上面，弄好一切她就走了。

院子里的音响放着大理特色音乐——《蝴蝶泉边》。

付杨拿着夹子把饵块放了上去，时不时翻一下，孔漫抱着胳膊，斜斜靠在椅背上看着他翻饵块。

过了会儿，他们桌前站了一对年轻情侣。

女孩跟孔漫打着商量："小姐姐，能跟你们拼一桌吗？院里的桌子都没空位了……"

孔漫转头看了一圈，的确是，就他们这桌还空着了，于是点头同意。

女孩兴高采烈地道谢，拉着男孩坐下来，自我介绍了一番。女孩叫罗依，男孩叫李云，两人都是昆明理工大学的学生。

老板娘把他们点的饵块端过来放下，又向他们表达了一下歉意。

四人围着烤桌坐，两个男士负责烤饵块，两位女生负责吃。

交谈中孔漫知道了女孩子是云南西双版纳的傣族女孩，男生是从四川过来上大学的。

饵块烤出来卷上蔬菜再刷上酱，特别好吃，浓郁的酱烤大米的香味，不过傍晚刚吃过饭，孔漫现在也吃不了多少，吃了几块就吃不下了。

女孩子也一样，吃不下就一个一个嘬着酸甜果冻猫哆哩，吃着吃着，她跟孔漫说笑："这个猫哆哩的发音和我们傣语的帅哥一样。"

孔漫撕开一个问："那美女呢？"

女孩回："哨哆哩。"

孔漫笑了一下。

倒是男孩移过来问："那我爱你呢？"

女孩瞅了他一眼回："高嗨来么。"

"哎。"李云笑嘻嘻地回，又肉麻兮兮地说："撒浪嘿哟。"

女孩搓了一下胳膊，打了他一巴掌。

孔漫在旁边笑了，看着俩小年轻打情骂俏。

“阿尼古。”（彝语：我爱你。）

孔漫愣了一下，转头看向付杨：“你刚刚说什么？”

他摇头，卷了块饵块递给她：“还吃吗？”

孔漫摸了一下肚子，摇头，付杨就自己吃了。

最后的饵块都是两位男士吃了，而猫哆哩都被两女生当成零食吃完了。

几人瘫在椅子上，看着璀璨的星空，辩论着星座。

到十点多的时候女生困得不行了，李云便带着她跟他们告别。

他们走后，两人也站起来打算上去，离开桌子的时候孔漫突然开口：“あいしてる。”（日语：我爱你。）

付杨：“什么？”

孔漫轻轻笑了，说：“报复你的。”

付杨摸了把下巴，掐住她的腰，带了点匪气，说：“看我不收拾你！”

孔漫扑倒在他身上，笑眯眯回：“好哦。”

付杨一秒破功。

…………

夜间的洱海在环海公路路灯和周围客栈宾馆灯光的照耀下波光粼粼。

有点遗憾的是今夜看不了洱海映月的美景，只有楼下小院的灯光从窗外透过窗帘漏了几缕溜进房间里，偶然撞见床上春光。

次日一大早，楼下就响起人来人往说话打闹的声音，扰得人不能安眠。

孔漫顶着一头乱糟糟的头发起身，伸手往旁边一摸，居然摸到一片凉意。

她睁眼看去，付杨不在房间里，大清早的不知跑哪儿去了。

在床上清醒了一会儿，她撑着酸软的身子下床去洗漱，洗漱时付杨回来了，等她洗漱完化好妆后就拉着她下楼去小院里吃早餐。

小院餐厅里，付杨点了份牛肉米线，看向孔漫。

比起云南特有的米线，她其实还是更喜欢吃油条和豆浆，但老板娘抱歉地告诉他们豆浆油条都没有了，付杨也就没有要米线，而是带着她出客栈在周边转了一圈，看到一家早餐店拉着她进去了。

吃早餐的时候，付杨的电话响起，是林业所永林所长打来的，让付杨帮忙到市里去开个会——鹿城市林业局就即将到来的秋季所召开的森林防火部署工作大会。

每年都是在这个时候开，一般都是永林所长去开。但不巧的是永林所长在前两天巡山的时候摔伤了腿，没法出来参加大会。

而林业所里，小平回家了，夏军他媳妇要生孩子了，也不好让人家丢下这重要时刻。其他两人也是各自有事，最后就只剩下付杨，他又刚好在外面，就交代他代表多西镇林业所去开这次大会。

听完电话，两人愣住了，孔漫还好，付杨是很明显地有点失落。

最后也没办法，只好约着下次再来。

吃完早餐，他们回客栈把东西收拾好下来退房，随后上车。

回鹿城用了三个小时左右，他们十一点从大理出发，一点左右刚好进市区。

付杨找了家餐馆，两人吃过午饭，接近两点。

林业局那边的会也马上要开始，孔漫让付杨把她放在商业广场，趁他去开会，自己去逛会儿街。

付杨其实是想带她去他在鹿城的房子，但想到她一个人待房间里也无聊，便在市中心商业广场放下她，将房子钥匙摘下来递给她，又把房子位置在微信上发给她，再三叮嘱过后才驱车离开。

付杨走后，孔漫掂了掂钥匙，走进商业街，慢悠悠地溜达着。

片刻后她转进四层高的商业大楼里，看了一会儿大楼的分层平面指示图，乘上电梯直达顶楼，找到电影院，买了杯奶茶，挑了部近期在排片的电影买了票进去了。

电影一个半小时，看完出来她拿起手机看了眼，没有消息，付杨那边还没有结束。

她又转到楼下的服装区，进去给自己挑了几件衣服、一双鞋子，路过男装的时候又给付杨挑了件 T 恤和外套。最后实在是没什么可逛的了，她干脆到咖啡厅里点了杯咖啡边喝边等着。

快六点左右，付杨给她打电话让她下来。

孔漫下来的时候付杨刚好把车了开到路口，她提着手里的东西上车，付杨转了把方向盘，把车开了出去，孔漫问："明天还有会吗？"

“没有了，今天一次性开完了。”

“那就好。”

付杨开着车到鹿城南边的一家兴盛饭馆旁边停下，带着她进去。

兴盛饭馆的老板也是个圆润的男人，不是太高，一米七左右。看到付杨进来，惊喜得不行，过来给了他一拳，笑着说：“大哥啊，你这就不够意思了啊，到鹿城了也不提前说一声。”

付杨也笑着，说：“这不今天急着来开会，会一开完就过来了。”

两人寒暄着。

盛天华一转头看到付杨身后的女人，他惊讶了一下，转向付杨的眼光里带着八卦意味。

付杨咳了一声，介绍道：“这是孔漫老师，在镇上小学教书。”

孔漫闻言瞥了他一眼，没说什么。

盛天华点头，自我介绍：“孔老师，我是盛天华，跟我大哥是拜把子兄弟。”

孔漫也点头。他便笑呵呵地带着两人往楼上的包间走去，到了包间，他问付杨：“还是老样子？”

“菜单拿来让孔老师点几个。”

盛天华一拍脑门，直说抱歉，喊住路过的服务员，拿了本菜单进来放在孔漫面前，让她多点几个。

孔漫看了一圈，挑不出来，又拿给付杨。

他看着，挑了几个她平时夹得多的菜，完了递给盛天华，说：“其他的按老样子来，你忙完了也上来，我们喝几口。”

“好嘞！”盛天华收了菜单下楼。

服务员提了茶水进来，又问付杨还缺些什么，付杨说没有，服务员退出去后，他提起茶壶给孔漫倒了杯水，跟她讲起和盛天华的事儿来。

他和盛天华是从小学就认识的。到了初中两人分到一个班，还是一前一后。那时候的男生爱打打闹闹，流行不打不相识的说法，再加上那段时间《三国演义》热播，于是他、盛天华还有另外一个兄弟就有样学样拜了把子。

这么多年过去了，另外那个兄弟初中读完就出去打工去了，剩下他俩，一个去读了高中一个去读了技校，但都是在鹿城，时不时的还能聚一聚。

三年过去，他考上大学去了济南，盛天华毕业了直接留在鹿城。一开始是在酒店里做厨师，后来干了几年存了点钱就开始自己开饭店了。

饭店开了几年，盛天华在鹿城买了房子，两年前又娶了媳妇，小日子越过越红火。

付杨自己的房子也是那时候和盛天华一起买的，在鹿城老城区那边，八十多平方米的小两室。虽然离市中心是远了点，但便宜，而且当时他想着自己也不是经常会出来，就没买那么好的。毕竟那时候他都穷成什么样了，买房的钱都是盛天华和父母还有大哥一个资助一点才买下来的。

这几年只要他来鹿城办事，都会来这里找盛天华，兄弟俩聚在一起喝喝酒吹吹牛。

孔漫喝着茶水，笑他：“人家都结婚有老婆孩子了，你就没点想法？”

付杨摇头不语。要说之前，那确实没什么想法，但现在——他抬眼瞧着孔漫，想法可大着呢。

菜陆陆续续端上桌，两人慢悠悠地吃着。

孔漫吃饱的时候盛天华才忙完。他提着几瓶啤酒上来，坐在付杨旁边，两人刚开始还是用普通话在交谈，聊着聊着普通话和方言夹杂着一起别别扭扭，最后又一致用方言交谈起来。

孔漫在旁边一开始还听他们聊，听着听着也不感兴趣，拿出手机玩了会儿，再一听他们用方言，听也听不懂了，干脆下载了个游戏打发时间。

酒足饭饱人就容易犯困，没玩几局，孔漫就捂着嘴巴打了几个哈欠。

付杨余光瞥见她犯困了，把人揽过来靠在自己身上，眼神示意盛天华小声一点。

盛天华笑眯眯地看着，感慨他大哥不容易啊，这么多年了，终于不是孤家寡人了。

孔漫被付杨半抱着，虽然挺不好意思在外人面前这样子，但他不在意，她也就没什么可计较了，她侧身靠在他肩头上眯着眼睛打盹。

付杨看她眯过去了，才转头跟盛天华继续聊起来。

其实盛天华这几年也一直在劝付杨往外走，不要一直待在山里。

这个话题前几次根本说都说不得，但今晚看付杨没有立即反驳，他就知道他大哥是松动了，有想往外发展的念头了，他很欣慰。

他清楚付杨是个一旦心里有了想法就一定会付出行动的人，所以刚探到付杨有松动的苗头，他就没再继续劝，而是转了个话题。

到晚上十一点，盛天华老婆王梅上来找他们，他们才歇了话头。

付杨带着孔漫回到老城区，要进小区的时候，在路边超市前停车。

孔漫醒来，跟着他进去买了些生活用品，毛巾、沐浴露洗发水、拖鞋、牙膏牙刷……买了一堆。

房子在三楼，老小区没有门卫，电梯更是没有，他们一人提了一大兜上楼，爬楼爬得腿软。

每层楼有四家住户，付杨带她走到最里面，在门前站定，看向她。

孔漫一愣，才想起来钥匙在自己这里，她放下东西，掏出钥匙开门，房子门窗紧闭，室内味道发闷。

付杨过去把窗户打开，通风透气，然后找了拖把各个房间随意拖了一下，又把买来的东西一一放好。

房子没多大，两个内室，一个客厅。客厅里用拉缩门隔出一个厨房，旁边是洗手间，还有个小阳台，里面堆了一些杂物。

付杨在他经常睡的那间卧室里把床单被套铺好，试了试卫生间的热水器，烧好热水后找了一件自己的 T 恤拿给孔漫，推着她去洗澡。

第六章　/守望青山

她的自私配不上这样的热忱和赤诚

原本付杨还想着，带着孔漫在鹿城多待几天，玩一玩再回去的。

但是到第二天，他们正在吃着早饭的时候，他妈给他打了个电话，让他立马回去，要带他去一个姑娘家相亲。

付杨一口汤呛到嗓子里，咳了几声，回道："妈……你干什么？要相亲你去相，我才不去。"

"你这说的什么话呢！要不是你这把年纪了对象都没有一个，你以为我乐意带你去相亲啊？赶紧回来吧，就等着你呢！"

付杨无奈，杵着额头，说："谁说你儿子没对象的？净瞎说，相亲就不用去了，你好好跟人家解释一下，别落了人家面子……"

"你可闭嘴吧！你以为你说有对象就有了，我是你妈我还不清楚？"

付杨无语。

"真有对象了？"付母犹豫着问道。

"嗯。"

"那带回来给妈看看好不好？又不会为难你们，妈也不是那种不讲理的人，就是看个安心。"

他抬头看向对面的人，眼里有着挣扎和为难，嘴唇动了动，没说出话来。

他打电话说的那些话，孔漫是没怎么听明白，但"相亲"两个大字倒是滚进她耳朵里了，于是在付杨看向她的时候，她居然很神奇地理解了他的意思，她看着他，很轻地摇了摇头。

付杨一怔，密密麻麻的失落涌上心头，让他失声了半晌，直到电话那头母亲疑惑地"喂"了几声，他才回神，垂下视线，避开与孔漫的对视。

喉咙滚了滚，他回道："下次再带回去吧。我现在跟她刚处起来，怕她为难。"

孔漫跟他对视的时候不是没有看到他眼里的难过和失落，但她第一时间考虑的居然还是，如果他硬要带自己回家去见他父母的话，她该用什么借口来拒绝。

打着电话的付杨整理好情绪，孔漫的反应在他意料之中，从他们开始相处的那一刻起，他就清楚地明白她注定是要离开的。

努力说服好母亲，挂了电话，见她放了筷子，付杨随口问了句："吃饱了？"

孔漫看着他点点头，付杨也点头，拿起筷子："要不再吃点儿？"

她摇头："不吃了。"

这个人啊，一点希望也不给他。

他安静地收拾碗筷，洗好，放好，没有再提起这回事，也没有再开口讲过话。

孔漫本来应该松口气的，但她没有，反而心里憋得慌，脑海里反复地浮现：对啊，他这个年纪也该成家了，相亲结婚是很正常的，自己又没法给他未来，他应该听他妈妈的话去见见女方。

但是……如果他回去见了女方，以后要和人家结婚，他就会是别人的了，他今后会站在万家灯火里，为其他女人洗手做羹，她从此就会彻底失去他了……

心底深处一股刺痛压抑着，酸楚和难过突然而至，咕噜咕噜翻腾起来，搅得孔漫心神不定。

她打心底不想他结婚。

至少，至少不是现在这么快。她自私地想着，就这段时间，先别那么快……

她转头去看付杨，室内明亮，男人靠在窗边，阳光射在地板上，隔着光晕，她目光淡淡地看着他略有些失意的侧影，脑海里这些天快乐潇洒的画面一帧帧滑过，她说不清这一刻的感受是什么，但她是难过的。

片刻后，他走过来在她旁边站了会儿，坐下来伸手抱住她，两人倒在沙发上。

没做什么，就是安安静静地拥抱。

孔漫低眸，又想起刚刚他吃饭时避开她视线后的失落和为难。她不知道什么是感同身受，但她知道，这个男人沉默了，那他就是不开心，他不开心了她也会不开心，她不想他不开心。

她也不怕没结果，如果陪他回去他就能开心的话，她想陪他走这一段过程。

自私就自私吧。只因为自私背后是广阔秀丽的山河，是绚烂多彩的山花，是治愈人心的温暖与幸福，也是风花雪月的浪漫，更是纯粹的快乐。

那么，她还是想再自私一次，人生在世，该及时行乐。

过了会儿，付杨问她：“要不要去看电影？”

孔漫拒绝：“不想去，昨天就看过了，这段时间没什么好看的片子。”

“也不等等我，陪你一起看。”

孔漫笑了一下，拍拍他的脑袋，装作漫不经心般问他：“刚刚是你妈给你打电话要你回去相亲吗？”

“嗯。”

“有相亲对象了？”

付杨没有立即回答，他感觉怎么回都不对，犹豫着说：“我妈说有个姑娘……”改了口又说，“让我带对象回去给她看看……不过我回绝了。”

孔漫顿了一下，慢悠悠说：“为什么回绝啊，回去看看呗。”

付杨不说话了，嘴唇抿紧。他从孔漫怀里扬起头定定地注视着她，眼里的难过快要溢出来了。

果然，她还是没那么在乎自己。

见他这样看着自己，孔漫心里立即酸酸软软的。

这是什么男人啊，多大年纪了还像个孩子一样……她摸摸他的寸头，把话接上：“我们要不要今天回去？”

付杨：“啊！”

他瞬间明白过来，一翻身爬起来将人压在沙发上，眼睛亮晶晶地看着她，忽而低头狠狠亲了她一口，心情就像是在坐过山车一样起起落落，而操纵过山车的人就是面前这个笑得无辜的女人。

回家的礼物是孔漫挑的，付杨记不清她买了什么。

他被巨大的喜悦包围着，一时间有些飘飘然。

她居然愿意陪他回去见父母，不管这其中的原因是什么，或者将来要面对什么，他在这一刻已经满足了。

回家的路程说不上多快，但也像是一眨眼就到了。

回到镇上，孔漫先去小楼换了身衣服，再提上一套换洗的，才随付杨回家去。

车子开出多西镇，往上段公路开去。

他们回来得晚，太阳已经落山了，拐了一个弯道后，前方来了一辆东风汽车，付杨靠边停车，让大车先过。

大车驾驶室里坐着两个男人，黑壮黑壮的。司机胳膊上有文身，脖子戴着金链子，里面那个是个光头，让车的时候剔着牙，看向皮卡车，眼神一对上就能感受到他们的不友善。

孔漫皱眉移开眼睛。

大车货箱里不知道拉的什么，油布盖得严严实实的。付杨在让车的时候无意间看了一眼，直觉告诉他不对劲，再看向车轮子，轮子缝里还能看到点点白灰。

这条路是柏油公路，按理来说车轮应该是干净的，再不济也应该是泥土，而不是白灰。而多西镇，甚至是整个保护区内，只有锁阳山脚东侧连接枸杞领那一片是岩白石灰土。

那么……偷伐？

如果不是偷伐，他想不出这车为什么要绕进那么深的山里去。

大车缓缓开过去，付杨拿起手机对着后视镜拍了张照片，里面有车牌号。

等大车转了个弯，看不到了，他立即给永林叔打了个电话，让永林叔赶紧找人去锁阳山看看，他怀疑有人偷伐木。随后他又给多西镇派出所里的熟人打了个电话，把照片发过去，让他们特别注意一下。无论这车是不是偷伐木的货车，都有备无患。

这条公路只通向多西镇，不管最终他们要拉去哪儿，都会经过镇上。但是现在还不能拦下他们，至少他不能单枪匹马对上他们。

孔漫看着他一系列动作，再看一眼那已经开走的大车，大约猜出来了。

“你们这儿经常会有人来偷偷伐木吗？”

“已经有八九年没人来偷伐了。禁伐以后我们当地老百姓都不让砍伐了，即使是特殊情况也只能申请后再隔山砍，还不能是名贵的树木。”

他发动车子，继续说：“保护区内以前有好多名贵树种，都被这些偷伐者砍得成了濒危树种。”

孔漫好笑，说：“你们这保护区不是濒危动物就是濒危植物的，倒是难为你们了。”又问，“濒危植物很多吗？”

付杨想了一下，举几个例子说：“还行。像华盖木，那是砍一棵少一棵的，因为自身难以发芽生长，在这么大的保护区里仅仅只剩一棵了，还是人工培养出来放进去的。”

“穗花杉本来就是濒危植物，这几年来也被砍得几乎都看不到了。”

“还有西南红豆杉，一种能抗癌的木材，早期直接被砍绝了，是后面人工种植出几株放进去的……”他说着叹了口气，“好多树慢慢都成为濒危树种了。”

不能说，一说就觉得还是他们林业人没把保护区的工作做好。

孔漫好奇：“如果这次真的是偷伐，这么多会是哪种树？”

“松木吧。锁阳山是保护区内最大的松木山林区，他们估计就是在那儿偷伐的。”

付杨说着捏紧拳头：“但也经不住他们成片成片地砍伐。自然生态环境被破坏，就会引起水土流失、山体滑坡、森林火灾、野生动物出山等等。”

是啊，生态环境一旦遭到破坏，各种自然灾害就会接踵而来，可惜这些可恶的偷伐者并不会关心这些。

付杨的老家在山顶，山路崎岖陡峭，跟达依村新修出来的那条路不相上下。

回家只用了半个多小时，山顶上的山地和聚居成一片的山里农家房子远远地出现在眼前。

孔漫虚虚地握着拳，没有感觉到多紧张，她平静地看着越来越近的村落。

还在鹿城，孔漫说一起回来的时候，付杨就已经给家里打过电话了。

付妈妈高兴极了，早早就收拾家里准备好，就等着儿子带着对象回来了。

车子拐进进村的道路上，开了没多远付杨就停了下来。

他让孔漫先在车里等他一下，就自己下了车，往前走了几步，往路下方走去。

孔漫看了几眼没看见他人，也从车上下来，插着兜顺着路走到路边往下看。

付杨从路上跨到了山地的羊肠小道上，走了一段路后跳下一个地埂，扶起一个老人家，随后两人说了几句。

老人点点头，他弯腰把老人家背的那捆柴草背了起来，边走还边摸出手机捣鼓。

不一会儿，孔漫手里的手机振动了一下，付杨发消息让她再等几分钟，他去去就回，她回了个“好”。

他们在下面山地顺着地埂小道走着，孔漫在上面的水泥路上跟着走。

直到付杨背着柴草进了下面的村户里，她才打算转身回去车里等着他。

“孔老师？”一声惊呼在前方道路的尽头响起。

孔漫一愣，看了一眼周围，渐渐觉得眼熟起来，这里，好像是阿桃表姨家。

果然，竹林前的院子里走出来一位妇人，朝她挥了挥手。

孔漫一笑，也回了一声：“表姨。”

“哎！”李兰很高兴，走过来拉住孔漫的手拍了拍，“都到表姨家门口了也不进来看看表姨，把我给忘记了吗？”

孔漫抿着唇，不好意思地笑了笑。还别说，她是真忘记了。

李兰拉着她打量了一圈，说：“走走走，没什么事的话要不去表姨家坐坐？”

孔漫犹豫了一下。

“是跟阿桃上来的吗？这孩子也不带你来我家玩。”

孔漫笑着，没好说话。

李兰又有点不好意思地说：“今天家里发生了点事，还想请你帮忙参考一下呢，又怕麻烦到你……”

孔漫想了想，看了一眼下面的村子，还没有付杨的影子，她这才转头跟着李兰走了。

这次再进院子里，大白狗后面已经跟着三只小狗崽了，李兰撵了它一下，大白狗带着小狗崽走远了。

李兰带着她进到客厅，里面有个中年男人在收拾东西，看到李兰带了个姑娘进来，愣了片刻。

李兰介绍了一下：“这是孔漫老师，跟阿桃玩得最好那个姑娘。”

中年男人一下就知道这是谁了，朴实地笑着，跟孔漫打招呼：“孔老师，坐，坐，刚收拾出来。”

孔漫也打了声招呼：“表姨父。”

李兰带着孔漫在沙发上坐下，中年男人边应着，边给她倒了杯水就出去了。

孔漫喝了口水看向李兰。

李兰搓搓手，跟她说：“我家老二今天带女朋友回来。听说是城里人，我这心里怪紧张的，又怕看错眼，碰巧就遇到你了。你也是大城市来的，就想着请你帮忙参考一下，也好让我这老婆子安心一些。”

孔漫捧着杯子的手顿住。

这……这情况怎么就这么熟悉呢?

李兰看孔漫没说话，急了一下，拿出手机瞅了眼时间，轻声说：“老二说他已经进村了，很快就回来了，应该耽误不了多长时间的。”

孔漫眉间微敛，低眸沉思：老二？二哥?

门外噼里啪啦响了一下，一个小男孩跳了进来，手里抓着一只小奶狗，边进边喊：“阿奶，我饿了！”

跳进来一眼看到坐在沙发上的孔漫，他立马刹住车，惊讶地喊了声“孔老师”，又慌慌张张跑出去了。

李兰笑着骂了一声“小兔崽子”，回头问她：“这是老大家的孩子，应该是你教他们数学吧？”

孔漫点头，眸间滑过一丝了然，看来她猜得不错。

果然，只有这样温柔又心地柔软的母亲才能养育出他那样温柔的人。

片刻后，付杨电话打过来的时候她就没接，只给他回了个微信让他先回去，她在这边遇到熟人了，一会儿就过去。

付杨挂了电话，看了眼信息。

他母亲的电话又打进来了，催着他赶紧回去，他答应了一声，挂了电话。

想了想，他还是先回去跟父母沟通好，这样到时候孔漫来了家里，也不至于让父母两眼一抹黑，双方都能自在一点。

他把车开回去，进了自家院子，刚停好车，李兰听到声响立马就出来了，一个劲儿往他身后和车里瞅，口中细声细气地说：“回来了啊，来里面坐。”

付父也从老房子的厨房里出来，准备迎接家里另外一个重要客人。

付杨把孔漫买好的礼物提下车，转头正想跟他父母解释一下情况，孔漫就从自家的客厅里出来了。

他一瞬间被惊到了，刚要开口说话的那口气就那样卡在了嗓子口，不上不下的，反而让他被呛了一下。

李兰看了一圈没发现陌生女子的身影，眉头轻轻皱起，又见到孔漫出来，忙拉过她的手介绍：“这是小学的孔漫老师。”紧接着她又着急奇怪地问，“老二你对象呢？”

付杨缓了缓，看了孔漫一眼，发现她眼里有着狡猾和看好戏的娇俏，忍不住好笑。

她估计早就猜出来这是他家了，才会发那样的信息给他。就是不知道老妈和她是什么时候认识的，两人还挺熟悉的样子。

“你拉着呢。”他回着话走过去，把手里的礼品放在台阶上。

“啥？”

付杨直起身，伸手从他妈手里拉过孔漫，跟他妈还有远处的父亲介绍：“爹，妈，这是孔漫。”

李兰愣了，那边付杨的父亲也愣了，两个老人家瞅瞅付杨再看看孔漫，缓了半天。

最后还是李兰回过神，一瞬间高兴极了，激动得语无伦次，想跟孔漫说些什么，又只是拉着她的手，转头吩咐付父再宰一只鸡，再把家里老火腿也给煮了。

付杨父亲二话不说，逮着刚回来的小朋友乐颠颠捉鸡去了。

李兰拉着孔漫往客厅走的时候转头看了付杨一眼，眼神表达：老二，出息了哦。

可不是吗？她都只敢让孔漫帮忙做参考，从来没想过自家儿子居然能有那个本事和人家处对象。

也不是说自家儿子不好，而是没想到他们能处到一块去。

这叫什么，有缘千里来相会啊。

付杨是在天将黑的时候接到林业所的电话的。情况比他想的要糟糕，这次偷伐的是一个团伙，一共六个人，还有四个在山里，还在继续偷伐，还有更多的树木倒了下去。

唯一好的一点消息就是那辆偷伐的东风车和两个大汉被扣在镇上了。

接到电话后，付杨得立马动身赶去锁阳山。临上车之前，他拉着孔漫，想说抱歉却卡在嗓子口，最终还是没能说出来。

还是孔漫让他放心去，李兰也赶着他走，他才咬咬牙上了车。

付杨走后，李兰安慰孔漫，让她别担心，这样的事以前也是有发生过的，就是去驱赶偷伐者而已，没有多大危险。

孔漫笑了笑，知道这是付杨母亲在安慰自己。

危不危险，从刚刚那两个面目不善的男人身上就能感受得出来。不过她再担心也无济于事，她帮不了忙，只会徒增烦恼。

黑夜降临，院子里大灯照起，夜晚凉风习习，竹林簌簌声中飘下几片枯叶。

李兰进厨房去帮付杨父亲弄晚饭去了。

孔漫搬了条小木凳子到院子前，在付亚鹏小朋友旁边坐下。

小朋友旁边躺着三只小狗崽，大白狗也在旁边不远处的柴木堆下睡着了，听到孔漫过来的声音抬头看了一眼，又躺了回去。

“孔老师。”

孔漫坐下后，小朋友喊了一声。

“嗯。”她看了眼三只颜色不一样的小奶狗，问他，“它们多大了？”

“两个多月啦！”付亚鹏抱了一只棕色的小奶狗给她看。

孔漫试着伸手去摸它，它嗅嗅鼻子，闻了闻她的手指，湿漉漉、圆溜溜的眼睛看向她。

孔漫一瞬间心都被它看软了，她伸手从小朋友手里接过小奶狗，它也不挣扎，还是一个劲儿地盯着孔漫看。

“取名字了吗？”

“小黄。”

付亚鹏挠挠脑袋，被孔漫看得不好意思，解释：“小土狗嘛，我们都是什么颜色就叫什么的。”说完他期待地看向她，“老师，要不你给取个吧。”

孔漫捏着小奶狗的脖子提起来。小奶狗是五短身材，全身胖嘟嘟的，毛皮油亮光滑，特别是把它脸提起来的那一刻，它嘴巴一咧，居然像在笑。搞得孔漫也不自觉地跟着笑了起来，笑完才发现自己有点傻，于是决定叫它：“棕熊。”

付亚鹏呆呆地看着孔漫和小奶狗。

还不如叫小黄，以后大了叫大黄。

孔漫抱着小奶狗叫了几声“棕熊”，直把小奶狗叫得歪头，琥珀色的眼珠子怀疑地看着她。

她把小黄放下去，又去看黑色那只。这只有点懒洋洋的，把它抱起来的时候瞥了她一眼，眼皮就垂了下去，前爪搭在一起，就像抱着胸一样，高冷得不得了，加上脸又圆溜溜的，就像动物园里的黑狗熊一样，熊里熊气的。

孔漫跟小朋友说：“这只该叫狗熊的。”

付亚鹏呆呆地看着小狗狗。

小黑啊，委屈你了，明明是一只好狗。

孔漫摸了一下它的鼻头，小奶狗才施舍般抬眼看她，那眼神看着就像是：有话快说。

绝了绝了，不愧是中华田园犬。

最后一只是跟它妈妈一样的白毛小奶狗，是三胞胎里唯一的小姑娘。纯白的皮毛，五短圆溜的身材，耳朵有点尖尖的，像狐狸耳一样，还有湿润润的狗狗眼。

没等孔漫去抱它，它就凑了过来，孔漫点着它额头笑着说：“女孩子不要那么主动哦。”

小白奶狗萌萌地看着她，一点头撒欢地跳了跳，软萌萌地撒了个娇，伸出粉嫩的舌头歪着头看着她，那意思就像是在说：抱抱人家吧。

孔漫没忍住，一把将它抱了起来，点点它鼻子，说：“你是小仙女吗？以后就叫仙女吧。”

小白奶狗在她怀里翻了个身，露出粉粉的肚皮。

孔漫少女心泛滥，揉揉它的肚皮，被萌得找不着北。

付亚鹏在旁边翻了个白眼，心里暗暗抗议，这是“重女轻男”，凭什么另外两只都是熊，到了小白就叫仙女了？

晚饭被付杨父母弄得很丰盛，满满一大桌。

吃饭的时候，李兰除了一开始夹了一些给孔漫后，就让她当在自家一样不要客气，催着让她自己夹了。

孔漫也不客气，他们做的饭菜没有带辣椒，全是清淡香浓，很合她的口味。食材也是农村自家的食材，鸡肉肉质鲜美有嚼劲，腊肉香浓，腊肠香麻，南瓜小豆清香，小白菜鲜嫩，野生菌鲜美……

吃完饭，李兰没让孔漫帮忙收拾碗筷，而是让小朋友带着孔漫先下去客厅，两个老人家要慢悠悠地啃会儿火腿。

孔漫到了客厅其实也没什么事，但看着小朋友玩游戏玩得挺嗨，她就想扫他的兴——

两个小时后，等李兰他们吃完饭下来客厅，平时调皮捣蛋的小朋友坐在客厅老老实实地写着假期作业，孔漫坐在旁边指点着。

两个老人家对视一眼，眼里的满意不约而同地冒了出来。

等小朋友把作业都做得差不多了，还没等他再玩一局，就被他奶奶提着耳朵逮去睡觉。

付亚鹏呆住了：我的快乐呢？

李兰照顾孙子睡着之后，拉着孔漫到客厅右侧楼梯口处指着那一间说："那是卫生间，还有洗澡间。"

孔漫过去看了一眼，卫生间和浴室是隔开的。尤其浴室里贴的瓷砖居然还是浅蓝色花纹，厕所在旁边，有单独的小隔间，外面空旷的空间是洗漱台，门一侧放着一台洗衣机。

看了洗手间，李兰又拉着她上了二楼。

二楼有三个房间，大的那间在左侧尽头，是付杨的卧室，另外两间都是客房。

李兰进到一间客房里，收拾了一下床铺，说："老二从来没带女孩子回来过，我们都没准备好东西。缺什么你就到老二房间去拿，他房间要是也没有，你就跟我讲。"

孔漫点头，问："表……伯母，那你们住哪儿？"

李兰笑着说："我和他爹睡老房子那边，就刚刚吃饭的厨房旁边。我们在那儿住了三四十年，都住习惯了，这样的房子反而还住不习惯呢。"

李兰跟她唠起嗑来："这房子是老二早些时候自己盖起来的。"她说着指了指对面盖好没装修的楼房，"那是他大哥家的，两口子在外打工，挣了好几年也没盖起来，让回来一个两个还不乐意。"

她边说边把床铺整理好，随后拍拍孔漫的手感叹："其实做父母的就是希望孩子过得好，一家人团团圆圆健健康康的就行。"

"这以后啊，你们俩孩子好好过日子，健健康康的，我就高兴。老二要是哪里做得不好，告诉我，看我不打断他小腿！”

孔漫笑着，点点头，内心第一次觉得愧疚。

她的自私配不上这样的热忱和赤诚。

李兰下去拿了蚊香上来，给她点上，叮嘱她好好休息，然后就下去了。

深夜，十二点，屋外万籁俱寂，山里的人家睡觉都很早。

孔漫躺在床上怎么也睡不着。要说认床吧，应该也不是，或许是习惯吧，手伸过去，摸到的是一片空气，这真的让她很不习惯。

她最终还是认命地起来，下床，没敢开灯，只拿手机照明，偷偷溜出房间打开那间最大的房门，钻了进去，又把门锁好。

付杨房间的床也很大，是木质的雕花大床。

她爬上去躺好，拉过被子盖着。整个被窝里都是付杨身上的味道，松木香混合着他身上的荷尔蒙，像是他在身边抱着她入睡一样。

孔漫躺下后，不过片刻就迷迷糊糊睡了过去。

第二天清晨，院子里大公鸡“喔喔”地叫着，偶尔夹着狗叫声和小奶狗“汪唔”奶凶奶凶的声音，更离奇的是居然还有“嘎嘎嘎”声。

孔漫一瞬间就清醒了，她立马下床，把床铺整理好，快速出门。

打开门的那一瞬，山顶上朝阳的红光射了过来。

二楼的走廊栏杆是一堵贴着瓷砖的墙，只有一米左右，她一瞥眼就看到付杨母亲在院子里喂鸡鹅的身影。

孔漫弓着腰溜进自己住的那间房里换了身衣服，下楼去洗漱时，洗手间里已经放好一套新的洗漱用品。

洗漱出来，院子里的李兰把手里的玉米撒下去。看到孔漫，她走过去在客厅的抽屉里拿出一双绣花鞋递给孔漫，说：“你那鞋子来农村容易脏，你试试看这布鞋合脚不？”

孔漫接过来，绣花鞋很漂亮。黑色的鞋面上是一株栩栩如生的花朵，鞋后脚也有一株，鞋底是千层底，脚面空心，一根鞋带横过来扣上纽扣。鞋子大小也很合适，她站起来踩了踩，鞋底软厚，很舒服。

李兰笑着点头又问：“怎么不多睡会儿，现在还早着呢。”

孔漫笑着指了指太阳：“都出太阳了。”

“那也还早啊，你们在城里节奏快，上班辛苦，回了农村就当度假。这里节奏慢，要休息好，就是老大家回来我也是这样说的。”

那边付杨父亲手一抓，把院子里的大白鹅抓住，提着往水龙头那边走，那儿有块沙石，还有一把磨得锋利的菜刀。

孔漫要回李兰的话都忘记了，直愣愣地看着。

大白鹅“嘎嘎”尖叫着，孔漫问：“这是要杀鹅啊？”

李兰点头，牵着她过去：“你来家里，也没什么好东西招待。”又指了指杀生现场问，“怕不怕？”

孔漫有点不忍心，特别是那大白鹅圆溜溜的豌豆眼看向她的时候，她犹豫着说：“能不能不杀啊，还说没什么好东西，昨晚已经够丰盛了。”

李兰一笑，说：“你喜欢吃就好。”她拍拍孔漫的手，跟付杨父亲说了几句，把大白鹅给放了。

大白鹅一落地就扑棱着翅膀跑了，离这里远远的。

上午吃饭挺早的，在往常孔漫还在吃早餐的时候，这里已经开始吃午饭了，而时间才刚刚十点。

吃完午饭，付杨父亲背起竹篮，拿起镰刀就出门去了。

付亚鹏在他们都吃完午饭了才摸着起来，顶着一头乱发，自己到厨房找剩菜剩饭吃。

孔漫在付杨家其实没什么事可干。

李兰要上山去找野生菌，她闲得没事就跟着一起去了。

找野生菌的山就在她家房子后的山林里，李兰背了一个竹编制的花篮在前面开路，孔漫两手空空跟在后面。

早晨的山林，空气里都是草木露水的清香，鸟儿清脆的鸣叫，小松鼠跳来跳去，这山林里一如既往的热闹。

经过一片丛林的时候，李兰蹲了下去，用手里的木棍挑起一片落叶，示意孔漫过来看。

孔漫蹲过去，叶子下面一片青白色，是圆圆的野生菌，有大的，也有小的。

“这叫青头菌是吧？”她问。

李兰笑着点头，两人一人一朵把青头菌拾起来，放进背篮里。

一早上下来，李兰带着孔漫慢悠悠地转了半个山头，途中还会遇到几波同样来捡野生菌的妇女小孩。

这山虽然是分着哪家和哪家的，但是对捡菌子这块，大家都是不分你我全凭运气，谁捡到就算是谁的。

背着的小背篮捡满后两人就下山了，回到家里的时候也还早，才十二点左右。

孔漫手里提着一串鸡枞，一串野生葡萄，优哉游哉地跟在李兰后面。

李兰回家就去厨房捡菌子去了，孔漫没跟进去，而是提着野生葡萄去找小朋友。

野生葡萄很小，熟的也很少。在山里，熟了都被小动物们提前吃了，李兰给她摘的这串基本都是绿的。小朋友被孔漫哄着吃了一颗，被酸得眼泪巴巴的，逗得她笑到不行。

付亚鹏不服气，叛逆心作祟，带着她去摘李子。

付杨家院子可以说是一个小型的果园。院子左边是梨树，后边屋檐下是一排桃子树，院子前面除了竹林外，在靠近路边上还有一棵李子树，树上挂着密密麻麻的绿色李子。

院子里的三只小奶狗一蹦一跳跟在他们前后，最后大白鹅也跟着过来，站在旁边歪着头瞧他们。

这个季节的李子大部分都已经熟了，是脆李，一口咬下去，汁水甘甜，清脆爽口。

一大一小两人搬了小木椅坐在路边的李子树下，火辣的太阳被竹林和高大的李子树遮去，他们乘着凉，吃着李子，吃完要是还想吃，伸手就能摘到。

李兰给两人端了一壶西瓜汁，拿了两个杯子递给他们，然后又转回去，拿了椅子和针线袋子坐在他们旁边，绣起了花布鞋来。

路边下面是山地，此时种植着玉米和其他农作物。山风吹来，空气里有玉米的清香，还有蔬菜瓜果的甜味。乘着夏风，喝上一口西瓜汁，凉爽至极，好不暇意。

小奶狗一只接一只躺在孔漫脚下，大白鹅在他们周围转了两圈，从旁边滑了下去，到地里溜达去了。

山地旁有一片绿色的树林，比周围的山林要嫩绿得多。

孔漫看了一会儿，指着那片树林问李兰：“伯母，那片树是什么树？”

小朋友在旁边瞟了一眼，抢着问答：“那是核桃树哇！而且，”他说着用手指围着那片树林画了圈接着说，“那一片都是我们家的！”

“有多少棵？”孔漫问。

这他就不知道了，小朋友摇摇头。

李兰拍拍他脑袋，回：“一百来棵吧。最早栽下去的是铁核桃树，等长了几年就需要嫁接薄壳的核桃树。”

“一开始是老大和他爹一起嫁接的，到后来老二感兴趣了，就他们弟兄俩把剩下的，还有山那头也有七十多棵，全都嫁接上。别说，他们是真有那个天赋，他爹嫁接三棵活两棵，他们嫁接一棵活一棵。”

他手艺还真多，孔漫看着，暗暗点头。

村里路过几个乡亲，笑着跟李兰打招呼，又给他们留下许多水果。

第一波人给了几根黄瓜，是这里特有的农村黄瓜；第二波人路过给了他们一大碗晚熟樱桃；第三波人留下一兜梨子、桃子、石榴。

一个小时不到，他们周围堆了各种各样的水果。

李兰把水果提着进去，切切洗洗，拼了一个大果盘，用盘子端出来给他们俩。

孔漫难得悠闲，躺在木椅上，吹着凉风，喝着果汁，吃点水果，偶尔跟李兰说上几句话，渐渐地在椅子上睡着了。

李兰见孔漫睡着，回去付杨房间提了一条小毛毯盖在她身上，又转头看了一眼小孙子，小朋友戴着耳机在玩手机，难得没有去村里当村霸调皮捣蛋。

她低头缝起手里的鞋垫和鞋子。

孔漫醒的时候周围都没有人，是那只棕色的小奶狗一个劲地拖她裤脚，才给她弄醒。

她起身，身上的毯子滑落下来，她伸手接住，看了一眼周围，四周安安静静，小朋友不知跑哪儿去了，只有知了和夏蝉在叫个不停。

她低头看向小奶狗，小奶狗咬着她的裤脚往院子的方向拖去。

孔漫起身，抱着毯子顺着它的力道往院子走去。

小奶狗见她进去了，立马撒欢似的放开她裤脚，一蹦一跳地跑到厨房门口候着。

“醒了？”李兰问着，将手里骨头丢给小奶狗。

小狗“嗷呜”一声，咬起骨头跑了。

孔漫点点头。她好久没有睡过午觉，这猛地一睡，起来后整个人都神清气爽。

中午一点左右，付杨父亲背着一捆柴木回家了。

李兰做了顿午饭，其实也不算，拿这里的习俗来说应该是晌午。

孔漫将捡回来的鸡枞洗净，这个任务还是小朋友和她一起完成的。李兰特意拿了几片南瓜叶给他们，洗鸡枞要用南瓜叶，因为南瓜叶上的小毛刺可以把鸡枞把上的泥土洗干净。

洗干净的鸡枞要撕成一条一条的。

这个孔漫会，当初在荜茇山上，付杨教她弄过。撕好的鸡枞条被李兰放进油锅里一点一点地炸干，等炸得差不多的时候，再放姜丝、干辣椒、花椒，最后才放盐巴，然后起锅。

熬好的鸡枞油香味简直绝美。

李兰把黄瓜剁碎，放上酸菜和豆酱，又倒进鸡枞油凉拌放在一边，然后才开始下面条。她边下面条，边把早上吃剩的鸡肉捞出来，撕成鸡丝放在一边。

等面熟了捞出来往凉水里过一道，最后放到凉拌的盆里，倒了一半的凉拌黄瓜，再把鸡丝全部放进去，拿起折耳根的时候，李兰看向孔漫，孔漫立马摇头，这东西她是真的一点都吃不惯，总感觉味道怪怪的。

李兰一笑，把折耳根放了回去，倒了一半的油炸鸡枞和鸡枞油，最终一盆香喷喷的凉拌鸡丝面就出炉了。

小朋友是个很有眼色的孩子，一看到凉面出炉了，立马屁颠屁颠地把碗抱出来，在桌子上挨个放好。

李兰端着面条一个一个分好，递给付杨父亲后又端给孔漫。孔漫接过，和小朋友一起端着到院子左手边的水龙头那儿坐着吃。

水龙头下面有一块老石磨的磨盘，打开水龙头，水流就会滴在磨盘上，又从磨盘中间的小孔流下去。磨盘旁边是一丛菊花，此时开得正茂盛。而水龙头上方是一棵很老的大冬梨树，树上挂满了又大又绿的梨子，夏风一吹，梨树哗啦啦作响。

这山村里的生活真的是格外悠闲又惬意，说是来度假一点都不为过。

下午的时候，李兰要去菜园子，孔漫也跟着去了。

菜园子不是太远，在一个山沟边上，穿过几片山地就到了。

孔漫站在地头往下一看，就看到了一片用篱笆围起来的园子。她跟着李兰下去，山地路滑，李兰一边走一边拉着她。

菜园子的入口还有一扇用竹子编制而成的篱笆门，拉开插销，一推，篱笆门就开了。

踏进去后，孔漫才发现园子很大，每一片菜地种着各种不同的蔬菜：有小白菜、花菜、小葱等等，还有一些她都没怎么见过的。

靠山那边还有几棵黄果树，挂着绿油油的果实，孔漫没见过，问李兰可以吃吗，李兰说可以吃，只是有点酸，吃法和平常的橘子一样。

孔漫过去摘了一个，拿在手里看了半晌才动手剥皮。黄果皮不是那么好剥开，李兰笑着拿过，用镰刀三四下就给剥好递给她。

孔漫掰开一瓣放进嘴里，立马被酸得直落眼泪，这怕不是柠檬吧？

黄果树旁边是一个小型的水池。池子边是一片旺盛的折耳根，旁边是一丛白色菊花。池子上面搭着一根皮管，里面流下一股清澈的水。

李兰说这水可以喝的时候，孔漫二话不说捧了几捧漱口，漱完口剩下的黄果也不吃了，李兰让她随意丢掉就行，她便往山箐里丢去。

再转回头，李兰已经开始浇菜拔菜了。她要帮忙，被拦了回去，说这是脏活，不让她弄，再说扒菜还得需要技巧呢。

孔漫于是也就没有再掺和，而是揣着兜四处观看。

菜园子篱笆和山相接处有一林芭蕉树，一棵一棵立着，翠绿色的芭蕉叶巨大，迎风摇曳着。芭蕉林旁边是满山乱爬的南瓜藤和黄瓜藤，墨绿的南瓜一个个挂在山上，仅凭一根细细的藤吊着。黄瓜还好，个头小，但是结得很多，一排排地挂着。李兰浇水浇到那片地方的时候还摘了几个，用清水洗了洗递给她。

靠山与山箐相接的地方有一棵葡萄树。葡萄树上边架了一块棚子，棚子上还挂着几个翠绿的吊瓜。棚子下面是用竹竿搭起来的架子，用来固定番茄的，上面挂满了红的、绿的番茄，大大小小都有。

孔漫看着可爱，闲不住动手摘了几个。

李兰笑着问：“喜欢番茄啊？那晚上就吃番茄鸡蛋汤。”

孔漫点头，她确实很喜欢吃番茄。

“平时喜欢吃火锅吗？”

孔漫又点头：“喜欢的。”

李兰笑着让她多摘几个，又问：“要是喜欢，那晚上就做番茄酸汤火锅，要不要吃？”

孔漫眼睛一亮：“真的吗？”

“当然，多摘一些，看看还喜欢吃哪些菜，也拿一些回去。”

“好呀！”

整个菜园子生机勃勃，春意满园。孔漫边摘菜，边四处游走。其实她也就摘了几个番茄，其他的都是李兰去拿的，有的菜上有毛刺，李兰怕扎到孔漫。

抱着几个番茄，孔漫站在篱笆内往山下看去。

高低起伏的山地一片接着一片，傍晚的夕阳挂在山背后，让这一片儿的半山成了阴山。成群的牛羊顺着村路在慢悠悠往家走，家家户户的老人孩子也在相互吆喝着回家吃饭，村庄里青黑色的瓦片上冒出袅袅炊烟，像画里却又是如此真实的山村人家。而付杨就是在这样的环境下长大的，这片山村赋予了他温柔和宁和。

孔漫深吸一口气，她好喜欢这样有烟火气的生活啊。

晚间是丰盛的火锅，他们把桌子和电磁炉都搬到院子里的水龙头旁边，方便洗菜。

火锅的锅底是李兰用番茄熬制出来的酸汤。

桌面上摆满了蔬菜，都是菜园子里现摘的新鲜蔬菜瓜果，还有回家时从路边的玉米地里掰来的几根玉米，和早上捡回来的野生菌。

水果也多，不仅仅是中午时乡亲们给的，还有回来的时候她们在路上也遇到了好多水果树，现摘的。

肉类更是丰富，腊肉和火腿，香肠和干巴，驴肉牛羊肉也有，还有傍晚的时候付杨父亲去村里换来的草鱼。

饮料都不用去买，付杨家里有榨汁机，随便一种无核的水果丢进去一榨，拿出来往冰箱放个几十分钟，新鲜的果汁饮料就有了。

天黑下来的时候，院子里的灯亮起，四个人围着自制火锅，吃得热火朝天。

这顿饭一直吃到晚上十点多，中间的时候，还有付杨的几个堂哥和叔伯来串门，大家跟着一起吃吃聊聊。

几个大人聊天的时候，孔漫被小朋友拖出去了。她也乐意跟着走，主要是方言她也听不懂，另一个是跟他们不熟悉。如果付杨在的话，她还能坐几分钟，现在他不在，她简直是一分钟坐不住。

他们俩直奔客厅，小朋友装模作样地拿出暑假作业，写了几笔就没再动了，拿出手机玩起来。

孔漫靠在沙发上也没管他，拿出手机，没有新的消息。

付杨这个人一旦投入到工作里，就真的顾及不到外面的人了。上次巡山也是，一走三天，一条信息都没有。这次更是，都不知道报个平安。

早晨，大公鸡在外面鸣叫，院子里热热闹闹的。

孔漫躺在床上默默地想，这是付杨进山的第二天，不，应该是第三天了，也不知道情况如何了。

今日天气不怎么好，一大早就阴沉沉的，乌云在东边山头压着顶。

果然，十点之后，一阵风吹过，院子里就落下了雨点。

上午是大雨，到了中午就慢慢变小，成了淅淅沥沥的小雨。

孔漫坐在客厅的窗户边看着雨中的小山村。

付亚鹏小朋友裹好蓑衣穿着雨鞋，提着一个葫芦式的竹篓，跑进来要带她去捉泥鳅。

李兰一听，伸手给他一巴掌："小兔崽子，要捉泥鳅自己去，泥巴兮兮的也不嫌脏！"

小朋友一瘪嘴，刚要反驳，孔漫就开口说："捉泥鳅？我去看看。"

"那田地里泥巴多，这还下着雨，容易弄脏了。"

孔漫摇头，说："我长这么大还没见过捉泥鳅呢，想去看看。"

李兰无奈，点点她的脑袋，感叹了一句"小孩子似的"，随后在客厅翻找了一番，拿出一件旧的雨衣递给她，说："这是老二以前用的，你穿着，别感冒了。"说着不放心，还到厨房里拿了一双雨鞋给她。

孔漫接过雨衣和雨鞋穿了起来，整理好后，撑着把雨伞跟小朋友出门了。

山村里的雨天也是好看的，远处的田地上都盖了一层雾，一路走过，山地杂草野蛮生长，叶上挂着薄薄的水珠。

这儿的雨天，似乎都爱起雾。

捉泥鳅的地方不是太远，顺着山地小道一路往下走，山脚有一条小河。

早些时候有农家的土地靠近这里，他们干脆把河流分道，引了河水过来地里，把地变成田，种上了稻谷。

不过现在人不在了，地荒起来了，但田里还是有河水流进来，又从岔口流出去与下游的河水汇合。所以现在一到下雨天，村里的小朋友就会拿着竹篓来这里捉泥鳅。

孔漫和小朋友到的时候，下面的荒田里已经有三四个小朋友在玩着了。

一看到付亚鹏过来，大家吵吵嚷嚷着要给他泼水，搞得付亚鹏又尴尬又恼，直到他后面的孔漫撑着伞出现，小朋友们一瞬间安静下来，过了会儿参差不齐地喊了声"孔老师"。

孔漫应了声，又说："你们捉你们的，老师来看看怎么捉泥鳅。"

小朋友们应了一声。一开始他们确实很拘束，直到后面孔漫也下了田来看他们捉了多少，他们才放开来，一个两个拿着竹篓给她看。

"老师！老师！我用手捉到一条！"

孔漫看过去，一个男孩子手里捧着一条泥鳅，大声喊着她。

她走过去几步，泥鳅在男孩手里摇头摆尾，男孩伸手，腼腆着说："老师，给你。"

孔漫伸手接过："谢谢……啊！"

泥鳅从她手里一滑，飞出去掉进水里，一摆尾就不见了。

孔漫抹了一把脸上被溅到的水渍，小男孩在旁边笑了，跑过去捉泥鳅，边跑边说："老师，我去给你捉回来！"

"我也来！"孔漫跟着去。

濛濛细雨的天气里，孔漫难得和小朋友们玩到了一起去。

大家似乎开始较起劲来，都以孔漫的夸奖为目标，一个两个很积极地捉泥鳅，还会给她科普一下捉泥鳅的方法。

到最后每人手里都有泥鳅了，孔漫就撵他们回去。

小朋友们倒也乖巧，跟她挥手告别。

两人收拾好东西回到家，将手里的收获拿给李兰。

李兰把泥鳅拿去水盆里养着吐泥的时候，付杨的父亲回来了，把背篼往地上一搁，里面刚挖出来的笋子就倒在地上。

现在这个季节，吃笋已经很晚了，山里的甜竹都很少再出笋子了。所以付杨父亲挖的是苦竹笋，虽然没有早春吃的甜笋那么好吃，但处理好了味道也还行。

处理苦竹笋要水煮，还需要用到石灰水，总之比起甜笋要麻烦。还好现在是雨天，也没办法出去干活。老两口就蹲在厨房里忙活起来，顺带把他们刚刚抓回来的泥鳅也一起给处理了。

李兰边处理，边撵孔漫去洗热水澡，说她别玩一圈回来，倒把自己给玩感冒了。

孔漫去洗的时候，小朋友也在院子右边接近他家的老洗手间里洗起澡，老洗手间是早些时候搞家电下乡时安装的，也是他们平时经常用的。

孔漫洗好澡到厨房，李兰正在处理泥鳅。泥鳅很小，拇指大的都有，毕竟是野生的，也长不了多大。

晚饭弄得很丰盛，酸辣椒炒土豆片、酸菜炒笋、腊肉炒笋。处理好的苦笋很好吃，笋片虽然有点苦，但吃过后又有点甘甜，配上腊肉的香味，回味无穷。泥鳅用砂锅炖了，满满一大锅香浓的泥鳅汤，一口喝下去，胃里都舒坦了。

吃完晚饭，在客厅里看了会儿电视，两位老人家就困了，剩下小朋友和孔漫。最后小朋友也抵不住困意去睡了，孔漫才把客厅的电视关了，随后上楼。

依旧是打开付杨的房间，这几天她都在这儿睡习惯了。

孔漫躺在床上，翻了会儿手机，点开微信，和付杨的聊天记录就在最上方，她点开一一看过去，最新的那条还是三天前，他回的：要是找不到路给我打电话，出去接你。再往上就是两人在大埋坑的时候他无意间拍的照片，大部分都是她的。

两人的微信聊天其实很少，他们大部分时间都在一起，有什么事一般当面就说了。

这就导致现在她翻了才不到一会儿，两人的聊天信息就已经翻完了。

今天下了一天的雨，也不知道他在山里怎么样了。

第二天是个阴天，早晨没有太阳，到中午的时候才若隐若现冒出一点。

付杨家里来了个客人，是付杨的表婶。

孔漫下楼的时候，那表婶抱着一个孩子正站在院子里和李兰聊天，看见孔漫出来，愣了一下，“哟”了一声，自以为很小声地问：“这是老二的对象？”

李兰乐呵呵地点头，刚要介绍一下，表婶就自来熟地走到孔漫面前笑着说：“我是老二表婶，住村尾巴上，有时间过来玩咯。”

孔漫为难了一下，倒不是听不懂方言，勉勉强强拼凑着理解起来意思应该不会差太多，她为难的是要怎么应付这位热情的表婶。

还好李兰走了过来，对表婶说：“你要讲普通话，小漫是北京人。”

这话一出，表婶实实在在地愣住了——这，北京隔这儿可是十万八千里那么远呢。

李兰又跟孔漫介绍说：“这是老二表婶。”

孔漫点点头。

李兰让她先去厨房吃早饭，随后拉着表婶往客厅走去。

孔漫到了厨房，想拿手机看一下时间，才想起来手机放在客厅，于是又下去了。

客厅里，李兰给表婶倒了杯水，把她怀里的小孩抱过来逗弄着。

表婶喝着水突然开口：“老二这对象怕是处不了多久吧？”

李兰愣了一下，没回答，继续逗弄着小孩。

看到孔漫进来，表婶咳了一声，赶紧喝了一口水。

表婶没待多久就回去了，李兰留她吃饭她也没吃，只说下次再来。

早饭过后，李兰在台阶上放了两条凳子，坐下来的同时也带着孔漫在一旁，拿出鞋垫的花样，让她选一个。

孔漫接过李兰手里的各种花样，最后选了绿竹的花样。

李兰接过，开始对照着竹子的样子剪纸。

“以后还回北京吗？”

孔漫怔了一下，没有立即回答。

她其实大可以回答不回去，如果以后和付杨分开了，就让这位母亲当作是年轻人好聚好散，没必要这么早就伤害到老人家。

可是孔漫张了张口，却说不出来那谎言一样的欺骗。所以过了好半晌，她才回话：“回去的。”

李兰点点头，说：“你一个人在北京也不容易，以后回去了要照顾好自己。”

孔漫眼眶一瞬间就热了，突然执着地问：“您不怪我吗？”

李兰抬头，见到她眼里的红晕，伸手拍拍她的脑袋，轻声说：“怪什么呢？年轻人有缘走到一起，没缘分就散开，都是正常的事。”

“再说，”她替孔漫抹了一下眼尾，继续说，“我最先认识到的人是孔漫老师，而不是老二带回来的对象。如果是孔漫老师的话，最终是会回北京的，这点一早我就晓得咯。”

泪意蔓延到整个眼眶，湿热的温度快烫伤眼皮。孔漫现在说不清楚自己心里是什么感受，可能是滚烫的感动，也是温馨。

她开口：“我……害了付杨。”

李兰不赞同：“瞎说什么呢！”

孔漫哽咽着：“明明……最终没有结果，还要和他在一起。”

“小漫啊。”李兰喊了她一声，“你听说过一句话叫‘有缘千里来相会’吗？你们这就是了。你们俩孩子是有这个缘分的，不管早晚都要走这么一遭，你现在和他谈着，那也好过以后再来是不？”

孔漫愣愣地看着她。

李兰又说：“所以不要觉得谁害了谁，感情的事要你们身处其中，才能明白个中的酸甜苦辣。”她拍了拍孔漫的手，“你们自己开心就行。”又问，“以后还会再来云南吗？”

“不知道。”孔漫摇头说，“我也不知道还会不会再来。”

“来吧，不管以后什么结果都来吧。特别是逢年过节的时候，你一个人孤零零在北京，那多难过啊，还不如来这里。这乡下过年过节的都老热闹了，阿桃在这里，表姨也在这里，你只要来，表姨都欢迎你。”

孔漫眼泪终于止不住地滑落，她抬手抹了一把，随后忍不住挨近这位母亲，靠在对方肩头上。

李兰伸手环着她，轻轻拍了拍她的背。

孔漫自小就离开家，关于母亲的记忆太少。长这么大，没有哪位女性长辈这样抱着她给她安慰，又理解她。

此时此刻，她在付杨母亲身上感受到了“母亲”是一个多么温柔的词。

中午吃饭的时候，小朋友一个劲儿地盯着孔漫看。

吃完饭出来的时候，他拉住她，让她低头，拢着手悄悄地问：“哪个欺负你了嘛，我去帮你揍他一顿！”

孔漫一笑，揉了揉他脑袋，推着他往院子外走去，边走边说：“没人欺负我。倒是你，来这么久了也不带我去你家田地里转转。”

“这有什么好看的。”话虽然这样说，但他还是小手一挥，吆喝了一声，“小黄小黑小白！”

几只小奶狗从院子四周蹿了出来，围着两人，就连那只大白鹅也一摇一摆地走过来歪着脑袋瞪着豌豆大的黑眼睛看着他们，大白狗摇着尾巴，一扭一扭地走过来站在旁边，这儿看看那儿看看。

小朋友往前一扬手，喊：“出发！”

盛夏阴天的山村田野间出现了这样一幕——

一个小朋友在前面四处指着，给他身后穿雾青色长风衣的女子介绍着什么。

在女子身后，跟了一只四处蹦跶的棕色小奶狗，它旁边的是小白奶狗，两小只四处嬉戏打闹。它们身后，一只全黑的小狗崽走几步停一会儿，闭着眼睛似乎在打盹，直到被后面的狗妈妈拱了一下，才睁开眼走几步，小小年纪活得像个老者似的。

狗妈妈后面是大白鹅，它走路永远是一摇一摆的，偶尔“嘎”一声。

玉米树上的玉米又冒出粉紫的胡须，黄豆开出黄色细小的花瓣，池塘里的水葫芦成了一片紫色的花海。

田地间除了夏蝉在鸣唱，几只山雀掠过庄稼，就只有小朋友说话的声音。

这片田野在四周墨绿山川的包围下，显得安静又美好。

第七章 / 使命必达

他是默默无闻又顶天立地的英雄

付杨是傍晚的时候回来的，和那次巡山回来时一样。

唯一不同的是，这次他的左手是吊着绷带的，车子是小东帮忙开上来的。

小东进了院子喊了声“表姨，表姨爹”，几人闻声出来接人，见到孔漫小东还惊了一下。

李兰把小东带去客厅喝水，孔漫则带着付杨上楼换衣服。他身上的衣服已经脏得不成样子，手指指甲缝里都是泥土和树皮屑。

孔漫帮他换衣服的时候，能明显感觉出来他的情绪有点低落。

将脏衣服丢进门口的纸箱里，她走过去弯腰捧起他的脸，周正的脸上也有几道划痕，嘴角都是半肿着，紫青一片。

按理来说她该心疼他的，只是看到他漆黑的眼眸和如此神态，倒叫她一下子忍不住笑出了声。

付杨皱了一下眉头，不满地瞅她一眼，右手单手拉过她的腰，埋头在她腹部。

孔漫安慰似的拍拍他脑袋，让他抱了一会儿，就推着他去洗漱。即使她很想问这几天发生了什么，但看现在这情况，也不急于一时。

付杨去洗澡还是她帮的忙，他左手吊着，右手上也有伤痕，怎么洗都不方便。

洗完澡出来，付杨躺在沙发上，孔漫拿吹风机给他慢慢地吹着头发，男人的寸头很好吹，两三分钟就吹干了。

她将吹风机放好，被付杨拉过去抱着。

他抱着她也不说话，她也没出声，静静地摸着他脑袋，当作安慰，直到李兰叫他们下去吃饭。

吃完晚饭，天色已近黄昏。

小东吃完饭就跑了，说蹭车回镇上。

付杨拉着孔漫顺着院子外边的村路一直走着，走得不快，更像是饭后出来散步一样。

一路他都没怎么说话，绕了几个弯，拉着她路过埂山地，来到一处满是草坪的小山坡。山坡后面是一林芭蕉树，晚风吹起，摇动着宽大的芭蕉叶。

付杨扯了一片芭蕉叶铺在地上，拉着孔漫坐在草坪上。

天色渐渐暗了下来，黑暗里，远处半山腰的多西镇开始亮起灯光，连接多西镇的四级柏油公路边上的路灯也一个接着一个亮起来。

从这个位置看下去，公路就像是藏在山间的一条巨龙。

“我们又失职了……”

孔漫转头看向付杨，但是黑夜来临，已经看不清他脸上的神情，她只得伸手过去拉住他，轻轻问道：“砍了很多吗？”

“嗯，他们不仅仅是偷伐。”顿了一下，付杨艰难开口，“他们还猎杀野生动物。锁阳山唯一一窝穿山甲，现在只剩一只幼崽了。”

他说着，握紧孔漫的手，停了好一会儿又说：“那窝穿山甲一开始其实不是生活在锁阳山的，它们本来生活在腹地内的原始森林里，上次我们进腹地巡山的时候遇到了，那时候它怀着孕，肚子鼓得很大，我们想着给它移出来一些，也能方便照顾它们。”

他放开孔漫的手，懊恼地抓了把脑袋：“哪知道……哪知道，反而是害了它们……”

他整个人低落极了，还没从自责里走出来，总觉得是自己当初把穿山甲移出来从而给它们带来了灾难。

孔漫看他一直沉浸在低落的情绪里，干脆起身，跨过他，在他腿上坐了下来。

付杨愣了一下，忙坐稳身子，右手环着她的腰。

孔漫伸手捧着他的脸，摩挲着他的脸颊，轻声说：“这不是你的错，这是坏人的恶。

“我们不应该为坏人做下的恶事买单，坏人的恶凭什么要我们买单呢？

“而且，如果不是他们贪心不足，那你的做法是正确的，你在守护着这片山林的草木和野生动物，你做到了。”

付杨喃喃自语：“我没做错吗？”

“没有。”孔漫很肯定地告诉他，“如果没有这一起偷伐，穿山甲现在还好好地活在山里。往后你们偶尔去巡山会遇到，小穿山甲也会慢慢成长，它们会在这片哀牢山里生存下去。

“如果没有偷伐，换不换山都影响不到它们的生存。再说，我相信你在换的时候绝对有为它们考虑过，经过所长同意才会换的。”

付杨接话：“是，我考虑过的，之前那座山里肉食野生动物太多，好不容易在这片保护区发现了穿山甲，我们都怕……但是现在想想，我宁愿它们是在大自然的弱肉强食下死去，而不是进了偷猎者的口袋，让他们拿着换来的资金逍遥自在。”

孔漫疑惑：“那些人没有全部被抓起来吗？”

付杨摇头，说：“有三个在猎杀穿山甲的时候被我们逮上，另一个留在偷伐地，发现不对劲就往上阳县那边跑了，这边的派出所已经和那头的警察联系上了，估计明后天鹿城森林消防就会过来。

“他们真的很残忍，穿山甲母亲直接原地被扒了壳，那一地血淋淋的鳞甲，现在想起来我还是觉得难过。”

孔漫碰了碰他左手的绷带：“那这个呢？怎么受伤的？”

“他们去抓穿山甲的时候带了电锯，我躲避的时候磕到了岩石上。”

“和他们打起来了？”

“那当然。派出所的李民把他们的电锯用电棒击掉之后，我们一起扑上去和他们打起来了，直把他们打得求爷爷告奶奶的。只是可惜跑了一个，我和小平追了好几座山都没追上，可恶！”

孔漫安慰他：“没事，现在周边的派出所应该都接到通知了，只要他一出现立马就会落网，躲山里也不行，森林消防一来，就是躲山沟沟也给他揪出来。”

付杨靠在孔漫怀里，闷闷不乐，过一会儿才说：“哀牢山已经有八九年没人来盗伐和盗猎了。

“其实十年前林业所的所长还不是永林叔，而是永林叔的哥哥永军叔。但是他的腿在十年前和那波盗伐者拼斗的时候，被他们用电锯弄伤，成了残疾，他才从林业所退出来了。那时候还有一个护林员，是鹿城来的，人家还是来搞植物研究的呢，被盗伐的拿猎枪打伤了左眼，听说回去后连研究都搞不了了。”

孔漫后知后觉地反应过来，和偷伐、盗猎者对上的危险程度有多么大，付杨这次能安全回来真的是万幸中的万幸了。

她问：“这次除了你还有人受伤吗？”

付杨想了想，一个一个说：“小平被他们揍得有点惨，夏军被当头打了一棒，还有两个派出所的警察也多多少少受了点伤。严重一点的是永林叔，被砍了一刀，当天就送到鹿城人民医院了。还好国家现在对热工具管制严格，他们手里只有冷工具，不然铁定还有更多人受伤。”

他叹了一口气：“基站得赶紧建起来，不然我们永远不知道下一次面临的是什么样的偷伐和盗猎。”

孔漫摸摸他的脑袋：“你们是不是还救回来了一只穿山甲幼崽？”

“嗯……现在养在林业所，过两天西南动物研究所那边会来人带它走。”

“也好。”她低头，亲亲他，“不要自责，你没有做错，错的是坏人。我们不该为坏人做下的错事买单，只当这是一次教训，明白吗？”

付杨埋头在她怀里，没有出声。

他们回去时院子里安安静静的，老人家睡得都早。

孔漫拿出手机一看时间，十点多了，两人进去也就没开客厅的灯，而是拐去洗手间洗漱。

男人洗脸刷牙都很快，孔漫还在漱口的时候，付杨就过来抱着她。

他现在只能用一只手勾着她的腰，但他把身子贴了过去，张口咬在白皙的脖颈上。

“嘶！”孔漫扭头瞪了他一眼，刚放好漱口杯，她就被他抓住用力一扯，扑进他怀里。

付杨低头要亲她，她扭了下躲开，盯着他，眼神往楼上示意：上去。

付杨拽着她就往楼上走去，出去前她还不忘把洗手间的灯给关了。

进了房间，踢上门的同时，付杨掐着孔漫的腰拉近自己，低头狠狠亲下去，跟他往常的温柔相差甚远。

孔漫被卡在门和他中间，只觉空气都好像要被他抽干，她喘息出声，唤他的名字："付杨……"

夜深人静，屋里春意融融。

孔漫是被院子里的热闹吵醒的，身上有条手臂压着她，她转头去看付杨。

他的睡颜是有些疲惫的，嘴角还青紫着，左肩膀上一片青紫，像是被棍子抽了一道。

这些伤口昨晚她都没注意到，他也不说，就这么过来了。

孔漫抿着唇轻轻起身，将付杨的胳膊拿开，塞了枕头进去，他一把环住，蹭了蹭。

她瞧着他这个样子，又忍不住弯了下嘴角，捡起衣服披上，出去换了个房间换身衣服。

这一天付家的午饭吃得有点晚。

平时十点左右就吃了，今天还是因为等付杨，他一直睡到十一点半才起。但尽管如此，也没有饿到其他人，随便一个饭团配一截烤熟的腊肠都能垫肚子。

等吃完午饭，孔漫问李兰有没有跌打损伤的药酒，她说有，又问拿药酒干什么。

孔漫说给付杨用，李兰跟付父一听，转去客厅看付杨，随后忙按着他在沙发上躺好。

付杨父亲更是使出全力来帮他推拿。药酒是农村自家泡的跌打损伤的药酒，得用很大的力去推拿，付杨父亲又是常年干活的，那手劲将付杨按得眼泪花直冒。

孔漫在一旁看着不忍心，坐过去拉着他的手。

付杨一开始还规规矩矩地拉着她的手，直到后面疼得忍不住，一转头埋进孔漫腹前。

李兰看得直嫌弃，又乐呵呵地跟孔漫说不要惯着他，都多大的人了。

付杨是个在家待不住的，下午的时候就要拉着孔漫回镇上，气得李兰差点拿扫帚打他，还是孔漫说下次再回来陪陪他们的时候，李兰才消气。

她砍了些腊肉、火腿，还拿了些菜地里现摘的蔬菜，装了自制的酸菜、乳腐给他们打包好让他们带着去镇上吃，临走前，又塞了个红包到孔漫兜里。

后来孔漫打开看过，是九百九十九元。

她把这事说给付杨听，还想把红包还给他。

付杨怎么可能乐意，为此还闷闷不乐了一番。

回镇上的车是孔漫开的，她没怎么开过山路，所以开得很谨慎。

开出院子，又顺着村里的公路往下开去，最终开上柏油公路，拐了一个弯之后，孔漫立马急刹车，又倒车往路边退去，靠边停车，同时打开双闪。

前方的路中央有一根很粗的泱木横在那里。

付杨下车去查看，也不知道是哪个缺德鬼在山路弯道上放这玩意儿，一个搞不好会出人命的！

付杨蹲下去，打算挪动泱木，后方突然蹿出来一个黑衣男人，手里提着一根粗长的木棍，手一扬起，就朝付杨劈下去。

“小心后面！”孔漫在车里看得心头一颤，趴在车窗上大喊。

付杨立马侧身一滚，避开了这一棍。男人挥着木棍又连续往下劈，付杨左手不方便，身边又没有工具，只得谨慎避开。

这男人就是偷逃走的那个，还以为他跑到上阳县去了，哪知道躲在这里要报仇。

孔漫摸出手机就要报警，但一想到这是山区，调来调去麻烦，立马打给阿桃，让她赶紧给多西镇派出所报警。

阿桃一挂电话就给派出所的熟人打去电话，不过两三分钟，多西镇派出所立马出警，往这条路赶来。

前方付杨一直在避让，腿上也被打了一棍，孔漫抿紧嘴唇。

那男人挥着木棍，渐渐有点力竭，速度也不快了。他再一次挥棍劈过来的时候，付杨瞅准时机，横踢一脚踹在男人手腕上。

男人手腕剧震，棍子“哐噹”一声掉在地上。

付杨立即冲过去，跳跃起一个回旋踢，直扫男人脖颈，一脚把男人撂倒在地上。

一踢即中，付杨后退几步缓了口气，走过去。

男人倒在地上，看见他过来，就地灵敏一滚，一个扫腿直击付杨下盘。

付杨快速跃起，那男人第二条腿也扫过来了，他只好右手肘屈起连人砸下去，直击男人太阳穴。

那男人被付杨砸得眼珠直翻，但还是死命挣扎，付杨用身体压制着男人，右手使了狠劲捏住男人的手腕反向一扭，“咔嚓”一声，男人“啊啊啊啊”大喊，付杨趁机一脚踹在男人喉咙上，硬生生把人踹出去一截，趴在地上咳着。

付杨见状，立马起身。

孔漫喊：“接着！”

付杨敏锐地往右侧转身伸手，一根木棍被他稳稳接住。

孔漫丢给他木棍之后立马跑回皮卡车。

付杨拿着木棍在手里转了转，见孔漫跑回车里，拿手背一抹鼻子，往男人那儿走去。

男人咳着，撑着地往后退。

付杨迅速后退几步，扬起木棍，一个狠劲劈下去直砸男人的肩膀和身体，男人被打得“哇哇”大叫。

打了几棍后，付杨丢了棍子，一把揪住男人的衣领拖着他往路边走去。路下面就是陡峭的悬崖，直到崖底的垂直陡坡，能看见底下缓缓流动的江水。

付杨把他半个身子拖到路外，压着他后半截腿，问他：“你不是喜欢来这深山老林里吗？下去行不行？”

男人头垂在路边的岩石前，一晃一晃的，岩石也是光溜溜的，抓也抓不住，风从江底吹上来直凉人心。

他是真的被吓怕了，一个劲儿喊：“兄弟，小兄弟，我再也不敢来了，你放过我！”

付杨晃了他一下。

“啊啊啊！别别别！”男人头垂挂在山崖边上，鼻涕眼泪直流，想抓在岩石上，又抓不稳滑了下去。

“我倒是想放过你，可你们有放过这里的野生动物吗？”

男人委屈：“我又没有跟着他们去。”

“你还有理了！”

“啊啊啊！别别！”

付杨屈腿压着他，抬头看向皮卡车。

孔漫问：“要什么？”

“麻绳，就在走后座底下。”

孔漫打开车门到后座翻了一下，拿出一捆麻绳抱着过来给付杨，两人合力把男人捆了个严严实实，放在路边。

付杨一屁股坐在柏油路边，转头就看见那根横在路中央的粗木，一时间心气又不顺了，提起男人的衣领迎面给了他一拳，直把男人打得又蒙又吐血。

他指着那根粗木：“你就为了报复我，敢这样在弯道上放东西，你要害死多少人？嗯？”

男人扭动着，怕付杨再来一拳，立马解释：“我也是看见你的车下来才临时放的。”

没办法，兄弟们都被逮了，他也知道自己逃不了了，干脆躲在多西镇西出口，盯了一天，其他人都没出镇，只有这个护林员出来了，于是他就跟着来到这个路口，不敢再跟着上去，就一直等待机会。

刚才看到上头盘山公路上下来的白色越野皮卡车，他临时起意，死也要拉着他们其中一个。

付杨气得还想再来一拳，要不是孔漫开车慢又谨慎，他们今天晚上说不定就躺江底了。

他摸出手机要打电话，孔漫阻止他，说：“我刚刚给阿桃打过，让她给你们这边的派出所打电话了，应该马上就到了。”

付杨停住，远处的山路上刚好传来警鸣声，他看了一眼，起身拉过孔漫狠狠亲了一口，说：“好姑娘！”

多西镇派出所的警察很快就到了。

他们拖起被捆得严实的偷伐者，挪走泱木，又在周围搜了一圈，搜出一辆破旧摩托车，合力放在付杨皮卡车车厢上后，就带着他们回派出所去做笔录，再去卫生院做伤口采集。

这时已经是傍晚了，卫生院里是谢婉清值班。

她看着重伤的付杨，什么话也说不出，只是低头沉默地给他上药包扎。

孔漫在她转身的时候看见她眼眶都红了，半晌无言，伸手掏了掏付杨口袋。

“怎么了？”

孔漫皱眉：“怎么什么都没有？”

付杨好笑：“我这几天都在山里，能有什么啊。”

孔漫看向他，有点说不清道不明的烦躁。

他无奈，用右手捧着她的脸，靠近她，低头亲了一口，轻声问：“这是怎么了？谁惹你了不成？这么不高兴？”

孔漫撇撇嘴，盯着他的脸看了一圈，喃喃自语：“又不是多帅的人，怎么这么招人惦记呢？”

付杨一头问号。

孔漫靠在他身上，问：“包扎好了？”

付杨环着她的腰，瞅了一眼，说：“应该还得拿点内服的消炎药之类的。”

谢婉清拿着药正要进门，看见室内的情况立马停住脚步，靠在走廊的墙上，手紧紧地抵住胸口，突然间就泪流满面，又怕同事看见，立马擦干眼泪。

缓了一会儿，她最终还是没法面对这过于残酷的事实，只能把药交给护士，然后逃回了办公室。

不是不知道他有了女朋友。平时也偶尔会听周边的人提起过，可是她总是要自欺欺人。因为她觉得他们不会长久，身份、地位，还有相隔的距离，这一切的一切，都注定他们是没有结局的。

但是亲眼见到他们相爱的样子，她还是觉得意难平。

她爱了他整整十年，人的一生又能有多少个十年呢？

她见证了他每一段时期的成长：高中时意气风发的少年，大学时神采奕奕的学长，当兵时硬朗强健的蜕变，建立工程队的落魄与狼狈，再到如今的成熟稳重。

他的每一段时光都有她，但每一段时光都不属于她。

她不是没想过放弃，可是一见到他，就什么都控制不住了。

这十年来，他的存在成了她的方向——高中时她努力学习考到他想去的北方；大学时努力学医只是因为他说过要做一个对社会有用的人。

后来，同学聚会上相遇，听说他还是单身一人，她放弃了继续读研，回到云南，又转到这偏僻的乡下，一待就是两年。

只是因为这片土地上有他。

她能近距离看见他，能在他落魄时陪一陪他，即使知道他并不在意，但她也满足于这种在同一片天空下呼吸着同一片空气的开心。

她特别想他的时候会站在荜拔山脚，望着那一片被他守护着的墨绿山林，感受着从他在的方向吹来的山风，踏着他修好的公路，期待着能在半路相遇一次。

她不是没想过坦白，只是又怕成了绝路。

他迟早会结婚。她只是在等，等一个他向父母妥协的时候，也许那时候她就会有那么一丁点的机会。

就在今年过年时她还心存一丝侥幸，他们以后能永远在一起，因为他的亲戚已经在打听她了。

三月份，她一直陆陆续续在做梦，梦见她披着红盖头嫁给了他。

可现在她才知道，梦都是反的，侥幸成了残忍。

她听见他们走出卫生院的声音，从窗户看出去，能看到他们停在车前，他温柔地单手拥着女人说话。

他有爱人了。

眼泪不争气地滑落。这个办公室还是她刚来的时候和内科的李医生换的，为的就是他来时她能第一眼看到他，他走时能目送离开。

心如刀绞，每一眼此时都成了利剑直插心里。谢婉清转回头，擦干眼泪，端起水杯，才发现水杯里有波纹。

噢，原来是自己的手在抖，医生的手不应该抖的啊。她放下水杯，左手捏住右手，想要止住颤抖。

原来这世间，不是所有的念念不忘都会有回响。

还有的是执迷不悟，和一无所得。

离开卫生院后，付杨带着孔漫直奔镇上的驴肉饭馆，阿桃和程磊早就在那儿等着了。

他们才进去，孔漫就被阿桃拉过去细细打量了一圈，见她身上确实没有伤口才放心。

程磊和付杨就着这次罕见的偷伐和盗猎好好探讨了一番，付杨顺便让程磊也帮忙催一催基站建设的速度。

菜一个一个端上来，几人边吃边聊。

“对了漫漫姐，我发给你一个链接，你点进去填一下个人资料。”阿桃说着，在手机上捣鼓了一会儿，看向孔漫。

孔漫拿出手机，打开阿桃发过来的链接，是西部教育扶贫基金会的秋季支教志愿者报名。

孔漫问：“志愿者？”

阿桃解释：“上一次也是这个。每次志愿支教时间一般为两到三个月，下学期的要重新报名。”

孔漫点点头，填写个人资料。

吃完晚饭两人才回去小楼。付杨腿上下午又添了一道新伤，在卫生院没弄，只开了瓶云南喷雾。

回小楼洗了澡之后，孔漫拿着喷雾摇了摇，让他躺好。

付杨穿着灰色大短裤，裤腿撩上去后，一条青紫色的肿痕覆在大腿上。

她爬上去跪坐在旁边，拿喷雾喷了一道，喷均匀了，又放下喷雾，开始由轻到重地给他推拿着。

因为喷了药雾，导致一整个被窝都是云南白药的味道。

孔漫皱了皱鼻子，爬起来要换地方睡。付杨却一把搂住她，按在怀里，怎么也不放，还说有难同当。

第二天一早，孔漫想去林业所看看被救下来的穿山甲幼崽。

付杨带着她过去，她临走前把相机也给带上了。

林业所里，小平脸都是肿着的，倒显得他的脸又圆又方的了，嘴角、眼角、脖颈、手臂上也都是青紫一片，左半边眼睁都睁不开。

孔漫看着，不忍心极了，将手里的补品递给他。

夏军则在他自己的宿舍躺着，头部包着纱布，有轻微的脑震荡，里面有他妈妈在照顾着，孔漫提了点儿水果进去看望。

征得他们同意后，她给他们都拍了照片，尤其伤口部位拍了特写。

出来后，小平指了指林业所旁边的一片草地，跟孔漫说：“孔老师，穿山甲幼崽养在那边。”

孔漫道了声谢，又说：“辛苦你们了。”

小平腼腆一笑，摇着头说：“我们的职责所在。”

付杨带着孔漫过去。

林业所的这片草地之前还是前所长拿来种菜的，他退休之后就荒了起来，后来被种上很多的线草，又栽上了几株山茶花和一丛月季。

此时小穿山甲幼崽正趴在月季下面的一根柴木上。

小小的，灰粉灰粉的一小只，身上的鳞甲还没完全长坚硬，只有一片片的雏形。尾巴耷拉在地上，双爪双脚抱着柴木，爪子上还有细细的爪尖。鼻尖突出来，偶尔伸出细长的粉色舌头一动一动。

孔漫端着相机照了几张。

林业所出来一个女人，穿着迷彩服，手里拿着一个奶瓶，看见他们在院子里，喊了一声：“哎，付杨你回来了？”

普通话很标准。

付杨点头应了一声。那女人过来和他们蹲在一起，跟孔漫打了声招呼：“孔老师。”

孔漫愣了一下，点点头，回：“你好。”

付杨在旁边介绍：“这是我们哀牢山动植物研究专家，李萍老师。”

李萍笑了，摆摆手说：“什么专家不专家的，也就瞎研究而已。”

她转头把奶瓶递给孔漫，说：“孔老师要不要喂喂穿山甲崽崽？”

孔漫接过奶瓶，迟疑地问：“这是哺乳动物？”

“是啊。”李萍笑着回。

孔漫蹲着往前挪了几步，将奶瓶递到穿山甲幼崽的鼻尖，小穿山甲嗅了嗅，细长的舌头卷着奶嘴吸到嘴里，一动一动地嘬着奶水。

李萍又拿了块带着粗糙树皮的松木放到山茶花树下，等小穿山甲喝饱肚子，她拿手捏着穿山甲的背部快速放到松木上，小穿山甲一抱上松木，就紧紧贴着松木闭上眼睛。

李萍退回草坪外，跟孔漫简单介绍：“因为穿山甲之前还在野外的时候，总爱趴在妈妈的背上或者是尾巴上，这样它会有安全感。”

孔漫点点头，看着小穿山甲那细长的舌头，说：“它舌头好长啊！”

李萍解释：“穿山甲的舌头都很长。幼年穿山甲的舌头长度一般在七八寸左右，成年穿山甲的舌头能到达二十寸左右。它们的舌头是长于腹部的，舌头上的黏性非常强，用于从土中收集食物。等它再大一些，不喝奶了就会自己去土里找食物了，通常是蚂蚁和一些埋在土中的蛹类。”

孔漫又点头，把这些记下来。

到中午的时候，他们告别林业所的工作人员，去餐馆吃了午饭回去小楼。

小楼里，小东正在收拾东西。他要去玉溪帮老杨的忙了，付杨留在大厅和他说话。

孔漫回去后，把笔记本和相机一一搬到小院的青树下，写写记记。

过了一会儿，小东进来和孔漫打招呼，说自己要走了。孔漫点头，让他一路小心。

小东回了一句就出去了，片刻后，楼前的面包车响起。

小东走后，付杨在楼上不知捣鼓些什么，过了片刻，端着一壶茶水下来，还拿着两个杯子，在孔漫旁边坐下后，倒了杯茶水给她。

孔漫喝了一口，有股糯糯的香味，问：“这是什么茶？”

付杨靠着椅子喝着茶，吹着风，回她：“老树普洱茶。”

“这就是你们云南特有的普洱茶？”她说着又多喝了几口。

入口糯香，之后有甘甜回味。

付杨笑：“我们云南可不止普洱茶，还有绿茶、红茶、紫压茶和深山老树茶，好几种呢，只不过是普洱最出名。”

孔漫倒了一杯，问：“你喝过哪几种？”

付杨慢悠悠回：“都喝过啊，尤其普洱和绿茶，年年喝，还只喝清明雨前的，雨后基本没喝过。”

孔漫瞅着付杨，不太相信。

中国的好茶叶有多贵，就是她这个只喝咖啡的人都有所耳闻。

付杨扬眉：“谁叫我家有一块茶场呢。”

孔漫瞥向他：“真有？”

付杨点头：“茶树长在高处，等有时间带你去看看。我家的茶地百分之九十是绿茶，混了百分之十的普洱。”

啧……土豪啊！她问：“那你会烤茶吗？”

付杨摸摸鼻子，说：“早些时候会，只是这几年忙了，应该掌握不了火候了。”他又接了一句，“不过我爹妈倒是会。”

孔漫喝了几口，又想起来问：“你们有那么多茶叶为什么不往外销呢？”

付杨叹气：“没有销路啊。镇上最大的销路就是烟草和核桃，其余的销路都很难打开。再说我们这边的茶叶始终比不上普洱那边的，一般都是农村里自家摘自家喝。”

“每家每户都有吗？”

“差不多吧。”

“一家人应该也喝不了多少吧？”

“一年能喝个几公斤左右。”

“那喝不完的呢？”

“扔了吧，反正是不喝旧茶叶，清明前采不完的，清明后去采了也会扔了，以防茶树长老了。”

半晌，孔漫骂了一句：“土匪，暴殄天物！”

付杨摸摸头皮，笑着承认了。

喝完茶，孔漫又开始编辑文字。之前大部分都是关于护林，关于这片保护区的，这次是关于保护野生动物，关于盗猎。

付杨坐在她旁边看她写文章，看她分类照片。

想了想，他低头把手机翻出来，调开相册放到她手边，说：“这有几张被伐木后的照片和视频，你要不要看看？”

“嗯？”孔漫眼睛盯着屏幕，应了一声，打了好几行才反应回来，她推了推眼镜转头看了一眼付杨，再拿过他的手机，又递给他。

付杨按着拇指解锁，放下来的手伸过去轻轻捏了一把孔漫的腰，再环过去搂着，跟着她看向相册。

相册里最新照片一点开，就是一片被砍了松树的木桩，地上还有一片又一片绿油油的松枝和松毛叶。照片是从下往上拍的，直到照片顶端，那片被砍伐的松木还是没有尽头。

第二张是往下拍的，一道野草树叶被压糟压烂，是开辟出来的滑坡，应该是偷伐者把松木往下运送时弄出来的。

其他照片都是被砍伐的松木，东南西北四个方向的。再后面一张就是付杨说的，穿山甲妈妈被扒鳞甲的照片。

一片乱麻麻的野草和土地上，到处都是血淋淋的，那一片片一堆堆的鳞甲，鳞甲根部还带着血肉。可想而知穿山甲妈妈在和盗猎者搏斗的时候有多惨烈。

相册里有两个视频，一个是松木被砍伐之后的荒山，一个就是猎杀穿山甲的地点。

视频和照片一起，看了难免令人带着难过和压抑。

孔漫想起了上午去看的那只小穿山甲幼崽，一瞬间点着照片的手指都有点儿发抖。

这些恶毒的盗猎者和偷伐者。

付杨手覆过去盖在孔漫的手上，将她的手连带手机都握在掌心，传了点儿温度给她。

孔漫靠着他，轻声说："我能理解你了，付杨。"

"早一点看到这些，昨天我就也上去给那盗猎的来几拳了。"她又问，"他们能判几年？"

付杨想了一会儿，说："十年以下吧。"

孔漫有点不敢相信，反问他："他们做了这么多恶才十年？偷伐树木，盗猎穿山甲，哦，还有打伤执法人员，也才十年吗？"

付杨点头，沉默了一阵，说："如果他们再请个律师，那估计会更少。"

"因为之前的盗伐者就是这样的。他们即使偷伐了林木，还锯断了永军所长的腿，打伤研究员的眼，最终也只是坐了七年牢，交了点儿罚款……现在还不知道在哪儿逍遥法外呢。"

孔漫："真可恶啊，这些人。"

付杨看着她被气得咬牙切齿的样子，忽然就笑了，额头抵着她。

神明偏爱，他的爱人是这样柔软善良。

孔漫指着他，有点气："你还笑？"

付杨亲了亲她的手指，说："外面的世界如何坏我管不到。我只能说，我这一生会尽我最大的努力来守护这片山林。与所有盗猎盗伐和破坏山林的恶者拼斗，这估计就是我们作为林业人的使命。”

孔漫看着他脸上的坚决，听着他声音里的果敢，这一瞬间，她觉得老天对自己还是不薄的。她这一生碌碌无为，却遇见了这样一个默默无闻又顶天立地的英雄。

是的，就是英雄。

这个普通得不能再普通，平凡得不能再平凡的男人就是英雄，不为外人所知的英雄。

他属于这个国家，属于这片山林，在这有限的时光里，也属于她。

她想着，孔漫，能遇见他，你真是三生有幸呢。

孔漫转身，拿起笔记本编辑文字。

偷伐和盗猎永远不会消失，为了钱财，无数人踏上这条路。

付杨他们能做到的就是与之拼斗，保护山林，保护野生动物。而她能尽的绵薄之力就是大力去宣传，让更多的人知道，让更多的人能杜绝食用野生动物。

孔漫将付杨的手机蓝牙打开，连接上电脑，把照片和视频都传了过来。

传到半晌，微信响了一声，她习惯性转头看手机。微信小绿 logo 显示在屏幕最上端，最新信息——

【谢婉清：阿杨，明天早上我要调回鹿城了，你能……】

孔漫挑了下眉，瞥了一眼，指尖速度慢下来，一点一点地点着键盘。

看着她的反应，某人嘴角疯狂上扬，手从她胳膊下伸过去，当着她的面乖乖把微信点开。

【谢婉清：阿杨，明天早上我要调回鹿城了，你能不能来送我一下？】

付杨点出键盘，输入：【恭喜啊，终于调回城里了。明早几点？】

孔漫心道，当真是杀人诛心。

好半晌，那边才回：【九点。】

付杨回了个“好”，回完习惯性把页面调回微信主页面。然后孔漫就看到男人的置顶——阿宝，头像是……她把自己的微信打开，头像就是自己那个。

是上次在苹拔山顶他端着相机照的，云海背景，朝阳高升，雄鹰展翅，墨绿山川衬托着的，笑得明艳的女人。

还阿宝呢，这人真是……孔漫在他红着耳尖的注视下，把他的备注改成“阿杨”，随后置顶。

男人在夕阳照射下，咧嘴笑得开心，大白牙晃眼得很。

孔漫翻了个白眼，弯起唇角放下手机，继续敲着键盘。

晚间要睡觉前，孔漫拿着喷雾给付杨推拿，推拿完手腕都酸透了，她揉着手腕甩了甩。

付杨一转身，拉着她到怀里，轻轻给她按摩着，心疼道：“下次还是去卫生院。”

孔漫靠在他怀里：“没事。”说着轻轻挣脱他按摩的右手，抬起来的瞬间被药味刺得皱起眉头，她推开付杨，下床找着拖鞋，“我得去洗个澡。”

付杨趴在床头，忽而伸手揉了一把她的脑袋：“去吧。”

她直起身看他，男人眼睛大而黑，盛满温柔，里面全是自己的倒影。

次日清晨，多西镇卫生院前。

白色皮卡车停在卫生院的门口时，谢婉清提着包站在门口和卫生院的同事们告别。

和往常的白大衣不同，她穿着一件纯色小衬衫，淡蓝色紧身牛仔裤，头发散下来，整个人清秀温婉，跟她名字相符。

见到白色皮卡车来了，她和最后一个李医生轻轻相拥，随后在大家的告别声中，走了几步站在卫生院门口的白色吉普越野车边等着。

那头，付杨下车走过来。

谢婉清调整情绪。她想，要离开了怎么说也得留下一个好印象。所有好的不好的，酸甜苦辣的，都会随着自己的离开而消散。

她扬起笑脸，正要讲话，白色皮卡车副驾驶上下来一个女人，她脸上的笑容凝住，半晌才重新调整。

“路上注意安全。”付杨说着抓抓头皮，多少觉得有点尴尬。

谢婉清点点头，想说什么，最终还是没法多讲什么。

站了几秒，她打开车门，上车。

是她妄想了。她原本想着要走了，能讨他一个拥抱，为这段无疾而终的过往画上一个句号。

为了想象中的拥抱，她在他来的时候把同事们都抱了一圈，可到头来也是一场空的铺垫啊。

白色越野吉普缓慢驶离卫生院，谢婉清在后视镜里看着那越来越远的身影，看着他旁边的那个女人，最后消失在后视镜里。

干干净净，一无所有。就像她的这十年。

开了几十分钟左右，在即将翻越一个弯道时，她把车靠边停了下来。

她下车，走到路边，远远眺望那藏在深山里的镇子，细细分辨着哪一栋是他的小楼，眼眶湿热，泪水无端滑落。

西南风吹起，像往常无数个日子一样，带着有他的气息迎面吹来，周围那一座座青翠山峰，都是他毕生在守护着的，甚至脚下的路，也是他修的……

从此以后，一别两宽，各生欢喜。

只是，还是很遗憾啊，喜欢了那么多年，却连一张合影都没有。

这一阵西南风，就当是最后的拥抱吧。

她插着兜，闭上眼睛，任凭山风过怀。

再见了。

谢婉清的离开并没有给他们的生活带来多大的波澜。

多西镇卫生院在第二天又迎来了一个新的外科医生。

转眼就到了老师收假的时间了。

收假那天，孔漫早早起来收拾完一切，阿桃开着车来到小楼下面，孔漫带上包下去。

付杨也跟在后面，他手上的绷带已经拆了，现在正在恢复阶段。

孔漫打开门上车，降下车窗，跟付杨挥挥手，车子就开了出去。

小学里比她们来得早的老师有一大批，大家都忙着打扫收拾办公室，花了一上午时间，办公室恢复干净明亮后，她们又约着一起去教师食堂吃饭。

吃饭的时候，孔漫和阿桃坐在一桌，学校的校长端着饭菜在她们旁边坐下，吃了几口跟阿桃开口问道：“阿桃啊，你们镇政府上的宿舍还有空着的吗？”

孔漫和阿桃都停下，看向边校长。

边校长年纪其实不怎么大，听说刚过四十，但是他两鬓已经有了很多的白发，脸上也有很多皱纹，皮肤黝黑，嘴角还有很深的法令纹，使得他平时即使不说话也显得很严肃。

他是多西镇本地的老师，大学毕业回来在这里一教书就是二十年，为这深山的教育付出了很多汗水，操了半辈子的心。

边校长不好意思地笑笑，说："这个学期到我们学校的支教老师有点多，四个呢，还没算上孔老师。这不，一下子宿舍就不够了，还有两个女老师没地方住，我就问问你们那边还有没有宿舍。"

孔漫和阿桃对视一眼，阿桃对边校长说："校长，她们要什么时候到？"

"明天下午就到了。"边校长回。

阿桃点点头又说："那不用找了，我跟孔老师搬回去就行了，空出来那间刚好够两个女老师。"

"啊……这，孔老师也跟着搬吗？"

孔漫点头说："是的校长，我有住的地方。两个支教老师大老远来到这里就不要折腾她们了。"

"那好，那好，就是麻烦你们了。"

阿桃笑着说："校长你咋还这么客气，直接说一声就得了。"

吃过午饭，下午备了会儿课，孔漫和阿桃就回宿舍搬东西去了。

阿桃的东西不怎么多，一个行李箱一个行李袋就装好了。

孔漫的东西就有点多，收拾了快一个下午，最后全部打包放到车上。

孔漫没有跟着阿桃去镇政府宿舍，而是将东西都拉到了小楼。

付杨帮忙搬东西的时候乐极了，屁颠屁颠地跑上跑下。

第二天下午三点左右，一辆五菱面包车开进小学，车上下来四个白嫩嫩的年轻男女。

这次来支教的刚好是两男两女，四个都是大四学生，来自中国五湖四海。

校长带着老师欢迎他们的到来。

日子过得很快，转眼学生们也都开学了。

原先的五年级都升为六年级了，原本的五年级组的老师除了个别外，基本也都跟着升了。

新来支教的老师任课的是英语、音乐、美术和体育，他们都是孩子脾性，很快就和学生们打成一片。

开学之后，孔漫早上出门，一直到晚上才回来。而付杨闲了一段时间后，就开始开着车往家跑。

通常他都是跟着孔漫一起出门，晚上风尘仆仆回来，有时在她前，有时在她后。

他要是在孔漫之前回来，那么那天晚上就有一顿丰盛的晚餐。

要是在她之后回来，那天晚上两人就只能饱腹。没别的，孔漫不怎么会做饭，好好的食材到了她手里，味道都被她做得流失大半。

孔漫吃了几天自己做的饭后，不得不问付杨，这段时间早出晚归都在忙些什么。

付杨想说什么忍住了，最后只说是村里要新开一条路。

…………

他们的厨房食材永远不缺，而且还很丰富，在小楼吃饭的也就只有他们两个。

老四老五近段时间带着临时招的农民工在给达依村旁挖出来的那条新路铺水泥，忙得热火朝天。

小东和郝成功出去帮老杨就没回来过，听说那条路工程有点大。

李兰会在镇上赶街的时候，或者接送付亚鹏小朋友的时候，从家里搜刮一大堆吃的带着下来，偶尔会住上一天给他们做做饭。

日子过得平凡温馨而细水长流。

第八章 /此行归去

你来我热烈欢迎，你走我绝不相送

日升月落，夏去秋来。

转眼间，中秋节在大家的期盼下终于来临。

一大早，天刚蒙蒙亮，付杨就起来收拾东西，帐篷、渔具、野餐垫子，全部收拾完放在皮卡车的后车厢。随后他上楼，走进卧室里把窗帘稍微拉开一些，坐在床边低头喊床上的人。

孔漫其实早就醒了，在他收拾东西的时候，她只是想赖会儿床。

付杨低头叫她起床，一拉被子就对上一双清澈的眼睛。他低低一笑，弯起食指刮了刮她的鼻尖，嗓音也轻：“起来了，嗯？”

“嗯……”她哼了一声，伸出双臂圈上他的脖颈，吊在他身上。

付杨拿被子裹住她，抱着她坐起来，盯着看了会儿，凑过去亲亲，再拿过床头的衣服一件一件递给她穿起来。

孔漫刚进洗手间，楼下就响起了车声和阿桃的声音。

过了片刻，阿桃进了客厅，喊了声“漫漫姐”，听见她在洗手间回话，又转了出去，去厨房看付杨准备的出行食物。

孔漫洗完脸出来，做好护肤，涂好防晒，简易地化了个妆后，就转去厨房。

中秋节四人本来约好了自驾去大理丽江的，但是一看到网上说密密麻麻的游客都堵在高速公路上时，于是又转成去哀牢山的深山明珠——杜鹃湖游玩。

这地方外人不知，本地人去的也少，但是听说风景还不错。

厨房里有三个人，付杨和程磊在收拾着桌面上摆着的食物，阿桃坐在桌边吃着米线。

孔漫进去后，她抬手招了招，孔漫在她旁边坐下，付杨到灶台端了一碗出来放在桌面上，拿了双筷子递给她。

孔漫接过，慢悠悠吃起来，边吃边看他们收拾。

已经装好的被打包放在一边，他们此时正在收拾着紫米饭团、炸酱罐子、傣味手撕牛肉、炒熟的牛肉干巴、烤鸭、老坛腌菜等。地上有几兜食品口袋，孔漫瞄了一眼，是石榴、芒果、葡萄、黄瓜、李子和青苹果。青苹果是这里的特色老水果，苹果很小，但是很脆也很甜。

收拾完这些东西，两个大男人一趟就全提着下去了，只剩一小部分酱料。上来后，他们各端了碗米线在她们旁边吃起来。

出发的时候是九点左右。入了秋的云南，凌晨的霜降撒满枯草和树叶。

两辆车子顺着山道行驶。挨着公路边的是纯白的云雾，云雾顺着江流上空环绕着群山。从车窗看出去，就像一条白色巨龙，绕着山川往下游游去。

开了一个小时的公路，又绕了半个小时的山路，终于到达目的地。

几人下车，也不急着搬东西，而是围着湖漫步。走了一段路，俩男人拿着工具进了树林，剩下孔漫和阿桃在湖边眺望。

杜鹃湖属于高原深山小湖泊，也是哀牢山的绿色明珠，坐落在群山怀抱里，近处是清澈见底的湖水，远看成了碧青色的波光粼粼。

湖水映漾着山川，在太阳的照射下泛着水雾。湖边树枝草木垂下，坠落在水中央，随着微风摇曳起舞。四面的青山成了两色，不靠湖的山川是墨绿色，反而是东边靠着杜鹃湖的山川是一片橙黄秋色，满山林里，落叶随风四处飘扬。

湖中央靠着山的地方，有一根很粗的干木从山上倒下来插在水里，小松鼠在上面跳来跳去。

孔漫四处眺望着，被这秋日深山景色迷住，感受山风温柔吹拂着，飘来山林草木混合着野桂花的清香。

远处的湖边树木摇晃，忽然间跳出一只棕褐色的动物，外形跟鹿一样，但看着也不是鹿。它伸头喝了口水，敏锐地发现这地似乎有陌生来物，机警地一抬头，孔漫便和它大眼对小眼，它眼睛又大又圆还很黑。

孔漫连呼吸都慢了半拍，怕惊扰到它。但它还是一扭身，火速飞奔跳跃，“嗖”一下蹿入林间，消失不见了。

“妈耶！”阿桃大喘了口气，刚刚她都不敢呼吸了。

孔漫还看着那摇晃的树木，问阿桃：“那是什么动物？”

“麂子啦！好几年没见到了。”

孔漫扭头看她，还是不懂的样子。

“就是鹿的一种，麂子是最早最早的鹿。”

难怪看着像鹿。孔漫问：“这是几级保护动物？”

阿桃想了想，放弃：“一会儿等二哥回来问他，我也不知道。”

孔漫笑了笑，她也是因为来到这儿才养成了一看见野生动物，就想知道那是几级保护动物的习惯。

林间鸟儿叫声清脆，湖边开着一片片淡紫色的地丁花，一两只蝴蝶在飞来飞去。

这个风景倒是叫孔漫想起了四川的九寨沟——《神雕侠侣》的取景地。

杜鹃湖以前是哀牢山的天然水库，后来会改成杜鹃湖，是因为湖边四周长满了形形色色的杜鹃。要是春夏两季过来，漫山遍野都是杜鹃花，各色杜鹃争奇斗艳，极其好看。

付杨和程磊从林间拖了一截干树枝出来。

阿桃凑过去跟他们说刚刚看见了只麂子，又问付杨麂子属于国家几级保护动物。

付杨修着树枝，边修边回：“麂子分为好几类，我们这边的是野生小麂子，是国家三级保护动物。”

孔漫点了点头。

付杨把修好的木枝插到湖边，四人把东西搬下来，找了一棵大树，在下面铺好野餐垫，将食物都放上去。

两个男人搬着小马扎到湖边插着木枝的地方坐下来，戴起草帽，把鱼竿放了出去。

孔漫和阿桃没那个耐心，也晒得受不住，就回到大树下乘着凉，看着四周的风景，说说话。

“天！漫漫姐，你快看热搜！”

孔漫瞥了她一眼，阿桃急着催她：“你快看，是好事！”

“什么好事？”付杨走到她们旁边，拙出两瓶矿泉水，顺口问道。

阿桃挥挥手，没理付杨，把手机递给孔漫。

孔漫拿着手机，没着急看，反而对着付杨伸手。

付杨轻笑了一下，将手里的水递给她，顺带捏了一把她手心，随后重新抽出两瓶水到湖边去了。

孔漫把水递给阿桃一瓶，拧开喝了一口，将手机递给阿桃解锁后，一眼就看到飘在热搜第三的：《时尚天下杂志》总经理谈辉骗婚……

孔漫点开相关话题，阅读量达到两亿。

付杨把水递给程磊，到湖边坐下，拧开盖子喝了半瓶后，右眼皮开始一跳一跳，他揉了一把，想起刚刚阿桃说的好事，打开手机，登上好久没看的微博，点到热搜，一眼看到热搜第三。

营销号详细曝光了情况，从谈辉少年时开始——

《时尚天下杂志》总经理谈辉，在和影后李莉莉结婚之前，在老家就已经定好一门亲事，而且是已经办过酒席，只是没领证。

一年后女方怀孕，留在老家照顾父母，而他考到北京去了，就再没有回过老家，一直在北京上大学，两年后作为交换生去了法国。但本该一年后回国的他也没有回来，此后一直在法国。

再回国时，就是时尚集团收购合并《天下杂志》，他直接空降到刚整改的新部门——《时尚天下杂志》，主打时尚专访和明星活动采访，成了新部门的总经理。对外他一直以单身自居，人长得斯文，一副洁身自好的模样。在北京有别墅，开着奔驰 S，人称业内钻石王老五。

谈辉把自己隐藏得太好，什么时候结婚的一点都没暴露。直到孔漫出事那次，被他老婆——影后李莉莉曝光，网友才知道他结婚了。

现在又爆出他很早就结婚了，还有个八九岁大的孩子。

热搜里还有个匿名女士曝光了一年前和谈辉恋爱的经历。匿名者直呼恶心，明明自己就是在双方单身情况下光明正大谈恋爱的，现在却告诉她，她之前是第三者。她直言三观毁灭，对“渣男”有了新认知，对恋爱也有阴影了。

因为这个，热搜内还讨论到了孔漫，大众舆论又倒回来，跟她道歉的、调侃她的，什么人都有。

孔漫嘲讽地扯了扯唇角。

她最早入职的是《天下访谈》杂志社，干了两年，等时尚集团收购杂志社后，她受人推荐，不仅没被裁员，反而直升《时尚天下杂志》的责编。

她在《时尚天下杂志》一干就是四年多，勤勤恳恳跑娱乐圈和时尚圈，和高奢品牌方、经纪人、狗仔、艺人打交道，凭自己的努力，两年前升了主编。

如果没有一时兴起和谈辉交往，那么她的事业，应该是顺风顺水的。

“真是大快人心！斯文败类的东西！”阿桃哈哈笑了两声，解气极了。

她从孔漫手里拿过手机，翻看着下面的评论。热搜曝光速度很快，各大论坛、短视频 APP、头条等四处都开始讨论。

湖边垂钓处，程磊看着付杨的鱼竿在水中晃动，而那人却在呆呆看着手机，没半点反应，他不得不开口叫付杨：“二哥！”

但叫了都没反应，程磊叹气，又加大声音：“付杨！”

付杨回神，抬头看向程磊，程磊用下巴点点鱼竿。

付杨看过去愣了一下，放下手机，立即收线，钓了一条巴掌大的草鱼。

之后再放鱼竿，他就心不在焉了。

到了中午十二点左右，两个男人收竿回到大树下。

日头高照，紫外线射在皮肤上还是火辣辣的，坐在大树底下正好好乘凉。

孔漫和阿桃在看到他们收竿的时候，就把带来的食物一一拿出来放好，等他们俩过来，孔漫递了水给他们。

付杨在孔漫旁边坐下，她翻了一下，递给他一个紫米饭团。

付杨接过，撕开外面的保鲜膜，拿调羹舀了一勺酱，一手捏开饭团把酱涂了上去，随后递给她。

孔漫接过，一口咬下去，紫米的香甜和杂酱的麻辣浓香在口里蔓延，好吃到让她眯起眼睛，付杨笑着拿拇指抹了抹她嘴边沾上的酱。

阿桃在他们对面，看着两人自然亲密地投喂，再转头看了一眼自己的老公。

那人正一把撕开傣味手撕牛肉，往自己嘴里嗷呜一塞，再撕下一条，看见自个老婆看着自己，于是试探性递过去，在阿桃张嘴的时候，缩回手一把塞进自己嘴里。

“要死啊！”阿桃大吼一声，扑过去，掐着程磊脖子。

程磊立马投降，快速撕下一条牛肉塞进自个媳妇嘴里。

孔漫和付杨看着眼前打情骂俏的两人，相视一笑。

孔漫将吃了一半的饭团递给付杨，他抬头，一口全部咬下，边吃着饭团，边拿过一片手撕牛肉，一条一条撕下来，喂给孔漫，再自己吃。

阿桃噘着嘴，气呼呼地抱胸："我不高兴了！"

程磊认罪，拿筷子夹起麻辣牛肉干巴，递到她嘴边："老婆乖。"

阿桃咬下，就是不原谅。程磊为确保晚上不睡客厅，一个劲在旁边哄着。

孔漫笑眯眯地看着他俩，心情大好。

付杨在旁边看了几眼她的笑颜，想开口问点什么，最终还是卡在喉咙里张不了嘴，只能压在心里，沉甸甸的，像是一座大山。

他看向打打闹闹的夫妻俩，由衷地羡慕他们，却怎么也笑不出来。

吃完午餐，又吃了点水果，东西解决得差不多的时候，几人起身收拾东西打算回去。

杜鹃湖又陆陆续续来了几波游客。大多数也是带着老婆孩子一起来的，有在湖边搭帐篷的，也有像之前俩男人一样在湖边钓鱼的。

车子一前一后离开杜鹃湖，开向山道。

一路上走走停停，回到多西镇时也到了傍晚，四人找了家饭店吃了饭就各回各家。

网上谈辉的事一天天发酵得越发厉害，李影后的离婚声明也在一个星期之后由工作室发了出来。

不过这事暂时还没影响到谈辉在时尚天下的位置，真正有影响的是离婚过后没几天，有狗仔拍到谈辉因为聚众吸毒，被警方直接上门逮捕。

紧接着第二天，《时尚天下杂志》发出辞退声明，表明此人今后和公司无半点瓜葛。

网友们纷纷在官博下留言，让谈辉给孔漫道歉，以及恢复孔漫原职。

付杨在看到这一系列舆论时，已经由一开始的心慌和不安，变成了如今的无可奈何。孔漫要离开的大刀随时悬挂在头顶，他明明白白知道自己没法留住她。

一号这天，这把大刀终于落下了。

孔漫邮箱里收到了《时尚天下杂志》的复职通知书，这还是付杨最先看到的。

有一段时间，孔漫笔记本电脑的程序坏了，她干脆在网上重新买了一台。在等待快递的时间里，她就一直用着付杨的电脑，那时候她登过邮箱。

孔漫见到复职书那天，心里没有什么大起大落。

她很平静，因为这一天迟早会来，所有人都心知肚明。所以第二天她就跟校长说明了情况，提前结束了支教的工作。

她将六年级一班的数学教学工作转交给了这次来支教的一个重点大学数学系的志愿者——海月，还认真介绍了班里每一个学生的优缺薄弱点，以及简单概述了自己的教学方式。

此外，她还旁听了几节海月的课。

海月年轻，上课的时候总能讲些笑话和例子来带动学生们学数学的兴趣，比孔漫更能融入到学生里去。

看着兴趣高涨的学生们，孔漫放心了，才开始收拾东西准备离开。

六年级一班的学生不知从哪里听来的，一下子全都知道了孔漫要离开的事。

她在办公室收拾东西的时候，付亚鹏拿着一摞作业本过来放在她桌面上。

孔漫看了一眼作业本，再转头看付亚鹏小朋友。

见孔漫看自己，付亚鹏踌躇片刻，小声问："老师，你真的要走呢噶（吗）？"

孔漫点点头。

付亚鹏有点着急，问："那你是不是要跟我叔分手啊？"

她笑了笑，卷起作业本敲了一下他的小脑袋："小屁孩懂啥。"

付亚鹏低垂着脑袋，片刻后，再一抬头，眼眶都红了："能不能……教完我们再走？只有最后几个月了……呜……我在说什么，你一定要批改我们呢作业噶。"说完，他抬手一抹眼睛和脸颊，飞奔出去。

"欸！小鹏！"孔漫急忙叫住小朋友，但他已经奔出办公室。

她看着已无人影的门口，再看了看桌上的一沓作业本，感叹这帮小屁孩，临走了还要给她布置这么大堆作业。

想着也是最后一次帮他们批改作业了，孔漫拿起最上面的本子来。

翻开第一页，不是作业，而是一张水彩画。一个高高的、有着很长头发的大人，旁边是一群小孩子，后面是一条波浪线大山，蓝天，白云，太阳，绿树。

画得很是稚嫩，但孔漫一瞬间就看明白了是什么意思，她鼻尖一酸，眼眶泛热。

后面无一例外都是一些水彩画、卡片、祝福语，以及长大后的梦想。

她抽了几张纸巾隐住口鼻。每一本，她都在下面回了批语，认真祝福他们，也认真鼓励他们。

下午最后一节课时，孔漫抱着简单的纸箱离开了小学。

走出一段距离，她像是感受到什么，转头看去，六年级一班的学生们齐齐趴在四楼教学楼阳台上，眼巴巴看着她离开。

孔漫愣了愣，单手抱着纸箱，抬起另一只手挥了挥，学生们也一个两个举起手，使劲挥舞着。

阿桃在旁边看着这一幕，眼泪差点稀里哗啦掉下来，她拉着孔漫想说什么，最终只是长长地叹了口气。

晚上回到小楼，孔漫开始一件一件收拾起自己的衣服。

付杨靠在门框上，静静地看着她收拾东西，半晌问了一句："什么时候走？"

"明天。"

付杨一哽，所有话卡在嗓子里，一句也说不出来了。

她就像握不住的沙，不管他如何用力，始终都会流失掉。

孔漫把衣服收拾完，往床上一坐，看着他问："明天要不要送我？"

付杨咬紧牙根，为什么她能这么无济于事，说走就走？倒显得他不够洒脱了。

"你有没有听过一句话？你来我热烈欢迎，你走我绝不相送。"

孔漫笑了笑，起来站在他前面，盯着他的眼睛，认真发问："你真的确定不送我？"

付杨本来不打算做什么的，这个没良心的女人，说来就来，说走就走。但耐不住她一直这样看着他，于是他狠狠掐着她的腰，咬牙切齿："你就是吃定我舍不得你。"

孔漫靠近，亲亲他的嘴唇，轻声说："我也舍不得你啊。"

付杨盯着她明艳的五官，闭了闭眼，一口咬在她嘴唇上："你够狠。"说完脚一踢把门关上，拥着她往床上倒去，伸手将灯也关了。

真正送孔漫离开多西镇的这一天，付杨比任何时候都要沉默寡言。

他像是这里的深山，山里的大树，安静地看着眼前发生的一切。

片刻后，他默默提起孔漫的行李箱放在后座，等着那个正和阿桃告别的人，程磊站在他旁边叹了口气。

清晨的阳光从山头洒落，以往最美的时间，现在倒成了催别离。

阿桃抱着孔漫，眼泪一把一把地落下，她哽咽着说：“漫漫姐，以后一定要再来云南看我。”

孔漫笑：“你也可以去北京看我啊，你在那儿待了四年，地方都熟悉了，都不用我去接你。”

阿桃摇头：“呜……不要，就要你来云南。”

孔漫给她擦干眼泪，点了点她脑门：“霸道。”又说，“好了好了，别哭了，我得上车了，不早点出发，回到北京天都黑了。”

阿桃这才擦干眼泪，依依不舍地放开孔漫，她提了很多东西来，大部分是多西镇特产。

孔漫最后抱了一把阿桃，转身拢了拢黑色呢子大衣。还真是首尾呼应，来时穿的也是这身，走了穿的也是这身。

孔漫上车后，付杨也跟着坐上车。

车子渐渐离开多西镇，后视镜里，阿桃抹着眼泪扑在程磊怀里，孔漫收回视线。

云南的天好似一年四季都是湛蓝的，挂了几朵触手可及的白云。山路崎岖，一个弯接着一个弯，悬崖峭壁下江水缓缓流淌着，两岸青山相对出，墨绿茏葱。

早晨的阳光还照不到江底，牛羊已经被放出圈门，在江边两岸溜达着，结了穗的稻谷田一片一片沿江两岸铺陈。

江底人家青色瓦片上冒出袅袅炊烟，一个又一个金灿灿的木瓜挂在树头。

春来秋走，仿佛过完这一生。

时光流逝，她总归是记住了这藏在大山深处的赤忱与美景。在这安静的大山深处，她曾一次又一次被治愈着，被温柔以待，是纯粹的快乐过。

但人总要回归正轨。

车里音响放起熟悉的音乐：“短短的路走走停停，也有了几分的距离……再次看到你，微凉晨光里，笑得很甜蜜……”

上一次听这首歌是什么时候呢？

孔漫回想着，却怎么也记不起来了。她转头看向付杨，他抿着唇，戴着一副墨镜，连眼神都遮了起来。

车里缓缓蔓延起一股离别愁绪。

绕了三个小时的盘山公路，两人十点左右进入鹿城市。

眼看着他要开到高速路口收费处，孔漫才开口：“我买了鹿城到昆明的高铁票。”

付杨抿抿唇，在收费口掉头，往高铁站开去。

路过城里，他停在一家过桥米线店前，轻声说：“下去吃点东西吧。”

孔漫点头。

两人进了米线店，到窗口点餐，付杨点了正常的牛肉米线，转头问她：“想吃哪种？”

孔漫看了一圈：“菌子米线吧。”

点完餐，两人到桌子前坐下，付杨抽了几张纸巾细致地擦了擦桌面。

吃完米线，付杨动作慢吞吞地起来，带着她往车站走去。

可无奈的是，再怎么拖延时间，时间还是会流走，而人也终究要离开。

车站里人来人往。

付杨停好车，把她的行李箱提下来，孔漫接过，推着往取票处走去。取完票出来，她找了一圈，看到付杨站在吸烟室门口。

孔漫拉着行李箱走过去，付杨看着她，一寸一寸地巡视着孔漫的脸庞，牢牢记住她的样子，也一点一点刻在血肉里。

这是他的爱人，也即将离别。

两人相顾无言，孔漫默默看了付杨一眼，转身拉着行李箱往安检口走去。

付杨跟在后面，在她要进站前，大跨一步上前从后面死死抱着她，半晌才开口，带着点儿不易察觉的哀求：“真的要走吗？”

孔漫把手覆在他的大手上，闭了闭眼：“嗯。”

他张了张口，最终说：“一路……平安。”说完，他松开手。

孔漫拉着行李箱进站，中间没回过头，一次也没，只有在扶梯往上走的时候，她才侧过头，从偌大的落地玻璃里看出去。

付杨一个人孤零零站在站外，周围是来来往往的人群。

高铁进站，又出站，带来了一些人，也带走了一些人心中很重要的人。

飞机在北京降落已经是下午四点多，这个城市是一如既往的快节奏。

孔漫出了机场，打了一辆出租，上车后就倒在车后座上。

三千里的距离。上午还在三千里之外，下午她就回来了。

她睁眼看着车窗外这些高楼大厦，一瞬间莫名觉得有些陌生。

出租车堵在路上，孔漫手机响了起来。

她摸出手机一看，是个陌生电话，刚想挂断，没想出租车一个起步，她被缓冲了一下，手指刚好点在接听键上。

她想了想，还是接起来："喂，你好。"

"春儿。"地道的北京腔，低沉性感的声音。

孔漫愣了愣，从记忆深处翻出一个人的身影来。

"复职通知书收到了没？"

孔漫看向高楼大厦，另一只手无意识地抠着车窗，回话："我回北京了。"

那头静了一下，轻轻一道咖啡杯落桌的声音里，男人的声音再度传来："那就好。"

顿了一下，他继续说："好好工作吧。"

听出这是他要挂电话的前奏，孔漫咬了一下唇，忽然就问："谈辉的事——"

"嗯，是我。"

他承认得太快，倒让她一瞬间无话可说。

静了几秒，孔漫开口道谢："贺总，谢谢您。"

静了几秒后，响起挂断的"嘟嘟嘟"声。

孔漫拿下手机，出租车缓缓往前行驶。

眼前大厦的电子屏幕里，正在播放北京时利汽车的广告，广告里介绍了时利汽车新一代智能人工驾驶的优势，称这是时代与智能的结合。

司机也看见了，跟孔漫开玩笑道："这时利汽车不错啊，等我老了就买这样式的，又安全又智能，最主要还方便。"

孔漫回话："是啊，时代在进步呢。"

司机更感兴趣了，说："时利汽车是国内老牌汽车，新智能人工，听说是现任董事老婆的团队研发出来的高科技，强强结合……”说着他竖起大拇指，“门当户对，牛！”

孔漫听着，无端笑了一下，时利汽车确实是国内老牌汽车。

它的前任董事孔老太太去世前，一直秉承着老一辈的传统观念，稳定做安全系统。也是因为这个，她和当时的执行总裁还产生了分歧。

执行总裁要引进新智能，老一辈顽固不让。

彼此僵持了许久，直到孔老太太去世，执行人手握时利汽车大股，与当时从国外回来的新智能团队合体，一起研发出新一代无人驾驶，使得时利汽车一跃成了国内顶尖汽车。

时代真的在飞速进步。

至于刚刚那声“春儿”，她原先的名字不叫“孔漫”，叫“栗春”，是原生家庭取的。

为什么会改呢？她回忆了一下。

大概是那时候采访时利汽车现任董事夫妻之后吧。

那天采访结束后，孔漫去洗手间，路过的同事喊了她一声：“春儿，下午帮我顶一下，好不好？”

孔漫看了同事一眼，见到她裤子上的尴尬，于是点头。

同事感激地走了，她进入洗手间。

洗手台前站着一位气质清冷，穿着一身合体的高定西装美人，正在补着口红。

孔漫愣了一下，撇开视线要进厕所，女人忽然开口了：“春儿小姐。”

孔漫停下脚步，回道：“贺夫人您认错人了。”

西装美人挑挑眉，把口红放进爱马仕手提包里，懒洋洋地开口：“那最好是我认错了人，不然，我可最讨厌春了。”

孔漫一笑：“巧了，我也不喜欢春。”

女人勾唇，转身走了出去，高跟鞋踩在地板上，“哒、哒、哒”声远去。

孔漫站了片刻，没去上厕所，走到洗手台前洗手，看着镜子里的自己。

半晌，无奈地笑了笑。她想，这个名字怕是要不成了。

那之后一个星期，她火速改名。“孔”是之前供她读书的孔老太太的姓，“漫”是乘地铁时，地铁广告标语“浪漫满屋”中的“漫”。

孔漫按着头闭起眼睛靠在椅背上，不如别人的低落再次涌上心头。

可是，那又有什么办法。人这一生，出身无法选择，剩下的全靠自己打拼。她已经很努力了，但到了被放弃的那一刻，也才惊觉这世俗的恶——门当户对。

北京的堵车全国闻名，孔漫四点多下飞机，回到家居然已经八点左右了。

四环外的房子也贵得离谱，即使她在北京闯了这么多年，也才付得起一个六十平方米的首付。

房子不大，一室一厅一卫，厨房是开放式的。这几年零零散散装修下来也花去了她快两百多万。不过，一个人住着倒也刚刚好。

房子已经七个月没住人了，孔漫进门第一时间就把窗户都打开透了透气，随后通上水电，她也没忙着收拾东西，而是从行李箱中摸出睡衣，到浴室洗了个澡。

回到卧室又换上干净的被褥床单，躺上去，眼睛一闭就睡了过去。

这一觉睡得不沉，梦里什么都有，搅得她睡不安宁，醒来时也才十一点左右，点好外卖后，她放下手机，慢慢整理起房间。

外卖来的时候，她手机也响了。

孔漫边开门边接起电话："阿桃。"

"漫漫姐，你回到北京了没？"

孔漫接过外卖小哥手里的袋子，等外卖小哥转身走人，她才进屋，脚一踢关上门。

她回："对不起哦，下飞机的时候忘了跟你讲一声，我四点就到了，刚睡醒。"

"没事没事，安全到了就好。"

"嗯。"

"漫漫姐，我想你了……"

孔漫把外卖放在茶几上，盘腿在地毯上坐下，笑着回："我刚回来呢。"

阿桃不说话，过了会儿才开口："但是有个人肯定比我更想你。"

孔漫拿筷子的手顿住，动了动唇，最终没说话。

"嗐！不说这个，漫漫姐你吃饭了没啊？"

"正要吃呢。"

"吃的啥？外卖？"

"嗯。"

“唉……”阿桃无端叹气，又说，“那你吃饭吧，有时间记得来云南看我噢！”

孔漫笑了笑：“好。”

挂了电话，她拿起筷子吃饭，却感觉味道极其不合胃口，吃了几口就不想吃了，但是肚子又“咕噜咕噜”直叫，她无奈，重新拿起筷子，硬吃了一半，实在吃不下去了才放下筷子。

回北京的第二天，孔漫找出美容卡出门。

到了经常去的美容沙龙院里，老板娘一见她，惊奇得不得了：“我的个老天哦，你去非洲了？”

孔漫摸摸脸，疑问：“有这么黑？”

老板娘翻了个白眼，拉着她进包厢，在美容床上躺下：“黑了十倍了！”

孔漫躺好：“不然我也不会来。”

老板娘弄着水疗仪，笑了：“那敢情好，就你这个，得来个把月才能白回来。”

孔漫无所谓：“我有的是时间。”

“复职了吗？”

“下个月一号。”

“唉，苦了你了，你们那经理就不是人！”

孔漫一笑，没回话，闭上眼睛等着。

做完美容出来已经是中午，她在外面吃完饭回家。

下午的时候，她把她那辆大众开去前胡巷子里经常去的修车店里维修一番。巷子离她住的小区不是很远，车送过去后，她沿着街道慢悠悠地走回家。

前方有几个人围在一起，孔漫路过瞅了一眼，原本没打算围观，只是当事人好像有点熟悉，她停下看了会儿，原来是车子抛锚了。

当事人是个白领，一头利落短发，唇红齿白，还穿着一身西装，正着急地打着电话。

半晌，她挂了电话，问周边人：“你们知道这附近哪有修车的吗？”

路人叽里呱啦，半句也听不完整。

孔漫插着兜问她：“需要帮你给修车行打电话吗？”

康迪看向声音来处，见到孔漫眼睛一亮，高声问：“你有这附近的 4S 店电话吗？”

孔漫摇头：“只是很小众的修车行。”

“那也没事，能修就行。”

孔漫看向康迪的宝马X，给前胡巷子修车行打去电话，过了一会儿，修车行来人把车拖走了。

孔漫带着康迪去修车行，站在外边等她，康迪进去交涉，过了会儿才出来。

两人走在前胡巷子里。

巷子口老槐树下坐着个老人家，穿着老北京长衫大褂，拉着二胡，慢悠悠哼着戏曲儿，腔调抑扬顿挫，透着浓浓悠久的北京味儿。

康迪听了一耳朵，笑着说：“这地儿挺好，还能听曲儿。”

孔漫懒洋洋地笑了：“赶明儿过来听听，这帮手艺人白天成群坐一起。弹琵琶的，拉二胡的，吹唢呐的，百花齐放，热闹着呢。”

康迪摇头：“那就算了。我们那工作，你也明白。”

说到这个，她看向孔漫，问：“你什么时候到公司上班？”

“下个月一号。”

“那还好，还能休息一段时间。”她说着笑了，“你这样，就像刚从非洲回来。”

孔漫翻了个白眼，无奈极了：“你不是第一个说这话的。”

“哈哈哈。”

孔漫看康迪实在是笑得欢乐，转了话题问她：“怎么跑这四环外来了？”

“来走访一位老画家，偏还找不到地址，后来主编才给我打电话说是老人家把地址给错了，另外安排人过去了。”

孔漫点点头。康迪是《天下访谈杂志》的副主编，两人不是同一个部门自然也就说不上有多熟悉，但起码在一家公司共事了五六年，抬头不见低头见，也算是熟人了。

她想起来一个事，开口道：“我这儿有篇稿子，关于护林的，你们收不收？”

康迪笑了：“到时候你发我邮箱，我给你排版。”

孔漫挑眉：“不用过稿？”

康迪拍拍她的肩膀，说：“你之前可是我们杂志这边的大红人啊，我还不信你？”

“那……先谢了，走，请你吃饭去。”

吃过饭天已经黑了，康迪打了一辆滴滴，上车的时候对孔漫说：“下个月公司见咯！”

孔漫点头，挥挥手：“路上注意安全。”

康迪关上车门，手从车窗里伸出来，比了个“OK”的手势。

十一月一日这天，孔漫再次走进时尚天下公司的大门。

前台换了两个漂亮的妹子。孔漫走进电梯，按下二十二楼，直达《时尚天下杂志》办公区。

HR 关云云正站在电梯旁等她，看孔漫一出来就过来接她，带着她到人事部录入个人信息。

录入的时候孔漫看了一眼职位：Deputy-Editor（副主编）。

关云云看孔漫一直盯着副主编看，怕她心理不平衡，跟她解释：“你走后公司从法国挖了当时正在巴黎时装做副编的 Sally 回来担任主编，这半年来……”

孔漫笑了笑，打断她，说：“我知道。”

她之前就看过公司报表了，Sally 来了之后做得不比自己差，甚至还拉来了更多国外高奢品牌的合作，成绩斐然。

录完 OA（办公系统），拿起暂时的工牌，她转身到办公区。

副主编的办公区不像主编一样是单独的办公室，而是在专访组前单独的一组办公桌。

她进到组区时，大部分人都笑着欢迎她回来。

孔漫脸上挂起职业微笑，跟他们寒暄一阵后走到办公桌前坐下。

之前的杂志部是没有副主编的，孔漫还是主编的时候，所有递交上来的稿子，包括明星专访、明星慈善、时尚国风、时尚艺术的出版广告经营业务，品牌合作，与各家影视媒体合作业务等都是她一手在抓的，现如今分配了一个副主编的职位，她估计会很轻松。

一天到晚也没什么特别忙的事，把稿子和照片视频打包传给康迪后，她看着那些照片，思绪总是不受控制地想往西南飞去，被她硬生生压下来后，索性把照片全部删除了。

发完邮件后就真的没什么事儿了，偶尔有几个同事过来问她关于如何改稿的问题。

她这次回来，过得倒像是来公司养老一样。

到了下班的点，办公区里该走的走，加班的加班。孔漫穿上外套，跟还在加班的同事打了声招呼就离开了公司。

就这样朝九晚五地上着班，时间就悄悄过了一个星期。

星期一早晨，小组开会，制订目标。

会后又开始一天的忙碌，整个办公区键盘被敲得噼里啪啦响。

孔漫还在工位上发着呆的时候，关云云抱着一堆新的办公用品过来，指挥着两个年轻男人抬着一张办公桌过来放在她旁边，随后在她旁边收拾起来。

孔漫办公桌旁边还有一块空间，现在也被占满了。

关云云收拾着东西，过会儿又有人提了把椅子过来放好，她收拾好东西，把电脑开机，检查一番后，侧头对着孔漫眨了眨眼。

孔漫挑眉，这是要让她带新人的节奏？不过，现在整个办公区还真就她闲着了。

午休过后，主编 Sally 带了一个实习生过来，分配给她带着。

Sally 吩咐完事情就踩着恨天高走了，一身高定 A 字裙裹着姣好的身材，走起路来摇曳多姿。

孔漫看着 Sally 进了办公室，这才转头看向站在面前的女孩子。

女孩子也很漂亮，纯纯的，脸上还带着婴儿肥，一双大眼睛亮晶晶，一身价格不菲的行头，LV 包包。应该是个富二代。

孔漫让女生在旁边的工位上坐下，问她名字。

女孩子笑着喊了声师父，把简历递给她，紧接着自我介绍：“我叫周宁宁，刚从学校毕业，往后请多指教呀！”

孔漫笑了一下，开口：“我叫孔漫，合作愉快。”

周宁宁眼睛亮亮地看着她：“我认识您，进公司之前恶补了您之前好多稿件。师父，您超级厉害！”

大可不必……孔漫点点头没说话，翻看周宁宁的简历。女孩子是本地人，虽然是富二代，但简历可不简单。

北京 H 大高校毕业，H 大是国内传媒类的顶级高校。女孩汉语言专业成绩第一，日韩语双学位，网上散文、文案、诗评，连之前在网上发表的粉丝艺人双向经济效益文章也填在简历上了。

她看了一眼，文笔惊艳，叙事能力差了点。

人才辈出啊，现在这个时代。

孔漫惊觉自己迟早要被拍死在沙滩上。

可是吧……她端起泡着大枣枸杞的保温杯，慢悠悠喝了一口。

这样的日子还挺好。

她自己这段时间也没事干，采访的事儿办公室大把的人愿意外出，孔漫就把之前写过的废稿拿出来给周宁宁练手，她在旁边指点一二。

有个文笔好的徒弟就是好，稿子一篇比一篇让人耳目一新，不用她过多费心费神。

这样过了一个星期，两人志趣相投，越来越懒。

主编看不下去了，给她俩分配了一个新选秀的采访。

这一年国内的选秀刚刚大热起来，男团女团热度直线沸腾，满地都是选秀女孩，包括周宁宁也是，迷几个小男生迷得不要不要的。

因此这采访正合她意，甚至都不用孔漫带，她自个就熟门熟路地把采访时间以及采访的成员都跟节目组沟通好了。

孔漫再一次端起保温杯，直觉自己舒适过头了。

下班时在电梯里遇到了康迪，两人有一搭没一搭地聊着天，孔漫还特意跟她分享了新买的保温杯。

康迪一看孔漫带着保温杯，甚至大枣枸杞都配着，惊讶孔漫年纪轻轻竟然开始过上老年人的养生生活，遂拖着孔漫去了酒吧。

城市里的霓虹一盏接着一盏亮起，五彩斑斓的北京城在夜晚也格外美丽。

而年轻人的夜生活才刚刚开始。

康迪带着孔漫去的是五参街。

五参街前段是餐饮街道，她们顺路去吃了晚饭，随后往五参街后段路走去，后半段酒吧格外多，两人随意找了一家就进去了。

她们来得不算早也不算晚，酒吧内还在热着场子，大厅的卡座已被占了大半，台上的驻唱歌手在弹着吉他，唱着抒情民谣。

她们在吧台边坐了下来。

女调酒师一身干练简洁西装，手里杯子绕来绕去，丢来丢去，两杯调好的色泽艳丽的鸡尾酒就放在两人面前。

舞台上的歌手结束歌曲，大厅的光线昏暗下来，头顶的彩色转盘灯开始闪烁，热烈的歌曲播放起来，火辣性感的 DJ 上台。

震耳欲聋的音乐里，康迪边喝着酒边在大厅舞池里看着。

孔漫喝了一口鸡尾酒，淡淡地撇了下嘴，不如喝二锅头来得痛快。

“欸，左手边靠台子的卡座里有个帅哥！”

孔漫顺着她的视线看去，一身白色的衬衫，白皙的脸庞，精致的五官，堪比当下选秀男孩，但她看了一眼就收回视线，回：“还行吧。”

康迪心道，这够帅了好吧！

她问：“那你觉得什么样的才够帅？”

孔漫手撑着下巴，随意开口：“头发必须是板寸，要有身材，腹肌不能少，肌肉要够紧实，肤色……”说着说着她停了下来。

康迪听完若有所思地在舞池里继续巡视，突然拍拍她的手：“哎，你说的是不是那样的，靠在第二个卡座右手边那个。”

孔漫看过去，男人光着上身，胸膛上文着一条龙，大花臂，黄毛板寸，是有点肌肉，腹肌也还行，可转眼间跟他视线对上，男人故作帅气地眨了眨眼。

孔漫僵了一下，后知后觉地打了个冷战。

康迪移开眼，叹道：“太油腻了。”

孔漫一口喝完杯子里的酒，递给调酒师，说：“换点儿烈的。”

“烈的不怕醉？”康迪惊讶。

孔漫笑得慵懒：“这点儿酒比起以前的，可醉不倒我。”

“以前的？啥酒啊？”

“唔……二锅头吧。”

康迪侧眼瞅她：“在云南喝的？”

孔漫愣了一下，今晚怎么总是容易提起那边的事儿呢？

康迪倒是感兴趣：“欸，你那稿子真牛，你不写出来我都不知道云南还有那地儿，搞得我都想去云南瞅瞅了。”

“没啥好玩的，深山老林也就那样。”她有一下没一下地点着杯子。

康迪不赞同地摇摇头。

卡座那头，刚刚被她俩打量着的文身男似乎是对她俩感兴趣了，一直在看着这边，想过来搭讪一样。两人一看，立马把手里的酒喝完，迅速结账，离开了酒吧。

十一月的北京已经降温很久了，夜里寒风刺骨，像是要下雪。

两人喝了酒，也就没开车，五参街也不好打车，得到外面的街道上。

街前段的饭店里已经摆起了烧烤，一些晚归的人坐在摊前喝着酒吃着烧烤。

孔漫忽然就拉着康迪进了一家烧烤店，坐下后，点了些烧烤，再点上一些啤酒。

烧烤上来，孔漫拿了串肉串，咬了一口停下，味道很淡，肉质里夹杂着水分，一点都不好吃。调料也不够香麻，北方的烧烤调料大多是孜然粉和辣椒粉，没有西南调料的香、辣、麻。

旁边的人倒是吃得欢乐，边吃边感叹：“好几年没吃过烧烤了，还是那个味儿。”说着她拿起啤酒喝了一口，“爽啊，学生时代没什么钱，偶尔吃一次烧烤都感觉幸福极了，这怎么工作好几年了再吃烧烤还是那种感觉？”

孔漫没吃，喝着啤酒，问：“平时没来吃过？”

“没有，我一个人来也不好意思，公司的同事一起去的也都是高档餐厅，吃路边烧烤这事儿，这么些年来，还真是第一次。”康迪说着笑了，“认识这么多年了，才发现咱俩志趣相投啊！”

孔漫笑了笑。康迪问：“你不吃吗？”

她摇头：“味道淡，你吃吧。”

“味道……淡？你在云南到底吃得啥喝得啥哦？嘴巴养得这么刁。”

孔漫不语，叠起腿，杵着下巴看她吃。

嘴巴被养刁了吗？其实也就是平常的吃食，只怪做饭人手艺太好……

大街上的落叶成堆，树枝上那本就秃得没多少叶子了，还随着大风呼啦啦四处撒落。

北京入冬可真快啊，三千里之外还绿树成荫，这儿都已经要下雪了。

这一顿烧烤最终大部分进了康迪的肚子，出了五参街，两人各自打车回家。

第九章　/爱隔山海

付杨，你要给我一个家吗？

十一月中旬的北京城迎来第一场雪时，《天下访谈杂志》发表了护林相关题材的杂志。

杂志一经发表，官博就被新闻网转发，点赞。

《天下访谈杂志》也从各个平台进行宣传，还专门到北方大兴安岭保护区去找林业人进行采访，各大短视频 APP 也兴起保护野生动物的话题和热度。

而与此同时的西南正是傍晚时分，太阳悬挂在山头，即将西下，一阵山风压着树梢从山对面刮了过来，空气里夹杂着点点梅子黄时的香味。

十一月份的云贵高原，正是秋高气爽，瓜果成熟的大好时节，也是森林火灾高发时节，各地时不时都有可能突发一场，所有森林消防员、林业人、专业扑火队都打起高强度精神。

云南省少数民族自治县，上阳镇往西的国道 G5XX 公路边上，停着一辆白色越野皮卡车，车外不过三十厘米的地方就是陡峭的悬崖。四周也尽是高耸入云的山川，花岗岩遍布公路两侧，路下方是垂直见底的碧绿江水。

此时一个男人正屈腿坐在公路边的岩石上，军绿色短袖下露出结实有劲的古铜色胳膊。

男人看上去三十岁左右的样子，长得并不见得有多帅气，但或许说“型”更为贴切。一静一动之间，成熟男人特有的沉稳和锐利，在他身上体现得淋漓尽致。

那看向远山的眉目间，透着经由岁月淬炼而成的稳沉，和点点忧郁。

浓黑的板寸头，紧贴着短袖 T 恤的身躯，肌肉紧实，似蓄满某种力量，一旦触发就将会爆发。

身后的公路上远远传来一阵轿车鸣笛声和过路声，他弹弹烟灰，响声越来越近，片刻后，一辆SUV擦着皮卡车过去一截，又退回来。

“吱”的一声，车子停稳，一个年轻小伙从SUV上跳下来，笑嘻嘻地走近男人道：“呀！老付，真是你啊，我还以为看错了呢！怎么在这儿啊？”

付杨看了他一眼，指了指西边。

小伙挑挑眉问：“来巡山啊？”

付杨点头，小伙在他旁边坐下，开始絮絮叨叨唠起话来。

付杨并不搭理。

小伙讲了半天，忽然烦躁地捡起几颗石子向路下边的陡崖甩去，嘴里埋怨：“我气了，这婆娘咋这个烦嘞，一天到晚就晓得往娘家跑！”

付杨皱眉转头，终于是开了这么长时间以来的第一次口：“你就知足吧，两口子过日子，哪有不吵架的。”声音暗哑，却十分好听，像是大山里的回音一般。

小伙一愣，忽然想起什么，手伸过去拍拍他的肩头，说：“哎，我说老付，你那婆娘不会回来了吧？你瞧瞧你，还在傻了吧唧地等着，要不回头我给你说一个去。”

付杨顿了一下，打掉他的手：“不用。”

然而小伙就像跟他杠上似的：“别不用啊，记得咱俩都是十月的吧，你比我大四岁呢，你看我娃娃都上小学了，你还是光棍一个。”

他说着叹了口气，继续开口：“之前还以为你好事将近了，哪晓得人家头也不回走掉了，你也别在一棵树上吊死了，那种娘们不值得！”

付杨蓦地站起身，挺拔伟岸的身躯一下子让小伙直愣愣地仰头看着他，对上那双看似温和却暗藏锋芒的黑眸，不过短短几秒，小伙就慌忙转了眼。

意识到自己开玩笑过了头，他忙站起来，笑嘻嘻地打着哈哈：“玩笑玩笑。”

“那什么，碧溪也有点远，我就先走了。”说完也不等付杨回应，他跳上SUV开着就跑了。

看着远去的越野车，付杨抿唇，走到皮卡车驾驶位旁，一拉车门，跨了上去。

他并不急着走，只关上门，双手垫着后脑勺，静静地靠着椅背。

看着车外远处的天空，那蓝的纯粹的颜色下，一群大雁成“人”字形从洱海那边飞了过来。

他闭上眼，终于是忍不住，打开了回忆的开关，放纵着那些压抑不住的思念，一丝一缕冒出来把自己淹没。

明明也才不过几十天而已，却像是过完了半生。

手机铃声响起来，付杨睁眼，摸出手机，是小平打来的电话，他接起来。

“小平？”

“老付，你还在上阳那边吗？”

“在的。”

“那你赶紧先去荞麦岭那边，农民烧玉米秆子把火点到山里去了。这边刚刚接到报警，我们正在出发的路上。”

付杨一听，回了个“好”，立马就挂了电话，发动车子，往起火点赶去。

越野皮卡开得飞快，二十分钟不到就到了起火点。

靠近山地的山坡冒起一阵浓烟，树林间隐隐约约有火焰，旁边来来回回很多农民，手里拿着树枝的，拿着铁铲挖土的……付杨停稳车，下车瞬间把消防衣套上，拿起铁铲，直奔起火的地方。

把铁铲给了眼熟的扑火队人员，付杨折了一把树枝，在周围找了一番，边找边跟着扑火。

看见荞麦岭村委会下属村落的人，他忙赶着过去问：“这附近没有水沟之类吗？”

那农民擦了一把汗：“有呢，水倒是大呢，就是有点远啊。”他指了一个方向，“在那边，差不多一公里左右呢。”

付杨看了一眼火势，山林的一公里确实很不方便，只能等林业所来人，设置水泵用水管来灭火，现在得先扑火。

一把又一把的树枝递过来，一个又一个的扑火人赶在第一线，和山火作斗争，大伙的胳膊不知疲惫地挥舞着，一下又一下，举着树叶往地皮上、枯草上、树木上扑去，火星四溅，手上、衣服上被烫出一个又一个的泡和焦洞。

天已经黑了，晚间山风大起，火势蔓延得更是厉害。

林业所的车到了，小平和夏军抬着水泵和水管跑下来，永林叔一手提一把扑火拍直奔起火点。

付杨让刚刚给他指位置的农民带着小平和夏军过去山沟里安置水泵，他则和永林叔拿起扑火拍对准火势旺盛的地皮狂拍。

附近各村委会的专业扑火人员也纷纷加入，永林叔安排着众人砍树枝扑火，挖土堆建立防火线，以及到水沟那边去帮忙拉水管。

众人争分夺秒奋战在扑火第一线。

火势越来越大，已经越过简易的防火线。

水管终于拉了过来，但也只能扑得了一方大火，另一边的还在噼里啪啦往四面八方蔓延。

黑夜中，火势如同一条巨龙，凶猛地吞噬着山林里的一切。而山风不管不顾四处乱吹，助长着火焰，一方天地被照得发红发亮。大地也被烧得地皮发烫，石头更是烫得如铁皮被烤红一般，脚踩哪儿都能闻到塑料被烤焦的味道。

“小心！”一扑火人员使劲拉了付杨一把，退到另一处，一棵高大的树木“砰”一声倒在刚刚他站着扑火的地方。

树擦着付杨倒下去，把他半边衣服袖子都点燃了，他拍打着，立马倒地上翻滚，一圈又一圈，将衣服上的滚灭了，然而还有火焰燃到头发上，他和那人一股劲拿手和袖子扑打着脑袋。

头皮被烫得生疼，直到头发被烧得没有了火才灭了。付杨一口气没缓过来，踉跄几步，差点倒下，他撑着膝盖直喘气，低下头的一瞬间，脑海里滑过一抹笑颜。

漫山大火里，思念来得尤为猛烈。就像这熊熊燃烧的风林火山，一点一点吞噬着他，也一点一点支撑着他。

他不能倒下，等不忙的时候，他一定要飞到北京去看她。

他要去看她。

靠着这个意念，他撑着走到小平那儿，对着水管冲了一会儿，才慢慢缓过来，然后一屁股在湿地上坐下，使劲咳了几声。

倒下的大树带起一整片火势，树叶燃着火焰，直吞地上的枯叶小草，在一秒内“哗”地燃烧起来，东南风猛吹，又带起更大的山火……一个小时，两个小时过去了，火势不减，所有扑火人员都累到力竭时，山里终于响起消防车的警报声，大家绷紧的精神齐齐一松。

“不要放松，坚持住！”

“灭火！”

“坚持！”

不知谁喊了一声，大家相互鼓励着。

鹿城市消防二支队的消防车终于来到，消防指战员飞速下车，拉水管的，背着强力吹风机的，建立大型防火线的……他们像是一只只猛虎下山，立即替换下来疲惫的扑火人员。

付杨撑起要倒下去的身体，到消防车边要了抢险服和头盔面罩，又要了一个强力吹风机背在背上，跟着去灭火。

撑不下去的扑火人员则退出来，到安全的地方歇息，歇息够了又起来援助，把水管抬下来，对着山火直冲。

山林被火光照得如同白昼，高温渐长，火烟弥漫在周围，山林间温度直逼六十多度，氧气越来越低。

指战员们背着强力吹风机，组成一堵堵肉墙，一步一步灭着山火。火星四溢，烧焦着他们外露的头发，也烫得他们外露的皮肤红成一片，冒起了血泡，眼睛被熏得刺痛，喉咙也呛得不行。

满身汗水淹湿衣服，闷在防火服里，身体里的水分似是要被山火蒸干，喉咙也越来越干，直至刺痛，嘴唇被烤得翻皮，裂开缝又冒出血丝。

但没有人后退。

所有人机械地挥舞着手里的灭火工具，与时间争分夺秒，汗水滑进眼眶，却也来不及擦一把。实在被烤得受不住，相互用高压细水雾打湿衣服和面罩，降一降温度，又继续奋战灭火。

时间一点点过去，夜风终于小了。

整整五个小时过去后，这场由农民烧玉米秆子引发的森林火灾，最后在森林消防的援助下，终于被扑灭。

半宿过去，山林归于黑暗。大地散发着热度，蒸得大伙如同翻滚在蒸笼里，林间冒着黑烟。

消防车的夜灯打开照着山地，消防指战员们开始拿着工具进山里一遍遍巡查着，确认山火彻底扑灭后，所有灭火人员包括消防员累得一个个躺在山地里。

小平躺倒在付杨旁边，缓过这个劲儿后，他从怀里摸了摸，摸出一根项链举在眼前晃着。

付杨眼珠跟着动了动，小平说：“等春节过了，我们就结婚了。”

“真好。”付杨咳了一声，手盖在眼睛上。

她没给他留下任何念想，唯一留下的只有回忆。

山火已灭，思念不减。

大家都还没吃晚饭，但山对面的农家公鸡已经开始打鸣，预示着新的一天即将来临。

接近天亮，山林大降温，十一月的夜晚，冻得人皮肤生疼。

山地里燃起一个小火炕，烤着从旁边地里收来的土豆红薯，顺着山沟里的水勉强填饱肚子。

大家脸还是黑漆漆似烟熏妆一般，然而一个个都是狼吞虎咽地吞着烤熟的土豆红薯，勉强填饱肚子后，扑灭山火的疲惫让这群半大小伙累得躺在火坑旁就地睡了过去。

二支队的班长守在火坑旁，烧着火，暖着睡熟的人。

天边渐渐亮起，山林泛着白雾，消防员开始陆续下山，准备收队。

永林叔看着付杨脱去防火服，脱去头盔后露出来的样子，觉得难过又心疼。

他欣慰地拍拍男人的肩膀，老眼一湿。这孩子在昨晚的扑火里差点就出不来了，要不是有人拉一把，今天这太阳就永远也见不到了。

他们每一次扑火都是把命挂在裤腰上，谁也不知道会遇上什么样的意外，不知道，明天和意外，哪个会先来。

能活着，能见到新一天的太阳，就是莫大的幸运。

他叹口气，带着他们也往外走。

小平跟在付杨后面，看着他头顶被烧伤，一块一块烧焦出了血红，心里直难受，眼泪花在眼眶边转着。可是那有什么办法，多西镇没有驻林消防，他们林业人永远得赶在第一，这就是他们作为林业人的职责。

付杨想挠头顶，一看手脏得不成样子，只好拍拍他的肩膀。

几人走回到公路，付杨从车里拿出手机递给小平：“你给我照照看，我这脑袋瓜子烧成啥样了？”

小平接过，对着他脑袋照了几张，递给他。

付杨一看，直咋舌，难怪头皮子在生疼，原来烧成这样。他收起手机，问永林叔：“叔，我们这儿真不来驻防吗？”

永林叔叹了口气：“我早就给上面申请过了，来是会来，但估计得到明年了。”

小平收着水管撇嘴：“明年来也好。这么大的保护区，没有驻防，迟早得烧干净！”

“说什么呢！”永林叔拍了一把小平。

消防员走后，扑火队的人也一一走了，最后从荞麦岭撤走的还是他们林业所的人。

回了镇上，赶巧遇上带着学生到街道上晨跑的阿桃。

阿桃让班长把同学带回学校，她则拉着付杨直咂嘴。

瞧瞧，本来就没有多帅的人，现在要有多惨有多惨，要有多丑有多丑。她问：“你那头发还能长出来不？”

“能的吧……”付杨也不确定。

最后还是被阿桃拖着到卫生院去清洗上药。

而在荞麦岭山地里烧玉米秆子的农民，最终被鹿城市森林防火指挥部带走起诉。

鹿城市人民法院经审理后认为：被告人李某在森林防火高危火险期间，因在野外用火焚烧引发森林火灾，其行为已构成失火罪。

被告人李某到案后能如实供述自己的罪行，愿意接受处罚，对其予以从轻处罚。

综合全案，判决李某犯失火罪，判处有期徒刑一年，缓刑二年。

一点点火源便可引发森林火灾，一点大意不得。

唯有一点庆幸的是，这次火灾众人平安。

付杨被拉到卫生院清洗伤口，上药，医生又开了一些消炎药给他。拿了药，他就赶回林业所开会，针对这次的山火做了总结——

宣传力度还是不够，老百姓对于森林火灾的危害认知也还不够深刻。

市林业局、市森林防火指挥部也来了人，要加强对农民百姓的火灾危害宣传，尽最大力度，确保每家每户都宣传到位。对于农民组建的各村落扑火队人员也进行了专项扑火培训。

因为这场大火，巡山工作加强。就连李萍老师在除日常宣传外，也加入了大伙的巡山工作。

晚间回了小楼后，付杨瘫在床上，头皮生疼，好像什么都想，又好像什么都没想。

他放空着自己，脑海里思绪万千，一缕缕线条渐渐清晰，最终汇聚成一个人影。

“孔漫……”他暗念着这个名字，时光似是飞速倒流——

她靠墙晒着太阳，目光冷淡看着他。

她抱胸站在山林里，满身低气压，站在深山黑夜里，明明怕得要死还故作冷静地说：有鬼。

她在深夜里亲吻他，在满山绿林中抱着山花回头找他，在热烈隆重的节日里对他撒娇……

太清晰了，一颦一笑都深深地刻在了脑海中，分开越来越久，她的笑颜反而越发清晰。

付杨抬手捂着眼睛，在安静的夜里，他越发想她。

那时不过是巡山的一点点小伤，她都会给他认真消毒包扎。如果……现在她在身边，是不是也会抱着他安慰？假设着，假设着，他抿嘴笑了，却又再也扬不起嘴角。

他真的很想她了。

片刻后，他脑海里突然蹦出永林叔那句话：“你先休息两天，工作已经交给夏军他们了。”

付杨一愣，拿开手，那是不是……他摸出手机，点开火车票机票小程序，搜索昆明到北京的机票。

反反复复看了几遍，又算了下时间，他最终订了十一点起飞那一趟，然后放下手机，呆呆坐了半晌，感觉室内温度特别高，他站起来，眼前黑了一瞬才慢慢缓过来。

他将窗户打开，夜风吹过，带了丝丝凉爽。头皮炸裂着，脑袋疼痛中，他慢一拍想起，去了北京之后呢？他要去哪里找她？她会不会不想见到自己？

付杨坐在床上，拿起手机给阿桃打去电话。

先知道她住哪里吧，看一眼也好，至于她想不想见到自己，先去了再说。

电话铃声将阿桃吵醒，她迷迷糊糊起来一看，是付杨的，又看了一眼时间，这大半夜一点多，二哥是怎么了？

她问："二哥？"

"阿桃，你……把她在北京的住址给我一下吧。"

这个"她"，他们心里都明白是谁。

阿桃捂着嘴揉揉眼睛："你要住址干什么？"

"我……给她寄点东西去。"

"哦，好吧。北京市……"

"等等！"付杨站起来，眼前再次闪黑还冒出星星，他顾不得，摸进卧室，"我拿笔记下来。"

记下阿桃给的地址后，付杨撑着身子坐在床上，黑夜中直愣愣地看着前方，半晌后捂着脸躺倒在床上。

寒风呼啸着，北京的夜晚格外冷。

下班的时候正赶上了小雪，孔漫和康迪就去喝了些酒，回来得有些晚。

从滴滴车上下来，雪小了很多，一片一片飘落。

她站着，任由小雪飘在肩头，走进小区。快要上单元楼的时候侧眼一瞥，见到一个穿着黑衣黑裤戴着黑色帽子的男人靠在单元楼的门旁，抱着双臂，似乎被冻到了。

她似有所感地抬眼，和男人的眼睛对上，愣了一瞬。

两人都没有说话，楼道间安安静静。

孔漫视线里的人影渐渐清晰，是付杨。

寒风从门外吹了进来，她被冷得抖了一下，可男人却静静地站着，似乎感觉不到冷。

片刻后，她终于开口问："你来干什么？"

付杨挪了一下步子，低垂下眼眸，脚边有塑料袋的响声，她看过去。

“快要过年了，给你送一些特产过来。”他解释。

孔漫看着，忽然歪头笑了一下，冷冷清清的，她点了点头，下巴往电梯指了指，说：“上去坐会儿吧。”随后转身按电梯。

看着她的身影，付杨动了动僵硬的身子，弯腰提起地上的口袋，呼吸间滚烫的气息沉沉扑出。

孔漫的房间在六楼，她开了门，进去按亮灯光，侧身让开。

付杨进来，看了一眼格局，将东西提到她厨房的料理台上轻轻放下。

孔漫将客厅的空调打开，在沙发上坐下，问道：“有住的地方吗？”

付杨走过来，站在她旁边看着她，实诚地摇了摇头。三点到了北京，路上堵了两个多小时，到达这里已经六点多了，正是下班的高峰期，他怕一走开就等不到人，所以一直在楼下等着。

客厅的钟表转动着，指向夜里十一点。孔漫抬眼看他，男人穿着不是很厚的皮夹克外套，头上戴着黑色帽子。

“咕噜噜”一声，付杨脸红了个彻底。

孔漫找遥控的手顿了下，转向他：“你还没吃饭？”

男人点头。

似乎是气笑了，她抬手往厨房指了指：“厨房有面，自己去弄吧。”

付杨问她：“你呢？”

“我吃过了。”

他点点头，往厨房走去，固执地说：“我多弄点，你也吃一些。”

“不用，你弄你自己的。”孔漫回他。

付杨抿了抿唇不再说话，走进厨房，打开冰箱看了一眼，空荡荡的，一板鸡蛋，一把面，几罐啤酒，就没有东西了。

他拿出鸡蛋，将带来的特产打开，拿出腊肉和酱，在厨房里翻找一番，找出一口崭新的锅，洗了洗放在灶台上，烧水，下面条。

不过半个小时，两碗热腾腾香喷喷的腊肉杂酱面就弄好了。

付杨弄着晚餐的时候，孔漫进卧室卸了妆，又进卫生间简单洗了个澡出来。

弄干头发走进客厅，一股香味扑面而来，她转头看去，男人正在擦着灶台，桌子上放了两碗面。

孔漫走近桌子，两碗面色泽鲜艳，香味扑鼻。

“吃点吧，我弄多了。”他不知什么时候站在她身后，一手递着筷子，一手轻轻给她捋着头发。

孔漫看了他一眼，再看一眼面，最终抵不过诱惑，接过他手里的筷子坐下来。

看着她乖乖听话吃面的样子，付杨心间滚烫，看了她片刻，也在旁边坐下吃了起来。

直至把汤也喝完，感受着胃里暖和的饱感，孔漫才觉得她回北京这么久了，这是第一次吃香吃饱。

付杨等她歇了筷子，拿过碗去洗。

客厅明亮的灯光下，空闲已久的厨房瞬间有了股烟火气。

孔漫转头静静看着，空荡荡的房子莫名有了温度，不，是温暖，是家的样子。

心脏不可抑制地滚烫，心跳加快。这样的温度，烫得她想紧紧留住，她抬眼，男人已经收拾好厨房了，等着水壶里的热水烧开。

温暖在攀升，有个人为自己忙前忙后，她感受着，一言不发。

水烧开后，付杨倒了杯热水，端过来放在她前面的桌子上，轻轻开口：“喝点热水。”抬眼见她看着自己。

她安静看着他，目光里掺杂了太多东西，更多的却是压抑，沉甸甸地压得他有点喘不过气。

付杨有点难过。他太想她了，只是想来看看她，他不知道自己的到来会使她情绪压抑。

他走过去，忽然就伸手捧起她的脸，低头吻她。

孔漫没回应，只是安静地看着，安静地感受着，等他离开一点的时候说：“付杨，你回去吧。”

顿了一下，她继续说：“回云南，回到属于你的地方。”

这话像针一样刺进他心脏，密密麻麻疼着，他闭了闭眼，贴着她的头顶回：“我知道。

“我买了返程机票，明天上午十点的。”

孔漫动了动唇，喉咙干涩不已。

怎么这么难过？就像短暂的流星，亮了一瞬，温暖了一瞬就划走了。

那还不如，从一开始就不要有这份温暖。

她一个人在这寒冷的北京城，冷着冷着就会习惯，毕竟这么多年也是这样过来的。

一次次被抛弃，一次次挨过黑暗艰难的日子，但每一次她都不服输地站了起来。只因为她知道，她从来都是孤单一个人。

他为什么要来？

她压下所有情绪，低低开口："以后，不要再来北京找我了。"

付杨垂眸，安静半晌才回："好，我听你的。"

他以后还会再来的，只是不像这次一样了。

听到回答后，孔漫心脏紧缩一瞬，像是没了知觉一般，她平视着前方不敢低头，慢慢站起来。

付杨一步跨过去抱紧她，拉着她入怀，紧紧按着她贴在自己身上。

滚烫的身体让孔漫渐渐回暖，她抬手死死抱着他的背脊，使劲眨眼将泪水堵回去，暗恨极了，一口咬在他脖颈上。

付杨搂着她的腰，侧头贴着她的脸，一点一点温柔地啄吻着她。

不知是空调的温度，还是身体间的温度在慢慢攀升。

谁都没有先放手，让这个拥抱持续得很久很久，像是想把一生的拥抱都给抱完。

午夜钟声响起，孔漫放开他，说："进来休息吧。"

付杨微微弯腰，轻抚着她的脸颊，低声说："我去洗个澡。"

孔漫定定看他几眼，转身进了卧室。

房间里没有适合他穿的睡衣，她将自己的白色睡袍递给他："一次性洗漱用品在洗漱台上方的柜子里。"

"嗯。"付杨抱着睡袍进了她的卫生间。

卫生间里很干净，不大也不小，洗漱台旁都是女人用的瓶瓶罐罐，他一个一个看过去，想象着每一天她在这里洗漱化妆的场景，不知道是不是也像在多西镇时一样。

浴室里味道也很香，他打开洗漱台上方的柜子，里面确实有一套一次性洗漱用品。他拿出来洗脸漱口，随后脱完衣服，打开淋浴，避开脑袋，快速冲洗。

等再出卫生间的时候，帽子又戴了回去。

卧室灯光很暗，孔漫躺在床上，付杨走过去时，她往里侧躺了躺。

不大的白色睡袍裹在他身上，古铜色肌肤显得越发亮堂，透着健康有力的光泽，睡袍领口开着，胸膛肌肉紧实可见。

付杨边走过去，边看了一眼她的卧室。

整个房间装修得很清雅，淡蓝色的墙壁，米黄色木质衣柜，暗紫色的窗帘，床铺也是暗紫色的，女人躺在昏暗的灯光下，皮肤白皙刺眼。

他跪在床上，伸手抱起她，低头亲下去。

孔漫仰头感受片刻，一翻身跨坐在他身上，抱着他的背脊，要伸手去摘他的帽子。

付杨轻轻握着她的手，歪了下头，侧脸深吻过去，抱着她挪到床头，一把关了灯。

飘着雪花的北京城，夜晚格外寒冷，屋内却是如春回大地般温暖。

如付杨所说，第二天他就回去了。

孔漫没去送他，早早吃过他做好的早餐就上班去了。

付杨是孤零零回去的，但是回去后他就病倒了。

扑火时高温下用冷水扑头降温，以及灭火后被寒冬腊月的夜风冻到，本就有点低烧了，又跑了一趟北京，在北京冻了大半夜，致使他回到多西镇当晚就发起了高烧。

而他在两天之内，横穿三千里，往返六千里。

那之后的他们，一如孔漫从云南离开后，两人之间没半点联系。

日子不温不火地过着，北京已经陆续开始下起了大雪。

孔漫开着车，一点一点爬在路上，前方是望不到头的车流，她被堵在路上，手机也不想看，干脆打开车载电台随意听着。

晚上八点她才慢悠悠地回到小区外，车里的电台从一开始的相声、感情纠纷到现在的点歌播放。

“接下来这首歌是一个男孩子给在远方的心上人点的。他想借电台告诉那个姑娘，他想她了。我们一起来欣赏吧！”

旋律响起，电台里放出简弘亦低沉喑哑的音调：“沿着路灯一个人走回家，和老朋友打电话，你那里天气好吗……有些爱却不得不各安天涯，在夜深人静的时候想起他，送的那些花……”

歌词直击人心底深处，孔漫怔了怔，停下车静静听着，车窗外飘起雪花，思绪一下子随着歌曲不知飞到哪儿去。

想着某个地方天气如何，是否下雪了，又或是艳阳高照……

偶尔会想起他吗？孔漫自问，有吗？要是没有，为什么会频繁梦见？

突然“哐”一声，车身大震，黑色大众被撞得朝前移擦过去，撞在小区大门口上，安全气囊弹出。

孔漫蒙了一瞬，才明白过来她被追尾了。因为安全气囊防护，她并没有受多大的伤，路人把她救出来后报了警，又去了医院，再找保险公司理赔。

处理完所有事情，已经到了午夜，孔漫拖着疲惫的身体回到家。晚饭没吃，可她却没再感受到饿，已经饿过劲头了。

在沙发前坐下，感觉周围过于安静了，她摸到遥控，打开电视。

午夜的电视也没有什么好看的，来来去去都是一些新闻，她拿着遥控器，翻来覆去调了几个频道，却偶然间停下了，屏幕上显示的是云南台。

主持人正在介绍关于最近大热的野生动物保护以及山林的保护。

“省台记者很荣幸采访到哀牢山自然保护区的工作人员，下面转接记者李凡。”

画面被转接到哀牢山的其他乡镇。

孔漫静静等着，时间一分一秒过去，当多西镇出现在眼前时，她放松神经，靠着沙发，看着电视屏幕里永林叔熟悉的脸庞，他讲了什么，她什么也没听进去，一直在等。

等什么她也不知道，但是她就是在等着。过了不知多久，屏幕里终于出现了那个被她遗忘很久的人。

记者正在采访他。他说了什么，孔漫没注意听，她一直看着他的脸，有股恍然隔世的感觉。

多西镇是最后来采访的，采访很短暂，短短几句话就完了。

因为要插播其他新闻，记者在结尾时有提到，关于林业人员的采访，最终会以纸质与电子刊的形式刊登在春城日报上，欢迎大家关注春城日报以及春城日报公众号。随后电视台就插播到了其他的新闻实事上。

孔漫看了一眼采访时间，是在一个星期之前。她拿起手机四处搜了搜，最后点进春城日报公众号，搜起了关于林业人的采访。

确实如记者所说的一样，所有采访都刊登在了文章里。

孔漫往下拉，她没看上面都说了什么，而是径直拉到了最后一个人物采访上，大体介绍了付杨入职林业工作之后有关山林保护的一些工作内容。

要结尾的时候，是问答形式的。

记者问到他，对这份工作有没有抱怨过，或者有没有后悔过。

他回答：没有。

记者又问，举例三件这一生不会后悔的事儿。

他回答：我这一生，满腔热血，忠于国家；本命职责，守护山林；最后是，爱着心上的姑娘。

记者对他说的第三件事很感兴趣，问他那个姑娘在哪里。

他回答，在很远的北京。

记者：那你们的爱，跨越山海。

他：谢谢。

记者在最后结尾里写了几句话祝福他：

这个坚守岗位的男人，他忠于国家，国家不会辜负他；他爱着心上的姑娘，也希望他们有情人终成眷属。

孔漫把那篇采访来来回回看了不下百八十遍，最终颓废地耷拉下肩膀，一股跨越山海万里的疲惫席卷而来。

寒风也从窗外吹了进来，冻得她直哆嗦，她放下手机，慢吞吞地起身，拿了睡衣去洗澡。

洗完澡出来，直奔卧室，她躺在床上关了灯，什么也不去想，闭上眼，自我催眠着。

卧室陷入黑暗，几分钟后，又灯光大亮，孔漫下床走到客厅，拿起手机，又一次打开了春城日报公众号。

所有压抑着的思绪在这个夜晚飞飞扬扬，她在这一瞬间感觉到了前所未有的迷茫，不知道将来要何去何从。

从前一直想着，能有个人爱她，一起组建一个小小的温馨家庭。

她渴望着能被人爱也能被人温暖，却也在逃离着爱和温暖。

最后她泄气般地踢了踢沙发，将手机摔在沙发上，烦躁地抓了把头发，打开笔记本电脑。

半个小时后，一份草稿形式的辞职书跃然页面上。

看着辞职书，她又觉得莫名其妙，最后索性一关电脑，到床上躺着去了。

第二天依旧是大雪纷飞，孔漫没去公司，她请了个假。

一觉睡到中午，她起来点了个外卖，正在吃着的时候，电话响起来了，拿出一看，是阿桃，她接了起来："阿桃。"

"漫漫姐。"

"嗯？"

"……你那边天晴吗？"

孔漫看了一眼窗外："不晴，下着雪呢。"

电话那头无声。

"怎么了？"

"你今天没去上班啊？"

"嗯。"孔漫拿着筷子挑挑拣拣，"昨晚被追尾了，今天请了假。"

"什么？追尾？那你没事吧？"阿桃急忙问着，一个没注意，声音大了许多。她看着病床上被吵醒的付杨，控制了一下音量，指指外面，意思是她出去打电话。

付杨摇头，眼睛死死地盯着她的手机。

阿桃愣了一下，心疼这两人，干脆开了扩音，孔漫的声音传出来："撞上来的，没多大事。"

"那你没受伤吧？"

“没。”

“那就好……漫漫姐，你猜我在哪儿。”

“嗯？”孔漫愣了愣。

而挂着吊针的付杨却一下子明白了阿桃想说什么，他着急地比画了一下，嘴巴动着：不要说。

他不敢出声，怕电话那头的人听见。

阿桃扭头，装作看不见，她说：“我在卫生院。”

“怎么了吗？身体不舒服？”

“不是。”

孔漫突然想起什么，语气都轻快起来：“难不成是有小宝宝了？”

阿桃硬是被逗笑了：“不是呀，是……”她看了一眼惨兮兮的二哥，“是二哥被山火烧了……”

孔漫愣住了，手里的筷子直直掉落下去。

寒风不知从什么地方吹了进来，她在一瞬间被冻得不知所措。

“什么……什么时候的事？”

“就前几天。”

孔漫张了张口，什么话都说不出来，一瞬间不知身处何方。脑海里像是电影回放一样，一幕幕回忆起过往，从开始遇见，到最终分离。

她不敢想，那个像深山一样温柔的朴实男人……明明他来看自己，给她煮面的画面好像还在昨天。

“漫漫姐，你是不知道，二哥被烧得有多丑，哈哈哈！”

孔漫要吸鼻子的动作哽住，嗓子哑疼：“阿桃啊，你说话能不能说得清楚一些……”她缓了一下，抹了一把脸，干脆饭也不吃了。

阿桃还在笑，笑得卫生院病床上的男人不自在地把被子蒙到头顶，缩进了被窝里。

他这一病，直接躺了一个多星期。

孔漫没好气地道：“能有多丑？”

阿桃转到走廊，改为听筒模式：“真的丑！漫漫姐，到时候我传照片给你看，真的贼丑。”笑完她停了一瞬，又才开口，“漫漫姐。”

“嗯？”

“有天晚上大半夜一点多，二哥跟我要你的住址。”

心跳停了一下，孔漫握紧电话，手指捏着手机边缘微微泛着白。

阿桃吸了下鼻子：“我问他要干什么，他说给你寄东西。但是刚刚我在二哥外套兜里看到了飞北京的机票。”

阿桃沉默了一下，问：“他是不是去找过你了？”

孔漫没答。

阿桃自顾自说着：“他肯定是太想你了。还发着烧呢，就因为永林叔给了他两天休息时间，命都不要跑去看你。”

原来他来看自己的时候是发着烧来的，她都没有注意到。

这一通电话到最后只有阿桃在低低说着，孔漫看向窗外的眼神空洞迷茫，她像是处在一个巨大的漩涡里，这个漩涡是绝望逢生的孤独。

人生在世，难免绝望，难免孤独。你信有人会绝望逢生吗？孔漫在这一刻信了。

阿桃说完，又关心了孔漫几句就挂了电话，然后立马把刚见到付杨被烧伤时，她偷拍的照片传给孔漫。

看到照片第一眼，孔漫就不忍心细看，却又忍不住。他整个头顶被烧得血肉模糊还泛着焦，没有一片完好的地方。

这样程度的烧伤，不会再长头发了吧。

阿桃还发消息过来：【刚刚给你打电话的时候，二哥就在旁边眼巴巴看着呢。哈哈哈，像只被遗弃的小土狗，贼好笑。】

孔漫却是笑不出来。难怪那时候他来到北京戴着帽子，她要摘，他还避开了。

她没法说清心脏上蔓延的难过从何而来，只是压抑着沉沉呼了口气。

然后她翻开通讯录，才发现自己回来的时候就已经把他删了。她慌了一下，立马去微信通讯录翻找。在“F”那一片里终于找到，她放下手机，过一会儿又拿起来。

当初回来之后删了电话，改了备注，却没有删微信，或许是存了别样不舍的心思吧。

她来来回回点开对话框，却发现不知道要说些什么，最后颓废地放下手机，把笔记本电脑拿过来，打开文档，导出辞职书，一鼓作气发给了 Sally。

做完这一切，她倒在沙发上。

前路模糊，她不知该何去何从，也不知这一步是对是错。而可笑的自尊和骄傲让她又拨不出这个电话，手机握在手里，半晌没什么动作。

晚上，孔漫慢悠悠洗了个澡出来，肚子一直叫着，却什么都不想吃。

她坐在床上，几次拿起手机要打电话，却不知为何莫名胆怯了。

她还在发着呆，打着腹稿时，手机却突然响了起来，她拿起一看，是个陌生电话，来电地址为云南鹿城。

她看了一遍号码，后知后觉地明白这是谁打来的。

但她没有第一时间就接。她将电话放在床上，站起来走了几步，心情一下轻快起来，步子一踮一踮的，看见穿衣镜里的自己嘴角上扬着，她愣了一下，抹平嘴角，快步回去床边，在电话要挂断前一秒接通。

两人都没讲话，听筒里安安静静，只能听得到彼此的呼吸声。

他打来的电话，接通了，却什么也不说。

孔漫扑在床上，故意开口：“你好，哪位？”

“我……我是付杨。”

孔漫莫名笑了一下，轻快的声音透过话筒，传到几千里之外。

男人听着电话那头的轻笑声，紧张的神情一下放松，他放开握紧的被套，吞了吞喉咙，轻声问：“追尾后真的没有受伤吗？”

孔漫扣着枕头，回：“好像有一点……”

他有点紧张起来：“哪里受伤了？”

“有点脑震荡吧，好像忘了一个人。”

“去医院看了没？要好好休息，大意不得。”随后记起她说的后一句话，他又问，“忘记谁了？”

“唔……好像是跟我打电话这个。”

付杨愣了愣，没法再说些什么。

孔漫低声问他：“也不知道他会不会怪我……”

付杨一下就反应回来，她这是婉转道歉吗？

至于……拐这么大一个弯吗？虽然不知道她在道什么歉，但他一概是哄着她的："不会怪，哪里会怪。有个姑娘肯接他电话，那个人心里高兴得很呢！"

孔漫鼻尖略酸，想起他的脑袋："你来看我的时候戴着帽子，是不是就已经烧伤了？而且还发着烧？"

付杨动了动嘴皮子。按照以往，他一定会说没事，大事化小，小事化了。但现在听着她千里之外的声音，心里想她想到发疼发烫。

他病了，很想现在能抱抱她。即使抱不了，他也想听听她关心自己的声音。

他太想她了。

于是付杨有生以来第一次用了苦肉计："那天扑火时烧到头，小东用冷水来给我灭火，一冷一热就发起高烧了。"

孔漫坐起来，说："那你还来看我干什么？不好好养病！"

付杨没答，但电话两头的人都知道原因，因为思念。

安静了片刻，她问："现在呢？有没有好了很多？"

他声音低低的，带着几声咳嗽："嗯……咳。"

孔漫咬了咬牙，也只能说："好好打针吃药。"又问，"怎么你们林业人还负责扑火？那不是森林消防该做的吗？"

付杨尽量保持着弱弱中带着点咳嗽声，回她："咳……我们镇上还没有驻保护区的森林消防。"

"那岂不是很危险？每一次都要冲在第一线上？"

付杨抿抿唇，这是他的职责，但他不能把话说死。

他还在想着，能不能找什么办法来挽回。他真的很不想两人就这样以后一辈子不往来，形同陌路一般，各走一边。

那样的话，他估计会疯，光想想他就要喘不过来气。

他们之间不该是那样的结局，他们不该错过的，他该努力一点的。

"永林叔说，明年就会有驻林消防进来，到时候我们就只是辅助部门了。等驻防进来后，我也会从林业所辞职，好好去干工程，把事业做大，往城市里发展……"

孔漫越听越疑惑。

电话那头还在继续说着："到时候，你能不能回来……不是，是来云南看一看？"

“我为什么要去云南看一看？”

这话怼得他一时间顿住，又磨磨蹭蹭地开口：“就回来，来看看阿桃什么的……”

“那如果我不想去呢？”

付杨张了张口，挫败得不想再说话，却又舍不得挂断电话。

这样也很好，这样就很好了。

她没有忘记他，还会在电话里怼怼他，她没有冷冰冰地说不认识他。

只是，终归……还是有点不甘心啊。

孔漫也没在意他会不会回话，突然说：“我递交辞呈了。”

付杨找烟的手顿住，有点不明所以也带着点心疼：“是不是有人欺负你了？同事不好相处吗？还是工作很难？”

他艰难地在脑海里搜索着安慰的话，职场里的尔虞我诈，他听到过太多了。

孔漫嗤笑了一声，回：“没有。”相反地，降职之后工作轻松了很多，同事里她还是老前辈，谁敢欺负她啊。

只是，没意思了，心底挺不得劲的，上着班也没有以前那种干劲了。

付杨不明白：“那……你辞职干什么呢？现在工作不好找的。”

“我知道。”她说，“只是想去见一个傻子了。”

付杨这次是完完全全愣住了，直觉告诉他，或许她口里的那个傻子是自己。

他把电话换到右手，被换水的护士瞪了一眼，又转回左手，还想下地走走，可吊瓶挂在床头……他克制着自己，又怕他想错了。

“那个傻子，一定会很高兴的。但是，那份工作你不是干了好多年了吗，怎么说辞就辞呢？不再考虑考虑？”

孔漫哼笑：“那我还打算把现在住着的房子车子都卖了呢。”

付杨愣了愣，想起她那装修漂亮的房子，想不通问：“怎么……怎么，这么突然要把家也卖了？”他舔舔唇，轻声劝了一下，“要不要再好好考虑一下，我觉得这个大意不得……”

孔漫看着卧室四周，满满都是空旷，没有温度，没有人气，冷冰冰的。她反驳他：“这不是我的家，这算来只是一间房子，你知道什么是家吗？”

电话里没声音，她自顾自说着：“一个人住的房子叫房子，两个人住的房子才叫家。”

她这次也不兜着了，直截了当地问：“所以，付杨，你要给我一个家吗？”

付杨被这话砸得，脑海里再一次放起烟花，巨大的喜悦直冲大脑。

他嘴唇哆嗦着，话抖得不成样子：“要，要的。不是，是给，你要什么我都给。不是，是我们俩，要好好在一起，组成一个家。”

孔漫笑了，眼泪无端滑落。突然的心理剖白让她一时没有安全感，要是他在身边就好了。她一定会扑进他怀里，他也一定会给她满满当当的安全感。

此时此刻，她真的很想念他。

压抑太久的思念，一经溃堤，浪潮席卷而来，快要将她淹没。

她突然就开口：“付杨。”

“嗯！我在。”

“你……”爱不爱我？她话到喉咙又咽了回去，这句话她始终是问不出口。

“孔漫。”

“嗯？”

“我爱你。”付杨说得斩钉截铁，声音很沉，似把他一生的满腔热血都倾注在这三个字，这声回答里。

他希望她能明白，他一生最不后悔的就是爱她这件事。

从前有多少次想表达出来，又怕困扰到她，最忍不住的一次也不过是借着她听不懂的彝语宣泄出来。

孔漫笑了起来，眼眶再一次涌满眼泪，心里被莫大的喜悦占满。

她好想现在就去到他身边，抱一抱他，再亲亲他，想陪在受了伤的男人身边，想他不要那么难过。

他在电话那头有点忐忑，怕她不相信，低声问她：“你不相信吗？我说的是真的，我……真的很爱你，你要相信我。”

他说着面红耳赤，一股热气直奔大脑。一奔三大老爷们说这话，真是怪羞耻的。但如果她在身边，他一定会抱着她在她耳边唠个不停，听到她烦了为止。

“我信。”她说，“所以我马上要来找你了。”

“真的吗？我……你……”男人激动到话都说不清楚了。

她蛮不讲理地怪着他：“你那次来的时候为什么不说？回去后又为什么不

给我打电话？”

“我……对不起。”

“我很好哄的，只要你说给我个家，我就回去找你了。”

他抿了抿唇，低声哄她：“漫漫，我……”

“你叫我什么？”

“漫漫，可以吗？还是……阿宝？”

孔漫眼泪还挂在眼尾，就被逗笑了：“宝你个大头鬼。”

两人一直说着话，直到孔漫手机没电了，自动挂断。

电话挂了之后，孔漫找充电器给手机充电，到客厅的一瞬间肚子饿得不行，她到厨房翻了一圈，打开冰箱，里面有之前买的速冻饺子。

想了想，她拿起饺子，找出好久没用过的锅，洗干净，放水，打火烧着。

多西镇卫生院这边。

电话被挂断之后，付杨看了一眼电量，将手机充上电。

他在床上躺了一会儿，却根本躺不住。今晚给他的冲击实在太大了，一颗心脏像是泡在碳酸饮料里，有甜，也有噼里啪啦刺溜溜的爆炸感。

他想到她说的，要把北京的房子车子卖掉过来找自己，一下就跳下床往外奔去，右手上的吊针受力硬生生脱落。

护士刚好在走廊上，一把逮住他，吼他：“你要到哪儿去！”

付杨被吼得吓了一跳，急急忙忙地想往外走，道：“我老婆要回来找我了，我……”

护士打断他：“你确定要这个样子见她？”

付杨侧过脸，从窗户上看到自己的丑样，一瞬间又怂了，乖乖地被护士带回病房。

大约过了半个小时左右，付杨微信响起一声，他拿过来打开，置顶对话有一个小红点，他点开。

【阿宝：没有你做的好吃。（一碗饺子 .jpg）】

付杨看了一眼时间，已经是晚上十一点了，他回她：【怎么现在才吃饭？】

【阿宝：打电话前不饿，打完电话就饿了。】

他回：【以后给你做一辈子，好不好？】

【阿宝：小女孩害羞点头 .gif（动图）】

付杨捂着脸，自己偷偷笑了一会儿，打字：【我们现在是异地恋吗？】

【阿宝：不然呢？你又不能再来看我。】

【付杨：我……还想去看你的。】

【付杨：我想知道你在什么样的环境下工作，平时干些什么。】

【付杨：我还想去北京城，还想陪你看雪。】

【付杨：我都想的，只是……】

孔漫回：【我知道，现在森林火灾高发期。】

付杨找了一圈，下了一个可可爱爱的表情包，点了跪下道歉那个发了过去。

孔漫一笑，打字：【原谅你了。】

【阿宝：没办法呀。】

【阿宝：山不过来，我又想念得紧，只好自己过去了。】

付杨把那段文字看了又看，收藏起来，将手机按在胸口，烫得发热，一如他想念她的热度，甚至更多。

他忍不住问她要什么时候过来。

孔漫计算了一下时间，告诉他至少得个把月时间，最早 12 月底能过去。

这套房子她已经按揭了三分之二了，没了工作，又要永远离开这里，她打算干脆卖了。以后跟付杨在他们那市里全款一套，没有压力，又有爱人，将来还会有一个属于他们的小宝宝，那里也会成为她的家。

孔漫想着，满心憧憬。

吃完饺子，洗干净碗筷，她打开笔记本电脑，找到房源中介，把房子挂了上去。

付杨打完那组吊针，在卫生院躺了一夜起来后，拖了一个星期多的感冒就好了。

但头顶要随时回卫生院去换药包扎。

他回到林业所时，永林叔拿着一沓杂志，跟他摇了摇，感叹说："孔老师真是说到做到。你看见了这本杂志？写了很多啊，我们哀牢山，林业人，野生动物，山林保护都有啊！"

付杨点头。

孔漫回去后，他不敢给她打电话，又特别想知道她的消息，一天至少就要上一次网。看见网上大火的 # 野生动物保护 # 话题，他就知道是她写的了，电子版的稿子他存了很久。

永林叔一遍又一遍翻着杂志：“也不晓得孔老师还会不会再来这里……”

付杨在旁边坐下来，回话：“会来的。”

永林叔扭头看了他一眼，心疼他在这儿逞强。虽然早就晓得阿杨和孔老师在谈着，只是这如今人都走了两三月了，怕是不会回来了。

付杨被看得莫名其妙，问：“叔，你问孔老师来不来是……怎么了吗？”

“不怎么啊！她要是还回来，我们林业所得请她吃饭，好好感谢她。”

付杨心里乐呵呵的，提醒：“现在这种抓得正严呢！可不要害了孔老师了。”

永林叔一顿，拍了他一巴掌：“我请！我请还不行吗？反正不管怎么说都是要好好谢谢她呢。前段时间省电视台会来采访我们，也是受这文章影响嘞！”

付杨赞同，点头：“好，回头我跟她说说。”

永林叔有点怜惜地看着付杨。

就继续逞强吧！他叹了口气，一只手背起，另只手端着茶缸往门外走去，在院前椅子上坐下来，烤着冬日暖呼呼的太阳。

而几千公里之外的北京却是大雪纷飞。

孔漫辞职后就待在家里，开始收拾着家具。自从说开了之后，两人就开始了异地恋，那些她刚回到北京之后被压抑住的东西一股脑地奔腾出来。

她越发地想付杨，看见皮卡车会想，看见狗崽会想，看见路边花坛里的花儿也会想。她想念之前那些在云南的日子，顺带着会想那里的大山、绿树、蓝天白云。

付杨不是很喜欢打电话，用他的话来说是不善言辞。但他会让孔漫发语音给他，有事无事就打开她发的语音，一遍一遍听着。

他更多的话都用文字表达出来。亲昵的，想念的，调侃的，有时候甚至能接得上她的撩拨。

自从那次叫了“阿宝”之后，他每次找她开头不是“漫”，就是“阿宝”，会日常早晚安，日常一句想她，日常倒数着时间。

满屏都是快要溢出来的想念，这使得她想回云南的心一天比一天急。

因为付杨喜欢雪，孔漫有时候会给他拍北京大雪纷飞的视频，堆雪人的照片，脚踩在雪地上的音频，和银装素裹的北京城。

搞得付杨想立马丢下工作直奔北京，想和她一起过冬，想和她堆雪人。

但现实却是他因为工作，不得不留在保护区内，每天进山出山，满山林奔波着。

孔漫在楼下遇见小朋友们堆好的雪人，特意在手机上打了“付杨”两个大字，放在雪人头顶，借邻居的手机拍了发给付杨，还安慰他，以后有时间就陪他去他最想去的玉龙雪山看雪——付杨期待着那一天。

他也会给她拍碧绿的山川、挖掘机、家里的三只小狗，还会拍山里冬开的花儿，以及黄灿灿的芭蕉果。

芭蕉快熟的时候，他复制了她在北京的地址，到地里砍了半熟不熟的果子，拿薄膜一裹，拉到镇上的快递处，寄给远在北京的她。四五天时间，快递到了北京，芭蕉也熟了，刚好是甜的时候。

有一次孔漫收拾家具的时候，大腿内侧磕到了，紫青一块，但不是很严重，几天就能消了。可她还是拍照发给他，可怜兮兮地、委婉地求着安慰。

偏偏那一次他的点跟不上她，盯着她白生生的大腿看了又看，发了一句：等你回来收拾你。

又在下一秒撤回了。

孔漫一直看着手机，哪里会看不到这句话。她盯着自己的大腿看了一下，反应回来，直接发语音：“变坏了啊，付小杨。”

付杨听了两三遍语音，决定装傻，打字：你在说什么哇?

果然，他还是接不住她的撩拨。

他缓了一下，翻了翻相册，找了张照片发过去。

那是他的自拍照，白天坐在挖掘机驾驶位上的，戴着顶草帽，从下往上拍的，迷惑的直男式自拍。

孔漫看着照片里的人，皮肤更黑了，眼睛由于往下看都成单眼皮了，草帽下还有白色纱布露出来。

那边是个大晴天，他脑袋旁边露出湛蓝的天空，太阳照在他的夹克外套上。

照片之后跟着一段文字：建基站的材料陆陆续续拉进来了，我在给进山的建站工作人员挖条路。

又问：你在干什么呢？吃饭了没？

孔漫回语音道："没吃，没胃口，不想吃。"声音低低的。

付杨看了一眼时间，已经十二点半了。他退出聊天页面，点到外卖，把孔漫的地址复制过来，查看了一圈，给她点好外卖，又点了杯热饮给她。然后把截图发给她，让她注意接收。

孔漫抬着手机，嘴角弯起，这种被人放在心上的甜蜜，真的是……纯粹的开心快乐啊。

以前的她，一直是被放弃的那一个。

父母放弃她，孔老太太离她而去，那个男人也放弃她，就连她引以为靠山的工作也曾放弃过她。

从来没有人会为留住她而去做些什么，付杨是第一个。

她其实是个很容易被感动的人，所以才会在他打来一通电话时，就决定好一切。

在相隔三千里的山川河流中，两人分享着日常，使得这段分开后又重圆的异地恋不是那么难熬。

越来越接近回去的日子。

孔漫挂在中介的房子已经有好几拨人来看过了，车子也已经被她拉到二手市场卖了。当初二十多万买的车，开了两年不到，卖到二手市场也才七八万，但她不计较那么多，七八万也拿着。

或许是又卖车又卖房，还辞职，动作搞得有点大。有天晚上，之前打过一次电话的男人再一次打来电话。

她接起来，电话那头的声音很沉："春儿，你这是干什么呢？辞职？卖车？卖房？"

孔漫抿唇回他："不想待在北京了。"

"你想去哪儿？"

孔漫扬起眉头，声音带了点不易察觉的轻快：“我……要结婚去了。贺总，恭喜我一下呗。”

她话语里的轻快偏偏叫男人察觉到了，他声音更沉了：“结婚就结婚，把房子车子卖了？你可真长本事了！”

孔漫抿着唇不说话。

“孔漫！”这是自她改名后，男人第一次叫她。

“你要明白一件事儿，北京才是你的根儿。”

孔漫回：“我的事儿我自有主张。”

男人似乎是被她气笑了一下，反问：“你的主张？你的主张就是识人不清，被公司辞退，然后懦弱地逃到深山老林里？现在呢，又要自作主张跑去深山老林里找一个普普通通一事无成的山里莽夫结婚？”

男人越说越气，几十年的好脾气似乎都在这一刻爆发。他在办公室里走来走去，安静的环境下，皮鞋踩在地上的声音传到听筒里。

真是难得啊。孔漫挑眉，反驳他：“他不是山里莽夫，他为人正直……”

“我不是听你说那个山里人如何的，你搞清楚了。好，就算你要去跟他结婚，那就结，没人反对，过不下去了还能离婚，离婚后呢？你要去哪儿？你要何去何从？你怎么就这么糊涂呢？嗯？房子是安身之本，没必要为了……”

“够了，贺总。”孔漫打断他，她不想再听他如何贬低付杨。他们都不懂，所有人都不懂他是一个什么样的人。她觉得值得就够了。

“你……”

“嘟嘟嘟……”她还没气呢，他自己倒是气得挂了电话。

孔漫把手机丢在茶几上，在沙发上躺下。

他说的她何尝不明白，她只是……抱着满腔热爱，奔赴她的山海而已。

有人说，所爱隔山海，山海皆可平。这大约就是了，她想着。

这一生，不管不顾的爱只有一次。从前她觉得她遇到了，其实从来就没有遇到过。现在遇到了，她就不想放手了。

孔漫摸着自己的脸，过了年她就二十八岁了。快奔三了倒反而叛逆起来，而她的叛逆，是断了后路，闷着头往前闯，不是死就是生。

第十章 /冬日来兮

今天是个好日子

孔漫进了卧室，躺在床上。此时此刻，她特别想付杨，思念如同排山倒海一般涌来，她很想见见他。

孔漫拿起手机，打了个视频过去。

自从和好之后，他们更多时候是发文字和语音，电话有打过，视频却没打过。

响了几声后被接了起来，视频画面摇晃得很，付杨在那头“喂”了几声，随后视频画面定了下来：“漫漫？”

孔漫看着黑漆漆的画面，一时间无语：“你在哪儿？”

“刚下山呢。”他说着，往旁边喊了一声，“小平，把你电筒给我，你用手机照一下。”

随后有灯光照了过来，付杨拿着电筒放在面前的石头上固定好，对着自己照着。

孔漫终于能看清他的脸庞，以及他身后黑漆漆的山林，他戴着一顶黑色的鸭舌帽。

孔漫问他：“你们不走吗？”

“等一下永林叔和夏军哥，他们在另外一座山。”随后他又问，“吃饭了没？”

孔漫把手机放在枕头上，双手垫着下巴点点头。

付杨就笑，她这样扑在床上对着手机，整个屏幕就是她漂亮的脸蛋，他忍不住屈指在屏幕上滑了滑。

孔漫知道他是在隔着屏幕摸她，笑了一下，问：“你头顶好了没？”

“好了，不然也不敢戴帽子捂着。”

“还能长头发吗？”

“能……的吧？”他自己也不确定。

孔漫安慰他：“没事儿，不是还有其他方法吗，不用担心。”

“……植发？”

“对。”

付杨抹了一把脸，无奈地笑了。旁边的小平给他递了一个大馒头，又递过来一个老式军用水壶，他接过，拿起馒头啃了一嘴。

孔漫看了一眼时间，已经是晚上九点半快十点了。

这个时间才吃饭，而且还是馒头，估计也是冷馒头。她心疼他，却也没办法，这就是林业人，她只能安安静静地陪着他。

付杨吃东西很快，几大口就啃完两个大馒头，随后又提起水壶喝了几大口，就说饱了。他把水壶递给小平，然后就转过头来看孔漫。

两人安静地对视着，几秒后，付杨皱了皱眉头，轻声问她：“怎么了吗？出什么事了？还是受什么委屈了？”

孔漫垂下眼睑，沉默了一会儿，说：“有个长辈，看见我卖车卖房，过来骂了我一顿。”

“那个长辈是怎么说的？”

“他说，房子是安身之本，让我不要轻易卖了……”

付杨点了下头，隔着帽子挠了挠头顶，回她：“我觉得那个长辈说得对。”

“嗯？”孔漫抬眼看他。

付杨说：“其实一开始你说要卖房子的时候，我就很不赞同，我也有说过让你再考虑一下，不要那么轻易卖了。”

“不卖吗？可是我以后不打算回来了……”

付杨虽然感动她的付出，但还是劝她：“不要卖，以后有什么困难我们一起解决。”

孔漫看着付杨漆黑明亮的眼睛，最终点头。

孔漫离开北京的那天刚好是2019年到来的新一天。

她在满城欢庆元旦时踏上了南归的旅途。

房子没卖，但房子里能卖的都卖了，只留着简单的沙发、床、衣柜和桌椅，其他不能卖的通通打包寄到云南。

她真正离开时倒是一身轻松，一个行李箱就搞定了一切。

昆明长水机场出站口，一个戴着黑色鸭舌帽的男人一直在出站口走来走去，旁边的人被他绕得眼花，不得不劝：“小伙子，你不要绕了，坐下来等啊！”

付杨转头，不好意思地笑笑，抬头看了一眼，从北京飞来的航班的最近一趟，也是孔漫这一趟，还得有半个小时才到。

他找了个位置坐下，手伸进口袋里不由自主地摩挲着小盒，脑海里过了很多地点，打了很多腹稿，却始终觉得不够隆重，偏偏他这榆木脑袋实在想不出来还有其他什么更好的。

他在昨天下午就来昆明了。

永林叔知道他要来接孔漫，不可置信极了，但还是给他了两天的时间，让他把手头上的工作移给所里其他人。

他来到昆明第一时间找到 DR 专卖店，挑到专卖店的人都要下班了才选了一款戒指。

因为不知道这个牌子是需要提前预约定制的，他一直以为和其他的钻戒一样，幸好还有现货，他登记了身份证信息后就买了下来。

他拿出小盒，纯白色的，正面是大大的 logo——DR，打开里面是黑绒，衬托着银白色钻戒熠熠生辉。

旁边的男人看见，笑了一声：“要求婚了？恭喜啊！”

付杨抿唇微笑：“谢谢。”

忽而又想起什么，他问那男人：“你说求婚，要去什么地方合适？”他也是病急乱投医，逮到一个愿意说话的人就问。

那男人想了想：“这个季节我们昆明也没什么好呢……啊，可以去海埂大坝啊！”

付杨一愣问：“滇池？”

“对头。你想想，现在海鸥也从西伯利亚飞回来了，那边人又多，那么多人见证下……”那人说着，笑眯眯地对着他挑挑眉头。

付杨捏紧手中的盒子，被说得心动了。

时间一分一秒过去，似乎过了很久，久到他一眼就在人群涌动中看到孔漫高挑的身影，他的目光锁住她，温柔地笑着，等待她出来。

再次见面，两人没有像电视里演的那样激动狂奔着热情相吻，只是相互对视着，一步一步走近，像倦鸟归巢一般。

孔漫在付杨面前站定，抬头看着面前的男人。

黑色鸭舌帽，一件黑色外套，深色牛仔裤，个子挺拔，漆黑的眼里有光，倒影出小小的她。

似乎是从千年前回溯一般，孔漫竟有股恍然不知如何开口的艰涩。

付杨摸了摸口袋里的小盒子，伸手拉住她，许许多多的话堵在喉咙里，叫他在重逢这一刻竟然一句话也说不出，只是拉着她的手，又提起行李箱，带着她往前走去。

孔漫跟着他走，手腕被捏得很紧，但没有弄疼她。

到了车旁，付杨把行李箱放在后座，打开副驾驶的门，终于说出重逢以来的第一句话：“欢迎回来。”

孔漫走过去，没有上车，而是伸手环住他的腰，靠在他的胸膛上。这久违的熟悉与安稳，让她整颗漂泊在狂风暴雨中的心得以归岸。无论未来如何，至少这一刻她是认定了这个男人的。

付杨也伸手搂住她的腰，把人紧紧按在自己怀里。失而复得的喜悦差点让他落了泪，他把脸埋进她的脖颈。

在这一刻，他们终于迎来重逢后的热烈相拥。他曾说过的——“你走我绝不相送，你来我热烈欢迎。”

时间分分秒秒过去，还是孔漫站不住了，推了推他，说：“走吧。”

付杨才放开手，两人上车。

副驾驶上有一袋零食，付杨提起来，等孔漫把羽绒服脱下来丢到后座时，将零食放在她膝盖上，然后才发动车子开了出去。

昆明的冬天不像北方的冬天，这里的冬天天更蓝了，阳光一如既往的明媚。

付杨开着车，绕到了海埂大坝。因为接下来的事，使得他大冬天的手心居然冒起了细细的汗。

越来越接近滇池，上方的天空里海鸥飞来飞去。

孔漫看了几眼：“这儿的鸽子怎么那么多？”

“这不是鸽子，是海鸥。从西伯利亚飞回来过冬的。”付杨回答着，突然想到这是个好机会，接着开口，“这边靠近滇池，海鸥更多，要不下去看看？”

孔漫转头看他：“不会耽误事吗？”

“不会。”

“那去看看？”

付杨笑着点头，正合他意。

他把车子开去附近的停车场停好，带着她到滇池去。

海埂大坝上热闹非凡，游客、海鸥、小商小贩络绎不绝。

付杨拉着她上去，买了块面包让她喂海鸥。

孔漫松手时，看了看自己的手心，再转头看了一眼付杨。

“怎么了？”他问。

“是你怎么了吧。”她伸手摊开手心道，“这么多汗。”

付杨拉了一下帽檐，轻轻撇开视线，说：“没有啊。”

孔漫眯了下眼，他有事，还是不愿对她坦白的事。

付杨不敢再看孔漫，他手心的小盒子已经被捏得快要变形。

孔漫终于转头，只是眉头微微皱起，她撕下一块面包往前撒去，心里压下一块巨石。

两人之间越来越沉默。

付杨急得脑门都快冒汗了，嘴唇动了无数次，却一句话憋不出来。再一次跟孔漫对视上，他鼓起勇气要张口，话却卡在嗓子口。

孔漫看他的视线越来越凉。

付杨一着急，“啪”一声，给了自己一大耳刮子。

周围的人也转头看他们，付杨鼓了口气，伸手一把拉过孔漫的手，摸出盒子，单手打开。

孔漫愣了一下，缩回手。

他本来就紧张，拉她的时候也不是很用力，她一缩就回去了，剩下他呆愣愣地站着，不知所措。

孔漫看着他，再看向 DR 戒指盒，一瞬说不出话来。

倒是旁边一直在看着他们的游客坐不住了，这一看就是要求婚啊！

有个大爷忍不住道："小伙子，你要单膝跪地哇。"

付杨本就手足无措，这时有人指点，当然听从他们的建议。他在孔漫面前单膝跪下，将戒指盒举过头顶打开，立在她眼前。

旁边的人善意提醒："小伙子，你戒指拿反咯！"

付杨拿着戒指盒慌忙转了个圈，偷偷看向孔漫。

两人视线相对。

围观的人恨铁不成钢："你倒是开口求婚哇！"

"求婚"两个大字滚进孔漫耳朵里，滑到心脏上，像滚烫的热水，一瞬间打散压在她心里的巨石，进而咕噜咕噜翻起来成了粉色泡泡。

她垂首看着他，忽然说："不急，慢慢来。"

付杨擦了一把手心的汗，稳了一下，吞了吞喉咙道："孔漫，嫁给我吧。"

孔漫笑着，眼里有泪花，答应得很快："好，我答应。"随即又打了个拐，"不过……"

付杨刚激动起来的心定了一下，看向她。

孔漫手指卷了卷发尾，斜斜靠着栏杆，慢悠悠地说："别人求婚都有花，就我没有。"

付杨蒙了一下，转头看向周围，看到花坛里有细碎的小花，他站起来就要去拔，一捧包装华丽的鲜花却突然被塞进他怀里。

"喏喏喏，花！"女孩子把花塞给他。

女孩子的男朋友在旁边看着笑了笑，摸摸她的脑袋。

围观的群众也都在热闹起哄着。

春城真是个热情的城市，孔漫看着四周笑了一下。

付杨捧着花，手拿着戒指，几秒后终于组织好语言。他举起右手到太阳穴旁，握拳，像少先队员起誓一般，对着她郑重而坚定地宣誓："我，付杨。

"忠于国家是我的信仰，守护山林是我的使命。"

他定定注视着她，漆黑的眼眸又深又亮。

四周安静下来，男人的声音低沉而坚定："爱你，是我身体与灵魂的意愿。

"我一生将忠于国家和我的爱人。

"孔漫，嫁给我好不好？"

海埂大坝上围着一圈又一圈的人，各个都举着手机在录。

在 2019 年新年这一天，他们与西伯利亚南迁的候鸟一同见证了一场简简单单、磕磕绊绊却又打动人心的求婚现场。

孔漫看着付杨在笑，目光直视着他，所有回答都在里面，也只有他们才懂。

我嫁给你。

我要陪你看山川河流，人间烟火。

我要陪你度过日升月落，四季繁花。

我要陪你同甘共苦，共建属于我们的家。

所以我会嫁给你。

在周围人的起哄下，她接过他手里的戒指，付杨笑了起来，站起身把花递给她，拿过戒指给她戴上。

孔漫举起手，在漫天海鸥滑翔中，定定注视着指间熠熠生辉的戒指。

周围的人越来越多，年轻人更是起哄："亲一个！亲一个！"

男人脸红了，耳朵尖尖也红了，走过去，从背后拥住她的同时，在她侧脸上亲了一口。

孔漫回神，将花还给花的主人，顺带也祝福他们。

滇池周围来了更多游客，付杨拉着孔漫偷偷钻出人群，往鹿城赶回去。

清晨的阳光从窗帘缝隙里落下，带着早春的薄雾，朦朦胧胧像一层纱。

孔漫一大早被付杨弄醒，她醒来第一眼没看男人，反而是再一次举起手，看着戴在无名指上的戒指。

付杨不乐意了，覆在她身上，使了点力压着她，唇落下去，从眼睑滑着到唇角。孔漫扶着他的脸，被压得透不过气，索性缩下去在他怀里蹭了蹭。

付杨吸了口气，稍稍抬起来一点，孔漫伸手掌着他的脸，笑了一下。

看她这样，付杨翻身下来侧躺在她身边，阳光洒在两人身上，他看了眼窗外，突然说："今天天气好好。"

"嗯？"她没懂他什么意思。

"我是说。"付杨垂眸看她，轻声问，"今天领证好不好？"

孔漫诧异："领证？"

“嗯，结婚好不好？”

她伸手戳戳他胸膛，问：“那你带户口本了没？”

付杨眼睛一亮，掀开被子跳下床，扯过挂在椅子上的外套，掏出一本棕色的本子，在她面前晃了晃。

“你这人……”孔漫拥着被子坐起来，抵着额头低低笑开了。

付杨一步跨上床，认真注视着她：“你说一个人住的房子叫房子，两个人住的房子才叫家。”他把户口本放在她手里，“以后我们就有属于我们的户口本，属于我们的家。”

孔漫拿起户口本，翻到付杨那一页，眼眶忽然就湿热起来，往后他的配偶栏上是她的名字，她以后再也不会是孤孤单单一个人、一张纸。

房子和爱人，结合起来就是真正的家。孔漫抬头看付杨，认真答应：“好啊。”

付杨笑得眯了眼：“你先躺会儿，我去做饭，吃完饭就去。”他起来麻利穿好衣服，打开卧室的门钻进厨房里。

2019 年第二天，风和日丽，是个好日子。

他们顺着流程，先到医院做了婚前检查，又到民政局办理手续，结果卡在了最后一关。工作人员卡住他们的手续，对付杨说：“先生你好，你需要出示你的单身证明。”

啥玩意儿？两人齐齐一顿，摸不清楚状况。

工作人员耐心十足地解释：“你需要到乡镇或者村委会办理一张单身证明，这边才可以给你办理结婚登记手续。”

付杨一听脑袋都炸了。他是不是单身，按理来说身份信息上有才对啊，但工作人员还是需要他提供证明。

看他快要和工作人员杠上，孔漫拉着他往外走，说：“民政局就在这里，又跑不了，早一天晚一天没多大区别。”

付杨委屈：“怎么就没区别？区别大着呢！”

孔漫好笑：“那我又不会跑。”

付杨拉着她往停车处走：“走走走，赶紧回去打证明。”

当天回房子里简单收拾好东西，他们就回了多西镇。

这个季节的多西镇被一片粉色樱花包围着，从远处看去，像是藏在青色深山里的粉色花朵一样，被绿叶包围着，若隐若现。

孔漫看着看着就笑了，第一次来这里没见到的风景，这次再来居然叫她看见了。

回镇后，付杨第一时间把车开去村委会打单身证明，拿到单子后不放心自己带着，于是全捞出来递给孔漫。

孔漫一把手还接不下他给的东西，双手接过后，她一样一样翻看着，户口本、钱包、证明，还有一张小照片。

她翻回来看了一眼，是她的照片，没有塑封，边角已经卷起小小的毛刺。这证明照片随时被人翻出来看。

孔漫一瞬间心就酸酸软软的，像踩在棉花上一样。她转头看付杨，不得不承认，被人放在心上是从未有过的安全感和幸福。

车子还没发动，一直停在乡间小路上，付杨还在四处翻找着东西，看还有什么可以上交的。

孔漫靠过去，搂住他，付杨停下动作，回抱，问："怎么了？"

孔漫没说话，就静静靠着付杨，他便也没有再问，抱着她靠着车窗。

半刻钟后，皮卡车开回山顶。

李兰早就知道孔漫回来云南了。当然不是他家老二打了电话，而是她自己刷短视频的时候刷到的。地点在滇池，有一对新人在求婚，细看，那不是自家老二吗！再一翻评论，全是祝福的。

她乐呵呵地拿着视频在村里村外四处转悠，遇到人就说她儿媳妇要回来过年。

所以当付杨把车开回去时，家里早就备好满满一桌丰盛的晚餐，两人吃过晚饭就在家里歇下了。

次日一早，两人睡到大中午才起来。

家里没人，父母不知道去哪儿了，小朋友也不在。

付杨进厨房热了热盖着的饭菜，吃完后拉着孔漫往外走，说带她去看一个地方。

看他神神秘秘的，孔漫以为也就是像之前一样，带她去看这里的冬日风景，她插着兜，慢悠悠跟着。

走了不到十分钟左右，从田间地里穿过，细小嫩绿的麦苗随着风儿摇摇晃晃。田地外就是群山错落，这儿的冬天，草虽然枯了，但山还是青的。

又拐过一个弯后，一片竹排篱笆立在眼前。

篱笆外是一条砌好的鹅卵石小道。篱笆内似乎有果树，还有其他植物，有落叶掉在篱笆外。

顺着小路直走，付杨在一个地方站定，转头等着她，孔漫过去。

他前面是一扇木门，像古时候柴扉小院那样式的双开木门。木门上方是一片茅草顶，木门左右两侧还有竹片，上面是用毛笔写的大字对联。也不是对联，更像是情话。

左侧是“众生皆草木”，右侧是“唯你是青山”，上头“山水一程”。

孔漫转头看付杨，男人站在门边，用拇指认真擦着字下面的一点点污水。

像是感觉到旁边人在看着自己，他抬头看了过来，帽檐下的双眸亮晶晶的，似有小星星。

孔漫似被蛊惑一般，走过去靠在他身上。

他环住她，低头蹭了蹭她发顶，低声问：“喜欢吗？”

他这么问，孔漫就明白了这是他写给她的，她仰头看着他。

付杨俯身，轻轻亲了亲她，眼神透着询问。

这个男人，没什么文化，没什么钱财，人也不帅。是人世间最平凡也最朴实的那一类，却偏偏也是最赤诚，最真心的男人。

他所做的事，都是默默无闻的守护和等待，也不管值不值得。

孔漫缓缓地点点头，又看向那些字，一个字一个字落在心上，还来不及细品心间冒出的那些酸涩又甜蜜的情绪，付杨就推开门拉着她进去了。

正对着门是一座茅草亭子，四周有白色的纱帘，亭子中央是一张石圆桌，桌边摆了四把竹椅。石桌上置着一个青花瓷花瓶，里面还插着一株白色的，但香味特别好闻的不知名花朵。

亭子周围也种上了花。只是此时落了叶，显得光秃秃的。

从大门通往亭子的路也是用鹅卵石铺起来的。

付杨带着她看完亭子，拉着她往右侧走去。他指着那些栽好的树，挨个给她介绍："这棵是桃树，旁边的是石榴，那是梨树。"

说着，他抬了抬帽子："柚子树还没找到适合的，等找到就挪回来。"

路过一片棚架，孔漫问："这个呢？"

"这是葡萄树的架子。刚移栽过来，估计明后年才能结葡萄。"付杨比画着，"这片空地到时候种上青草，上方就弄架秋千，到了夏天乘凉就爽快了。"

孔漫脑海里勾勒出一幅幅画像，竟也期待起来。

葡萄棚架出去，正对面是一座岩石假山，银白色的，旁边栽了棵青树。假山下面用岩石围了个小水池，水池周围用鹅卵石铺好，鹅卵石外面也都栽上一小片菊花。

孔漫看着问："你要在这里养鱼？"

付杨闻言笑了一下，抬手揉了揉她的脖颈，环住她肩膀回："我正打算把山头的水引下来，在这里给你造个小型的人工瀑布，怎么样？"

"给我？"孔漫愣住，指着自己。

"嗯。"付杨笑，"那时候你不是说羡慕人家有庄园吗？看，现在你也有一个了。

"等水引下来了，我再找村子里的木匠打一架水车放在塘里，一年四季转悠着。"

他拉着孔漫往四周走，边走边说："屋子就不盖了，这里离家近，我们就回家住。到时候把亭子扩大一点，可以遮阳挡雨就行。

"菜园子也先不弄，种菜讲究时节。我就移栽了许多果树过来，先给你弄成果园或者花园。"

他带着她走到后方靠山处的一片荒地，比画了一下："这块到时候要砌砖围起来，安全一些。如果你想吃新鲜小蔬菜，这里也可以改成菜园子，叫我妈帮你或者教你就行，这个她在行。"

庄园还没建好，只是有个大概。或许来年春天的时候，这个园子就生机勃勃了。

孔漫无法想象，当初她只是随口一说，他居然就记在了心里，真的弄了个庄园出来。

这个男人，为了她的随口之说，闷声不响地造了个庄园给她。

那时候她不在他身边，他们甚至都不确定有没有未来，但是他就是这样做了。

难以想象，如果她没回来……但又庆幸，她回来了。

篱笆角旁的草坪，一丛月季倒在地上。付杨走进去扶起，又将旁边的木桩立起来，把花缠上去固定住。

孔漫跟着走过去，从背后抱住他。

付杨拍了拍手，转身搂着她。回来后的她越发黏他了，这让他很开心。

孔漫轻轻启唇，他顿了一下，看着红润的嘴唇，低头亲了上去。

孔漫愣了片刻，笑了一下闭上眼，手上移，搂着他的脑袋回应他，内心是从来没有过的柔软。她拿掉他的鸭舌帽，使了点力拉低他，去吻他烧伤后的脑袋。

她回来找他的这个决定，很值。

头皮凉飕飕的，付杨被她亲得刺激了一下，握着她的腰，额头顶着她脑袋，又狠狠亲了下去。

一吻完，两人气息不稳。

付杨搂着孔漫，随后侧身靠在篱笆桩子上，打火机夹在食指中间，随意转着圈。

孔漫靠在他温热的怀里，冬日的暖阳从篱笆外照进来。今天是个好日子，就如去年早春三月，他们刚遇见时一样。

那时她也是看着他挺拔的背影，想看看他的脸。

却不想，见了脸还没细看，倒叫他笑了一下给晃了神而移开眼。就那一眼，她以为他是风流浪子。这样的男人，她在过往二十多年里见过太多了，所以也没怎么上心。

但渐渐相熟之后，她才明白这个男人是例外。

他坚守着岗位，默默无闻地守着保护区的山林，义不容辞地担起家乡的基建。有坚定不移的信仰，更能抗起顶天立地的责任。

他平凡朴实，不浪漫，却用最实诚的心，做出最打动人心的事。

在没有尽头的等待日子里，他一件件完成承诺过的事，不管这件事值不值。

…………

下午的时候付杨就带着孔漫回镇上了。

永林叔特意叮嘱他将孔漫带来林业所，说大伙要好好感谢她。

他们没去任何一个餐馆，而是回了永林叔家，永林嫂子做了一大桌丰盛的饭菜，招呼着林业所里的各位。

吃完晚饭出来，又转去镇政府。

阿桃还不知道孔漫回来了，房间门被敲响时，她放下遥控器起身开门，第一眼看见的是黑衣黑裤的二哥，旁边站了个女人。

细看，哇！

“漫漫姐！”阿桃瞪大了眼睛，一时间不敢置信。

孔漫笑着，将手里的水果递给她问：“吃饭没？”

阿桃抱着水果侧身让他们进来，回道：“吃了吃了。”她把门关上，“你什么时候回来的？”

“昨天下午。”

阿桃将水果递给从厨房擦着手出来的程磊，拉着孔漫在沙发上坐下，问：“那这次不走了吧？”

孔漫看了一眼倒水的付杨，笑着点点头：“是不走了。”

“那你们……”她看看孔漫，再看看倒了水递给他们的二哥。

孔漫捧着水，笑：“你猜。”

哇！真的是回来跟二哥结婚的！阿桃欢呼一声，扑在孔漫身上。

见阿桃这个没轻没重的样子，程磊吓了一跳，叮嘱：“你动作轻些！”

孔漫诧异，看向阿桃。

阿桃笑着，身上散发着温柔，她摸了摸肚子，说：“漫漫姐，你说得真准。就那次跟你打电话后的第二天，我身体不舒服，到卫生院一看，检查出来怀孕了。”

孔漫诧异又惊喜，看向她的肚子，问：“多大了？去鹿城看过没？”

“八周了，前天刚检查回来。”

“真好。”孔漫感叹，拉着她坐好，“当母亲的人了，别毛毛糙糙。”

“嘿嘿。”阿桃笑着端正坐好。

真好啊，这一年的冬天，似乎都迎来喜事。

阿桃怀孕了，程磊和她要为人父母了。

她也回到这片山里，和付杨也快要结婚了。

这一年的冬天格外温暖，冬日的太阳暖呼呼照着大地。

他们没来得及在新年前去办结婚证，因为付杨太忙了，这段时间四处巡山、扑火、救援。

孔漫也不着急，反正现在她人都在这里了，只等他不忙的时候再去。

她回来后，买了些考公的书籍，打算来年考公务员。在这乡下，稳定一些的工作就是编制内，像阿桃那样的。

临近年关，乡下热闹得不行。这个地方的腊月时兴吃杀猪饭，每家每户有条件的情况下都会养一头大胖猪，腊月的时候挑个好日子宰了，然后请村里的乡亲父老到家里吃饭。

那段时间付杨特别忙，李兰将孔漫接回山顶老家，还带着她去村里吃杀猪饭。

孔漫从一开始的不好意思，到后来渐渐也放开了，一个腊月过去她吃胖了不少。

付家的年猪今年没杀。村里人看着李兰带着准儿媳四处走动，就知道付家喜事将近，肯定是留着年后喜事上杀。

村里的学生们都放假回来了，整个山村里不是小孩子的欢乐声，就是鞭炮的爆炸声。

新年的气息越来越浓，腊月二十九这天，付杨的大哥付松和大嫂终于都回来了。

付亚鹏小朋友别提多高兴了，拿着爸妈带回来的玩具四处炫耀。

这一天家里也围了很多人来打糍粑，热闹了一整天。

大年三十下午，付家在准备年夜饭，孔漫有心想帮忙，却插不进手，付大嫂就让她帮忙带下小朋友。

跟付亚鹏出去玩，倒不是她带小朋友，反而是小朋友带她，带着她四处炸小鞭炮。

他们在村里小路上玩着的时候，付杨开着车回来了，看见他们，他停了车，短短几步路还硬是要孔漫上车。

孔漫正要拒绝，小朋友眼珠一转，瞬间溜了个没影。

付杨笑着，下巴比了比副驾驶，孔漫无奈，走过去上车。

下午五点左右，院子里的青松上挂上一串鞭炮，噼里啪啦炸完，就可以开年夜饭了。堂屋里铺上了一层绿绿的青松，寓意来年平步青云。饭菜就摆在青松上，一家人围着坐下，团团圆圆吃着年夜饭。

吃完年夜饭，李兰拉着孔漫进到他们住的老房子，拿出一本存折放到她手里。

这可不能接，孔漫要还给李兰。

李兰紧紧推着她的手，说：“这是我们给你的彩礼。没多少钱，就十来万，你不要嫌弃。”

孔漫手顿住，抬头看她，鼻尖酸涩。

李兰将存折塞进她的口袋里道：“我们老两口辛苦一辈子，就希望两个孩子娶妻生子好好过日子。老大家帮了，老二家也要帮。”

她说着笑了笑，拍拍孔漫的手：“老二是个争气的，车子不用我们操心，房子也在鹿城买好了，现在是旧一点。不过他之前跟我商量过，等你们结婚后，就把那房子卖了，凑点钱买个大点的学区房，方便孩子以后上学。

“我们老两口帮不上他什么忙，就凑了点彩礼。少是少了点，你不要嫌弃。”

孔漫看着存折顿了片刻，倾身抱住这位母亲，哽咽着说：“不嫌弃，一点不嫌弃。”

他们没有因为她没有父母就忽略了这些，她是真的被这家人放在了心上。

她何其幸运，碰上了这一家子。

“咳咳。”门口有人咳了两声。

两人看过去，付杨靠在门框上看着她们。

他一生中最重要的两个女人，一个母亲，一个媳妇，相处很和睦。都说婆媳是最大的战争，但他们家好像就没有。付杨心里熨贴得很，看着她们的目光温柔且开心。

“干什么？”李兰没好气地看着他。

付杨摸了摸鼻尖道：“妈，你真好。”

李兰放开孔漫，推着她往门口走：“少来肉麻我，祸害你媳妇去。”

“好咧！”他一笑，拉着孔漫往外走。

天已经黑透，夜空中繁星闪烁。付杨环着孔漫肩膀，带着她到上次的芭蕉树下，依旧是扯了芭蕉叶抱着她坐下。

璀璨的星空连接着多西镇的灯光，夜晚山间的安静被一声声烟花打破。

孔漫从来没有过过这样热闹的新年。

二十几年她都是一个人冷冷清清过来的。在她看来新年和平时没什么区别，只是多了几天休息时间而已。

而这里，从腊月开始，这个山村就热闹起来。腊月吃杀猪饭，喝腊八粥，赶集备年货，扫尘，打糍粑……都是过年该有的样子。

新年的氛围在大年三十这天达到高潮。这一天，她体会着从未有过的温暖与幸福，皆来自这个男人。

于她而言，他是她幸福的源头。

在一声声礼花中，付杨忽然出声："下辈子要早点遇见你。"

"嗯？"

"下辈子还做夫妻。我们要早早遇见，恋爱要从小就谈起，到了年龄立马就结婚。"

孔漫倒在他身上，笑着调侃："这辈子都还没做成夫妻，就想着下辈子了？"

"什么没做成？"付杨不乐意，在她侧脸轻咬了一口，"过完年就立马出去领证。"

孔漫笑着戳戳他的脸。

"想叫老婆了。"他垂眸看她，语气透着询问。

孔漫扯他的脸，说："那就留着领证后吧。"

付杨叹了一口气，抱着她的手在腰侧轻轻掐了一把，挠着她痒痒。

孔漫笑着拍了他一巴掌，从兜里摸出存折递给他。

付杨没接，塞回她兜里，说："我这个人穷是穷了点，但我正在努力，以后一定会带你过上好日子。难不成……"他瞅她，"你嫌弃了？"

孔漫忽然凑过去吻了一下他的脸："是啊，嫌弃了。"

付杨眯起眼，她接着说："不过，我喜欢。"

这话激得他低头狠狠亲了她一口，随后将头埋在她肩膀上，过了片刻他忽然说："如果，我说如果有一天，我们中谁出了意外。"

他抬头看她，神色是从未有过的认真。

"另一个一定要好好活下去。"他摸着她的脸，喃喃轻声，"活着的那个人一定要活得更好，直到寿命尽头。"

孔漫半晌没回话。

付杨有点着急："答应我，好不好？"

他捧着她的脸，急切地要她回答："漫漫，答应我？"

"你怎么了？"

付杨没回答，只是抱紧她，让她承诺，恍惚中自己好像还在前几天的大理森林大火中。

他们过去救援，山火带走了很多消防员，其中一个才刚刚结了婚，他老婆听见消息后没坚持住，去见他了。

付杨只是害怕，很害怕。

孔漫摸着他的手，发现有点抖，就不再问了，而是说："那你也要答应我，好好活着。不管任何时候，都要拼命活着。"

"好，我会。那你呢？"他答应得很快。

"我也会。"

付杨这才笑了，搂着她一顿亲。

在山坡上看了会儿烟花，他们又散着步回去了。

回屋后，孔漫从行李箱翻出几件衣服让付杨一一试穿。

事实证明，她挑衣服的眼光还不错。

他戴着黑色鸭舌帽，暗紫色卫衣穿在他身上，一瞬间有股少年气息透了出来。孔漫看呆了眼，走过去，推着他按在墙上，摸摸他胸膛，让他单手插兜。

付杨照做，孔漫瞧着："真帅。"

付杨笑着拉过她抱在怀里，她身上一直都是淡淡的清香，这香味让他迷恋，也能催化人心。

他拉着孔漫，低头要亲她，她忽然往他手心里塞了个东西。

付杨愣了一下，放开她，摊开手一看，奇怪道："这是什么？"

"御守，保平安的。"

付杨左手提起来看着，直皱眉头。

孔漫见他嫌弃，哼了一声抢过来："不要算了。"

御守猝不及防被她抢去，他蒙了一瞬，靠过去搂着她晃了晃，讨好道："没有嫌弃啊，只要是你给的东西，我都不嫌弃。"

孔漫看着他，不信：“不是不喜欢？”

付杨没敢答话，只是抱着她晃来晃去。

孔漫将御守塞进他裤兜里，说：“不喜欢也给我装着，陪我好几年了。”

“那肯定得好好留着。”付杨笑起来，晃着她的动作突然停止，胳膊紧绷了一瞬，吸了一口气，问，“手放哪儿呢？”

“放御守啊。”她眼睛睁得圆圆的，无辜得很。

付杨再次“嘶”了下，额头上青筋都跟着跳了跳。

孔漫坏笑着，身体贴近，付杨受不了这诱惑，索性一把抱起她往床铺走去，边走边说：“撤回的那条信息就该好好躺在聊天页面里。”

屋外欢声笑语，屋内春意浓浓。

村里的礼花在一瞬间齐齐升空绽放，院子里不知道谁喊了一声：“新年快乐！”

付杨停下动作，撑在上方笑着看她，片刻后，他低下头贴近她耳朵，轻声说：“宝，新年快乐。”

眼泪忽然就从眼角滑下，孔漫仰头亲他下巴，回：“新年快乐，阿杨。”

新春的阳光，明媚耀眼。

对于孔漫来说，这也是全新的一年，她热烈地期盼着，计划着。

这一年，她会把自己嫁了，嫁给爱自己、自己也爱的男人，嫁给一个能顶起她头顶一片天的男人。

她忽然就想起去年夏日深山的阵雨中，那时候她还嫉妒以后能嫁给他的姑娘。现在这个嫁给他的人成了自己，想想都觉得开心。

不知道今年能不能迎来小宝宝，求了婚之后两人就默契地没再做安全措施了，希望能早点到来。对了，他们还没拍婚纱照呢……孔漫闭着眼瞎想着。

房门被推开，脚步声传了进来，过了会儿，一双大手捂着她的耳朵，紧接着院子里噼里啪啦响起鞭炮声。

孔漫睁眼，和俯在上方的人对视着，两人眼里都有着星光。

睁眼能看到他，以及他眼里的自己，是世间最幸福的事了吧？她满足于这一刻的安稳和幸福。

付杨低头亲了她一下，等鞭炮放完，手又伸进被窝闹了她一会儿，才带着她起来。

在厨房里吃过年糕，孔漫跨出门槛，脚下贴过来一只小白狗。

小白长大了许多，没有小时候那么可爱了。孔漫笑着抱起它，才发现小狗抖得不行。

付亚鹏小朋友这时从屋后转了出来，手里也抱着两只小狗。

孔漫问："这是怎么了？"

"被鞭炮吓到了。"小朋友回道，将三只小狗放在一起。

付杨出来看了眼三小只，转着钥匙道："走，带你们去江底赶集。"

"好耶！"小朋友第一个跳起来，挂在付杨胳膊上。

付杨挣脱他，转身搂着孔漫走了。小朋友在后面撇撇嘴，抱起一只小狗，带着另外两只跟了上去。

不知道付杨给程磊打电话说了什么，等他们到了镇上，阿桃他们已经在等着了。

打过招呼后，两辆车子一前一后开了出去，向江底出发。

大年初一这天，这儿有在村里大树下支起桌子打牌的，搓麻将的，还有到打谷场打陀螺的，到其他镇上赶集的，到江底游玩的……玩法太多了。

但相比起来，到江底游江的人会更多一些，都是些过年回家的年轻人。

江水清澈见底，有人垂钓，有人捕捉，两岸青山相对，将太阳挡在了山外。

孔漫和阿桃挽着手，沿江边走着，孔漫问："怀孕后有什么特别大的反应吗？比如呕吐什么的。"

阿桃把手放在肚子上，想了想："现在还没有，估计孩子还小，比较嗜睡一些。"她说着，挽着孔漫胳膊，笑着调侃，"漫漫姐，你们也加油啊。以后两个小孩子也有伴。"

孔漫笑了，摇头说："孩子的事看缘分，急也急不来。再说，我们都还没结婚呢。"

阿桃："嗐，这有什么。就前两天，我还听表姨给我妈打电话问我们这边有没有适合宰杀的牛羊。"她看向孔漫，笑得眯了眼，"这说明二哥家开始准备着了。而且，现在多的是先上车后补票。你们这个，票都拿到手上了，只是还没交上去而已。”

孔漫被她的比喻逗笑了，也确实被她说得心间滚烫，隐隐期盼着。

江边两岸有很多人在散步。

付杨和小朋友在他们前面走着，拿小石块比赛往江面上打水漂，玩得不亦乐乎，只有程磊眼巴巴地跟在阿桃后面担忧着。

逛完热闹的江底，下午回镇上，付杨约着程磊他们到家里去玩。

程磊还没说话，阿桃立马同意。刚刚顺江走时，孔漫跟阿桃提到过，付杨给她搞了个果园，阿桃特别想去看看。

程磊现在是老婆最大，她说什么他都同意。

李兰对于阿桃他们的到来非常欢迎，得知阿桃怀孕后更是高兴，拉着大儿媳进厨房准备丰盛的晚餐。

进了家之后，阿桃一个劲催着孔漫带她去看看果园，孔漫跟付杨招呼了一声，就带着阿桃出去了。

园子离家不是很远，几步路就到了。

推开门，园子里的景铺陈在眼前，阿桃逛着，看着布置得漂亮的园子，直呼二哥了不起。

把山挖平，建一个小庄园出来，其中耗费多少人力物力自是不必多说，光是申请用地改造就有很多麻烦，但付杨就是搞出来了。

两人绕了一圈回来，在亭子上坐下。

竹椅上有小坐垫，冬天天凉，孔漫前些时间偶尔过来坐的时候就感觉到了，本来想在网上买几个坐垫，但边远地区进入腊月就不怎么发货了。李兰无意间知道了这事，让孔漫别费事，几天时间就做了四个坐垫出来给她。

阿桃坐下后问：“二哥怎么突发奇想搞这样一个园子出来？”

削了个苹果递给阿桃，孔漫回：“我那时候也就只是随口一提，他也是随口答应，没想到他真的记在心里。”

阿桃啃着苹果笑：“二哥就是这样一个人，说到做到。”

孔漫托腮，闻言点头。

两人在果园里聊到很晚，直到程磊担心阿桃，过来接她们，她们才回去。

吃完晚饭后阿桃他们就回去了。

新年的夜晚，家里人都到村上串门打牌去了，剩下孔漫和付杨两人懒得动，窝在家里。

夜深人静，付杨洗完澡进门，孔漫趴在床上点着手机。

大冬天的她只裹了件白色睡袍，头发散着，腰凹下去，小腿跷着，慢悠悠地左右摇晃。

付杨用毛巾擦干头皮，站在旁边瞧了她好一阵，被白生生的小腿晃得眼眸都深了。他走过去将窗户关好，窗帘拉上，又转过身，“咔嚓”一声反锁了门。

孔漫听见响声，转头看他，眼神疑惑，刚要问，付杨就跨上床将她翻了个身，覆在她身上，低头压了下去。

孔漫正在看婚纱拍摄套餐。微信朋友圈真的太懂人心了，她洗完澡出来刷朋友圈，一条唯一旅拍全球婚纱摄影的广告就跳了出来。她经不住好奇，一翻就停不下来，本来想跟付杨说的，现在倒叫他给打断了。

孔漫丢开手机，伸手抱住了付杨。

屋外烟花还在绽放着，“噼里啪啦”响彻山村。

…………

似乎是很晚了，院子里响起小朋友的抱怨声，父母们也都回来洗漱休息。

孔漫靠在付杨肩膀上，静静靠了会儿，捞过手机道：“你猜我刚刚在看什么？”

付杨在她身后贴着她，懒洋洋问：“看什么？”

“你猜呀。”

“看我？”

孔漫笑着：“不得了，脸皮越来越厚。”

他也跟着笑，情不自禁地低头蹭着她脖间：“就当你在夸我了。”

“什么啊，说得好像我没夸过你一样。”

付杨瞥她：“你好好想想看。”

她扭头亲了他一口，敷衍地夸道：“你好棒棒。”

付杨愣了片刻，没忍住笑了下。

孔漫翻出微信，她连旅拍客服的微信都加好了，将客服推荐过来的客片一一点开，靠在温热的怀里，一张一张给他看着。

看了片刻，付杨搂紧她说：“领证那天就去拍。”

孔漫慢悠悠翻着：“好啊。”又问，“你想拍哪种套餐？”

付杨看了几眼回：“拍一万那种，衣服多点好看。”

孔漫细看了眼套餐内容，回他：“这个有三个地方可以去，地点自己选。”她说着想了想，“要不就在云南拍吧，大理丽江的，风景不比外面的差。”

“可以，都听你的。”付杨说着，点了点她手机，“去丽江的话，有一套可以去玉龙雪山拍。”

孔漫笑了：“你真是对玉龙雪山念念不忘。”

“拍婚纱照去过一次，以后估计就不会那么惦记了，一举两得，多好。”

她瞥了他一眼，笑着：“好，满足你看雪的念头。”她翻着，看到一套少数民族的服饰，顿时心动了。

到时候去玉龙雪山要是冷的话，就直接穿着民族服装上去，既能抗寒又能拍摄，完美。

大年初二的早晨，男人不用像大年初一一样起那么早。

孔漫醒来时正靠在付杨怀里，她微微抬头看他，日光从窗帘缝里落下来，撒在他的脸庞上，睫毛下倒着根根影子。

她贴近，轻轻去亲他眼皮，唇下的眼珠咕噜咕噜转着，孔漫笑着，一路亲下来，到唇角被他反咬了一口。

付杨睁眼，见她笑着，手一抬把她按进怀里，翻身覆在上面，低头咬了她一口道：“大清早就惹火。”

孔漫笑着，伸手搂着他，吊在他身上。

白皙的胳膊和锁骨刺着付杨的双眼，他忍不住低头，孔漫被他亲得咯咯笑着，倒回床上，两人就这样闹着荒废了一大早。

等平静下来，孔漫看了眼时间，都快十一点了。她赶紧推推他要起来，太不像话了。

付杨却抱着她不动，半晌后，忽然摸了摸她的肚子。

看着他的动作，孔漫静默了片刻，心间涌起一股难以言说的情绪。

他们是如此心有灵犀，这一刻他即使不说，她也懂得了他的期盼。

未来的小宝贝，你的父母在期盼着你降临呢。

大年初三后，多西镇第一批驻林消防也陆续进来了。

原先的老邮政所被改造一番，迎接他们的到来。

驻林消防能进来，最高兴的莫过于林业所内的所有工作人员。

大年初九这天晚上付杨回来了。

自大年初三出去后，这段时间他忙得不见人影，两人有五六天没见到面了。一回家付杨就盯着孔漫看，硬生生将她看得脸一红。

吃过晚饭，等着家里人都出去串门了，他立马将自己洗得干干净净，躺在大床上等着人。

这床这段时间都是孔漫在睡，整个被窝都是她的香味。付杨闻着味道，暗搓搓激动着。今年他就可以从林业所辞职了，以后好好干工程，努力赚钱，他能有更多的时间陪她，带她去她想去的地方，陪着未来的小宝贝出生、成长……

孔漫进门就看到坐在床上笑得贱兮兮的男人，视线轻轻飘过去，付杨抹了一把脸，端正躺好。

她走过去看着付杨，付杨眨眨眼，她笑了笑，半跪在床上，伸手捧着他的脸吻住了他。付杨回应着，抬手搂着她的腰，按灭灯光，抱着她滚进被窝里。

次日清晨，孔漫还在睡着，付杨就把她弄醒，她伸手将他挥开。

付杨抱着她，左摇右晃硬是给她弄清醒了。

“干什么？”每次大清早叫醒她准有事。

“你猜今天什么日子？”

孔漫闭上眼，打了个哈欠，“管他什么日子。”

付杨摇了摇她，说：“今天情人节啊。”

她懒洋洋地回：“哦？那，情人节快乐。”

付杨笑着：“同乐同乐。”又说，“今天是个好日子。”

孔漫睁眼，笑着接上：“去领证？”

“对！”付杨点头。

赖了会儿床，孔漫起身，穿好衣服洗漱。

李兰估计是知道了他们要去领证的事，早早做好早饭，还将孔漫的生辰八字要去了。虽然说不要迷信，但总是要算一算，找个安心，这说明婚礼明酒席也快要办了。

吃过早饭，他们开着车出了院子。

车里放着轻快的音乐，孔漫趴在车窗上看着远处青山，春风徐徐吹着。

皮卡车转入四级公路，开了不大一段距离，和迎面而来的林业所车辆碰了个头。

付杨停车，问开车的小平："怎么了？"

小平动了动嘴皮子，看了一眼孔漫，没说话。阿杨哥今天要出去领证结婚，永林叔说了，锁阳山那边的火灾就不叫他了。

付杨皱起眉头，看着他们后车厢的水泵，问道："哪里起火了？"

小平没答，付杨却将车子靠边停下，随后下车。

孔漫看着他的动作，再看看小平，热情高涨的心凉了半截，今天领证估计是没戏了。

付杨再次问了小平一遍，小平才说有地方起火。

他转身，捞出车后座上的消防衣丢到小平旁边的位置上，随后到孔漫身边，双手握着她的肩膀，千言万语汇成一句："对不起。"

小平一听，连忙对付杨说："阿杨哥，永林叔说今天你就好好去结婚。"

两人看向小平。

小平说："我们这边森林消防已经过去了，火势不大，你尽管去就行了。"

孔漫看向付杨，眼睛亮了一下，期待地看着他。

付杨忍耐着，将她推回皮卡车的驾驶室，把门关上，说："你先回镇上等我。火一扑完我就回去，我们就去领证。"

孔漫说："森林消防已经过去了，那么多人呢，多你一个不多，少你一个不少，先去领证不行吗？"

付杨摇头："这是我的职责，我在职一天就要尽责。"他说完，深深看了她一眼，转身大步走到林业所车旁，拉开副驾驶的门上去，关好。

那时的他还不知道，这一眼就是永别。

小平动了动嘴皮子想说话，付杨开口打断："开车。"

小平无言，发动车子，开了出去。

孔漫看着远去的车子，泄气地捶了一下方向盘，“滴滴”两声喇叭响起，半晌，她才发动车子。

到了镇上，孔漫停好车回了小楼，意外地看到郝成功他们。

她走进去问：“你们回来了？”

郝成功也问：“呀，孔老师回来了？”

孔漫点头，郝成功回话：“是呢，老杨那边刚好搞完，我们就回来了。”又问，“老付呢？”

孔漫回：“听说锁阳山着火了，去扑火去了。”

“锁阳山？”郝成功和小东异口同声。

孔漫皱眉：“怎么了？”

“锁阳山全是松林，燃点低，这火怕是不好灭。”小东回答。

孔漫心跳加快了两秒，随后回：“这次有森林消防第一时间去扑火，应该不难。”

小东点点头，没再多说。

而锁阳山这边。

车子开进深山里，拐了一个弯后，前方山顶上聚集了一股又一股的黑雾，山脚有两辆越野车，还有一辆消防车，山林里隐约可见橙色衣服的消防指战员在与山火作斗争。

付杨和小东下车，抽出水管和水泵，开始忙活。

付杨问：“这边怎么着的火？”

“一个放羊人到这边找羊，抽烟时火星子掉到松毛上引起的。”

“什么时候的事？”

“昨天下午。”

“这么久？”付杨抬头看了一眼山腰，黑雾浓集。

他们加快速度，将水泵放到锁阳山山沟里设置好，拉着水管往山上跑。

如同小东说的，松木燃点低，两人到了起火处才发现火势比想象中要大得多，一点火星子就能点燃一片松木。夜晚还好，会降下一点点霜，火势燃得不快。然而到了白天就不一样了，太阳火辣辣烤着大地，松木又很脆，松油燃点更低，火星略过就着了火。

今年刚进来的驻林消防只是一小个支队，人数也少，只有十六个人，加上林业所的几个也才二十人出头，跟山火比速度当然比不过。

不得已，他们立马向鹿城市森林防火指挥部报警。

付杨和小平套上防火服冲了进去。

火势凶猛，几米高的火焰噼里啪啦烧着松林，风向也在变来变去，灭火弹根本压制不住。

十一点左右，多西镇各村委会也来了几批扑火队人员加入，越来越多的人加入扑火，火势却也越来越大。

中午过后，春风狂躁地吹着大地，助长着火焰，黑烟密集，火焰随着风向呼啦啦往东燃烧着，又在转瞬之间迎面扑了过来。

扑打着火焰时，一阵阵爆炸声响起，这是突发松林爆燃，几名扑火人员迅速避险。火势一圈一圈围绕着他们，将他们烤着，温度拔高，直逼五六十度。

指战员的指挥声，强力吹风机的灭火声，火焰燃烧声遍布山野。

白天的山火火光比太阳还要明亮，一眼看去，锁阳山就像个巨大的火球在滚滚燃烧着。

孔漫坐在小楼下的石椅子上看着资料，一阵狂风刮过，小院里轻薄点的东西被吹得满院子乱跑，她也被吹得头发满面。

屋顶上，郝成功刚洗好的衣服也被大风吹跑了，郝成功气得跳脚，骂骂咧咧地跑出去追衣服。

孔漫看着大风，心里不祥预感突起，怎么都有股心慌的感觉。

看着小东手半蒙着眼睛进来，她问：“为什么会有这么大的风？”

小东到她身边帮她收拾着东西道：“漫漫姐，回楼上吧，这风得吹一天呢。”随后又回她，“前几天不是立了春嘛，这是春风。我们这边的春风狂得很，大的时候能把石棉瓦给吹飞了。”

孔漫转头看了一眼斜下方那间小屋子顶上的石棉瓦，诧异：“那也能吹飞？”

小东点头：“走吧，漫漫姐，先回楼里。”

孔漫刚站起来，外面公路上三辆消防车鸣着警笛飞速驶过，她愣了会儿，跟着小东往楼上走去。

天色渐渐暗下来，付杨还是没有一点消息。

郝成功和小东做了晚饭，孔漫随意吃了点，再也吃不下去。

晚饭后，小东他们出去了。

孔漫坐在床上，打开旅拍的朋友圈，一张一张翻着别人的客片。或许有一天，这个朋友圈会有他们的婚纱照。

她扑在床上，手边放着一本本子和一支笔，翻了会儿手机，低头在本子上记录着，从大理，到丽江，最后去玉龙雪山……写着写着她就睡了过去。

梦里光怪陆离，乱七八糟的什么都有，搅得她睡不安稳。即将醒来那刻，她看见一个男人的背影，靠着什么东西，高大挺拔。她认出那是付杨的，一笑，抬手喊他，可那个背影就像没听见似的，突然就往前走。

孔漫想跑上去拉他，可不管她跑得多快，始终是追不上他。巨大的恐慌涌起，孔漫喊他，跌跌撞撞跑着去追他。

即将追上的那一刻突然惊醒，她睁眼看着屋顶，缓了口气，随后往付杨睡的那边滚过去，闻着熟悉的味道，渐渐平静下来。

打开手机，是夜里一点多，手机安安静静，没有信息也没有未接来电。再闭眼总会想起梦里的情景，孔漫烦躁地睁眼，披了件衣服，开门往楼顶上走去。

深夜，月亮挂在高空，照得大地亮堂，整个乡镇安安静静，连风也停了。

她在楼顶上靠着栏杆，四处远眺，忽而发现西方的天空有一点点不一样的颜色。

她走了几步到西面的栏杆前细看，还真是，西边山那头的天空似乎是有淡淡的橙黄色照映着，还有直冲天空的烟雾。

那是……锁阳山那边的大火吗？一天了还没灭？

孔漫怔怔站着。

第二天中午，多西镇又进来了一支森林消防。

两辆消防车开着警笛呼啦啦穿过小镇，往西边公路开去。

下午五点左右，天空一阵轰隆声。

孔漫站在窗前抬头看，一架直升机低空飞过。

“锁阳山这火还真是有点大啊！都搞直升机来灭火了。”

孔漫看向大厅里捣鼓工具的郝成功。

“那可不，你瞧今天吹那个风，地皮子都要撩起来了。也不晓得那边的火会被带成什么样。”小东上了颗螺丝，回话。

孔漫又转向窗外，心脏一阵阵慌着。

郝成功提了个工具箱出去：“我先修着，你一会儿来帮我。”

小东挥了挥手，收拾东西。

孔漫走过去跟他收拾，问他：“你知道怎么去锁阳山吗？”

“晓得啊，不是，漫漫姐你问这个干什么？”小东收拾着螺丝奇怪地问。

她抬头看小东：“带我去吧。”

小东愣了愣：“这……漫漫姐，你去了也帮不了忙啊。”

“不帮忙，我在这儿待不住，想去锁阳山，我就待在山脚。”

“这……”小东抓抓头发，黑黑的圆脸上一阵为难。

孔漫站起来：“算了，我自己找着去吧。”

第十一章 / 风林火山

未能走完的一生

小东犟不过孔漫，最终没办法，开着车带着她去了锁阳山。

锁阳山比荜拔山要远得多，两人开了近两个小时左右才到。

整座山被黑烟环绕着，烧枯的树木随处可见，大地泛着焦黑。

山脚停了些车，显眼的是几辆消防车，然而消防车旁的空地上，两抹白色异常刺眼。

那是……在山火中逝世的救火人员。

孔漫踉跄了一步，攥紧无名指上的戒指。她深呼吸一口，强迫着自己走过去，走过一个支架，再走过最后一架，她颓然松了口气，腿脚发软地退到树旁，无力地靠在大树上。

还好，还好，这里面没有他。

可是……她怔怔地转过头，看着两个盖着白布的支架，一股凄凉从心间涌起。

不知道这又是谁家的孩子，谁家的父亲，谁家的丈夫。

一场大意的山火，牺牲的却是别人的生命。

林业人那么努力地宣传着森林火灾的危害，舍弃了陪伴家人的机会，熬着一年比一年差的身体，可总有人不当回事，进山带火，抽烟、焚烧、上坟……

每一次不当回事的背后，都是森林消防和林业人的拼命奔波和默默无闻的牺牲。

他们自己都没想过，这一次上山，就再也没能回来。

这些人脱下消防服也只是平凡普通的少年郎，他们和世上的任何一个人一样，有着喜怒哀乐，有着七情六欲。他们是一个家庭中重要的一员，是年轻的，热爱生活的鲜活生命。

孔漫看向山林，黑烟密布中，点点橙黄色穿梭其中。

直面山火的震撼，让这些奋战在扑火一线的战士在她心里刻下了痕迹。某一瞬间，她突然就理解了付杨，理解了他肩上的担当。

已经是傍晚，这场山火扑了整整两天三夜了。

山脚的温度异常的高，和北京的夏季一模一样。

她抬头看着山腰和山顶。这座常绿的青山这会儿被烧得七零八落，处处都是黑焦，空气里也都是烧煳的难闻气息。

小东走了又回来，把郝成功也带来了。

他们给孔漫带了饭，劝她回去。孔漫摇头，什么话也不说，靠着树站不住，就慢慢蹲下去，蹲在山脚。

一波的扑火人员下来，另一波又上去，直升机来了又走。山脚慢慢地聚集了许多人，打水的，拉水管的，从镇上带来盒饭的。

指挥员指挥着指战员们开始进山巡查，不放过任何一点星火。

孔漫呆呆地蹲在地上，视线直直盯着一个点。

山林间忽然出来了一拨人，他们身上带着浓浓的哀伤，满脸黑烟，眼眶血红，一个个大男人抹着泪，身后皆抬着一个支架。

小东和郝成功冲上去帮忙。

孔漫心脏骤疼，钻心的疼痛让她差点喘不过气，她扶着地，恍惚片刻才撑着站起来。

那拨人抬着三个支架放在消防车旁的空地上。

空地上一瞬间安静了，众人似是在默哀，却也有人猛抽了一下鼻子，憋不住猝然大哭，带动周围的人也忍不住呜咽起来。

孔漫慌乱着，不知道自己走向哪里，等到了一个支架面前，所有的场景都在倒退。周围的哭声、叫声，所有声音在耳边盘旋着，形成空洞的回音，巨大的尖锐刺着骨头扎进心脏。

一瞬间，山林变了颜色，天和地静谧下来，她再也听不见声音，安静铺卷而来。

她在支架旁站了半晌，腿脚无力支撑，脱力般滑跪了下去，“咚”的一声闷响，膝盖骨直触地面。

她没觉得疼，也没听见声音。

山火将人烧得面目全非，分辨不出这是谁，但她就是知道，这是付杨，她的付杨。

她看着他，似乎看见他站在远处朝她挥手，眼睛亮晶晶地倒映着她，却又在慢慢消散，一点点散在这哀牢山里。

孔漫伸手，抓了把空气，忽而回神，低头看去。

他套着的抢险服已经被烧焦，身体里流出黑红的血水，支架下的草地蔓延上他的血液。

似是被血水刺伤眼睛，孔漫一瞬间反应过来，双手要去按那伤口，却被人拉住手，她使劲，有人按着她身子。

喉咙似是哑了，她第一次想大声怒骂身后的人，却一句话也吐不出，只能眼睁睁地看着一块白布盖了下来，遮住了她看他的最后一眼。

她想哀求着身后按着她的人，不要按她，让她看看他。也许他只是太累了，扑火时太累，睡过去了。

永林叔踉跄着走过来，看了一眼眼前的场景，一瞬间哭得不成样子。他本来扑火就够累了，一起共事五六年的伙伴就这样走了，气急攻心，一下晕倒了过去，旁边的人接住他，七脚八手抬走。

小平“扑通”一声跪在孔漫旁边，哭着道歉，是他带阿杨哥来扑火的，他却没能将阿杨哥带回来。

耳朵一瞬间恢复了听觉，孔漫能听见，寒风过境，吹动山林，能听见漫山遍野里，哭喊声四起。

鹿城市森林消防二支队班长带着人走过来要处理后事，孔漫抬手死死抓着支架，没让他们抬走。

小平哭着解释：“这是他老婆，这是他老婆。”

孔漫怔愣了片刻，颓废地放下手。

老婆吗？不是的，他们……还没有领证结婚。

消防员默哀片刻，道一声“节哀”后转身走了。

支架上，白布下露出一只烧得血肉模糊的手，那手里紧紧捏着一样东西。

孔漫跪着，俯低身子去握他的手，温度从指尖传了过来，竟然比自己的还要高。她蒙了一下，巨大的惊喜升起，哑着声音道：“他还活着！他还活着！”

小平哭着的声音顿了一下，小东和郝成功急忙靠过来，他们轻轻掀开白布，小东屈指，几次退缩后，终于伸到焦黑的鼻子下。

孔漫期待地看着他，小东握了握拳，慢慢摇头，哽咽着说：“没有呼吸了。”

孔漫摇头，他太累了。她一遍遍告诉自己，他只是睡过去了……明明前一天早上他还闹着她，告诉她是个好日子。

她低头轻轻亲上他面目全非的脸，伸手摸着他那还带着温热的手，带着黑灰的血水沾上她的手指，她看着指尖的灰，忽然唤了一声：“付杨。”

一阵晚风吹过山林，他紧紧攥着的手突然松开。

孔漫看着他手心那被烧得漆黑的御守，心中大震，悲痛涌上心头，像瓢泼暴雨，一瞬间将她淹没在无边无际的洪水里，快要呼吸不上来。

她低头看他半晌，开口的声音嘶哑到成气音：“我们……不是要去领证的吗？”怕他听不见，她俯低身子，再一次问，“付杨，你也不要我了吗？”

没人再回答了，只有夜风在轻轻地吹着。

小东捂着脸，泪水从指缝滑落，他转头，不敢再看。最终还是郝成功抹了一把脸，拉着他起来，将小平也带走。

再没人打扰他们，孔漫看着他，这是一张烧得焦黑又面目全非的脸，可他真实的样子却一点一点在脑海里清晰起来。

他靠着栏杆随意抽着烟，看着她笑。

他送她回去的路上，视线一对上就立马弹开。

他会把胳膊抓得“嚓嚓”闷响。

他也会红着脸，任由她逗他。

他会带她看满山夏花绚烂，去看云海日升，带给她治愈和新生。

他带她去过热情的节日，也会带她去浪漫之城大理。

他在南迁的候鸟下磕磕绊绊求婚。

他打开新建庄园的大门，等着她进去。

他在新年里对她说：“宝，新年快乐。”

从此，他的样貌就要停留在这一年了。停留在他最爱她的这一年，停留在他们最相爱的这一年。

他不会有啤酒肚，不会有皱纹，不会在白发苍苍时对她温柔一笑，给她依靠的怀抱。

他们之间戛然而止，不再有延续。

她低低问他：“付杨，你后悔吗？”

你后悔那一天没有跟我去领证吗？

你看，没领证，到死，我也不会再是你老婆了。

你不是很想叫我老婆吗？

烧光的山林安安静静，吹过的夜风似是在低泣着。

孔漫缓慢地伏在付杨身边，积攒许久的泪水随着她的动作，像大雨一般哗啦啦地砸在白布上。

她垂头轻轻地搭在他的肩膀上，像过去那样依偎在一起，喑哑道：“可我后悔了。”

“我是不是从没说过爱你？”

“我爱你的，阿杨。”

“那时候在大理，我就说过的，那句日语就是我爱你。”

春风轻轻拂过，带着她的话飘向远方。

可我也不后悔，遇见你是我三生有幸。

你到死也还紧紧攥着我给你的平安符，那么，你也有很努力地想要活着吧？

我不怪你的，因为我知道这是你的职责。你护着这片山林，你会义无反顾。

周围的人在收拾着工具，有人走也有人来。

孔漫不再说话，安静地陪在他身边。她抽出纸巾，一点一点擦干净他的脸庞，露出那烧得血肉模糊的五官，泛着黑焦的伤口。

那些焦黑像是刻在了他的血肉上，怎么都擦不干净。

阿杨，大火焚身的时候，是不是很疼很疼？

你要是跑快点就好了，跑快点，山火就追不上你了。

浓烟笼罩着大地，天地间仿佛只有他们两人。

孔漫握紧他的手，与他十指紧扣，他手上的温度一点一点在她手心凉了下去。

这和睡着是不一样的，睡着了还能再醒，而死了，便是永远地离开这个世间。

孔漫无比清晰地认知到，这一刻，这个男人永远离开了她。

她红着的眼眶聚起水雾，汇成大片大片的泪滴滑过面颊，滴落在他的左眼上，又混入焦黑里。

她心间倏然一震，脑海里忽而浮现去年早春三月，他看到她后，被烟熏得落了泪。

为什么见了我就流泪呢？她想。

是不是冥冥之中，注定了你会辜负我，不能陪我到老。

这一切都是注定好了的吗？你没辜负国家，没辜负山林，单单辜负了我。

夜风在山林中呼啸着似也在哭泣，月亮爬出山顶，照耀着大地。

马上要迎来月圆，而人间，却再也不能团圆了。

他们曾在这片保护区里相遇相知，在闷热的夏日里纵情声色。

他们的爱意随着风起，在一片无人知晓的山林中肆意生长着，却随着他的离开，戛然而止。

停在了这一刻，永永远远。

永远年轻，永远顶天立地，也永远热泪盈眶。

风林火山，火山，终究还是将你带走了。

春风过境，枯木缝生。可我的爱自此死去，沉入哀牢山的火海。

爱意随风起，风止意难平。

多西镇还实行着土葬，付杨的葬礼也很简单。

孔漫自那一晚哭过后，在葬礼上没有再哭。她默默地穿上黑色衣服，安静地看着他的棺木被土壤一点点埋葬。

那些落下去的土壤像是将他们的过往也埋葬了，一点一点抽走她满身力气，如同剥了灵魂的肉身，行尸走肉一般。

他们将他的坟墓堆砌得很漂亮，墓碑上刻了他至亲的名字，唯独没有她。

他就葬在哀牢山山顶，从此永远守护着这片保护区。

孔漫站在山顶远眺，天空一望无垠，春风还在肆意吹着，也吹红了她的眼眶。

阿杨，哀牢山养育了你，也埋葬了你，你将永远守护着这片保护区。

只是这一生冗长，想到与你再难相见，难免哽咽。

人活着到底是为什么呢？孔漫一遍遍问着自己，却怎么也找不到答案。

可她也不想找了。世间多苦难，像刀枪一般将她扎得遍体鳞伤，连她最后一丝温暖也要抢走。

在春风里陪了他一程，孔漫回家，见到了李兰，这位母亲一夜之间白了头发，满脸皱纹。

她走过来拍了拍孔漫的手，眼泪扑哧扑哧掉下。

孔漫紧紧搂住她，喊了声“妈”，随即眼泪也跟着掉下。

她们一夜之间同时失去了最爱的人。

孔漫回了房间，在大床上坐下，才发现床单被套都换了，换成了新的。她摸着，一瞬间窒息不已。

她抬眼看着四周，整个卧室都变宽敞了。床尾的单座沙发没了，衣柜里他穿过的衣服也没了，鞋架上的男士鞋子也没了。

房间空旷起来，这一刻，一切又一次血淋淋地提醒着她，付杨真的离开了。

孔漫脱了外套，躺在床上窝进被子里抱紧自己，无名指上的戒指硌到皮肤，她抬手，阳光从指间穿过，照在眼皮上。

良久，眼角有泪滴滑过，最终淹没在枕头上。

他求婚的场景似乎还是昨天，一转眼他却早已离开她好多天了。

葬礼过后，帮忙的人都走了，家里归于安静。

春城日报报道了这次的森林火灾：

2 月 13 日傍晚，云南省鹿城市多西镇，哀牢山自然保护区内燃起一场森林大火。驻多西镇森林消防队员火速奔往一线扑火。

山火起因是一个放羊老人找羊时在深山里抽烟。经鹿城市人民法院受理后，他最终被判了有期徒刑五年，缓刑三年。

森林火灾发生时，正是天干物燥，春风呼啸，而任何一次风向的改变，都能使奋战在扑火一线的工作人员面临巨大危险和牺牲。

此次森林火灾过火面积达 195 亩。受风向突变影响，在扑火过程中，突发松林爆炸，现场烧伤人员十六人，死亡人员五人。

其中，鹿城市驻多西镇哀牢山自然保护区森林消防队员两人，鹿城市森林消防二支队消防员一人，鹿城市多西镇林业所工作人员一人，鹿城市多西镇草籽岭村委会扑火队人员一人。

三名救火消防员被追记一等功，两名地方扑火队人员封为烈士。

往下是一张在哀牢山大火中，五名英勇牺牲的英雄名单。

孔漫在手机上轻轻摸着“付杨”二字，后面跟着他的籍贯、出生年月和职位：

云南鹿城，1989.10.9，多西镇林业所工作人员，中国共产党党员。

他被称为英雄，护林英雄。

评论下曾有人问为什么要去呢?

为什么要去呢？哀牢山海拔高，植被资源丰富，气候干燥，山火蔓延会毁了这里的生态环境。所以他们要去，这是责任。

为什么要去呢？消防员是人民的守护者，是火光中的英雄，他们义不容辞。

但他只是一个平凡普通的林业人，为什么还要去呢？因为他是山林守护者，同样义不容辞。

他们没有超能力，他们心中有着的只是责任、勇气和担当。他们平凡，却也伟大。

英雄来自平凡，没有人天生英勇，他们只是选择了尽职。

但这两个字冠在了他的名字上，却永远剥夺了他在她身边的权利。

孔漫想起那漫山遍野的山花，想起深山阵雨。她拿出烟点燃，靠着床头深深地吸了一口，透过烟雾看着他的名字，看着黑白照片，男人鲜活的音容笑貌从脑海里缓慢滑过，温柔的，腼腆的，宠溺的，无奈的。

他将她带了回来，给了她无尽的期盼，却又在临头撒了手。

苦难的命运从没放过她。

挣扎着挨过一次又一次被抛弃的艰难日子，她苦过痛过，沉默，但没抱怨，跌倒后又站起来。

因为她坚信，终有一束光会将她拉起来，会温暖照拂往后余生。

她看着照片，伸手轻轻摸上他的脸颊，是冰冷的温度。

阳光透过窗户，落在照片上，指尖被照耀着，就像照进她破裂的人生缝隙里。

滚烫的是他，是那束照拂她的光，是温柔，也是救赎。

他像山川一样包容着她的一切，治愈着外界带给她的所有伤害，也温暖着她。在他身边时，她常常是快乐的。

冰凉的也是他。因为这光也没能照亮生命的尽头。

似暮年垂首，孔漫低沉叹息，她对命运屈服了。

她沉沉呼出一口气，恍惚中看见男人从眼前走过，慢慢走向门口，转身对着她温柔笑着，再一点一点消散在日光里。

孔漫怔怔地坐起来，缓缓伸手触上脸颊，一手的水渍。

她轻轻笑着，眼泪滑到嘴里，是苦涩的味道。

阿杨，你成了英雄，你的功绩永世长存，可你有想过我吗？你走后，我该怎么办呢？

我以为，你不会放弃我，你会牢牢地抓着我的手，直至我们生命的尽头。

你可知，你死得大气，留下我，会活得很艰难。

可我不会怪你，只是有那么一点点遗憾。

遗憾我们那么热烈地相爱，却不能陪伴到白首。

她出门，慢悠悠地往庄园走去，手里提着一个绿色小瓶子。

孔漫前脚离开家，后脚阿桃和程磊就上来看她，没想到找遍整个房子都没见到人影。

阿桃心里的恐慌越来越大，又不敢惊动表姨他们。情急之下，她突然想起一个地方，着急忙慌地跑了出去。

找到孔漫的时候，她倒在庄园的葡萄架下，身边撒落一个小瓶子。

阿桃的眼泪再也止不住，哗哗往下流，她一脚将小瓶子踢开，使劲跺了跺脚，吼着孔漫：“你怎么那么傻！”

她擦了把眼泪，哭到透不过气：“呜……漫漫姐，你怎么那么傻啊？”她艰难蹲下把孔漫扶起，才发现孔漫嘴角边有很多吐沫，领口也有很多吐出来的污秽。

阿桃愣了一下，颤抖着伸手去触她的鼻息，一丝微弱的气息拂过手指，阿桃大喜，鼻涕眼泪齐掉，高声尖叫：“程磊！程磊！快来人啊！”

程磊跌跌撞撞地跑进来，阿桃看着他：“快，快！还活着！”

轿车飞速奔往卫生院。

阿桃在半路将孔漫收拾干净，进了卫生院医生第一时间对她进行洗胃，洗完胃，又给她挂上稀释的针水。

一连两天，孔漫都没醒。如果不是还有那微弱的呼吸，阿桃都快以为她没活着了。

卫生院的医生也没办法，当天中午立马将她转到了鹿城市人民医院。市人民医院对她再一次进行了全身检查，不得不告诉阿桃他们一个消息——患者怀孕了。

阿桃愣了一下，又惊又喜，忙问：“医生，这种情况下对孩子有影响没？”

医生回答：“影响肯定是有，比如发育不良、胎儿畸形等。”

阿桃吓得脸色发白，捏着单子的手都在抖。

医生又安慰：“还好没有流产，这也说明，这个孩子救了他母亲。农药没喝进去多少就全吐出来了，也还好你们发现得及时，服毒时间还没超过半个小时，给抢救回来了。”

阿桃松了口气，往后退了几步，虚脱一般靠在程磊身上。

程磊搂着阿桃，看向医生。

医生继续说：“后续患者要多来医院做检查，看胎儿的发育状态，做好孕产期保健，怀孕 14 ~ 20 周来做唐氏筛查，22 ~ 26 周做四维彩超排畸检查。”

阿桃记下，又问：“我朋友，怀孕多久了？”

医生在病历本上哗哗写着，回：“六周了，怎么那么想不开呢？”

阿桃垂下眼睑，好半晌才说：“孩子的父亲刚刚去世，在森林火灾中。”

就是前两天的大火吗？医生愣了一下，沉默片刻，艰难开口：“节哀。”

孔漫睁眼时，眼前一片白，她一瞬间以为到了天堂，直到视线里出现一双护士的手，她转眼见到头顶的针水，一滴一滴落在输液管上。

阿桃进来，见她终于醒了，眼泪又是一把一把掉。

孔漫张嘴想安慰她，却发不出声音，喉咙生疼。

“漫漫姐，你先别说话，你嗓子被农药烧伤了，暂时发不了声。”

孔漫动了动眼珠，没再说话。

阿桃将单子举在她眼前，道：“漫漫姐，你看。”

她随意扫了一眼，字她都认识，拼起来就看不懂是什么意思了，她转头看向阿桃。

“你怀孕了。”阿桃说。

孔漫愣了半晌，轻轻伸手覆在肚子上，眼泪从眼角滑下，脑海里响起一道声音——

“你说一个人的房子叫房子，两个人的房子叫家，以后会有属于我们的家。”

“答应我好不好？如果出了意外，一定要好好活下去。”

“漫漫，要好好活下去。”

她捏紧无名指上的戒指，泪水控制不住汹涌而出，忽然想到醒来之前她在干什么，她擦了一把，惊慌地看向阿桃。

“没事。”阿桃摇头，安慰道，“没事的，漫漫姐。”她将医生的话重复给孔漫听。

孔漫放下心来，缓慢侧身，睁着眼睛看向窗外，一株桃花开在枝头，迎风摇曳。

休养了半天，下午的时候，孔漫坐在床上一遍遍地看着检查报告。

是这个孩子救了她。难怪她喝药的时候，一股股恶心从胃里翻滚上来，还没喝就已经开始吐了。

她摸着肚子，一遍又一遍在心里道着歉：宝宝，妈妈对不起你。

“小漫！”一道哭音随着开门声传了进来。

孔漫抬头，李兰哭着进来，紧紧抱着她。

“你怎么那么傻？啊？”她拍着孔漫，气到不行。

在家里没见到她，李兰本以为她和阿桃他们回镇上了，今天阿桃给她打电话她才知道一切，把她吓得半死。

孔漫靠在李兰怀里，伸手紧紧抓着她的袖子。

“表姨，你不要拍漫漫姐。”阿桃将粥放在病床旁小桌上。

李兰抹了把泪，看向阿桃。

“漫漫姐怀孕了。”阿桃说。

李兰愣了一下，看向孔漫，孔漫将手里的单子翻了一张出来递给她。

李兰接过，看了半晌，眼睛里又流出眼泪，她走过去抱着孔漫哭着道：“可怜的阿杨，再有八个月就能当爸爸了。”

“他不晓得的吧？”

“他都还不晓得自己当爸爸了……”

刚刚踏进病房的几人一愣，继而沉默下来，慢慢地，都红了眼眶，小东最先憋不住，眼泪掉下来的一瞬间捂着脸跑了出去。

病房外，风尘仆仆赶过来的谢婉清靠在墙上，泪流满面。

她怎么也想不到，那一次的告别，竟然成了他们一生的永别。早知道，早知道……她就抱一抱他好了。

阿桃捂着脸，后退靠在程磊怀里，眼泪洇湿了他的衣服。

是啊，他曾经那么期盼孩子到来，但真正到来那一刻，他却再也不知道了。

孔漫摸着肚子，看见窗外草长莺飞。

她想，她应该是会好好活下去的。

因为他说过：好好活下去，直到寿命尽头。

死虽大气，生也要勇敢。

孔漫在鹿城市人民医院躺了个把星期后就出院了。

她回到了老城区的房子里，一个人慢悠悠打扫了一番，又摸索着自己给自己做了顿饭，晚上再安静地入睡。

李兰在第二天拎着大包小包来到房子里，亲手照顾起孔漫的日常生活。

怀孕期间，除了去做定期检查外，孔漫也没闲下来，一直在看考公的资料。

她不能让自己闲下来，孕妇本就多愁善感，她一闲下来就会沉浸在回忆里，悲伤像洪水一样蔓延，会将她淹没。

阿桃肚子也大了，没在老家待着，来了鹿城。他们在鹿城也有房子，她时不时的就会跑来找孔漫，和她分享最新的育儿知识。哪儿有好玩的，她也要来拉着孔漫出去。

鹿城的春夏两季，水果一波接一波地熟了。

樱桃熟的时候，阿桃拖着她去樱桃园摘樱桃，杨梅熟了就带着她上山，去杨梅园摘杨梅。

孔漫喜欢吃水果，来了云南之后更甚。这儿的水果也够充足，渐渐地，她的情绪比付杨刚离开那段时间好了很多。

他刚离开她的时候，她是真的撑不下去了，整夜整夜睡不着，头发一把一把掉落，有时候情绪崩溃起来会难过到发抖呕吐，连看见日光都会莫名其妙红了眼眶。

风吹来的时候，她总能听到有人在喊她，会控制不住自己想要去追随他的念头。

这人世间，她本来就是孤零零的一个，生活不善待她，命运也在捉弄她。

只有付杨是她幸福的源头。他是贫穷也好，是富有也罢，只要有他在的地方，就是她的归处。

她为了这份温暖抛弃一切，奔着他而来。

他走了，她怎么活得下去？

她也很想努力活下去。

可是她一想起他，就会想到山顶孤零零的墓碑，他会孤单的吧？

她想去陪他，这念头就像瘾一样，时时刻刻缠绕在她脑海里。

去陪他吧……他在山里会冷会孤单的，一遍又一遍。

直到知道肚子里有一个和他结合的生命在延续的时候，她才有了活下去的念头。

这是他生命的延续啊。他以另外一种方式，又回到她身边陪着她了。

…………

肚子在慢慢显怀，定期检查和排查下来的结果显示，孩子很健康。

孔漫看着宝宝一天天在她肚子里长大。

她有时会轻声自言自语，有时会拿出记事本，将所有想说又没人听得见的话记在上面。

五月份的时候她约了旅拍，去了一趟丽江，去拍婚纱照。

一场没有新郎的婚纱照。

那时候她肚子还不是特别大，但也已经显怀了，工作人员照顾着她，没让她特别辛苦。

最后一场是她穿上厚厚的少数民族服饰，坐上缆车，上了玉龙雪山的山顶。

四千六百多米的山顶白雪皑皑，这曾是付杨最想来的地方。他曾告诉她，玉龙雪山一山两色，山顶终年白雪，山脚碧绿常青。

孔漫一路上来看见了，他最想带她来看的风景。

工作人员哈着白气，找了一处略为平坦的地方，开始搭起支架，准备工具，化妆师过来给她补妆。

要开始拍摄时，孔漫拿出了付杨的照片。是那张他进林业所，穿着军绿色迷彩服，一张俊脸神采奕奕，大眼漆黑注视着前方的照片。也是他挂在英雄名单上的照片。

在工作人员特意制造的雪花下，她拍下了一组全家合影。

照片里，皑皑白雪下，女人抚摸着肚子，笑得温柔，她左边是孩子的父亲，前面是孩子显怀的轮廓。

一家三口，父亲不知道孩子的到来，孩子不知道父亲的离去。他们是最亲的亲人，却只有中间那个带着微笑的女人知道他们曾来过。

孔漫看着工作人员洒下来的白雪，一瞬想到——

阿杨，他朝若是同淋雪，此生也算共白头。

故事戛然而止，留下的只有未完成。

未来得及领的证，未建完成的庄园，未办的婚礼，未见面的孩子，未能走完的一生。

时光匆匆，转眼间九个月过去。

十月来临，预产期前几天孔漫就住进了医院。

孔漫曾见过阿桃生孩子，那时她疼得晕了过去，又醒过来，他们坐在产房外，能听见她的哭喊声穿透了产房。

孩子出生后，阿桃哭着捶打程磊，骂他，说以后再也不要生了。

孔漫看着心里紧张又害怕，李兰就安慰她，说宝宝听话，她不会那么受罪。还说，妈会一直陪着你的，不要担心害怕。

孔漫的孩子提前三天出来了，进产房的时候是李兰陪着的。

确实如李兰说的，疼是很疼，但没受多大的罪。比起阿桃那一整个白天的时间来说，她的宝宝出生得很快，是个健康的男宝宝。

孔漫给他取名：付铭川。

寓意铭记山川，也铭记那个像深山一样的男人。

宝宝是个很乖巧的孩子，平时不怎么哭闹，饿了也只是哼唧几声。

坐月子时，付大嫂回来了，和李兰一起轮番来照顾她。

阿桃生了个漂亮的女宝宝，性子刚得不行，才半岁呢，就能和程磊干仗，时常将程磊气得倒仰。

具体表现在不让程磊抱，一抱准哭，还抓他的脸，尿他一身。

孩子满月后，李兰将他们母子俩接回老家。

临近过年，付杨大哥早早回来了，山村里的新年一如既往的热闹，家里添了个小宝贝后，老两口情绪缓和了很多。

只是伤痛在所难免，两个老人家半年之间头发花白了大半。

小宝宝很喜欢他爷爷抱着他在村里瞎转。

他还会和三只长大了的小狗打架，扯它们的毛，狗狗被扯得龇牙咧嘴跑开了，下一只又接上。

孔漫原想着过年后就去市里，但这一年疫情来临，城里发现了三起感染病例，孔漫就没去，在老家一待就待到孩子会喊妈妈。

孩子小名叫小山，他最喜欢的地方是爸爸给妈妈建的那个庄园。

园子后期被宝宝的爷爷接手继续建了。

他曾说过的水车有了，小瀑布也有了，葡萄爬上架子了，葡萄架下的秋千也有了。

有的果树生长得快，来年就结了些果子，园子里篱笆四周鲜花开得艳丽，鹅卵石小道旁铺上了许多草坪。

大黄也喜欢庄园，时常窝在园子里，成了园子的守护神。

不变的是，每次宝宝一过去玩，一人一狗准干架。

窗外大雨磅礴，噼里啪啦地拍打着窗户，一阵阵电闪雷鸣划过黑夜。

孔漫从睡梦中醒来，太阳穴一阵阵发疼，她伸手一摸眼角，满脸泪水。

她刚刚梦见他了。梦里他们还在深山的石屋里，屋外下着阵雨，屋内他逗着她，笑容鲜活生动，连温度都是炙热滚烫的。

梦境真实美好，她想永远在此长眠，只因为梦里有他。

可梦也易碎，她还是醒来了。

看着窗外的阵雨，她轻轻打开床头灯。昏暗的灯光下，快两岁的宝宝躺在她旁边呼呼大睡，小手举在脑袋旁握着小拳头。

孔漫给宝宝拉了拉被子，摸着他小小的眉头和鼻尖，这是他最像付杨的地方。

小小的身体里流着他的血液，碰上去是温热的。孔漫心间倏然松了口气，她按了按眼角，今夜注定失眠。

孔漫起身披了件衣裳到床头柜前坐下。

抽屉里有一本记事本，她抽了出来，里面杂七杂八记了些东西，她提笔，断断续续写着——

阿杨，今夜阵雨，我又见到你了。

屋前屋外，你将我捧在心上，我纯粹快乐着。

有时候我也想将自己一把火付之一炬，归于山林。

这生活啊，被我过得一地鸡毛，有种不可言说的糟糕。

夏来了，山间阵雨如约而至，可你永远留在了过去。

…………

“妈妈！”

孔漫转头，宝宝从床上揉着眼睛起来，头顶呆毛翘了起来。

“妈妈。”他再喊了一声。

孔漫合上记事本。

“乖。”她走过去，脱了外套在孩子旁边躺下，给他盖好被子。

宝宝爬过来，紧紧依偎在她怀里，小手轻轻拍打着她的胳膊。

“妈妈，你是不是怕打雷啊？”

屋外雷声阵阵，孔漫低头，亲着他的小脑袋瓜子，说：“是啊，都被吵醒了。”

孩子用小手拍拍她的脸，嘴里含混不清地说道：“妈妈别怕哦，宝宝哄你睡觉觉。”

孔漫眼眶一热，抱紧他小小软软的身子。

温热奶香的小身体里似乎有着大大的力量，再一次撑起了她要倒下去的身子。

时间飞逝，冬去春来，第十年春。

哀牢山山间小道上，一大一小两个人在慢慢走着。

小孩子调皮得很，一会儿跑上，一会儿跑下，清脆的笑声回荡在山间。

到达山顶已经是中午，日光不晒，白云满天。孔漫将手里的面包、零食、水果放到草地上，围着墓碑走了一圈，将周围的草拔干净，招呼着在远处看松鼠的孩子。

小男孩跑过来，满脸大汗，她抽出纸巾给他擦干，拉着他在旁边坐下。

磕了几个头后，小男孩看着墓碑商量：“爸爸，肚子饿了，我要吃东西。”

孔漫看着他，温柔地笑了笑，摸摸他的脑袋，将零食递给他。

小男孩边吃边跟爸爸说着话，叽叽喳喳着，山顶的风温柔吹着，带着山林的气息。

“爸爸，今年我们是最后一次来看你啦。”

山风停了一瞬，忽而大了许多。

“因为妈妈要带我去北京啦！以后我们就不来看你了哦。”

山风呼啸着，吹动山林，带起一片哗啦啦作响声。

孔漫看着远方，被风吹红了眼睛，她轻声呢喃：“是啊，阿杨。往后，我们就不来哀牢山看你了。”

脸颊左侧掉落一缕发丝，山风勾着那丝头发缠绕在耳后，像是爱人在轻轻抚摸磨蹭着她。

孔漫看着，眼泪一滴接着一滴滑落。

是你吗？阿杨。

一别十年，当下为春。翻山越岭，特来见最后一面。

岁月蹉跎，遗忘成悲哀，不能追随，只好远去。

此一别，天南地北，山河万里，再相见难免有些不便。

这往后清明，就不来看你了。

下次见，便是山水相逢，你我相遇。

孔漫抬头，看向远方连绵起伏的山川，看见山坡点绿，她轻轻笑着，你看——春回大地，万物复生，山花灿烂，绿树抽芽。是你爱的样子。

她闭上眼，将热泪掩了回去，任由思念铺天盖地发酵。

阿杨，我多想越过时光抱紧你。

即使你我之间山南水北，隔着阴阳。

可是山风入怀却不留痕迹。

这漫山遍野里，哪儿都是你，哪儿也不是你。

我爱你，你要记得……算了。

不记得也没关系，山野会记得，春风也会。

山水一程，已是三生有幸。

你放心，我们都有好好活着，我也有好好活着。

他们离开多西镇的那天，山间狂风大起，吹了整整一夜。

番外一　/青山依旧

你这一生，有遗憾的事吗？

哀牢山纵横云南中部，为云岭向南延伸，是我国云贵高原与横断山脉的分界线，也是两江的分水岭。因为其独特的地理位置，保存了我国南亚热带原始森林生态系统的完整，是我国的植物王国，同时其中还蕴藏了丰富的生物种类。

境内主峰最高峰达三千多米，峰高坡陡，昼夜温差巨大，是云南少有的极其险要之地。得天独厚的地形和气候使得保护区内动植物物种资源丰富，这里是全国最大的天然氧吧，同时也是随时能与野兽相遇的危险地带。

这里有着清澈的山泉、环山而绕的云雾、鲜艳的山花、不知名的野果、珍贵的中药材、散发瘴气的树木、身藏剧毒的虫蚁草木……正是这些物种的多样性和复杂性，以及近年来逐渐濒危的物种，使得森林保护工作越发重要。因此哀牢山保护区内各乡镇分别成立了保护站、管护局、林业所等工作单位，以便更好地保护这片森林的生态资源。

多西镇林业所便是这大大小小的工作单位中的其中一个，却也是不可忽视的一个。

多西镇坐落在哀牢山的怀抱之下，山里的人家靠山吃山，自给自足，生活虽然不富裕但也过得富足。这里民风淳朴，远离了城市的喧闹，尽是一片安静祥和。

这里也是少数民族混合居住的小乡镇，大部分人家是彝族和瑶族，汉族反倒成了这里的少数民族。

付杨小的时候其实是彝族，李兰还给他缝制了很多衣服裤子。只是到了要上学时，为了方便，付父又给他改成了跟自己一样的汉族。

但偏偏那一年的少数民族政策突然就好起来了，中考加分，高考还加分，还有各种补贴等等。付杨就只能眼巴巴看着，然后撸起袖子自己去拼。

小学他是在村里上的，到了初中才转到了镇上的中学，同时也结识了几个以后的过命兄弟。

因为是农村来的，他平时在学校根本坐不住，一到下课时间不是在操场上打球，就是在学校后方的山坡上拿着弹弓打小麻雀，做小地扣搞小陷阱捕捉一些山鸡之类的。

初中时因为是学校篮球队队长，激烈运动使得他的个子一下子拔高。那时候有一批从红河州过来的警官学院的老师来特招，一眼就看中了他。

各项体能测试下来付杨的成绩完全符合，他自己也想去，但班主任不同意，还告诉了他妈妈，俗称“告家长”。

李兰当时立马就从家里赶过来学校，看了他平时的成绩后，不允许他去。

那时候的警官学院其实也就类似于现在的职业学校，即使招生的老师说了以后能升本科，可在父母眼里，好好中考，读完高中再读大学才是正道。

于是他就那样被拦了下来。付杨那时候年龄也小，即使心里再崇拜那些老师和那个男孩子都向往去的学校，也只能眼巴巴看着。

警官学院特招那个星期，那些老师穿着一身正气凛然的黑色作训服，给学生们展示各项作训内容，尤其是拆武器和安装武器，看得他心里发热。

最终他们从镇中学招走了五名学生，四个男同学，一个女同学。四个男同学全部都是校篮球队的，女同学也是一个班里的。至此，他们那一届的校篮球队因为没有替补而解散，他也被老师和父母看得严严实实的。

他中考的成绩说好也好，说不好也不好，考上了市里高中排名倒数第二的高中。

三年高中生涯过得枯燥无味。市里高楼林立，不如乡镇那般自由，去哪儿都有人管着，付杨只能把更多的精力放在学习上。

别人的高中都是轰轰烈烈，是青春的黄金时光，有心动的女孩子，有随时惦记着的游戏，有一腔热血拉帮结派打个头破血流的，也有躲在暗角偷偷摸摸抽烟的。

只有他，除了偶尔打打篮球，就没有什么兴趣爱好了。

高三那年的冬天，鹿城罕见地下了一场大雪，虽然还没有一本书厚，但也足够他开心的了。

鹿城的冬天往年都是艳阳高照，热的时候甚至都能穿上短袖，那一年的雪也是付杨长那么大第一次看见。那种清晨醒来推开窗户，外面的世界一片白茫茫的震撼，让他对以后去哪里上大学一下就有了想法。

他要去北方，去一个他从来没有去过的，跟南方不一样的城市。

所以后来他真的就考去了济南，报了一个在当时看来还蛮有就业前途的专业，开始了他的大学生涯。

上了大学后，他逐渐变得内向且宅，不爱社交，唯一的爱好也就是跟室友一起去打打球。

大二那年，一个室友突然约他一起报名大学生应征入伍申请，付杨想到自己当初没能去成警官学院的遗憾，二话不说答应了。

直到应征上了，他才打电话回家跟父母说了这事。父母倒也没反对，反而是凑了钱给他，让他好好去当兵。

就这样，他进了军营，开始了漫长而辛苦的两年，同时也学会了很多技能，开车、开挖掘机、水电维修等等。

退役后按理说他该回学校继续读书，但是那一年，乡镇里的路基包工头卷着农民百姓的钱跑路，留下了一条条烂尾的路。那些没修好的路把原先的路占了，把农民百姓的土地也占了却不给修好，老百姓怨声载道，但也毫无办法。

付杨见不得那个画面，一扭头拿着退伍费加贷款买了台小型挖机，便在镇上留了下来。

一开始只是一台小型的挖机，可是乡镇哪儿的道路都不通，父老乡亲们出一趟门要上山下河地绕，各村委会的叔叔伯伯都来找他帮忙。他咬了咬牙，贷款买了大型挖机，又买了压土机等机械，开始埋头苦干。

然而他只知道苦干，不懂经营，导致了后续款项追不回来，越干越穷，越干越落魄。要不是因为家就在这里，他估计都该睡街边了。

幸运的是，那时候老杨突然要把酒店建到多西镇上，遇到了当时破败潦倒的他，然后二话不说帮了他一把，这才有了后来他成立小工程队的基础。

那时候当兵退伍，尤其大学生当兵退伍国家还会给分配工作，他因为留在多西镇，所以被分配进了当地的林业所。

部队上的生涯教会了他在其位谋其职以及坚守岗位，所以尽管工程再辛苦，林业所的工作他也不放下。

这就导致了那几年他的生活过得连狗都不如，往往从挖机上刚下来，就要背起登山包进山巡查。巡山防护工作多了，有时候哪座山有些什么植物，会遇到什么小动物他心里都一清二楚。

早期林业所工作人员少，各处的监测站点都要安装红外线摄像头，还要给各种濒危物种登记，这种种工作都是他一手在抓。有时进山他还会遇见最不想遇见的狗熊，几次熊口逃生让他对这份工作产生了厌倦和害怕。

然而每一次想辞职不干时，看到林业所寥寥无几的同伴，他又不忍心了，就继续干了下去。开始了往后几年，风里雨里山中山外地跑，他对这片山川的感情也就此结下。

时间流逝，几年间转眼而过，他开始喜欢上这样的生活。他喜欢一片碧绿的山川草木，因为这是祖国繁荣昌盛的一角；他喜欢林间少见的稀有动植物，因为这是大自然的珍宝；他喜欢这山里的风，林间的雨，和那漫山遍野的花朵。

众人都爱夜夜笙歌，红尘白酒醉一场，偏他喜欢这山林的寂静与清风徐来的清醒。

如果有一杯烈酒，他会举杯敬青山，敬盛世繁荣。

2018 年，三月的某一天。

付杨随着永林叔开完市林业局春季防火宣传部署大会，随后去了一趟老杨家送了些礼物就往回赶。

回到半路赶巧遇到车坏了的郝成功，于是帮忙拖着车到了饭店门口。

他就是在这个时候见到了一个，他一生也难以忘记的人。

她很明艳漂亮，靠着墙懒洋洋地晒着太阳，浑身却是一股浓浓的压抑，矛盾至极。

他看着看着就忘记了转头，即使和那双明亮的眼睛对上，他也是清澈一笑。难得路途中遇到这样一个漂亮的女人，那不妨给她留个好印象。

他想，这只是人生旅途中万分之一的过客。

可程磊跟他们打过招呼后，居然转头喊了一声那个女人：“孔老师！”

那边回道：“就来。”

付杨蒙了一下，随即转头看过去，见她起身走了过来，立马移开眼，为自己刚刚的做作尴尬不已。

吃饭的时候程磊介绍说，她叫孔漫，是阿桃的学姐，也是从北京来的，要去他们的镇上做志愿老师。这时候他脑海里有东西一闪而过，尤其“孔漫”这个名字，他居然觉得不陌生。

到底是在哪里听到过呢?

因为程磊要回市里开会，孔漫老师接下来就是由他来带着回去了。

她没意见，点头说好。付杨抬眼看去，见到了她眼里的薄凉，他怔了一下，见她眼神转向自己，他稳住神经对视了几秒败下阵来，最终转开了眼。

回去的路上，他终于记起“孔漫”这个名字是在哪儿听说过了。四五年前，从表姑的嘴里，那时候表姑父癌症晚期，偏偏祸不单行，表姑在来的路上也出了车祸。

接二连三的天灾人祸差点压垮表姑家，他是连夜出来帮忙照顾表姑一家的。之后一个星期里小东退学回来，听说阿桃也要从北京回来，一是因为家里父母，二是因为没钱继续读书了。

是的，癌症的治疗费、表姑的治疗费对于农村家庭的他们来说确实是一笔天价数字，他们四处拼凑起来的也不过是刚好能住院的费用，保命要紧的前提下，继续上学已经成了奢侈。

他当时帮忙照顾表姑父的时候心里还觉得惋惜。阿桃是他们镇上第一个直接考去北京的女孩子，也是他们这一辈里最有出息的孩子了。

可过了几天后，表姑突然又哭又笑地说，阿桃不用回来了，因为有人资助了阿桃，让她可以继续上学。

付杨当时心里奇怪，哪有人平白无故就资助人的，阿桃可别是被人骗了。他谨慎地多问了几句。表姑说，资助阿桃的人叫孔漫，是阿桃的学姐，跟阿桃一个大学的，是北京本地人。

北京本地人啊。怪不得呢，北京都是有钱人，还是阿桃学姐，那样的话，那个叫“孔漫”的姑娘，一定是个心地善良的人。

付杨开着车，侧头看了一眼靠在副驾驶上闭眼熟睡的人。她不仅心地善良，还特别好看，叫他一下就晃了神，心下莫名欢喜，果然是个好姑娘呢。

回去的路上遇到了一起突发的山火，他不得不停下车，赶在第一时间去扑火救援。

然而没想到的是，她也会跟在他后面，莽莽撞撞地抬着灭火器灭火。再冷漠的外表，也藏不住她那柔软善良的心。

他们再次见面是在深山里，在送她回镇上的一个月之后。

因为是春季森林防火的特殊期间，他所有时间都用来在保护区内各座山来回巡查。唯一一次回了镇上，他也没忍住从小学旁边路过，车开得极慢，就是期望着能远远地看她一眼，不为别的，只是看一眼。

然而再慢也就几分钟，时间很快就过去了，他没见到她。

所以在荜拔山，看到她站在哨岗前的时候，有如神明降临。她居然就这样出现在了他眼前，在这个最不可能的地方，不可能的时间里。

眼看她即将倒下，他不顾一切冲上去接住了她。

抱起她的时候，她真的很轻很轻，比他抬着进山的工具还轻。她应该多吃一些饭的，付杨不着边际地想着。

四月这场春雨来得很及时，因为一场雨把她留了下来。

山里简陋，用粗茶淡饭来招待她，他觉得过意不去，冒着雨也要出去摘一捧新鲜的野菜，用山里的“山珍野味”来款待她，只希望她别嫌弃。

他想尽办法，把他能力范围内能做到最好的都给她，他想那么做就做了，说不清原因，或许是她值得别人对她好。

此后的每一次相遇都像是命中注定一样，偏偏就是那个时间，那个地点，以及会遇见的他们。

相遇的次数多了，事情的走向也不受他的控制了。他想见到她，想了解她，但又怕她看不起他们山里人。于是他闭口不谈任何事，只希望在能碰面的日子里，尽量对她好。

从谢婉清那里，他知道了更多关于她的事，他越发心疼她，想为她做些什么，他希望身后的山川能将她容纳，给她新生，给她力量。

他知道她最终会离开，会回到她的战场去厮杀，去拼搏。可那和他想关心她，想带她看更多的秀美山河有什么关系呢？

这片山川不能让她失望。

她那时回眸看他，一步一步靠近他，出乎了他的意料，是惊喜也加倍珍惜。可人的贪念永远也不会满足，她对他的纵容使得他越发想要更多，想要永远的陪伴，想要一起白头到老。

但他没有资格要求她留下来，是无能也是无力，他只能暗自乞求，希望她能留在身边。

他爱这片山川，守护这片保护区，同时也爱着那个心地善良的姑娘，也想要守护她的一生。

或许心诚则灵，神明也听见了。那个用一朵山花就逗得笑意盈盈的姑娘，她真的回到了他身边……

只是，他最终还是辜负了她。

记忆中的山火永远是不见天不见地的滚滚火海。那堪比太阳还要刺眼的火焰摧毁了一片又一片山林，松木“噼里啪啦”地爆炸开，一棵棵老树燃着火焰倒下，说是林间炼狱也不为过。

而他，即便在很用力地逃跑，也不幸被倒下的巨树压中双腿，困在火海中央。四周都是熊熊山火，身前的大地滚烫如同火山里的岩浆。滚滚汗水刺痛眼睛，他喘着粗气，紧紧抓着土地上任何能揪得住的东西奋力攀爬，滚烫赤红的火炭残灰烧伤了他的双手，他却像是无知觉一般。

一定要活下去，一定要逃出去。她还等着他，他们还要去领证……顽强的信念激发潜力，他奋力一爬，果真让他从燃烧的巨树下爬了出去。可就在他要站起来的一瞬间，脑袋突然一痛，眼前一片刺目的白，耳边不再有任何声音。

他可能……再也见不到她了。

好想见她最后一面，好想抱一抱她，好想亲一亲她的脸颊。

原来，昨天那一眼，竟是他们最后一面，都没来得及好好告别。

我的爱人，请你原谅我。

他拼尽最后的力气从怀里捞出御守，紧紧攥着的手在发抖，好一会儿才艰难地将它凑到隔着破烂防护面罩的唇边，吻了吻。

他想告诉她，以后，忘了他，回到北京重新开始。

忘了他，好好活下去。

泪水从他烧伤的眼角流下，迅速被高温蒸发，滚滚火海一瞬间吞并山林……

若无身心到白首，愿化清风长相伴。

如果有一支神笔，可以画一个圈，那么他只希望，最终的最终，他们能在圈里，幸福长眠。

你这一生，有遗憾的事吗？

我有。

青山依旧，几度回首，空余山间墓。

番外二 / 春风万里

热烈地生活吧

时光如同白驹过隙，204× 年，春。

昆明长水机场，一个大腹便便的中年圆润男人在出站口走来走去，偶尔抬起手上的奢侈手表看一眼，随后又背着手转来转去。

从北京过来的航班一落地，他就趴在出站口的栏杆上眼巴巴看着，不放过每一个出来的人。

毕竟也已经十几年没见了，他还真怕接不到人。

人群一波又一波走过，他来来回回看着，忽然眼睛一亮，看见一对年轻的夫妻走了出来，看着那张和那人一模一样的脸庞，他的眼眶都红了。

付铭川牵着妻子的手出来，一眼看到站口的郝成功。

他伸手打招呼："成功叔。"

郝成功站直了身子，搓搓手答应："哎！"

付铭川夫妻走了出来。

郝成功迎上去，笑着问："这都十多年没见了，还能认出来？"

付铭川笑着："那可不，叔你一点没变。"

小时候这位叔随时会带着他去开挖机。那时候他也对那些大型机械感兴趣，一到镇上就找成功叔和小东叔，让他们带着他去开挖机。十岁左右，正是爱闹的年纪，他放了学就跟在他们屁股后面跑。

郝成功笑着，摸了摸大肚子，嘴里回着："老咯老咯。"

付铭川走上前，围着郝成功转了一圈，笑了起来："成功叔，你该减肥了啊。"

郝成功不在意地拍拍肚子，哈哈一笑："这叫福气。"

他看向付铭川，小伙子长得挺拔又俊俏，身板板正正。他笑着给了付铭川一拳道：“做人民警察了，不得了。”

付铭川也笑：“总不能给父母丢脸不是。”

郝成功点头，提起他父母，心间酸涩不已。他拍了拍付铭川结实的肩膀，随后看向旁边的女生：“这是你老婆啊，你小子真有福气。”

速宁笑着，也跟着喊了一声“成功叔”。

郝成功“哎”了一声道：“走走，回鹿城去。”

他带着他们往停车场走，远远过去，他掏出钥匙按了一下，靠边的一辆黑色奔驰大 G 响了一声，车灯亮起。

奔驰开出机场，在高速上行驶着。

路上，付铭川问：“成功叔，你现在还做着工程吗？”

郝成功点头：“那当然啊，老本行，可不能丢。”

付铭川疑惑：“不是说，你们都转行干酒店了吗？”

郝成功笑着回：“酒店我只是跟在你表姨爹后面投点钱，一直干着的还是工程。前几年我成立了公司，现在就四处在工地上瞎跑看看，比起以前轻松太多了。”

“真好。”付铭川感叹。

所有人都在越来越好的路上前行。

只有他的父亲，那个默默无闻守护山林，葬身火海的男人，还停留在最爱母亲的时候。

到了鹿城，吃饭的地方用成功叔的话来说是鹿城最有名的私人菜馆。

菜馆在城边，是一个小型庄园，停好车后进去，一路上都是新鲜的蔬菜瓜果。

成功叔拿出手机报了预约的号码，要了个包厢，包厢装修很是清雅，主题为竹，别有一番风味。

点菜的时候菜馆的老板进来了，也是圆润的身材，见到付铭川第一眼眼眶都红了，一个大男人，硬生生憋出哽咽声音来。

付铭川还没搞清楚状况，菜馆老板走过来，拍了拍他肩膀，欣慰道：“好孩子。”随后跟郝成功说，“太像他爸了。”

郝成功抹了抹眼睛，跟付铭川介绍：“这是盛天华，你天华叔。当初跟你爸是拜把子兄弟，关系铁着呢。”

付铭川站起来拉着盛天华坐下，给他倒了杯茶水，端起自己的茶杯敬他：“天华叔。”

盛天华抹了把脸，应了一声，端起茶水喝了，说：“小时候还抱过你，一转眼你都这么大了。”

付铭川愣了下，灵光一闪，脑海里总算记起了这样一个人，只是那时候他还小，天华叔家也只是一家小饭馆，占地面积还没有现在的五分之一大。

盛天华转向郝成功，说：“难得小山回来，这顿饭我请了。”

郝成功也没跟他客气。如今菜馆名气大得很，来这里吃饭得提前预约，多得是鹿城上层圈子的青睐。

吃饭的时候小东叔也来了，带着他家还在上高中的孩子。

小东叔也胖了很多，白了很多，一身潮流又奢侈的穿着，听说他现在是成功叔他们公司的项目总监。

他们的公司已经扩大到能承接整个云南内大大小小的工程项目了，昆明有分公司，玉溪也有。酒店也已经开成了云南省内的连锁形式的酒店。

成功叔是连锁酒店第三大股东，每年坐着拿分红就行。平时没什么大事，就喜欢四处转悠着找美食，这也是为什么他越来越胖的原因。

小东叔还提到了他姐姐——阿桃小姨。

她现在是鹿城市的优秀人民教师，程磊姨父则在鹿城市市政府里工作。

所有的一切都在努力中越来越好。

这些年来，鹿城市也发生了翻天覆地的变化，他回来的这段路看下来，几乎没有熟悉的地方了。

吃完饭，付铭川夫妻俩跟着小东一起回多西镇，郝成功这边要去玉溪，不顺路。

小东的车是辆黑色的路虎，付铭川和妻子坐在后座。

速宁是第一次来云南乡下，她是地道的北京女孩，山路十八弯差点没把她送走，好不容易才熬到了镇上，终于缓回来了一些。

过江的时候，她终于看到了一直在婆婆和丈夫口中的哀牢山，江底大桥的那头悬崖上挂着几个特大红字：哀牢山国家森林公园欢迎您！

她转头看着四面高耸入云的青山，惊叹不已，原来这就是哀牢山。

一座神奇又无人知晓的山脉，埋葬着上一代人可歌可泣的爱情。

多西镇焕然一新，四周高楼林立，宽阔的柏油公路横穿小镇，从江底往上的公路上，一路可见繁花盛开。

堂哥付亚鹏在镇上等着他们。

付亚鹏已经三十多岁了，前几年买了车房结了婚，在镇上教书。

这次清明，也是付铭川离开多西镇后第一次回来。

主要还是……他摸了摸包里的骨灰盒，他要将他父母葬在一起，这是他母亲临终前的意愿。

回了父亲老家，爷爷奶奶还健在，见他回来，一个个都抱着他哭，骂他没良心，走了都不晓得回来看看他们。

看见他带了妻子回来，又一个两个高兴起来，还说一定要给他们办个婚礼，夫妻俩犟不过老人家，就随他们高兴了。

清明节那天，付铭川带着母亲和妻子，登上了哀牢山山顶。

山顶一座孤坟，四周杂草丛生，不细看根本就看不出来坟墓在哪里，杂草比墓高。

看着父亲的孤坟，他忽然想到一句古诗——千里孤坟，无处话凄凉。

活着的人越来越好，只有离开的人被渐渐地遗忘。

就连他也渐渐忘记了，忘记忌日是哪一天。只是在清明时会忽然想起，隔着千里的距离，就托堂哥来看一看。

他抹了一把脸，将母亲的骨灰盒放在旁边，一点一点清理着周围的杂草。

午饭后，村里的人来帮忙，在孤坟旁边重新竖起一块墓碑。

他轻轻将母亲的记事本埋在他们坟旁。

他记得，最后那页写着——阿杨，山水有相逢，你我终相遇。

母亲曾说，哀牢山养育了父亲，只是，最终也埋葬了他们。

这座青山绿水，养育了多少人？又埋葬了多少人？

他看着一旧一新两块墓碑，眼眶渐渐泛红。

爸爸，您如果没有等母亲，那么今年应该是跟我同岁了。

不知有没有娶妻生子？健康顺利否？

如果您在等母亲，那么今年是你们相聚第一年了。

母亲曾经给我说过你们的故事。她说，您说过下辈子还要和她再做夫妻，做青梅竹马长大的恋人。

我知道这一世，您离开在你们要去领证结婚的那一天，这应该是您最大的遗憾了吧？

那就希望你们下辈子成一对幸福的夫妻。如果有缘，我还想做你们的孩子。

我也想被父亲抱一抱，将我举起来，教导我成长。

母亲说您也很温柔，像这里的山川河流，绿树繁花，平凡朴实而伟大。

我有点遗憾，没能听过您的声音，没能见过您生动的面容，没能感受过您的温度。

母亲曾告诉我，在您还不知道我已经来到这个世界上时，您是多么期盼我的到来。

其实，我也是想您的，像想念母亲一样。

母亲离开的时候很安详，在我和速宁领证的第二天晚上。

她穿着一件黑色皮夹克，戴着当初您在滇池求婚的那枚戒指，安静地睡着了过去，再也没有醒来。

我知道那件皮夹克是您的，因为母亲说过，父亲是一个很细心的人，那件皮夹克就是温暖她的开始。

这么多年了，母亲身体越来越不好，抑郁越来越重，但她一直在熬着。

十几岁的时候我常常会害怕，怕她一撒手去找您，不再管我了。但她没有，她很爱我，即使后来很多时候好像不记得我了。

上了大学后，她会突然对着我喊“阿杨”，哪怕母亲不记得我了，但我依旧爱她。

我知道母亲很想去见您，但她忍住了，因为我还没有“家”，她也怕我孤单。

从很小的时候，我就知道我和其他的孩子不一样。因为我是家里唯一的男人，我的父亲是英雄，我也要做个勇敢的孩子，我要保护母亲。

母亲是个很温柔的人，她教导我为人处世，教我做个善良的人。

我努力不让她失望，因为父亲是英雄，是山林守护英雄。

我也努力要做人民英雄，考上公安大学，立志成为又一个让母亲骄傲的人。

所以，您也不会对我失望吧？

速宁看向付铭川，发现他眼含泪花，静静地注视着远方青山。

他一定是想他母亲了吧，那个与他相依为命半生的母亲，她想。

她走过去抱紧他，安慰道："铭川，你不要难过，还有我呢。"

她看着他悲痛的模样，忍不住心疼，哽咽道："往后我陪着你，将这生活过好。"

付铭川抱紧妻子，泪流不止，喃喃自语："是啊，一定要将生活过好。母亲说过的，要将生活过好。"

热烈地生活吧。

这人世间，总有值得热爱的地方。

爱这山川河流，爱这城市街头，爱这人间烟火，也爱这破碎艰难的日子。

山野千里，春风万里。

特此致敬森林消防和林业人！

森林防火，人人有责！

（全文完）